CRAIG SCHAEFER

SOPHIAS GEISTER

ROMAN

Aus dem Amerikanischen von
Bernhard Kempen

WILHELM HEYNE VERLAG
MÜNCHEN

Titel der Originalausgabe:
REDEMPTION SONG

Penguin Random House Verlagsgruppe FSC® N001967

Deutsche Erstausgabe 06/2024
Redaktion: Claudia Fritzsche
Copyright © 2014 by Craig Schaefer
Copyright © 2024 dieser Ausgabe und der Übersetzung
by Wilhelm Heyne Verlag, München,
in der Penguin Random House Verlagsgruppe GmbH,
Neumarkter Straße 28, 81673 München
Printed in Germany
Umschlaggestaltung: DAS ILLUSTRAT, München,
unter Verwendung von Motiven von Shutterstock
Satz: satz-bau Leingärtner, Nabburg
Druck und Bindung: GGP Media GmbH, Pößneck

ISBN 978-3-453-32318-6

PROLOG

Der Geist von Barry Manilow hielt Sophia zwei Wochen lang in ihrem Haus gefangen. Jedes Mal, wenn sie zur Tür ging, sah sie, wie er mit tadelnd erhobenem Zeigefinger auf ihrem Rasen stand. Sie wusste, dass ihre Medikamente ihn wahrscheinlich zum Verschwinden bringen würden, genauso wie sie wusste, dass der wirkliche Barry Manilow gesund und munter in Kalifornien lebte, aber sie konnte es nicht ausstehen, wie sie sich mit den Pillen fühlte. Langsam und dumpf, als wäre ihr Gehirn mit kratzigen Wollfäden umwickelt.

Eines Morgens war Barry fort, und eine andere Erscheinung nahm seine Stelle ein. Diese Gestalt kam in ihr Haus, ignorierte alle ihre Wehre sowie Zauber und Amulette und stand in einer Ecke ihrer Küche. Sie trug einen sauberen altmodischen Anzug und hatte einen formlosen Fleck aus schwarzem Rauch, wo ihr Gesicht hätte sein sollen.

Sophia versteckte sich in ihrem Schrank, bis ihr Hunger die Oberhand gewann. Sie huschte in die Küche, den Kopf gesenkt und die Arme über ihrem flauschigen pinkfarbenen Bademantel verschränkt, und steuerte schnurstracks die Speisekammer an. Der rauchgesichtige Mann wedelte hektisch mit den Armen.

»Eilig!«, rief er mit summender Stimme, als würden tausend Fliegen gleichzeitig mit den Flügeln flattern. »Du! Auf unserer

Wellenlänge! Überbring unsere Botschaft! Sie ist schwer, aus Steinen gemacht!«

»Du bist nicht real«, wiederholte Sophia wie ein Mantra und schüttelte energisch den Kopf, während sie im Durcheinander der Speisekammer stöberte. »Du bist eine Halluzination, nicht real, nein, hier ist nichts zu sehen.«

»Apocalypso tanzen! Sonntag, Sonntag, Sonntag! Du willst dir die Pulsadern mit dem ganzen Messer aufschlitzen, *aber dazu brauchst du nur die Schneide!*«

Sie fand eine Packung Salzcracker und griff so fest danach, dass sie die Schachtel eindrückte, bevor sie aus der Küche flüchtete.

Ein weiterer rauchgesichtiger Mann schwebte aus ihrem Schlafzimmer. Dieser trug den Kittel und die Mütze eines Professors aus alten Zeiten. Er rückte langsam durch den düsteren Flur vor, und seine Füße hingen wenige Zentimeter über dem verblassten Wollteppich.

»Wir wissen, dass du uns sehen kannst«, summte er.

»Verschwindet!«, schrie sie über die Schulter und rannte zum Wohnzimmer.

»Du musst den Faust warnen«, rief er. »Du musst unsere Botschaft überbringen ...«

Es klingelte an der Tür. Sophia öffnete hastig den Türriegel und riss die Tür auf, sehnsüchtig nach menschlicher Gesellschaft. Die Frau auf ihrer Veranda hätte eine Avon-Beraterin sein können. Sie trug einen förmlichen grauen Hosenanzug und hatte ihr Haar zu einem ordentlichen Dutt hochgesteckt, aber Sophias Blick schoss sofort zu der gezackten Narbe, die sich auf einer Seite ihres Gesichts entlangzog und kurz vor einem kalten Auge endete.

Sophia machte einen zögernden Schritt über die Schwelle, hinaus ins Sonnenlicht. Sie blinzelte ihre Tränen zurück und fragte mit leiser Stimme: »Sind … sind Sie real? Ich habe heute gewisse Probleme.«

Meadow Brand verzog die Lippen zu einem unangenehmen Lächeln.

»Ich bin sehr real«, sagte Meadow. Dann zeigte sie Sophia die kleine Pistole in ihrer Hand und drängte sie zurück ins Haus.

Ich sprang aus der Beifahrertür von Jennifers Prius, landete auf dem Boden wie ein Tourist beim Stierlauf und stürmte über einen rauen gelben Rasen. Die Vordertür von Sophias marodem Reihenhaus stand offen und bewegte sich schwankend in einer vereinzelten Wüstenbrise, die nichts gegen die Hitze ausrichten konnte. Der weiße Wollteppich war mit Blut bespritzt. Es verteilte sich in Schleifen und Pfützen wie auf einem wahnsinnigen Gemälde von Jackson Pollock.

Wir hatten den Anruf vor zwanzig Minuten erhalten. Sophias »Visionen« hatten die Tendenz, zu neunzig Prozent halluzinatorisch und zu zehn Prozent parapsychisch zu sein, doch als sie zusammenhanglos von den rauchgesichtigen Männern in ihrem Haus faselte, ließen wir alles stehen und liegen und fuhren sofort los. Vor drei Wochen hatten selbige rauchgesichtige Männer um ein Haar die Apokalypse ausgelöst.

Ich erstarrte in den Trümmern des Wohnzimmers. Lautes Rauschen drang aus dem blutüberströmten klobigen Fernseher, und eine umgestürzte Lampe warf schräge Schatten über Sophias verstümmelte Leiche. Ihr Mörder war kein Mensch. Es war eine gesichtslose Gliederpuppe aus Holz mit beweglichen Gliedmaßen wie die lebensgroße Version der Modellfigur eines Künstlers. Eine Hand endete in einem hölzernen

Stumpf, die andere in einem schartigen, rostigen Messer. Die Gliederpuppe kauerte über der Leiche und stieß die Klinge immer wieder in Sophias Bauch, eine Mordmaschine, die nicht verstand, dass ihr Opfer bereits tot war.

Meadow Brand stand auf der anderen Seite des Blutbads. Ihr selbstgefälliges Grinsen verzerrte die Narbe, die ich ihr zugefügt hatte. Beim ersten Mal hatten wir uns in einem Zimmer gegenübergestanden, das diesem sehr ähnlich war, aber dort hatte ein anderer Freund von mir tot auf dem Boden gelegen. Jetzt hatte sie zwei gut bei mir.

Es war zu viel auf einmal, und es ging zu schnell, um das Szenario erfassen zu können, außerdem hatte ich die harte Lektion vergessen, die ich im Kampf gegen Meadow und ihre Gliederpuppen gelernt hatte: Es war niemals nur eine einzige. Die zweite Puppe sprang aus ihrem Versteck hinter der Tür hervor. Sie stürzte sich auf mich und nahm mich in den Schwitzkasten. Ihre steifen Holzarme pressten mir die Luft aus der Lunge.

Ich riss abrupt den Kopf zurück. Dieser Schlag hätte einem Menschen die Nase gebrochen, aber mir verursachte er lediglich einen heftigen Schmerz, als mein Hinterkopf gegen das glatte Holz krachte. Außer Atem und mit schwarzen Punkten vor Augen beugte ich mich vor und verdrehte meine Schulter. Dann nutzte ich das eigene Gewicht der Gliederpuppe, um sie hochzuheben und über mich hinweg zu werfen. Sie knallte auf den Boden und strampelte wie eine auf dem Rücken liegende Kakerlake.

Jennifer war wenige Schritte hinter mir. Sie tauchte im Türeingang auf, die Augen hinter einer blauen Lennon-Brille verborgen und mit einer Wumme so groß wie Texas. Die Waffe bellte zweimal. Die Schüsse schlugen gegen meine Trommelfelle und hinterließen Lichtstreifen in meinem Sichtfeld.

Der Kopf der gestürzten Gliederpuppe explodierte in einem Schauer aus Holzsplittern. Die zweite wurde mitten in die Brust getroffen, und was von der Kreatur noch übrig war, fiel als zuckender Trümmerhaufen auf den Teppich.

»Brand«, keuchte ich, während ich nach Luft schnappte. Ich musste nichts erklären. Jennifer war dabei gewesen, als wir uns Meadows Geschöpfen in einem verlassenen Hotel voller Todesfallen gestellt hatten.

»Wo?«

Ich blickte durch das Zimmer – auf einen leeren Türrahmen. Die Hintertür schlug zu. Mein Magen ballte sich zusammen wie eine Faust.

Wir rannten nach draußen und sahen gerade noch rechtzeitig, wie Meadow in einem schwarzen Mercedes aus der Zufahrt des Nachbarhauses geschossen kam. Sie hielt nur kurz inne, um in den Rückspiegel zu schauen und mir zuzuzwinkern.

»Dieses Mal nicht«, sagte ich und sprang in Jennifers Wagen. Sie warf mir ihre Pistole zu und ließ den Motor aufheulen. »Sie wird nicht entkommen. Dieses Mal nicht.«

Jennifer hielt das Lenkrad fest und starrte geradeaus wie ein Falke, der seine Beute ins Visier nimmt.

Meadow bog mit fünfzig Meilen pro Stunde in die Auffahrt zur Interstate 15, wo der schwere Mercedes über den Asphalt schrammte und Funken sprühen ließ. Wir folgten ihm dichtauf und schlängelten uns durch den Morgenverkehr. Meadow gab Gas, und Jennifers Kleinwagen vibrierte, als er sich abmühte, das Tempo mitzuhalten.

»Plan?« Jennifers Stimme klang genauso angestrengt wie der Motor. Sie machte sich Vorwürfe, weil sie Meadow beim letzten Mal hatte entwischen lassen, und nun war deswegen ein weiteres unschuldiges Opfer gestorben. Ich wusste, wie sie sich fühlte, weil ich dasselbe empfand.

Ich umklammerte die Pistole, spürte ihr Gewicht und kurbelte mein Seitenfenster herunter. »Du bringst uns längsseits, dann schieße ich ihr in das gottverdammte Gesicht.«

»Guter Plan.«

Wir schafften es fast, als wir nach links zogen und beschleunigten, während sie hinter einem langsamen Sattelschlepper auf der mittleren Spur feststeckte. Doch dann wechselte sie nach rechts und trat wieder das Gaspedal durch. Ich beobachtete zähneknirschend, wie sich der schwarze Mercedes immer weiter von uns entfernte.

»Sie muss Sophia aufgelauert haben«, sagte ich. »Um sie zu zwingen, uns anzurufen, und sie dann zu töten.«

»Und eine Falle mit ihren Holzpüppchen aufzustellen«, sagte Jennifer schleppend mit einer Stimme so samtig-weich wie Ahornsirup. »Aber das ergibt keinen Sinn. Im Silverlode Hotel haben wir Dutzende von diesen Dingern ausgeschaltet. Warum hat sie gedacht, sie könnte uns mit nur zweien erledigen?«

Vor uns hielt der Mercedes das Tempo und wechselte lässig zwischen den Spuren. Er wurde ein klein wenig langsamer, dann beschleunigte er wieder.

Sie spielt mit uns, dachte ich, und mein Herz geriet ins Rasen, als ich ihr Spiel durchschaute.

»Jen, folge ihr nicht! Runter vom Highway!«

»Was? Warum?«

»Das war nicht die Falle!«, rief ich. »*Das hier ist die Falle!*«

Rote und blaue Lichter blinkten im Rückspiegel, als zwei Streifenwagen der Nevada Highway Patrol die Auffahrt heraufschossen und sich hinter uns einfädelten. Kurz darauf schloss sich ein dritter Verfolgungswagen, ein nicht gekennzeichneter SUV mit Blinklichtern hinter dem Kühlergrill, dem Vergnügen an. Ich blickte auf die Waffe in meinen Händen.

»Können wir sie abhängen?«, fragte ich und fühlte mich dämlich, als die Worte über meine Lippen kamen.

»Das hier ist ein Prius«, stieß Jennifer zwischen zusammengebissenen Zähnen hervor.

Es war eine Falle, und wir waren einfach hineinspaziert wie eine Kuh, die ins Schlachthaus geführt wurde. Es gab kein Entkommen für uns. Wir konnten jetzt nur noch den Schaden minimieren. Jennifer zog auf die langsame Spur, tat, als wollte sie anhalten, während ich den Saum meines Hemds nahm und die Waffe abwischte, so gut es ging. Dann warf ich sie zum Wagenfenster hinaus. Keine Chance, dass sie es nicht gesehen hatten, aber zumindest würde ich mit leeren Händen keinen Selbstmord durch Polizeigewalt begehen.

Wir fuhren noch eine Viertelmeile weiter, bevor wir anhielten. Jennifer stellte den Motor ab. Die Einsatzwagen keilten uns ein. Im nächsten Moment waren wir von Uniformen und gezückten Pistolen umzingelt, und ein Lautsprecher brüllte, dass wir die Hände aus den Fenstern strecken sollten.

Sie zerrten mich aus dem Wagen, warfen mich auf die Motorhaube und fesselten mir die Hände hinter dem Rücken. Als die Handschellen klickten, blickte ich über meine Schulter und lächelte höflich.

»Wo liegt das Problem, Officer?«

Der Bulle starrte mich durch eine verspiegelte Sonnenbrille an, während er mich abtastete.

»Schauen wir mal«, sagte er, »rücksichtsloses Fahren, Gefährdung anderer, Geschwindigkeitsüberschreitung um dreißig Meilen pro Stunde, außerdem rief uns eine Dame an und sagte, Sie würden sie verfolgen und mit einer Schusswaffe bedrohen.«

»Da muss ein Irrtum vorliegen, Officer. Wir beide sind unbewaffnet.«

Da kam ein junger Polizist herbeigerannt und zeigte mit einem Daumen über seine Schulter. »Die Waffe wurde gefunden, Sergeant. Sie konnte etwa eine Viertelmeile von hier geborgen werden.«

»Ooooh«, sagte ich und schnippte mit den Fingern. »*Diese* Schusswaffe. Tut mir leid, die hatte ich ganz vergessen.«

Nur zur Erinnerung: Polizisten haben keinen Sinn für Humor.

Sie drängten mich auf den Rücksitz des Streifenwagens und Jennifer in einen anderen und riefen einen Abschleppwagen, um den Prius sicherzustellen. Auf der Wache war es so nett, wie es auf einer Wache sein kann, und sie verloren keine Zeit, meine Fingerabdrücke zu nehmen und die üblichen Fotos von mir zu machen. Ich kannte die Routine.

Was als Nächstes geschah, kam für mich trotzdem unerwartet. Sie nahmen mir die Handschellen ab und setzten mich in ein Verhörzimmer, eine nasskalte kleine Kammer aus Sichtbeton mit einem Einwegspiegel und einer Deckenleuchte, die mit einem Drahtgeflecht gesichert war. Dann ließ man mich dort zurück. Die Minuten verrannen und zogen sich hin – zu einer langen, langsamen Stunde.

Ich hatte ein Vorstrafenregister. Jedoch alles nur geringfügige Vergehen, nichts, das einen Alarm auslösen oder zu Nachfragen über Staatsgrenzen hinweg führen würde. Oh, um Missverständnisse zu vermeiden: Ich hatte eine Menge Straftaten begangen, aber ich war nie erwischt worden. Von Rechts wegen hätte man mich verhaften und in eine Arrestzelle stecken sollen. Stattdessen saß ich da und wartete, während ich auf das leise Summen und Knacken der Leuchtstofflampe horchte.

Das alles ergab keinen Sinn. Falls es darum ging, uns den Mord an Sophia anzuhängen, konnten sie das vergessen. Sophia wurde erstochen, nicht erschossen, und ich würde jede Wette eingehen, dass Meadow zurückgefahren war, um ihre Gliederpuppen aus dem Trümmerhaufen zu bergen, bevor die Bullen dort aufkreuzten. Schlimmstenfalls konnte man Jennifer und mich mit dem Tatort in Verbindung bringen. Doch damit hatten sie nichts in der Hand.

Was konnten sie tatsächlich gegen uns verwenden? Rücksichtsloses Fahren? Mit einer Pistole herumfuchteln? Im ungünstigsten Fall würde ich vielleicht zwei Monate im Bezirksgefängnis absitzen. Kein Urlaub im Club Med, aber auch nicht das Ende der Welt. Meiner Einschätzung nach hatte Meadow Brand jemanden ermordet und mir eine aufwendige Falle gestellt, um mir einen fiesen kleinen Streich zu spielen. Obwohl ich ihr so etwas durchaus zutrauen würde, sagte mir ein nerviges Jucken in meinem Hinterkopf, dass ich noch nicht das ganze Bild vor Augen hatte.

Das ganze Bild trat etwa zwanzig Minuten später durch die Tür des Verhörraums herein, und zwar in Gestalt einer kleinen, vollschlanken Blondine im maßgeschneiderten Anzug. Sie trug eine Brille mit Metallgestell und eine Herrenkrawatte mit Paisleymuster. Zwei Männer folgten ihr, ein schwergewichtiger Kerl mit einem Gesicht wie ein Halloween-Kürbis und Haar wie Stroh, dazu ein magerer Mann mit Ziegenbart und einem Stapel Aktenordner unter dem Arm. Der mit dem Ziegenbart warf mir einen mörderischen Blick zu und knallte die Aktenordner auf den Schreibtisch.

Winde von Magie wirbelten im Raum umher. Partikel aus intensivem grünem Licht schwebten am Rand meines Gesichtsfelds, streiften meinen Geist, sickerten durch die Sichtbetonwände wie Strahlung aus einem undichten Reaktor. Ein säuerlicher Geschmack breitete sich in meinem Mund aus. Mir wurden schlagartig zwei Dinge klar: Einer meiner Besucher war ein Cambion, die Mischlingsbrut eines Menschen und eines Dämons. Einer der beiden anderen war ein ausgebildeter Zauberer, und zwar ein guter. Fast so gut wie ich. Mit all der plötzlichen Energie im Raum konnte ich jedoch nicht einordnen, wer von ihnen wer war.

Die Blondine präsentierte ihre Dienstmarke.

»Special Agent Harmony Black«, sagte sie mit dem Hauch eines Neuenglandakzents an den Rändern ihrer abgehackten Worte. »FBI. Ich habe dieser Begegnung schon seit längerer Zeit freudig entgegengesehen, Mr. Faust.«

Ab diesem Moment wurde alles richtig kompliziert.

Es gibt keine Ratsversammlung greiser Zauberer, die die Welt der Magie beaufsichtigen, keine verborgenen Akademien, in denen frühreife Jugendliche mit strahlenden Augen die Geheimnisse des Unbekannten erfahren. Aber was uns als Gemeinschaft eint, ist das kollektive Bedürfnis, alle daran zu hindern, uns die Tour zu vermasseln. Was wird also jedem frischgebackenen Zauberer mit als Erstes eingetrichtert? Halt die Klappe, schweig, wenn es um Magie geht, sonst wird jemand dich zum Schweigen bringen, vermutlich mit einer Kugel oder einem nachhaltigen Bordsteinkick. Nachdem wir nun im Zeitalter der Handykameras und des globalen Internets leben, ist es wichtiger denn je, dass die verborgene Welt auch im Verborgenen bleibt.

Es dürfte niemanden überraschen, dass die meisten aktiven Zauberer Kriminelle der einen oder anderen Couleur sind. Die okkulte Unterwelt und die kriminelle Unterwelt überlappen und vermischen sich in den Gefilden der Schatten, weit entfernt von der taghellen Welt der Steuerzahler und anständigen Bürger. Wir machen unsere Sachen und sie ihre.

Die Vorstellung einer Zauberin im Dienst des FBI ließ mir das Blut in den Adern gefrieren.

Und von da an wurde es nicht besser.

»Das ist Detective Gary Kemper von der Las Vegas Metropolitan Police«, erklärte Agent Black und wies in Richtung des Mannes mit dem Ziegenbart. »Und dieser sehr große Herr zu meiner Linken ist Agent Lars Jakobsen von der DEA.«

Ich lehnte mich auf dem Stuhl zurück und pfiff, während ich mich bemühte, mir meine Nervosität nicht anmerken zu lassen.

»Sie alle sind nur meinetwegen hergekommen? Dabei habe ich heute nicht mal Geburtstag.«

Gary Kemper schlug seine Handflächen auf den Metalltisch zwischen uns und beugte sich so weit vor, dass ich sein billiges Aftershave riechen konnte.

»Carl Holt war ein Freund von mir, Sie Drecksack!«, knurrte er.

Ich hatte Carl Holt nicht ermordet, aber um der Wahrheit Genüge zu tun, war genau das meine Absicht gewesen. Meine Freundin kam mir zuvor. Sie brach Holt das Genick und ließ ihn tot auf dem Küchenboden im Haus seines Partners liegen. Ich brannte nur das Haus nieder, nachdem sie mit ihm fertig war. Aber niemand hätte in der Lage sein sollen, mich mit dieser Sauerei in Verbindung zu bringen. Niemand.

»Carl Holt«, sinnierte ich und versuchte, meine Überraschung nicht in der Stimme durchklingen zu lassen. »Oh, ich erinnere mich aus den Nachrichten an ihn. War er nicht der korrupte Bulle, der zusammen mit seinem Kumpel ermordet wurde, dem satanistischen Pornoregisseur?«

Gary warf sich über den Tisch. Ich lehnte mich schnell zurück, sodass sich die Vorderbeine meines Stuhls vom Boden hoben. Seine Hände packten die Stelle, wo noch kurz zuvor meine Kehle gewesen war.

»*Detective!*«, blaffte Harmony.

Gary kam wieder zu Sinnen und ließ die Hände mit einer

gemurmelten Entschuldigung sinken. Die an sie ging, nicht an mich.

Ich schüttelte den Kopf. »Ich glaube, Sie sind im falschen Zimmer, Leute. Mir wird eine rücksichtslose Fahrweise zur Last gelegt. Und dabei bin ich nicht mal gefahren. Wie unfair ist das eigentlich?«

»Da wäre noch die Bedrohung einer Frau mit einer illegalen Waffe«, bemerkte Lars in einem grollenden Bass mit norwegischer Färbung und sah mich amüsiert an. »Bei der es sich um die PR-Managerin von Carmichael-Sterling Nevada handelt. Die Firma hat einen schlimmen Monat hinter sich, nach dem Brandanschlag auf das Silverlode Hotel.«

Während er mir das sagte, war ihm klar, dass ich auch darüber Bescheid wusste. Doch gleichzeitig erklärte er mir damit etwas viel Wichtigeres: Sie hatten keine Beweise für irgendetwas. Wenn sie mir die Morde an Holt und Kaufman anhängen oder mich mit dem Silverlode in Verbindung bringen könnten, säße ich längst auf der Anklagebank.

»Kein Problem«, sagte ich zu ihm, »sie haben schließlich noch ein zweites Hotel, das bislang nicht abgebrannt ist.«

Harmony schob die Aktenordner einen nach dem anderen über den Tisch, reihte sie auf, hielt die Deckel aber geschlossen.

»Sie verkehren in interessanter Gesellschaft, Mr. Faust«, sagte sie. »Ihre Reisebegleitung ist eine äußerst erfolgreiche Drogendealerin.«

Ich hob einen Finger. »Einspruch. Sie wurde zweimal wegen Besitz und einmal wegen Anbau von Marihuana verhaftet, doch alle drei Male wurde die Anklage fallen gelassen. Sie hat nie das Innere eines Gerichtssaals gesehen.«

Harmonys Lippen verzogen sich zu einem ironischen schiefen Lächeln. »Und das, Mr. Faust, ist der Grund, warum ich sie als ›erfolgreich‹ bezeichnet habe.«

Falls Harmony wirklich die zweite Zauberin in diesem Raum war – ich konnte die Signale immer noch nicht zuordnen, weil ich zu sehr damit beschäftigt war, dem Gefängnis zu entgehen –, wusste sie wahrscheinlich genauso gut wie ich, dass Jennifer es immer wieder schaffte, sich der Strafverfolgung zu entziehen. Sie war nicht nur eine Lieferantin von erstklassigem Weed, sondern sicherte ihre Geschäfte auch mit hochwirksamer Hexerei ab.

»Dieses Mal wird sie nicht so viel Glück haben«, grummelte Lars. »Sie hat den Wagen gefahren, die illegale Waffe gehört ihr ...«

»Das ist meine Waffe«, sagte ich automatisch, ohne nachzudenken. Sie hätte dasselbe für mich getan. Falls wir für diesen Blödsinn zur Rechenschaft gezogen wurden, konnte sie die Fahrweise und ich den Waffenbesitz übernehmen. Das erschien mir nur fair.

»Ja.« Gary nickte. »Das hat sie auch gesagt, dass die Waffe Ihnen gehört. Und dass diese ganze Sache Ihre Idee war.«

Meine Augen verengten sich zu schmalen Schlitzen. Anfängertaktik. Ich sollte glauben, dass Jennifer in einem anderen Zimmer war und mich belastete, damit ich meinerseits sie hinhängte. Aber dabei gab es ein Problem: Jennifer war meine Schwester. Nicht blutsverwandt, denn Leute wie wir richteten uns bei Familienbeziehungen nicht nach der Abstammung, aber sie war meine Schwester. Sie würde sich eher eine Schlinge um den eigenen Hals legen als um meinen.

Ich sah Harmony an. Harmony sah Gary an. Ihr wurde klar, dass er zu weit gegangen war und es versaut hatte. Genauso wie Lars. Nur Gary selbst war zu dumm, um darauf zu kommen. Ich räusperte mich.

»Agent Black? Vielleicht könnten Sie diesen Jungen zurück

zu Mommy und Daddy schicken, damit wir ein Gespräch unter Erwachsenen führen können.«

»Klar. Führen wir ein Gespräch«, antwortete sie und setzte sich auf den Stuhl mir gegenüber. »Sprechen wir über Nicky Agnelli.«

Da war es. Der wahre Grund für diesen ganzen Affenzirkus. Ich fragte mich, ob Nicky vergessen hatte, jemanden zu bestechen, oder ob vielleicht nur seine Glückssträhne zu Ende war. Man wurde nicht zum größten Gaunerboss von Las Vegas, ohne sich eine Menge Feinde zu machen. Ich sollte es wissen. Genau genommen war ich einer dieser Feinde, obwohl Nicky und ich vor ein paar Wochen einen unsicheren Waffenstillstand ausgehandelt hatten.

»Nicky?«, sagte ich nonchalant. »Er ist ein alter Pokerkumpel von mir. In letzter Zeit sehen wir uns nicht mehr allzu oft.«

»Aber Sie haben eine gemeinsame Geschichte«, sagte Harmony und klappte nacheinander die Aktenordner auf. Tatortfotos. Polizeiberichte. Einige Vorfälle gingen auf mein Konto, andere nicht, aber die Treffer waren eindeutig in der Überzahl. Ich schaute sie mir an und schüttelte den Kopf.

»Ich bin mir nicht sicher, was das bedeuten soll. Manche dieser Sachen sind nicht einmal Verbrechen. Ich meine, bei diesem Typ hier steht, dass er an einem Blutgerinnsel im Gehirn starb. Sie können doch nicht glauben, dass ich irgendwas damit zu tun hatte.«

»Echt jetzt?«, fragte Harmony.

»Die einzige Möglichkeit, die ich mir vorstellen kann«, sagte ich langsam, während ich ihren Blick erwiderte, »läuft darauf hinaus, dass ich … keine Ahnung … schwarze Magie benutzt haben könnte. Und wir alle wissen, dass Magie nicht existiert.«

»Ach, wissen wir das?«, erwiderte sie im selben nüchternen Tonfall und mit ausdrucksloser Miene.

Ich hielt ihr meine Handgelenke hin. »Nun, wenn ja, dann sollten Sie mich in erster Linie wegen Zauberei verhaften. Oh, Moment! Das ist doch eigentlich gar kein Verbrechen, nicht wahr?«

Meine Selbstgefälligkeit hielt so lange vor, bis sie den letzten Ordner öffnete.

»Ups!«, sagte Harmony. Eine heimlich mit Teleobjektiv geschossene Aufnahme zeigte Caitlin und mich beim Essen in einem Gartencafé. »Wie kommt das denn hierher?«

In meinem Leben hatte ich eine Menge Fehler begangen und einen Haufen Verwüstung hinterlassen, aber Caitlin war die Rose in dieser Trümmerlandschaft. Wir waren zusammen durchs Feuer gegangen. Buchstäblich.

»Sie sollten sie aus dieser Sache heraushalten«, sagte ich, während sich meine Kehle zuschnürte.

»Lassen Sie mich ganz offen sein, Mr. Faust. Dies ist eine gemeinsame Taskforce mehrerer Strafverfolgungsbehörden, die gegen das Agnelli-Verbrechersyndikat ermittelt. Und das bedeutet, dass wir Recherchen über alle Personen anstellen, die in Verbindung mit Aktionen des Syndikats stehen. Über *alle*.«

»Ihr Kumpel Nicky ist am Ende«, sagte Gary. »Und diesmal wird er nicht davonkommen. Seine Tage sind gezählt, verstanden?«

Lars hob einen Finger und schaute auf mich herab. »Aber es ist noch nicht zu spät, auf die Seite der Engel zu wechseln.«

Seltsame Wortwahl. Ich fragte mich, ob der massige Norweger der Cambion in diesem Raum war.

»Sie wollen, dass ich ihn verpfeife«, sagte ich.

»Wir wollen, dass Sie kooperieren.« Harmonys Fingerspitzen strichen über das Foto von Caitlin und mir. »Es können Vorkehrungen zu Ihrem Schutz getroffen werden, und es versteht sich von selbst, dass es für das FBI nach Ihrer Zeugenaussage keinen Grund mehr gäbe, tiefergehende Ermittlungen über das Leben Ihrer … Bekanntschaften anzustellen.«

Zuckerbrot und Peitsche. Wenigstens zierten sie sich nicht, die Dinge beim Namen zu nennen. Die Wahrheit sah so aus, dass ich Nicky überhaupt nichts schuldig war. Vor weniger als einem Monat hatte er Caitlin in die Sklaverei verkauft und versucht, mich töten zu lassen, als Kollateralschaden in einem politischen Machtspiel. Seine Pläne lösten sich in Rauch auf, aber am Ende duftete er trotzdem nach Rosen. Ich wäre rundum zufrieden, würde ich Nicky im orangefarbenen Overall eines Staatsgefängnisses sehen.

Doch nichts war jemals so einfach. Die Hälfte der Leute, die ich kannte, arbeitete auf die eine oder andere Weise für Nicky, und viele von ihnen würden mit ihm untergehen. Gute Leute, denen gegenüber ich zur Loyalität verpflichtet war. Dann galt es noch, den Rückstoß zu bedenken. Ich wusste, welche Art von Mächten er in einen Kampf werfen konnte, weil ich früher zu diesen Mächten gehört hatte. Wenn Nicky auf Rachefeldzug ging, wäre ich in dieser oder der nächsten Welt nicht mehr sicher.

»Ich werde darüber nachdenken«, sagte ich, obwohl meine Entscheidung längst feststand.

»Aber nicht zu lange«, entgegnete Harmony und stemmte die Hände in die Hüften. »Das ist ein zeitlich begrenztes Angebot. Sie sind entweder auf unserem Schiff oder auf seinem. Und eines dieser Schiffe wird untergehen.«

Sie reichte mir ihre Visitenkarte. Kein Titel, kein FBI-Siegel, nur ihr Name und eine Telefonnummer in klarem Schwarz auf Beige. Ich steckte sie in meine Tasche.

Mein kleines Verhör durch Nickys Möchtegernhenker fegte die übrigen Anklagepunkte nicht vom Tisch. Das wäre zu einfach gewesen. Ein Polizist führte mich zu einer Arrestzelle, wo ich eine Stunde damit zubrachte, mit ein paar tätowierten Gangmitgliedern zu plaudern, die man bei einem Einbruchdiebstahl hochgenommen hatte. Erstaunlich sanfte Typen. Niemand hatte mir einen Anruf angeboten und auch nichts zu essen, und ich wog meine Optionen ab, als der Polizist zurückkam, um mich hinauszubringen.

Bentley wartete in der Eingangshalle auf mich, seinen alten grauen Filzhut unter einen Arm geklemmt, und sah aus wie ein enttäuschter Großvater, den man herzitiert hatte, um sein Enkelkind aus dem Büro des Schuldirektors abzuholen. Die Analogie war gar nicht so falsch. Bentley und sein Partner Corman, die seit den Siebzigern zusammen waren und sich immer noch wie Frischvermählte aufführten, wenn sie sich unbeobachtet glaubten, hatten mich bei sich aufgenommen, als ich ein durchgebrannter, verängstigter Junge war. Sie kamen dem am nächsten, was für mich ein richtiger Vater gewesen wäre. Das Monster, das mich aufzog, hatte diesen Namen nicht verdient.

Ich schloss den alten Mann in die Arme, und er klopfte mir auf den Rücken. Dann deutete er auf die Glastür. »Ich habe euch beide auf Kaution herausgeholt«, sagte er. »Jennifer haben sie als Erste abgewickelt. Sie ist draußen. Sie hat so etwas wie einen hysterischen Anfall.«

»Ich werde es dir zurückbezahlen.«

»Du kannst es zurückbezahlen, indem du mir erklärst, was heute früh passiert ist. Sophia ist ...« Er riss sich zusammen und senkte seine durchdringende Stimme, als wir durch das überfüllte Foyer gingen. »Sophia ist tot, Daniel.«

»Meadow Brand ist passiert«, sagte ich und hielt ihm die Tür auf. Wir traten hinaus in die Hitze von Las Vegas. Jennifer ging auf dem Parkplatz auf und ab, attackierte eine filterlose Zigarette und murmelte vor sich hin. Das Sonnenlicht spielte auf dem Metallglanz ihres tätowierten Arms und ließ eine mit Rosenblättern gerahmte Darstellung von Elvis als Gautama Buddha glitzern. Sie sah uns kommen, drückte die Zigarette unter dem Stiefelabsatz aus und hielt wie eine wütende Löwin auf uns zu.

»Schätzchen, was zum Henker ist da gerade passiert?«, blaffte sie mich an. »Ich zahle Nicky Agnelli keine drei Riesen pro Monat, damit er Butter auf meine Kekse streicht. Er soll eigentlich dafür sorgen, dass ich *nicht* in einen Verhörraum geschleift werde. Jedenfalls tut er sonst nichts, um mir das Leben leichter zu machen. ›Schutzvorkehrungen‹, meine Fresse!«

»Vielleicht«, warf Bentley ein, »sollten wir jetzt lieber in meinen Wagen steigen, statt dies auf einem öffentlichen Parkplatz auszudiskutieren. Ich hege keine große Vorliebe für Polizeiwachen, und ich bin davon überzeugt, dass ihr meine Einstellung teilt.«

Wir zwängten uns in Bentleys alten silbernen Caddy und drehten die Klimaanlage auf. Ich war einfach nur glücklich, wieder ungesiebte Luft zu atmen. Doch ich fragte mich, wie lange ich das noch genießen konnte.

»Sie sondieren«, sagte ich zum fünften Mal zu Jennifer. Bentleys Wagen glitt schnittig und anonym durch den Verkehr.

»Sie wissen mehr, als sie sollten«, schnauzte sie. »Und hast du ihren Geruch bemerkt?«

»Ja. Ein recht guter Magier und ein Cambion. Ich bin mir ziemlich sicher, dass Agent Black zu unserem Menschenschlag gehört. Sie hat es vage angedeutet. Falls sie keine Zauberin ist, ist sie besser eingeweiht, als sie es sein dürfte. Wen hast du als den Cambion wahrgenommen?«

»Den Norweger«, sagte sie. »Er hat eine recht klumpige Figur, als wären seine Knochen nicht ganz richtig zusammengewachsen.«

Bentley fuhr schweigend weiter. Er packte das Lenkrad so fest, dass seine ohnehin blassen Hände schneeweiß wurden. Plötzlich verstand ich, warum, und kam mir wie ein blöder Erstklässler vor. In all der Verwirrung und Furcht und Sauerei des Morgens hatte ich die wahre Tragödie aus dem Blick verloren.

»Wir … haben sie nicht so gut gekannt«, sagte ich, unsicher, ob ich das Thema Sophia überhaupt zur Sprache bringen sollte. Ich wollte ihn trösten, wusste aber nicht, wie.

Mehrere Minuten lang antwortete er nicht.

»Sie war anders«, sagte er schließlich. »Vor zwanzig Jahren. Sophia war nicht immer ... krank. Ich weiß, dass ihr sie nur ein- oder zweimal im Garden gesehen habt, aber damals in den Neunzigern hielt sie manchmal bis zum Schluss durch. Wir drei – Sophia, Corman und ich – waren die Letzten der alten Schule. Dann ließ sie geistig nach. Die Halluzinationen begannen, die Wahnvorstellungen. Wir versuchten, ihr Hilfe zu besorgen, aber sie blieb nie allzu lange bei den Pillen.«

»Bentley ...«, setzte Jennifer an, aber er brachte sie mit einem Kopfschütteln zum Schweigen.

»Ich konnte ihrem Verfall nicht lange zuschauen. In den letzten paar Jahren habe ich nur noch wenige Male mit ihr gesprochen. Habe ihr anonym Umschläge mit Bargeld geschickt. Als Freund habe ich sie im Stich gelassen. Das gebe ich zu. Aber Sophia war wirklich meine Freundin.«

Eine Träne rann über seine verwitterte Wange. Ich legte ihm eine Hand auf die Schulter.

»Warum hat Brand sie getötet?«, fragte er mit brechender Stimme. »Sophia hat nie jemandem etwas zuleide getan. Sie konnte es gar nicht. Sie war hilflos und allein. Warum musste diese Frau sie töten?«

Er hatte seine Frage selbst beantwortet. Weil sie hilflos und allein war. Weil Meadow Brand eine Psychopathin war, genauso verrückt wie Sophia, aber dazu die Gemeinheit einer Klapperschlange und eine gehörige Portion Mordlust in sich hatte. Weil sie es tun *konnte*. Das waren die einzigen Gründe, die wir in Erfahrung bringen würden, und keiner davon war gut genug.

»Das Ganze war ein abgekartetes Spiel«, sagte ich. »Von der Verhaftung bis zum Aufkreuzen dieser Taskforce. Von Grund auf inszeniert. Vergiss nicht, als wir Lauren Carmichaels Machenschaften im Silverlode hochgehen ließen, gab Nicky uns Rückendeckung. Er hatte für Lauren gearbeitet, und dann wandte er sich gegen sie. Ich glaube nicht, dass sie jemand ist, der so etwas verzeiht, und Meadow Brand ist Laurens Bulldogge.«

»Glaubst du wirklich, dass sie einen solchen Einfluss hat?«, fragte Jennifer.

»Ich weiß, dass Carmichael-Sterling ein paar Hundert Millionen in ihr Vegas-Projekt investiert. Damit lassen sich ein oder zwei Senatoren kaufen. Leute mit den richtigen Beziehungen, um eine echte Untersuchung ins Rollen zu bringen, in einer Größenordnung, gegen die Nicky nichts mit Bestechung erreichen oder sie durch Abschreckung verhindern kann. Ich glaube nicht, dass Agent Black weiß, wer ihre Fäden zieht. Sie kam mir wie eine ehrliche Haut vor. Eine Kämpferin für Gerechtigkeit und solche Sachen.«

»Für uns wäre es besser, wenn sie korrupt wäre.« Jennifer fläzte sich mürrisch auf dem Rücksitz herum. »Mit Korruption kann ich umgehen. Also gut, was meinst du, wie groß die Schwierigkeiten sind, in denen wir stecken?«

»Sie können uns gar nichts beweisen«, sagte ich. »Wenn sie es könnten, hätten sie uns unter Anklage gestellt und dann einen Rettungsring angeboten. Aber wenn Nicky untergeht und er alle anderen über die Klinge springen lässt, um einen besseren Deal für sich herauszuschlagen, was er auf jeden Fall tun wird ...«

»Vielleicht ist es an der Zeit«, sagte Jennifer langsam und wählte jedes Wort mit Bedacht, »dass wir etwas wegen unseres Nicky-Problems unternehmen.«

Wir drei saßen schweigend im Wagen. Bentley versuchte, so zu tun, als hätte er nicht gehört, dass Jennifer gerade den Kopf des mächtigsten Mannes von Las Vegas gefordert hatte. Ich überlegte, wie ich sie von diesem gefährlichen Weg herunterholen konnte.

»Wir haben kein Nicky-Problem«, sagte ich. »Wir haben ein Carmichael-Sterling-Problem. Lauren Carmichael und Meadow Brand sind als Einzige von ihrer kleinen Sekte noch da. Deshalb versuchen sie es jetzt mit solchen Spielchen und hetzen die Polizei auf uns, statt einen direkten Kampf zu riskieren. Wir müssen sie ausschalten. Endgültig.«

»Daran würde ich mich gern beteiligen«, sagte Bentley leise, während er auf die Straße starrte.

»Ich spreche das Thema nur widerwillig an«, sagte ich, »aber Sophias Haus ...«

Bentley nickte. »Corman und ich werden uns darum kümmern.«

Nach einem Todesfall in unserer Gemeinschaft muss dafür gesorgt werden, dass nichts übrig bleibt, was unsere Geheimnisse verraten könnte. Keine Grimoires oder Journale, keine verfluchten Reliquien oder Zauberstäbe. All das muss verschwinden. Das entspricht der Löschung aller Pornodateien auf dem Computer eines verstorbenen Freundes, bevor seine Mutter sie zu Gesicht bekommt, aber in unserem Fall steht viel mehr auf dem Spiel. Inoffiziell ist es eine Gelegenheit für Freunde, zusammenzukommen, Erinnerungen aufzuwärmen und Geschichten über die alten Zeiten auszutauschen, bevor sie sich mit dem geheimen Teil der Überreste eines Lebens davonstehlen.

So etwas nennen wir einen »Heuschreckenjob«.

Bentley setzte mich an der Auffahrt zum Taipei Tower ab. Ich stand im Schatten des glitzernden Wolkenkratzers, schaute auf meine Uhr und nahm einen tiefen Atemzug. Ich war recht spät dran. Ich trat durch die automatischen Glastüren, die auf Hochglanz poliert waren, und lief über einen Teppich, der mit karmesinroten Chrysanthemen gemustert war, bis zu den Aufzügen.

Das Kensho-Bistro befindet sich im dritten Stock. Kensho

bedeutet »eine erleuchtende Erfahrung«, was auf das Essen durchaus zutrifft. Das Restaurant ist ein Bereich in warmen Hellbraun- und Sienatönen, erhellt von runden Kronleuchtern in weißer Deckenvertäfelung. Ich atmete erleichtert aus, als ich Caitlin an einem Fenstertisch sah, zusammen mit einem anderen Pärchen. Es sah so aus, als hätten sie kaum mit dem Essen begonnen. Ein gutes Zeichen.

Sie erhob sich, als ich hinüberhastete. Ihr scharlachrotes Haar lag zu einem Seitenzopf geschlungen über einer blassen Schulter, und sie trug ein Kleid aus Seidenjersey, das direkt von einem Pariser Laufsteg stammen konnte.

»Es tut mir so leid ...«, begann ich, doch sie nahm meine Hand, schüttelte den Kopf und trat näher an mich heran.

»Jennifer hat mich angerufen, während sie darauf wartete, dass man dich freilässt«, murmelte sie, das rollende R eines schottischen Akzents in der Stimme. »Das werden wir später besprechen. Jetzt sind wir in Gesellschaft.«

Die Frau auf der anderen Seite des Tisches sah aus wie eine Hollywood-Schauspielerin, die sich bemühte, die Rolle einer Übermutter aus der Vorstadt zu verkörpern, jedoch ein wenig zu perfekt, zu präzise und kontrolliert, um echt zu sein. Außerdem glühte sie in meinem Geist wie ein schwarzer Diamant, auf die gleiche Weise wie Caitlin. Als sie mir die Hand schüttelte, empfand ich ihre Haut glatt wie Glas.

»Emma Loomis«, sagte sie mit einem Lächeln. »Also, der geheimnisvolle Daniel Faust. Im Büro reden alle über dich.«

»Hoffentlich nicht allzu schlecht«, erwiderte ich.

»Oh, ich weiß nicht, du siehst aus, als könntest du eine gefährliche Ablenkung sein.«

Sie hielt meine Hand etwas zu lange fest, bis Caitlin sich dezent räusperte. Der Mann neben ihr wirkte genauso verlegen, wie ich mich fühlte. Er war ein stämmiger Typ, vielleicht Anfang

vierzig, mit einem Ziegenbart, der sich an den Rändern silbrig
färbte.

»Ben«, sagte er und reichte mir die Hand. Wenn die Auren
von Caitlin und Emma den Raum wie zwei magische Orkane
mit Energie durchtränkten, glich Ben einer leichten Feuchtigkeit. Doch er hatte ein freundliches Lächeln und einen festen
Händedruck, mit dem er mich sofort für sich einnahm.

»Oh«, sagte Caitlin, »und du hast Melanie noch nicht kennen-
gelernt, die Tochter von Emma und Ben.«

Ich brauchte kein Codebuch, um diese Botschaft zu enträtseln. Dem blauhaarigen jugendlichen Punk, der mir gegen-
übersaß, war ich definitiv schon begegnet. Als ich vor fünf
Wochen von einem Rudel wilder Cambions gekidnappt wurde,
war sie die Stimme der Vernunft in der Bande und hielt mich
lange genug am Leben, bis Caitlin zu meiner Rettung herbei-
eilen konnte. Offensichtlich hatte Caitlin ihr verziehen, und
Melanies Eltern wussten nichts von ihrem kleinen Ausflug ins
Abenteuer. Wir nickten uns in gegenseitigem unausgesproche-
nem Einverständnis zu.

Eine typische moderne Familie. Dämonenmutter, Menschen-
vater, Cambion-Kind. Genauso wie Caitlin und ich, abzüglich
des Kindes und der Eheringe. Ich war mir nicht sicher, was
ich davon halten sollte.

»Also arbeitest du mit Caitlin zusammen?«, fragte ich Emma,
nachdem ich mich schnell umgeschaut hatte, um mich zu vergewissern, dass sich keiner der anderen Gäste in Hörweite
befand.

»Sie besorgt das Grobe, ich sorge fürs Geld«, sagte Emma, was
ihr ein spöttisches Naserümpfen von Caitlin einbrachte. Emma
legte besitzergreifend einen Arm um Bens Schultern. »Mit Unterstützung des großartigsten Buchhalters der Welt, versteht
sich.«

Ben gluckste und nippte an seinem Glas Wasser. »Du machst Geld, ich zähle es. Was ist mit dir, Dan? Womit bestreitest du deinen Lebensunterhalt?«

Nun, Ben, bis vor Kurzem arbeitete ich als Auftragszauberer für den größten Gangsterboss von Las Vegas, aber dann hatten wir ein Zerwürfnis, weshalb ich jetzt kleinere Betrügereien durchziehe und manchmal auf der Fremont Street Taschenspielertricks gegen etwas Kleingeld vorführe. Ich schätze, man könnte sagen, dass ich eine Art krimineller Penner bin.

»Ich hänge gerade zwischen zwei Jobs«, erklärte ich ihm. »Du kennst ja die wirtschaftliche Situation.«

»Ich weiß, wovon du redest. Du hast nicht zufällig mit der Finanzbranche zu tun?«

»Ich habe einmal eine Bank ausgeraubt«, sagte ich, und Caitlin trat mir unter dem Tisch gegen das Schienbein. Ich musste Emma und Ben zugutehalten, dass sie mir mit einem höflichen Glucksen antworteten. Melanie schmunzelte. Ich mochte die Kleine.

»Daniel ist viel zu bescheiden«, sagte Caitlin. »Er hilft mir bei einem Nebenprojekt. Eine Wachhundsache.«

Die Höfe der Hölle gingen sich seit Jahrhunderten gegenseitig an die Kehle, ein bodenloses Schlangennest aus Verrat und Intrigen, das den Kalten Krieg wie eine Spielplatzrauferei aussehen ließ. Unser spezielles Stück Erde wurde von einem schachspielenden Schwerkriminellen namens Prinz Sitri beansprucht. Wie Caitlin sagte, saß er schon auf dem Thron, als Hannibal die Elefanten für sich entdeckte, und er war so gerissen, dass er Mordanschläge gegen *sich selbst* inszenierte, wenn ihm langweilig wurde, nur um geistig fit zu bleiben.

Caitlin war sein Wachhund. Mit anderen Worten, seine Vollstreckerin, sein Sheriff, seine Diplomatin und seine Henkerin, wenn es sein musste. Ein undankbarer Job, wenn Sie mich fragen, aber sie war erschreckend gut darin.

»Oh, das klingt geheim«, stichelte Emma.

»Kenntnis nur bei Bedarf«, sagte Caitlin.

Ein Kellner schwebte vorbei und stellte vor mir ein Tablett ab. Frisch gekochte Garnelen schimmerten auf einem Bett aus Grünzeug und kitzelten meine Nase mit einem Wirbel aus reichen, würzigen Aromen.

»Du hast dich verspätet«, sagte Caitlin, »also habe ich für dich bestellt. Riesengarnelen in Wasabi-Aioli-Soße. Vorsicht, es ist heiß.«

»Ich hasse es, wenn du das tust«, sagte ich, obwohl ihre Angewohnheit, in Restaurants für mich zu bestellen, bisher niemals zu einer schlechten Mahlzeit geführt hatte.

»Das hat sie mit uns auch gemacht«, murmelte Melanie.

Ben musterte eine Gabel voll dampfendem Reis. »Aber das ist wirklich gut.«

»Ich weiß, was Leute mögen«, sagte Caitlin. »Es ist eine Gabe. Also, Emma, wo stehen wir mit dem Ranch-Projekt?«

»Morgen werden wir unterschreiben. Die Sache könnte nicht reibungsloser laufen.«

»Ranch-Projekt?«, fragte ich.

Emma sah mich strahlend an. »Es ist ein Coup.«

»Was für eine Art Coup genau?«, fragte ich, obwohl ein Teil von mir dachte, ich wäre vielleicht glücklicher, wenn ich es nicht wüsste. Meine verfluchte Neugier.

»Das ist eher metaphorisch gemeint«, sagte Caitlin, »aber nichtsdestoweniger genial.«

»Danke, meine Liebe.« Emma wandte sich wieder mir zu. »Du weißt zweifellos, dass unser Prinz eine liberalere Einstellung zu den Cambions hat als einige unserer nächsten Nachbarn. Und nun ist die Sache eskaliert. Der Hof der Nachtblühenden Blumen hat eine ... Order erteilt.«

Sie warf einen zögernden Blick zu Melanie. Das Mädchen seufzte.

»Ich weiß, was ein Pogrom ist, Mom. Du kannst es aussprechen. Sie töten jeden, der ein Halbblut ist. So wie ich.«

Emmas Lächeln verblasste. Ich fragte mich, wie viele Meilen die Grenze noch entfernt war, an der ihre Tochter bei Sichtkontakt ermordet wurde. Ich fragte mich, was ich an ihrer Stelle täte, wenn ich sähe, wie diese Grenze jeden Tag näher heranrückte.

»Prinz Sitri«, sagte Caitlin, »hat in seiner ewigen Wohltätigkeit seine Arme geöffnet. Jedem Cambion, der aus eigener Kraft das von uns beanspruchte Territorium erreicht, wird Zuflucht gewährt. Wir werden niemandem helfen, aus dem Gebiet der Blumen zu fliehen, weil das eine Kriegshandlung wäre, aber wir werden niemanden abweisen.«

»In der vergangenen Woche hatten wir fünfzehn Neuankömmlinge«, sagte Emma. »Die Hälfte von ihnen hatte seit Tagen nicht gegessen oder geschlafen. Ich rechne mit weiteren fünfzehn oder zwanzig, bevor das alles vorüber ist. Wir brauchten eine Lösung, insbesondere für die ... grenzwertigen Wilden. Einen Ort, wo sie arbeiten und rehabilitiert werden können, wo sie in Frieden den Interessen des Hofes dienen können.«

Sie tippte auf ihr iPhone und zeigte mir den Bildschirm. Eine Luftaufnahme von einer weitläufigen staubigen Wüstenranch. Halb erwartete ich, dass eine Steppenhexe über die Durchgangsstraße rollte oder sich vielleicht ein paar Cowboys für ein High-Noon-Duell bereitmachten.

»Die Silk Ranch. Vierhundert Meilen draußen in der Wüste. Keine Nachbarn, bis man Carson City erreicht.«

Ich betrachtete blinzelnd das Foto. »Moment, ist das nicht ein Bordell?«

Emma nickte. »Ein höchst profitables. Dennoch will der aktuelle Besitzer es unbedingt verkaufen und überlässt es uns zu einem Spottpreis.«

»Aha?«, sagte ich. »Wie habt ihr das geschafft?«

Sie bedachte mich mit einem durchtriebenen, nachsichtigen Lächeln, wie eine Katze, die auf ein Sahneschälchen gestoßen war. »Wir vom Chor des Neides sind unübertreffliche Unterhändler. Wenn wir etwas sehen, das wir haben wollen, dann nehmen wir es uns.«

Ihre Hand legte sich fester um Bens Schulter.

»Auf dem Gelände werden wir Arbeit für geeignete Kandidaten finden«, sagte sie. »Natürlich ist nicht alles Sexarbeit.

Jedes Unternehmen von dieser Größe benötigt Hilfs- und Wartungspersonal ...«

»Krass, Mom.« Melanies Stimme troff vor Sarkasmus. »Kann ich dort einen Sommerjob bekommen? Ich werde die beste Wichseaufwischerin *aller Zeiten* sein!«

»Melanie!«, blaffte Emma. Ich schob mir schnell eine Gabel voll Garnelen in den Mund, um mich daran zu hindern, laut loszulachen, aber ich konnte keinen unbewegten Gesichtsausdruck wahren. Melanie grinste mich an, als sie einen Geistesverwandten am Tisch spürte.

»Achte auf deine Sprache«, sagte Caitlin zu Melanie, dann sah sie mich von der Seite an und murmelte: »Ermutige sie nicht.«

»Das Endresultat«, sagte Emma, während sie ihre Tochter weiterhin mit strengem Blick musterte, »wird eine glatt laufende, effiziente Maschine sein, mit einem zuverlässigen Kapitalfluss für unsere regionalen Geschäfte, einer sicheren Zuflucht für unsere Neuankömmlinge und genug Platz auf dem Gelände für spezielle Projekte. Das derzeitige Personal wird ersetzt oder genutzt, je nach vorhandenem Potenzial.«

»Genutzt?«, fragte ich nach.

»Genutzt«, bestätigte sie.

Wir aßen weiter und blieben, bis uns die Gesprächsthemen ausgingen und Ben sagte, er müsse zurück ins Büro. Als Emma ihre Familie zur Tür hinausdrängte, fiel mir auf, dass sie uns die gesamte Rechnung überlassen hatte.

»Das passiert jedes Mal«, sagte Caitlin. »Könntest du für eine Weile nach oben mitkommen? Oder musst du gehen?«

Etwas stand in ihren Augen, eine Müdigkeit, die mir Sorgen bereitete. Ich nahm ihre Hand, und wir liefen gemeinsam durch das Hotel zu den Aufzügen.

»Aus reiner Neugier«, sagte ich. »Hat sie mich angebaggert?«

»Natürlich hat sie das. Du gehörst mir. Der Chor des Neides, Daniel. Das Einzige, was Emma mehr Spaß macht, als neue Sachen zu haben, ist, sie anderen Leuten wegzunehmen.«

»Ben muss ein sehr geduldiger Mann sein.«

Sie sah mich mit einem matten Lächeln an, als sie den Rufknopf drückte.

»Ben ist ein treu sorgender Vater. Es spielt keine Rolle, was Emma tut. Er bleibt wegen Melanie bei ihr. Übrigens danke, dass du ihr kleines Abenteuer nicht erwähnt hast. Ich glaube, sie hat ihre Lektion bereits gelernt.«

»Sie ist ein gutes Mädchen«, sagte ich mit einem Schulterzucken. Wir traten in den Aufzug, und sobald sich die Türflügel schlossen und wir in der Kabine allein waren, sackte Caitlin an der Mahagoniwand in sich zusammen und schloss die Augen.

»Hey!« Ich berührte ihren Arm. »Was ist los mit dir?«

»Ich bin nur müde, Daniel. Dieses Mittagessen war die erste richtige Mahlzeit, seit wir vor zwei Tagen zusammen zu Abend gegessen haben. Ich habe rund um die Uhr gearbeitet. Wie sich herausgestellt hat, läuft Emmas wunderbarer Plan weder so reibungslos noch so sorgenfrei, wie sie es gern darstellt. Allerdings muss sie auch nicht die harte Arbeit erledigen. Die Flüchtlinge sind … ein Problem.«

»Was, sind sie Wilde, wie diejenigen, die mich überfallen haben?«

Mit einem Glockenton öffnete der Aufzug rumpelnd die Tür im sechsundfünfzigsten Stockwerk.

»Viel schlimmer«, sagte sie, als sie mich zu ihrer Tür führte. »Möglicherweise sind sie Fanatiker.«

Caitlins Penthouse hätte als Kulisse für ein Musikvideo aus den Achtzigern dienen können, und ich glaube, das war es sogar gewesen. In ihrem Wohnzimmer blickte ein Originalgemälde von Aaron Nagel auf eine Landschaft aus poliertem Hartholz, schwarzem Leder und Chrom, alles im Schein der Deckenstrahler. Ich platzierte Caitlin auf dem Plüschsofa und ging in die Küche, wo ich einen leichten Chardonnay aus einem Weinregal aus rostfreiem Stahl nahm. Ich kehrte mit zwei Weingläsern zurück und blieb an der Stereoanlage stehen, um ihr Lieblingsalbum von Howard Jones aufzulegen.

»Jetzt arbeitest du nicht«, sagte ich zur ihr, goss den hellen Weißwein in ein Glas und reichte es ihr. »Du musst dich entspannen, und ich gehe nicht, bevor du es tust.«

Sie schenkte mir ein halbes Lächeln, stieß mit meinem Glas an und nahm einen Schluck. »Womit habe ich dich verdient, hmm?«

»Vermutlich mit etwas Schrecklichem. Komm, dreh dich um.«

»Warum?«

Ich zeigte ihr, wie, und kniete mich auf das Sofa. Sie schloss die Augen und atmete langsam aus, als ich ihre Schultern durchknetete. Ihre Muskeln fühlten sich wie Stahlkabel unter meinen Fingern an und lockerten sich durch die Massage allmählich.

»Ich sollte nicht zulassen, dass du mich auf diese Weise ablenkst«, murmelte sie. »Ich habe noch zu viel zu erledigen.«

»Betrachte es als Lagebesprechung. Erzähl mir von diesen Fanatikern.«

»Der Pogrom im Mittelwesten war kein zufälliger Gewaltausbruch. Es gibt eine Subkultur unter den Cambions, ein Krebsgeschwür, das sich selbst als ›Chor der Erlösung‹ bezeichnet. Selbst ihr Name ist eine gezielte Verhöhnung unseren Traditionen. Statt sich selbst auf halbem Weg zur Vollkommenheit zu sehen, halten sie sich für Menschen, die mit einem schrecklichen Fluch belegt sind. Sie wollen sogar von ihrem dämonischen Erbe *befreit* werden. Dieser Haufen ist voller Selbsthass und Erbärmlichkeit.«

Ich ging auf die Bemerkung mit der »Vollkommenheit« nicht ein. Meine Hände glitten hinunter zu ihrem Rücken und massierten ihn in langsamen, kreisenden Bewegungen. Caitlin beugte sich vor und ächzte vor Behagen.

»Du machst das gut«, sagte sie.

»Also wollen sie Menschen sein. Ist das überhaupt möglich?«

»Nein. Deshalb lassen sie ihren Frust an jeder ›Ausgeburt des Bösen‹ aus, die sie finden können. Und sie haben ein Faible für Explosionen.«

»Cambion-Terroristen«, sagte ich.

»Cambion-Terroristen, die versucht haben, ihr Hauptquartier in Saint Louis einzurichten, mitten im Territorium des Hofs der Nachtblühenden Blumen. Deshalb die Säuberungsaktion. Nur eine winzige Minderheit von Cambions gehört dem Chor der Erlösung an, aber sie alle niederzumetzeln, ist ein einfacher Weg, das Problem mit Stumpf und Stiel auszumerzen. Jetzt haben wir einen stetigen Strom von Flüchtlingen, die auf dem Weg nach Westen sind, und in ihren Reihen verstecken sich garantiert einige Mitglieder des Chors.«

»Warum macht Sitri dann nicht die Grenzen dicht? Warum sagt er nicht ›Danke, aber nein danke‹?«

»Mein Prinz hat seine Pläne. Er hat immer Pläne.«

Da war ich mir nicht so sicher. Erst vor wenigen Wochen war Sitri quasi mit heruntergelassenen Hosen erwischt worden und wäre einem Umsturz zum Opfer gefallen – ganz zu schweigen davon, dass dies den Weltuntergang ausgelöst hätte –, wenn Caitlin, meine Freunde und ich nicht angetreten wären, um es zu verhindern. Jetzt protegierte er ein Amnestieprogramm, das ihm garantiert Ärger einbringen würde – mit

Bomben, die in seinem Hinterhof hochgingen. Für einen Schachspieler, der angeblich immer zehn Züge vorausdachte, schien er in letzter Zeit nicht gerade in Bestform zu sein.

Aber ich sprach nichts davon laut aus. Caitlin reagierte gereizt, wenn jemand ein schlechtes Wort über den Typen losließ.

»Jeder einzelne Flüchtling muss untersucht, überprüft und dokumentiert werden«, sagte sie. »Und auf Schritt und Tritt überwacht werden. Jeder Einzelne. Und was noch schlimmer ist: Unter ihnen befindet sich ein Verräter. Die Blumen haben einen Lieblingsagenten, einen Spion und Saboteur mit legendären Fähigkeiten. Wir kennen nur sein Pseudonym: Pinfeather. Es könnte ein Mann oder eine Frau oder mit der entsprechenden Magie auch beides sein. Laut unserem Maulwurf bei den Blumen ist er oder sie jetzt hier.«

»Lass mich raten. Er unterstützt den Chor der Erlösung. Er zwingt sie, auf feindliches Territorium vorzurücken, schiebt ihnen dann die Mittel zu, die sie brauchen, um Sitri ein fetzendickes blaues Auge zu verpassen. Raffinierter Schachzug.«

»Genau. Zumindest ist das meine Theorie. Also jage ich einen Spion, der dafür berüchtigt ist, dass man ihn nicht jagen kann. Aber jetzt erzähl mir von heute früh. Jennifer hat mir am Telefon eine grobe Zusammenfassung gegeben. Wie tief steckst du in Schwierigkeiten?«

»Wenn sie mich wirklich wegen der kleinen Verfolgungsjagd drankriegen wollen, nicht allzu tief. Im schlimmsten Fall sitze ich einen oder vielleicht zwei Monate im Knast ab …«

»Auf gar keinen Fall«, sagte sie, während sich ihre Schultern unter meinen Händen anspannten. »Das verbiete ich.«

»Du bist in deiner Ruhephase, Schatz. Das ist im Moment das kleinste unserer Probleme. Dass sich das FBI eingeschaltet hat, ist eine ganz andere Geschichte, die von oben bis unten

Lauren Carmichaels Handschrift trägt. Sie spielt der Bundespolizei Informationen zu, hat wahrscheinlich die ganze Sache ins Rollen gebracht. Ich glaube, sie ist in Panik geraten. Aber sie wagt es nicht, uns direkt anzugreifen, nicht jetzt.«

»Immerhin haben wir«, sagte Caitlin mit einem zufriedenen Schnurren im Unterton, »die meisten ihrer Partner erledigt.«

»Es fühlt sich nach einer Hinhaltetaktik an. Sie bringt uns aus dem Gleichgewicht und in Schwierigkeiten mit dem Gesetz, während sie sich neu formiert. Wir müssen sie und die durchgeknallte Brand aus dem Weg räumen, bevor ihr das gelingt. Weshalb ich, wenn das Verfahren gegen mich durchgezogen wird, nicht auf einen Deal eingehen werde.«

Caitlin zuckte von mir weg und drehte sich auf dem Sofa herum. Sie starrte mich mit gerunzelter Stirn an.

»Was? Warum nicht? Du wurdest auf frischer Tat ertappt, Daniel. Wenn es vor Gericht zur Anklage gegen dich kommt, wird man dich schuldig sprechen. Du hast mit Jennifer im Auto gesessen, als ihr diese Frau die Interstate rauf und runter gejagt habt und du dabei mit einer Waffe rumgefuchtelt hast, um Himmels willen. Es gab Zeugen.«

Ich ergriff mein Weinglas und stieß mit ihrem an.

»Weil ich den Rechtsanspruch habe, meinem Ankläger gegenüberzutreten. Wenn Meadow Brand glaubt, uns hinhalten zu können, indem sie mich in den Knast bringt, muss sie persönlich vor Gericht erscheinen und aussagen.«

Langsam erschien ein verschmitztes Lächeln auf Caitlins Zügen, als ihr klar wurde, was ich damit erreichen wollte.

»Und wir werden an jeder Tür und an jedem Fenster jemanden haben, der auf sie wartet«, sagte sie.

»Volltreffer. Ich würde liebend gern ein paar Wochen hinter Gittern zubringen, wenn das bedeutet, dass wir die Gelegenheit erhalten, Brand zu erledigen.«

»Nicht schlecht, nicht schlecht, aber ich habe eine bessere Idee. Wie wäre es, wenn wir sie *vor* deinem Gerichtstermin töten und ich dir und Jennifer einen sehr guten Anwalt besorge?«

»Kennst du einen?«

Sie zog ungläubig eine Augenbraue hoch und legte den Kopf schief.

»Daniel? Hast du vergessen, für wen ich arbeite?«

Rückblickend war das tatsächlich eine ausgesprochen dämliche Frage.

Ich füllte Caitlin mit einem weiteren Glas Chardonnay ab, drängte sie, sich auf den Bauch zu legen, damit ich noch eine Weile ihren Rücken reiben konnte, und schlüpfte zur Tür hinaus, als ich sie leise schnarchen hörte. Mission erfüllt. In Anbetracht der Tatsache, dass Caitlin nur wenige Stunden Nachtruhe benötigte – sie hatte gesagt, dass es eher wie Meditation sei und nicht wie der Schlaf eines Menschen –, konnte ich mir vorstellen, wie viel sie sich selbst abverlangt hatte.

Vermutlich würde sie sauer sein, wenn sie aufwachte und erkannte, dass ich sie ausgetrickst und zu einem Nickerchen verführt hatte, aber den Konsequenzen würde ich mich später stellen. Jetzt, während die Sonne langsam hinter den roten Bergen in der Ferne unterging und Las Vegas aus seinem Hitzeschlummer erwachte, musste ich einige Sachen erledigen.

Vegas liebt Gewinner und hasst Verlierer. Solange man reichlich Kohle hat, wird man von dieser Stadt wie ein König behandelt, während man bis auf den letzten Cent gemolken wird. Doch sobald alle Taschen leer sind, endet der Trip ruckartig wie durch die Galgenschlinge. An diesem Abend war ich nicht zum neonfarbenen Triumphzug des Strip oder dem derben Chaos der Fremont Street unterwegs, sondern zu einer heruntergekommenen Straße vier Blocks abseits des Trubels.

Nahe genug, um den Glanz zu sehen, den elektrischen Widerschein vor dem dunkler werdenden Himmel, aber zu weit weg, um ihn berühren zu können.

St. Jude's hatte seine eigene Neonreklame, ein purpurrotes Kreuz, das von einer rostigen Wandleuchte über der ramponierten Eingangstür hing. In den Sechzigern war es ein Tanzlokal gewesen. Jetzt waren Cafeteriatische auf dem Parkettboden aufgereiht, und Freiwillige servierten Essen aus gebrauchten Töpfen und von Plastiktabletts. Ich trat in den großen Saal, während sich meine Augen an das gedämpfte elektrische Licht gewöhnten, und suchte mir einen Weg durch die Menge der Verlorenen und Bedürftigen.

Ich war jedes Mal überrascht, wie wenige der Stammgäste den Eindruck zerlumpter Penner machten. Die meisten von ihnen waren wie ich, sie könnten sonst jemand sein. Einfach nur gewöhnliche Leute, von denen manche mit Dämonen rangen und andere gerade einen zwölfstündigen Arbeitstag hinter sich hatten und für eine warme Mahlzeit ins St. Jude's kamen, weil sie trotz allem nicht genug Bargeld zusammenkratzen konnten, um sich Lebensmittel zu kaufen und ein Dach über dem Kopf leisten zu können. Ich ging bis zum Ende der Schlange an der Ausgabe, aber ich nahm mir kein Tablett.

Ganz vorn stand Pixie und schöpfte mit einer Kelle Instant-Kartoffelpüree aus einem Topf ohne Boden. Sie war in den Zwanzigern, bleistiftdünn, und ihr gefiedertes Haar war scharlachrot gefärbt mit Strähnen in eisigem Weiß – vermutlich hatte sie daher ihren Spitznamen. Davon oder von den Feenflügeln, die auf ihre Schulterblätter tätowiert waren. Als sie mich sah, zuckte eine Augenbraue hinter ihrer klobigen schwarz gerahmten Hipsterbrille.

»Faust«, sagte sie und sah aus, als hätte sie gerade bemerkt, dass etwas an ihrem Schuh klebte.

»Schlechter Zeitpunkt?«, fragte ich.

Sie seufzte und schüttelte den Kopf, dann winkte sie einen anderen Freiwilligen herüber und reichte ihm die Kelle. Ich folgte ihr bis zum Ende der Schlange, wo wir uns an die Ecke eines großen freien Tischs setzten.

»Du hast getrunken«, sagte sie. »Ich kann den Wein in deinem Atem riechen.«

»Gute Nase. Aber nur ein Glas, und es war für einen guten Zweck. Was, hätte ich dir eine Flasche mitbringen sollen?«

Pixie hob ihren Handrücken und zeigte mir ein X, das mit einem schwarzen Filzstift darauf gezeichnet war.

»Faust, weißt du überhaupt, was ›straight edge‹ bedeutet?«

»Zutiefst unzufrieden?«

Sie erhob sich, um zu gehen.

»Hey, komm schon«, sagte ich. »Tut mir leid. Bitte setz dich wieder. Sag mir, was du ausgegraben hast.«

Mit einem schweren Seufzer ließ sie sich auf die Bank zurückfallen. »Nichts. Weniger als nichts. Ich würde nichts durch null teilen, aber das könnte das Universum kollabieren lassen. Carmichael-Sterling Nevada hat keine Firewall, sondern eine Godwall. Das Netzwerk wird durch Key-Fobs geschützt, die einen Vierzig-Bit-Rolling-Code benutzen, und ihre Ports haben eine Passwortverschlüsselung, neben der die NSA wie AOL aussieht …«

»Pix?«, sagte ich. »Könntest du für einen Moment so tun, als wäre ich kein Hacker?«

»Ich bin ein Amateur, der in einem Tag-Team-Käfigkampf gegen John Cena und The Rock antritt. Mein Partner wurde gerade mit einem Klappstuhl ausgeknockt, und der Ringrichter guckt in eine andere Richtung.«

»Ich komme immer noch nicht mit, aber das ist etwas näher an meiner Lebenswelt dran. Willst du damit sagen, dass sich nichts machen lässt?«

»Mit dieser Ausrüstung lässt es sich nicht machen. Mein Laptop ist eine Bestie. Ich habe ihn selber gebaut, aber es gibt Grenzen für das, was ich mit brachialer Gewalt erreichen kann. Wir müssen da hinein. Mit den Stiefeln auf dem Boden.«

Das war die Antwort, die ich befürchtet hatte. Pixie war die Freundin eines Freundes, eines Räubers, mit dem ich vor vielen Jahren für Nicky Agnelli zusammengearbeitet hatte. Wenn sie nicht die Hungrigen speiste und für soziale Gerechtigkeit demonstrierte, war sie einer der besten professionellen Hacker in der Branche.

Lauren Carmichael war ihr bereits ein Dorn im Auge, da das Enclave Resort – Laurens großer Wunschtraum, ein Vergnügungspalast, neben dem der übrige Vegas Strip wie ein Slum in Kalkutta aussehen würde – verheerende Schäden an der Umwelt unseres ohnehin schon schwer angeschlagenen Ökosystems anrichten würde.

Was ich wusste und Pixie nicht, und was meinen persönlichen Grund bildete, das Enclave zu vernichten, war die Tatsache, dass es sich dabei in Wirklichkeit gar nicht um ein Resort handelte. Ich wusste nicht genau, was es tatsächlich war, aber ich hatte Baupläne gesehen, auf denen es absichtlich angelegte Sackgassen, Treppen ins Nirgendwo und im Zickzack verlaufende Korridore gab, die an die Umrisse magischer Glyphen erinnerten.

Was auch immer Lauren planen mochte, es war ein okkultes Projekt in gigantischem Maßstab. Ihr Architekt, ein Mann namens Tony Vance, hatte mir gegenüber behauptet, dass Lauren und ihre Clique die Guten wären. Dass sie die Welt retten würden.

In derselben Nacht, kurz nachdem Tony seine eigene Tochter in einer Badewanne ertränkt hatte, hatte ich ihn von einem Hochhaus in die Tiefe gestoßen. Wie auch immer Laurens

Masterplan aussah, er entsprach keiner Definition von »gut«, die mir vertraut war.

Tonys Ableben hatte die Bauarbeiten nicht merklich verzögert. Nun lotete ich andere Optionen aus. Ich konnte mich nicht in Laurens kleines Anwesen einschleichen, aber ich hatte einen Möchtegern-Robin-Hood, der meine Ziele guthieß.

»Mit ›da hinein‹ meinst du …« Mir graute vor der Antwort.

»Ins Bürohaus von Carmichael-Sterling. Ich brauche lediglich einen Zugang zu einem Routerschrank, um ihre Leitungen anzapfen zu können. Um das Netz von innen aufzuknacken. Ein Kinderspiel.«

»Auf gar keinen Fall.«

»Ich bin kein Neuling«, sagte Pixie mit gerunzelter Stirn. »Ich hoffe, dass das keine Beschützer-des-armen-unschuldigen-Mädchens-Scheiße ist, Faust. Ich habe mich schon in gruseligere Läden eingeklinkt als in ein Immobilienentwicklungsunternehmen.«

Ich schüttelte den Kopf. »Es ist größer, als du denkst. Welche anderen Optionen hätten wir? Es muss doch auch anders gehen.«

»Nicht, wenn du Zugang haben willst. Von außen kann ich das nicht machen. Und wenn ich es nicht kann, wirst du in der Branche niemand anderen finden, der es kann.«

Mein Handy klingelte. *Cait* stand auf dem Bildschirm. Wahrscheinlich rief sie an, um mir die Leviten zu lesen, dass ich sie hatte einschlafen lassen. Ich kramte ein paar zerknitterte Fünfziger aus meiner Hosentasche und drückte sie Pixie in die Hand.

»Hier. Für deine heutige Arbeit. Gib mir eine Nacht, um darüber zu schlafen, und dann werden wir morgen eine Entscheidung treffen.«

»Deine Spende ist höchst willkommen«, sagte sie, stand auf und kehrte zur Essensausgabe zurück.

Ich legte eine Hand auf das andere Ohr, um den Lärm im überfüllten Saal auszublenden, als ich den Anruf entgegennahm. »Hallo, Schatz«, begann ich, »tut mir leid wegen ...«

»Du musst sofort hier rüberkommen«, sagte sie. »Jetzt. Vor zehn Minuten. Und zieh dir etwas Nettes an.«

»Moment, was? Was ist los?«

Ronald Reagan sagte einmal, die neun furchterregendsten Worte in der englischen Sprache lauteten: »Ich bin von der Regierung und hier, um zu helfen.« Auf einen Schlag unterbot Caitlin das mit nur fünf Worten.

»Prinz Sitri möchte dich kennenlernen.«

Es passierte nicht jeden Tag, dass ich zu einer Audienz mit einem Geschöpf gerufen wurde, das älter als Rom war, und das mich vermutlich schon durch das bloße Darandenken zu Asche verbrennen konnte. Ich trug meine nette Jacke und eine Krawatte in tiefem Purpurrot.

Von außen hatte das Winter sehr wenig von einem Nachtclub. Es schmiegte sich zwischen die Touristenfallen am Nordende des Strip, und nur ein kleines Messingschild und ein dünner blauer Neonpfeil wiesen den Weg über eine kurze Treppe hinunter zur Tür. Trotzdem stand davor an jedem Abend der Woche eine Schlange, die sich die Straße entlang und um die Ecke wand. Ich war noch nie hier gewesen. Nachtclubs waren nicht so mein Ding, und obendrein wusste ich, wem dieser gehörte.

Caitlin empfing mich auf dem Gehweg, in einem todschicken schwarzen Kleid mit Spitzenstoff über einer Schulter. Sie schloss mich in die Arme und riss mich beinahe von den Beinen.

»Bist du nicht aufgeregt?«, fragte sie strahlend.

Ich hatte eher eine Scheißangst, aber für sie setzte ich mein schönstes Lächeln auf.

»Ich würde mich besser fühlen, wenn ich wüsste, worum es geht«, sagte ich, als sie meinen Arm nahm und mich an der Schlange vorbeiführte, bis zu zwei Türstehern mit Rundumsonnenbrillen.

»Ist das nicht offensichtlich? Diese ganze Sache mit der Etruskischen Schatulle. Du hast Lauren daran gehindert, sie zu öffnen, du hast die Welt gerettet, und was viel wichtiger ist, du hast meinen Prinzen gerettet. Er will dich belobigen. Dich vielleicht sogar belohnen.«

Auf Geschenke von einem Dämonenprinzen konnte ich verzichten. In Sitris Welt gab es so etwas wie »ohne weitere Verpflichtungen« nicht. Dennoch blieb ich in Caitlins Nähe, als die Türsteher wortlos das samtene Absperrband für uns öffneten. Hinter der schwarzen Doppeltür schlug uns ein Gewirbel aus Licht und dröhnenden Bässen entgegen. Eisweiß und Saphirblau waren die Farben des Abends, während Fraktale in Smaragdgrün und Gold auf LCD-Bildschirmen an der Wand explodierten. Selbst ohne die Menschenmenge, die unter den Lichtern wogte und zuckte, wäre es die pure Reizüberflutung gewesen.

Wir stiegen eine breite gewundene Treppe hinab. Unten zog sich eine mit Onyxplatten gefliste Bar um die volle Tanzfläche herum. Caitlin sagte etwas, das ich nicht verstand, also beugte ich mich näher an sie heran.

»... DJ ist gerade von einer Japan-Tour zurückgekehrt!«, schrie sie. »Wir haben ihn vom Regal abgeworben!«

Ich wippte mit dem Kopf und bewegte die Füße im Takt, obwohl ich mich anstrengte, Widerstand zu leisten. Caitlin führte mich in einen Seitengang, der in kühlem Blau erleuchtet war, und die Farben wurden allmählich dichter und dunkler, als wir erst um eine Ecke und dann um noch eine bogen. Der pulsierende Beat wurde schwächer, das Chaos blieb hinter uns zurück, und eine kalte und sterile Ordnung breitete sich aus. Mein Nacken spannte sich an.

In blaues Licht getaucht stand neben einer Stahltür am Ende des Korridors ein Mann mit Gasmaske und schwarzem Lederoverall. Hinter den getönten Linsen konnte ich seine Augen nicht erkennen. Er stand starr wie eine Statue. Die flirrenden Farben spiegelten die Lichter wider, die vor meinen parapsychischen Sinnen funkelten. Der gesamte Club war in dichte, düstere magische Strahlung getaucht.

»Er ist mein Gast«, sagte Caitlin zu dem Mann und nickte in meine Richtung.

Er drehte sich zu einem diskret in die Wand integrierten Tastenfeld um. In diesem Moment bemerkte ich die Machete, die an seinem Gürtel hing und mit etwas befleckt war, von dem ich hoffte, dass es sich um trockenen Rost handelte. Caitlin streckte ihren Arm vor, so schnell wie eine zustoßende Schlange, und packte den Mann am Kinn seiner Maske. Sie drehte seinen Kopf herum und zwang ihn, mich anzusehen.

»Merk dir sein Gesicht«, sagte sie zu ihm. »Er hat hier freien Zutritt, sollte er jemals ohne mich kommen. Wenn du das vergisst, werde ich verärgert reagieren.«

Sie ließ ihn los. Der Mann stieß hinter der Maske ein kratziges Ächzen aus und murmelte Worte, die ich nicht verstand. Dann neigte er den Kopf und tippte eine sechsstellige Ziffernfolge ein. Die Metalltür rasselte und glitt auf. Caitlin lächelte fröhlich und nahm meine Hand. Gemeinsam stiegen wir in die Tiefen des Winter hinab.

Der Club unter dem Club schwamm in einem Meer aus Schwarz – schwarzem Samt und schwarzem Leder –, hier und dort erleuchtet von goldenen Neonspritzern. Die Erbauer hatten auf tiefste Schattenwirkung geachtet, und die Musik war jetzt nur noch ein schwaches Echo von oben, nicht mehr als das stetige Bumm-bumm-bumm des Nachtclub-Herzschlags, sodass ich mir vorkam, als wäre ich eine Million Meilen unter der Erde. Ich dachte an einen Bienenstock. Kein einzelner großer Raum, sondern eine Kammer nach der anderen, die vom Galeriesaal abgingen und sich wer weiß wie weit in die Dunkelheit erstreckten.

Der Knall einer Peitsche und ein schriller Schrei gingen mir durch Mark und Bein. Mein Blick schoss nach links und rechts, doch es war unmöglich, die Akustik dieser wabenförmigen Räume einzuschätzen.

Caitlin legte ihre Hand auf meinen Rücken. »Entspann dich, mein Ritter in der glanzlosen Rüstung«, sagte sie. »Hier wird niemandem Schmerz zugefügt. Zumindest niemandem, der es nicht wünscht. Nur ein Spielplatz, nicht mehr.«

»Nanu, welch angenehme Überraschung.« Emma tauchte aus der Dunkelheit auf. Sie zeichnete sich vor goldenem Hintergrundlicht ab und trug ein eng geschnürtes Lederkorsett über einem fließenden Seidenrock. Goldene Armreifen zierten einen Arm, passend zur Farbe des Neonscheins. Doch ihre Selbstzufriedenheit verriet mir, dass sie aller Wahrscheinlichkeit nach alles andere als überrascht war.

»Wir wurden zum Medium gerufen«, sagte Caitlin und schlang ihren Arm um meine Taille. »*Wir*.«

»Oh«, sagte Emma. »Nun, ich bin überzeugt, dass es nichts allzu Furchtbares ist. Kommt ihr zu mir, wenn ihr fertig seid? Ich bin bei der Demonstration eines Korsettpiercings, und ich hätte gern noch ein paar Freiwillige.«

Caitlin tippte sich mit dem Fingernagel an die Unterlippe. »Warum nimmst du nicht April? Ach so, sie hing an Isaacs Leine, als ich sie das letzte Mal gesehen habe.«

Emmas herabhängende Hände ballten sich zu Fäusten. »Sie hing woran?«

»Oh, mm-hmm«, machte Caitlin und nickte unschuldsvoll. »Ich habe die beiden vorhin hier irgendwo gesehen. Sie trug sein Halsband. Und wirkte überglücklich.«

»Ich ...«, setzte Emma an und schüttelte dann den Kopf. »Ich werde ihn töten. Ich werde ihn töten.«

Caitlin winkte, als Emma zurück ins Labyrinth stapfte. »Gern geschehen, meine Liebe. Grüß ihn von mir.«

Das Lachen platzte aus mir heraus, und ich zog sie näher an mich heran. Ein Funke stach in meine Lippen, als wir uns küssten. Ich nahm den schwachen Geschmack nach Erdbeeren wahr.

»Sie hasst es, wenn sich Leute mit ihrem Spielzeug vergnügen«, murmelte Caitlin mir ins Ohr und streichelte meinen Nacken mit ihren Fingernägeln.

»Du bist so ...« Ich hielt inne. Ich wollte »böse« sagen. Ich hätte es als ironisches Kompliment gemeint, aber das Wort brachte mich etwas zu nahe an die Realität heran, über die ich lieber nicht zu lange nachdenken wollte.

In einer Beziehung mit einem Agenten der Hölle wurden moralische Aspekte an den Rändern etwas unscharf. Caitlin war die Liebe meines Lebens. Sie war klug, charmant und freundlich, wenn sie wollte ... doch wenn ihre Leute ihren Willen durchsetzen würden, wäre die Menschheit, wie wir sie kannten, zum Untergang verdammt. Also witzelten wir darum herum. Wir ließen die schlimmen Sachen in der Ecke zurück und trafen uns in der Mitte, in dieser schattigen Grauzone, die wir beide so gut kannten.

Schließlich war ich selbst kein Engel, aber manchmal fragte ich mich schon, ob diese Beziehung von Dauer sein konnte. Ich glaube, ich hoffte, dass sie sich änderte. Ich glaube, sie hoffte, ich würde es tun. In dieser Hinsicht waren wir beide eigensinnig.

»Was wolltest du sagen?«, fragte sie und bog sich zurück, um mir in die Augen zu schauen.

»»Wunderschön««, antwortete ich, und wir küssten uns noch einmal.

Vor der Tür am Ende der Galerie stand keine Wache. Da war nur ein weiteres Tastenfeld, dessen Ziffern in ruhigem Blau schimmerten. Ich beobachtete, wie Caitlin den Code eintippte.

»Sechs-sechs-sechs?« Ich sah sie mit schief gelegtem Kopf an, während die Tür aufschwang und eine weitere Treppe sehen ließ. »Im Ernst?«

»Das soll ein Witz sein«, sagte sie mit gespieltem Schmollen. »Jeder, der nach unten steigt und nicht hierhergehört, wird nie wieder nach oben gelangen, also machen wir uns keine allzu großen Sorgen wegen möglicher Eindringlinge.«

Dieser Gedanke war kaum geeignet, mich zu beruhigen, als wir die Treppe hinuntergingen. Hier war die Luft feucht und muffig und trug den schwachen eigentümlichen Geruch nach getrockneten und gewürzten Orangen heran. Vier Steinsäulen stützten die Decke, und ein einzelner Kerzenleuchter aus Messing in Schuppenform, etwa anderthalb Meter hoch, stand im Herzen der Kammer. Jemand war bereits vor uns hinuntergestiegen und hatte die Stumpenkerze angezündet, aber sie spendete kaum genug Licht, um die Wände des Raums erkennen zu lassen oder sonst irgendetwas jenseits der dichten zitternden Schatten.

Am Fuß der Treppe nahm Caitlin meine Hand. Ihre Finger schlossen sich um meine, warm und fest, als sie mir in die Augen blickte.

»Du bist nervös«, sagte sie. »Das ist verständlich. Was auch immer hier geschieht, Daniel, ich werde für deine Sicherheit sorgen.«

Da war noch etwas anderes. Ich bemerkte es daran, dass sie es zurückhielt.

»Was ist es?«, fragte ich.

»Ich will dich«, sagte sie stirnrunzelnd wie eine Fremde, die an die Grenzen ihrer Sprachkenntnisse gestoßen war und nicht die ganz richtigen Worte finden konnte. »Verstehst du? Ich ... ich will dich.«

Ich hob eine Hand und berührte ihre Wange. »Ich liebe dich auch«, sagte ich zum allerersten Mal.

Sie schloss mich in die Arme, und wir beide taten so, als wäre es zu dunkel, um die Feuchtigkeit in unser beider Augen zu sehen.

Ketten klirrten in der Dunkelheit. Caitlin ließ mich los. »Es kommt«, flüsterte sie.

Zuerst der Gestank. Es roch wie ein totgefahrenes Tier, das einen Tag auf dem Highway in der Sonne gelegen hatte, wie ein von Maden wimmelnder Kadaver, der in der Hitze verweste. Mein Magen zog sich vor plötzlichem Ekel zusammen.

Dann ein langsamer, humpelnder Schritt nach dem anderen, als das Medium aus den Schatten trat.

Was auch immer – *wer* auch immer – es einst gewesen sein mochte, die Hände der Hölle hatten diesen Menschen zu etwas verbogen, das mein Blut in den Adern gefrieren ließ. Das Gesicht des Mediums war eine Masse aus alten Verbrennungen, die Augen waren unter Narbengewebe verborgen und die Züge entstellt, nur sein Mund schien unversehrt. Es war spindeldürr, trug ein langes Gewand aus smaragdgrüner Seide, die hinter ihm über den Boden schleifte, gut geschnitten, aber mit eingetrockneten Exkrementen verkrustet. Es zog auch Ketten hinter sich her, eine schwere Schleppe aus massivem Gold, die über die Bodenplatten rasselte.

Man hatte dieses Wesen nicht gefesselt. Man hatte den Vermittler aufgeschnitten und die Endglieder der Kette einfach durch die Knochen seiner schmalen Hand- und Fußgelenke gebohrt.

»Fürchtet mich«, krächzte das Medium mit durchdringender Stimme. »Denn ich spreche nichts als die Wahrheit.«

»Warum sollten wir die Wahrheit fürchten?«, wollte ich wissen.

»Worte von jemandem«, erwiderte es, während sich sein blindes Gesicht in meine Richtung drehte, »der sie nicht allzu häufig hört.«

»Wir möchten die Worte des Prinzen hören«, erklärte Caitlin. Sie streckte die Hände aus, die Innenfläche und die Finger seltsam gekrümmt, um sie dann wieder sinken zu lassen. Eine rituelle Geste einer mir unvertrauten Konfession.

»Und er will, dass ihr sie hört. Daniel Faust, du bist unserem Prinzen bekannt.«

Caitlin nahm meine Hand, und ich nickte.

»Er nennt dich«, sagte das Medium, »seinen Feind.«

Ihre Finger verkrampften sich.

»Wie bitte?«, fragte ich. Nicht eben die wortgewandteste Entgegnung, aber schließlich hatte ich soeben einen Schlag in die Magengrube verpasst bekommen, als ich mit einer Schachtel Pralinen gerechnet hatte.

Das Medium hielt inne, den Kopf schief gelegt, während es einer Stimme lauschte, die wir nicht hören konnten.

»In der Vergangenheit hast du gegen uns gearbeitet«, krächzte das Medium. »Gegen Geld exorziert. Geringere Günstlinge des Prinzen aus purem Eigennutz verbannt.«

Ich schüttelte den Kopf. »Vielleicht bist du nicht ganz auf dem Laufenden, Kumpel, aber ich habe deinem Boss vor Kurzem den Arsch gerettet *und* den Thron, auf dem dieser Arsch sitzt ...«

»Daniel«, sagte Caitlin mit einem warnenden Unterton.

Das Medium stieß ein verschleimtes, zischendes Husten aus. Ich brauchte eine Sekunde, um zu begreifen, dass die Kreatur kicherte.

»Deine Dienste sind zur Kenntnis genommen, aber sie überwiegen nicht deine Beleidigungen – ob beabsichtigt oder nicht. Du bist kein passender Gefährte für den Wachhund des Prinzen. Das würde zu Spekulationen führen. Zu Fragen. Zu unbedachten Anspielungen und Geflüster über Illoyalität.«

»Nein.« Caitlin drückte meine Hand so fest, dass mir die Augen tränten. Ihre Stimme war rau, geladen mit einer Wut, die sie kaum unter Kontrolle hatte. »Nein. Meine Loyalität steht außer Frage. Meine Loyalität habe ich immer wieder bewiesen, genauso wie meine Einsatzbereitschaft. Ich habe das Recht verdient, mir selbst einen Gefährten zu wählen. Ich habe es mit Blut und Tränen verdient und mit ...«

Das Medium hob eine Hand und ließ die Ketten klirren.

»Und dein Prinz erkennt deine harte Arbeit an, weshalb er

dich gern mit Geschenken deiner Wahl belohnen wird. Aber nicht mit diesem. Fortan ist es dir untersagt, mit diesem Mann zu verkehren. Es sei denn ... Faust würde eine Leistung für uns erbringen. Einen Beweis seiner Treue, seiner guten Absichten.«

Diesen Weg war ich schon einmal gegangen. Mit Polizisten oder Gangstern oder den Herrschern der Hölle ist es immer dasselbe Lied: »Erledige meine Drecksarbeit, oder ich werde dir alles nehmen, was dir lieb ist.« Allmählich hatte ich dieses Spiel so verdammt satt, aber wenn es um Caitlin ging, blieb mir nur eine Option.

»Sag schon!«, schnauzte ich.

»Hier gibt es einen Priester«, sagte das Medium, »namens Maximilian Alvarez. Er wurde erst kürzlich in seine neue Pfarrei versetzt, und er wird bereits von seiner Gemeinde geliebt und ist in jeder Hinsicht ein guter und ehrenhafter Mann. Der Prinz möchte, dass du ihn ermordest.«

»Was hat er getan?«

Das Medium lächelte. »Nichts. Ganz und gar nichts. Er ist das Paradebeispiel einer unschuldigen Seele. Dennoch wünscht Prinz Sitri aus seinen eigenen Gründen den Tod dieses Mannes. Und er möchte, dass du es tust. Frag nicht, warum. Bring einfach diesen Priester um.«

»Ich bin kein Auftragskiller, für niemanden«, sagte ich. »Und ich habe noch nie jemanden ohne einen verdammt guten Grund erschossen.«

Das verunstaltete Gesicht des Mediums bewegte sich von mir zu Caitlin und zurück.

»Töte diesen Mann«, sagte es, »und ihr beiden dürft zusammen sein. Ist dieser Grund nicht gut genug?«

Darauf wusste ich nichts zu erwidern.

Caitlin ließ meine Hand los. Sie fiel herab und hing schlaff und nutzlos an meiner Seite. Ich hatte nicht die Kraft, sie zur Faust zu ballen.

»Ich spreche nur die Wahrheit«, sagte das Medium und zog sich wieder in die Dunkelheit zurück. Die Schatten verschluckten es vollständig und ließen nichts außer dem nachlassenden Kadavergestank und dem fernen Rasseln goldener Ketten zurück.

Mir war klar, dass Caitlin und ich eines Tages vielleicht an eine Grenze gelangen würden, an etwas, das für einen von uns ein bisschen zu weit ging. Aber ich glaubte nicht, dass es schon heute Nacht so weit war. Ich war keiner von den guten Jungs. Ich hatte gestohlen, gelogen, betrogen, und ja, ich hatte auch ein paar Leichen hinter mir zurückgelassen, aber es gab Dinge, die ich machen würde, und andere, die ich nicht machen würde. Dahinter stand kein Ehrenkodex, nichts derart Romantisches, sondern es gab einfach nur ein paar Grundregeln, die verhinderten, dass das, was von meinem Gewissen noch übrig war, mich nicht bei lebendigem Leib auffraß. Ich hatte noch nie jemanden getötet, der es nicht verdient hatte, und ich würde auch heute Abend nichts daran ändern.

Auch ihr war es klar. Caitlin starrte in die flackernde Flamme der Kerze und wirkte verloren. Wir rangen nach Worten, aber sie war die Erste, die schließlich etwas sagte.

»Er hat es auf den Punkt gebracht.«

»Er labert einfach nur Scheiße.« Daraufhin warf sie mir einen finsteren Blick zu, aber das war mir egal. Ich war zu wütend, um einen auf nett zu machen. »Er verarscht uns, Cait. Er zieht an unseren Fäden und lässt uns wie Marionetten tanzen, nur weil er es tun kann. Und das jetzt mit mir? Ich habe so etwas erwartet, aber du hast etwas Besseres verdient. Für dieses Arschloch hast du geschuftet bis zum Umfallen, also hast du etwas Besseres verdient!«

»Daniel«, sagte sie leise, »würde mein Prinz mir die Order geben, diesen Priester zu töten, weißt du, was ich dann sagen würde?«

Ich schüttelte den Kopf.

»Ich würde ihn fragen, wie schmerzhaft sein Tod sein und wie seine Leiche zur Schau gestellt werden soll. Es ist mir gleich, ob er unschuldig ist. Wenn es darum geht, meinem Prinzen zu Diensten zu sein, meinem Hof, meinem Volk, dann ist es mir schlicht und ergreifend völlig egal. So bin ich. Dir ist es nicht egal. Du bist tief im Herzen ein Kreuzritter, auch wenn du versuchst, das unter deiner Verbitterung zu vergraben, und dein Zorn richtet sich ausschließlich auf jene, die es verdient haben. Du könntest dich dazu zwingen, es zu tun, um unseretwillen, aber danach würdest du dich auf ewig dafür hassen. So bist du. Er hat es auf den Punkt gebracht.«

Sie drehte sich um und stieg die Treppe hinauf, ließ die einsame Kerze hinter sich zurück.

Ich folgte ihr, während ich nach Worten suchte. »Lass mich eine Nacht darüber schlafen«, sagte ich zur ihr. Es war das Beste, was ich zu bieten hatte, das Beste, was mir einfiel und das keine glatte Lüge war.

Sie schritt durch das schwarze Labyrinth wie eine Trauernde. Schreie der Lust und des Schmerzes hallten aus den wabenförmigen Kammern heran, gefolgt von leiserem Gelächter.

»Wird es morgen anders sein, Daniel? Und wenn du den Mut findest, es wirklich zu tun, was dann? Wie lange wird es dauern, bis du es mir übel nimmst? Wie lange, bis du mich dafür hasst?«

»Caitlin!«, entfuhr mir ihr Name, wie ein Pistolenschuss in der Dunkelheit. Sie blieb stehen und wirbelte zu mir herum.

»Gib mir drei Tage«, sagte ich zu ihr. »Bitte. Bevor du Blumen auf unseren Sarg wirfst. Drei Tage.«

Sie schüttelte den Kopf, wandte sich aber nicht ab.

»Glaubst du, dass du einen Ausweg, ein Schlupfloch finden wirst? Dass du meinen Prinzen irgendwie austricksen kannst? Du bist der geborene Schwindler, Daniel, aber er hat seine Fäden schon vor langer Zeit gesponnen, Jahrhunderte vor deiner Geburt. Er berücksichtigt alle Eventualitäten. Ganz gleich, welches Spiel du zu spielen beabsichtigst, er hat es längst gewonnen.«

»Komisch«, antwortete ich. »Kurz bevor er starb, erklärte Tony Vance mir ganz genau dasselbe über Lauren Carmichael. Und wie ich mich erinnere, haben wir ihr in den Arsch getreten. Gemeinsam.«

Caitlin schenkte mir den Hauch eines Lächelns.

»Drei Tage«, sagte sie und zeigte in den Korridor hinauf. »Jetzt geh. Da ist der Ausgang. Ruf mich an, wenn du fertig bist … mit dem, was auch immer du meinst, tun zu können.«

»Du kommst nicht mit? Ich könnte dich nach Hause fahren.«

Sie schüttelte den Kopf. »Ich muss heute Nacht jemandem wehtun. Es wäre mir lieber, wenn es nicht du wärst.«

Ich ging nicht sofort. Ehrlich gesagt wusste ich nicht, wohin ich gehen sollte. Ich suchte mir eine leere Nische mit einer gepolsterten Lederbank und setzte mich, lehnte den Kopf gegen die Wand, in das goldene Neonlicht gebadet.

Ich hatte mir drei Tage erkauft, aber was wollte ich damit anstellen? Das hier war kein Multiple-Choice-Quiz. Ich konnte entweder den Priester töten und meine Beziehung retten oder meine Integrität bewahren und Caitlin verlieren. *Kopf oder Zahl, entweder du gewinnst, oder ich verliere,* dachte ich und schloss die Augen.

Warum ein Priester? Bei all den Leuten, die man wahllos auf eine Abschussliste setzen könnte, warum glaubte Prinz Sitri, dass es mir etwas ausmachte, wenn es sich um einen Geistlichen handelte? Er dürfte wissen, dass ich kaum etwas mit dem Gott irgendeiner Religion zu schaffen hatte. Für mich existierte keine höhere Ebene beim Tabu. Sitri hätte jemanden aussuchen können, der für mich schwerer zu erledigen war, wenn er wirklich meine Entschlossenheit prüfen wollte. Vielleicht jemanden, der ehrenamtlich in einem Tierheim arbeitete.

Verdammt, wenn er mir das Bestehen dieses »Tests« wirklich unmöglich machen wollte, hätte er mir befehlen können, einen Freund zu töten.

Die Antwort lag auf der Hand: Die Zielperson war keineswegs zufällig ausgewählt.

Sitri liebte Spiele. Dieser Father Alvarez war kein Trottel, der zufällig aus dem Telefonbuch herausgepickt worden war. Er hatte ihn aus einem bestimmten Grund ausgesucht und ihn vor mein Zielfernrohr gesetzt, obwohl er wusste, dass ich ihn nicht kaltmachen würde. Die Frage nach dem Warum war der Punkt, an dem ich ansetzen konnte, und das war auch der einzige Punkt, den ich hatte.

»Also gut, Arschloch«, murmelte ich. »Ich werde mitspielen. Es geht los.«

Ich war fast zur Tür hinaus, als Emma mich entdeckte. Ihr Seidenrock flatterte hinter ihr, als sie heranstürmte und mir einen Finger ins Gesicht stieß.

»Was zum Teufel ist da unten passiert?«, blaffte sie.

»Ich bin ebenso erfreut, dich wiederzusehen.«

»Ich bin gerade Caitlin begegnet«, sagte sie. »Die Arme sah todunglücklich aus. Was hast du ihr angetan?«

Ich gab ihr schnell eine Kurzfassung. Ich wusste aus Erfahrung, dass es nicht ratsam war, sich in der Nähe einer wütenden Dämonin zu befinden.

»*Khlegota*«, zischte Emma in Gossenflenszunge. Das höllische Wort stach wie ein Tropfen Säure in mein Trommelfell. Dämonensprache ist toxisch für sterbliche Ohren. »Er markiert mal wieder den großen Macker. Typisch für ihn.«

»Du klingst nicht wie ein Fan.«

»Ich bin eine loyale Dienerin. Das heißt nicht, dass ich so tun muss, als würde mir gefallen, was er tut, oder als wäre ich glücklich, dass Caitlin deswegen am Boden zerstört ist.«

Ich legte den Kopf schief. »Ich ... muss zugeben, dass ich diese Reaktion nicht von dir erwartet hätte. Irgendwie dachte ich, du wärst froh darüber.«

Emma stemmte die Hände in die Hüften.

»Du verstehst das nicht. Caitlin und ich stehen im Wettstreit. Wir fügen uns kleine Schnitte zu, weil uns das Spaß macht. Es ist nur ein Spiel. Aber jetzt? Sie ist wirklich traurig, und als unglücklicher Wachhund wird sie uns anderen das Leben vermiesen. Sie hat eine Lizenz zum Töten, weißt du. Und zum Foltern und zum Verstümmeln. Also komm jetzt. Wir nehmen meinen Wagen und statten diesem Priester einen Besuch ab.«

»Ich werde auf keinen Fall ...«

»Natürlich nicht«, sagte sie. »Ich werde es tun. Wir fahren zu ihm, ich werde ihn zwingen, seine eigenen Eingeweide zu fressen, und dann allen sagen, dass du es getan hast. Einfach. Effizient. Erledigt.«

»Du würdest für mich den Prinzen belügen?«

Emma kniff die Augen zusammen. »Nein. Ich würde es für *sie* tun.«

Ich schüttelte den Kopf. »So sehr ich das Angebot zu schätzen weiß, kann ich das nicht zulassen. Sitri würde uns die Geschichte nicht abkaufen, und das würde uns alle drei nur in Teufels Küche bringen. Caitlin hat mir drei Tage Zeit gegeben, mich darum zu kümmern. Ich hab da schon ein paar Ideen.«

Emma sah mich zweifelnd an, aber dann reichte sie mir eine Visitenkarte. »Southern Tropics Import/Export Company, Emma Loomis, Director of Finance.« Caitlin hatte eine ähnliche Karte. Im einundzwanzigsten Jahrhundert besaß selbst die Hölle Außendienststellen.

»Falls du Unterstützung brauchst«, sagte sie, »ruf mich an. Ich will das Beste für Caitlin. Im Augenblick bist du das, also zögere nicht, mich um Hilfe zu bitten.«

»Danke«, sagte ich und meinte es auch so. Emma war vielschichtiger, als ich es ihr auf den ersten Blick zugetraut hätte. Manchmal machte es mir nichts aus, wenn ich einen Menschen falsch eingeschätzt hatte.

»Außerdem«, fügte sie mit einem gezielt unbekümmerten Lächeln hinzu, als sie ihre emotionale Maske wieder aufgesetzt hatte, »wenn ihr beiden euch trennt, wie kann ich dich ihr dann noch wegnehmen? Das wäre doch gar kein Spaß mehr für mich, oder?«

In dieser Nacht konnte ich nicht schlafen. Es fühlte sich wie eine vergebliche Übung an, und mein Wecker zählte die Zeit herunter. Gegen drei Uhr morgens fuhr ich meinen Laptop hoch und schickte eine E-Mail an Pixie, in der ich meine Idee umriss, wie wir mit unserem Carmichael-Sterling-Problem umgehen könnten. Um drei Uhr fünfzehn hatte ich ihre Antwort. Sie konnte auch nicht schlafen.

»Verzwickt«, schrieb sie, »aber ein Freund von mir kann uns vielleicht einklinken. Lass uns um sechs Uhr im St. Jude's treffen.«

Ich stieß auf eine ungeordnete Schlange draußen vor den geschlossenen Türen der Suppenküche, wo sich die Verstoßenen von Las Vegas eine Stunde vor der Öffnungszeit versammelten. Doch von Pixie war nichts zu sehen. Es waren einfach nur müde und hungrige Leute, die sich an die letzten Fetzen ihrer Würde klammerten. Die Sonne ging über den schlafenden Casinos ein paar Blocks weiter auf und tauchte die darin gespiegelten Gesichter in Schattierungen von Scharlach und Gold.

Eine blecherne Hupe quäkte hinter mir. Pixie saß am Lenkrad eines alten Ford-Lieferwagens. Rostflecken sprenkelten den eierschalenfarbenen Lack, und der Motor klang, als könnte er einen Schluck Hustensaft gebrauchen.

Ich ging zur Beifahrerseite und blickte durch das offene Fenster. »Was ist das, die Serienkiller-Spezialanfertigung? Es fehlt nur noch die Aufschrift ›Free Candy‹ an der Seite.«

»Das ist mein Wardriver. Steig ein.«

Ich hievte mich auf den Sitz, schaute nach hinten und ließ einen langen Pfiff hören. Von außen mochte die Karre wie ein Schrotthaufen aussehen, aber im Laderaum befand sich eine aufwendigere Ausstattung als in einem Überwachungswagen des FBI. Gelbe Lämpchen leuchteten an einem Serverregal, das vom Boden bis zum Dach reichte, daneben eine Konsole, die mit Audiobuchsen und kleinen Schwarz-Weiß-Monitoren bestückt war, auf denen die Liveübertragung von versteckten Kameras aus allen möglichen Außenperspektiven zu sehen war. Auf einem Aufkleber an der Konsole stand: »Diese Maschine tötet Faschisten«.

»Wir haben den Lieferwagen bis Mittag«, sagte Pixie. »Und mein Freund hat ihn mit der sonstigen Ausrüstung beladen, die du für deinen blöden Plan haben wolltest. Hatte ich schon erwähnt, dass dein Plan blöd ist?«

»Ich werde dich nicht ins Carmichael-Sterling-Gebäude schicken, Pix. Das ist nicht verhandelbar.«

Sie glaubte, Lauren Carmichael wäre eine kriminelle Firmenchefin, die Auftragskiller bezahlte, und keine erstklassige Zauberin, die mit einem magischen Ring Dämonen versklavte. Wenn ich Pixie unvorbereitet in diese Umgebung schickte, wäre das genauso, als würde ich sie in einen Fleischwolf werfen. Ich kannte nur eine Person, die qualifiziert war, dieses Gebäude zu betreten und in einem Stück wieder herauszukommen.

»Du weißt, dass sie dich töten werden, ja?«, sagte sie, als sie mit dem Lieferwagen losfuhr. »Sie kennen dich, Faust. Sie kennen dein Gesicht, und sie werden versuchen, dir eine Kugel in den Kopf zu jagen.«

»Und genau aus diesem Grund ist ihr Büro der letzte Ort, an dem sie mich erwarten würden. Und vergiss nicht, es ist nur der innere Zirkel, der uns Sorgen macht. Die normalen Leute da drüben haben keine Ahnung, für wen sie arbeiten.«

»Sie wissen, dass sie dieses aufgequollene Krebsgeschwür am Ende des Strip bauen. Sie wissen, wie viel Strom und Wasser damit pro Jahr verschwendet werden, ganz zu schweigen von der Umweltverschmutzung …«

»Lass es mich anders formulieren«, sagte ich. »Die normalen Leute da drüben sind unbewaffnet und wollen nicht jeden ermorden, der ihnen in die Quere kommt.«

»Und ein weiterer Riesenhaufen aus Verschwendung und Gier in dieser Stadt ist nicht genauso schlimm oder noch schlimmer? Das ist dein Problem, Faust. Du denkst zu kurzfristig. Du siehst nicht den größeren Zusammenhang.«

Ich zuckte mit den Schultern und schaute zu, wie die Stadt vorbeirollte. »Das wurde mir schon häufiger vorgeworfen.«

Unterwegs rief ich Bentley an. Er war kein Frühaufsteher. Er hatte seine eigenen Bedenken hinsichtlich des Plans, und dann drängte sich Corman in die Verbindung und teilte mir seine Gefühle zu dem Thema mit. Man könnte seine Sprache als »drastisch« bezeichnen.

»Pixie hat mir bereits erklärt, dass der Plan blöd ist«, erwiderte ich.

»Ich habe nicht gesagt, dass der Plan blöd ist«, brummte Corman. Er war der Oscar und Bentley der Felix in ihrer Männerwirtschaft, massig wie ein ehemaliger Linebacker und jemand, der kein Blatt vor den Mund nahm.

»Hör zu, sie kann mich Schritt für Schritt anleiten. Wie jemand, der ein Flugzeug mit Anweisungen vom Tower auf den Boden bringt.«

»Meinst du, Carmichael würde die verdammten Tore zu

ihrem Palast weit offen stehen und unbewacht lassen, wenn sie weiß, dass wir es auf sie abgesehen haben? Was ist mit dem Silverlode? Dort war es wie in einem Nest aus magischem Stacheldraht.«

»Außerdem war es aus einer Meile Entfernung offensichtlich«, sagte ich. »Carmichaels Leute sind meines Erachtens nicht besonders gut darin, subtil vorzugehen. Ich werde auf Wehre achten, bevor ich hineingehe …«

»Wehre?« Pixie ruckte am Lenkrad.

Ich wedelte mit der Hand, eine Geste, die so viel wie »Das werde ich dir später erklären« bedeutete. Das würde ich nicht tun, aber damit gewann ich Zeit.

»Es ist etwas anderes«, brummelte Corman in mein Ohr, »wenn du eine Außenstehende mit hineinziehst. Hat sie eine Ahnung, wie gefährlich es ist?«

»Pix ist keine Steuerzahlerin. Sie ist nur von einer anderen Seite unserer Straße. Sie kommt damit klar.«

»Ich sitze genau neben dir«, murmelte Pixie. »Die Person, über die du sprichst. Hier im Lieferwagen.«

»Tut mir leid«, sagte ich zu ihr, während ich eine Hand über das Telefon legte.

Corman am anderen Ende der Leitung seufzte. Es klang wie Steine, die eine Metallrutsche hinunterpolterten. »Also gut, Junge. Wir treffen euch auf halbem Weg. Wir kommen vorbei und kundschaften den Laden aus, und dann entscheiden wir. Das ist alles, was ich versprechen kann.«

»Das genügt mir. Danke, Corman.«

Ich legte auf. Pixie lenkte den Wagen vom Fahrweg, parkte auf dem Bordstein einer Straße, deren Häuser vernagelte Fenster hatten und mit Zwangsvollstreckungsschildern übersät waren, und stellte den Motor ab.

»Das ist die falsche Adresse«, sagte ich.

Sie verschränkte die Arme und starrte mich finster an. »Der Wagen wird sich nicht von der Stelle rühren … bis ich ein paar ehrliche Antworten bekommen habe.«

»Pix …«

»Nein. Das hast du schon viel zu oft mit mir gemacht, Faust. Du kommst in mein Leben gerauscht, du wirfst alles durcheinander, und dann verschwindest du einfach wieder. In all den Jahren habe ich deinen Mist geduldig ertragen, hauptsächlich, weil du immer bar zahlst und nicht versuchst, mich zu bescheißen. Aber ich glaube keine Sekunde daran, dass du und ich aus denselben Gründen gegen Carmichael-Sterling vorgehen wollen. Du bist kein Aktivist und du bist kein Altruist.«

»Ich bin ein Dieb«, sagte ich rundheraus. »Vielleicht ist es ein Raubüberfall.«

»Und vielleicht laberst du nur Scheiße. Mysteriöse Anrufe? Wehre? Du lässt mich nicht einfach in den Müllcontainer tauchen, obwohl du weißt, aus welchen gruseligen Orten ich heil herausgekommen bin? Entweder sagst du mir, was los ist, oder du steigst aus diesem Wagen. Deine Entscheidung.«

Ich seufzte. »Ich schätze, eine Verdopplung deines Honorars würde wohl nicht ausreichen, oder?«

Sie saß weiter mit verschränkten Armen da und wartete in hartnäckigem Schweigen darauf, dass ich redete.

»Du weißt, dass dies eine ziemlich bizarre Stadt ist«, sagte ich
zu ihr, weil mir keine bessere Einleitung in den Sinn kam.

»Ja. Ist mir auch schon aufgefallen.«

»Pix, das ist Zeitverschwendung. Du wirst nichts von allem
glauben.«

»Versuch's einfach«, sagte sie.

Ich zuckte mit den Schultern. Vielleicht konnte ich genauso
gut die Karten auf den Tisch legen. Sie würde mich aus dem
Wagen werfen, und ich müsste mir einen anderen Hacker suchen, aber zumindest hätten wir die Sache endgültig geklärt.

»Vor ein paar Wochen hätte Lauren Carmichael mit einem
okkulten Ritual beinahe die Welt vernichtet, doch zum Glück
ging das schief. Sie wurde von ein paar Schwindlern aus einer
anderen Dimension in die Irre geführt, aber das spielt jetzt
keine Rolle. Es geht darum, dass sie eine Zauberin mit großen
Ambitionen ist, und wir müssen sie ausschalten, bevor sie es
noch einmal versucht.«

»Eine Zauberin«, wiederholte sie mit tonloser Stimme.

Ich nickte.

»Und woher weißt du das?«

»Weil ich ein Zauberer bin. Das war mein Job, als ich für
Nicky Agnelli gearbeitet habe. Er nannte mich seinen ›Zauber-

diener«. Ich habe Einbrüche mit ein wenig schwarzer Magie durchgezogen, seine Leute für die Bullen unsichtbar gemacht, alle möglichen schmutzigen Sachen, aber nicht ganz billig. Ich bin gut auf diesem Gebiet und ich nehme dafür eine Menge Geld. Zumindest habe ich das früher getan.«

Eine ganze Weile sagte sie gar nichts, starrte mich nur an, als könnte sie sich nicht klar werden, ob ich sie auf die Schippe nehmen wollte. Ich wusste, wohin diese Unterhaltung führen würde, also legte ich beiläufig die Hand auf die Beifahrertür. Ich erweiterte meine Sinne, atmete tief durch und fühlte den Puls der schlafenden Maschine. Mein Zeigefinger zeichnete eine Sigille auf den heißen, grobporigen Kunststoff.

»Es gab schon immer Geschichten«, sagte sie, »über Nicky Agnelli. Wie er Sachen wusste, die er nicht wissen konnte, wie er Leute erwischte, ganz gleich, wo sie sich zu verstecken versuchten.«

»Nicht alle diese Geschichten sind wahr«, erklärte ich ihr, während meine Aufmerksamkeit auf meine Arbeit gerichtet war. Ein Energiestrom sickerte in das Benzin und Öl. Ranken aus Energie tasteten nach Zündkerzen und Dichtungen.

»Und welche sind es?«

»Nur die wirklich schaurigen.«

»Also gut.« Sie lehnte sich auf dem Sitz zurück. »Beweise es.«

»Wenn ich das tue, wird es dich nicht glücklicher machen. Du wirst nachts nicht besser schlafen. Pix … wenn du in meine Welt eintrittst, kommst du nicht mehr heraus. Nichts wird mehr sein, wie es war. Bist du dir sicher, dass du das willst?«

»Beweise es«, wiederholte sie.

Ich atmete schwer aus und zündete meinen Zauber. Die Konsole des Lieferwagens erwachte schlagartig zum Leben, sämtliche Lichter auf den Armaturen blitzten auf, wobei die Warnblinkanlage lief und ein AC/DC-Song aus dem Radio dröhnte, laut genug, um fast die Boxen durchbrennen zu lassen. Flüssigkeit spritzte auf die verdreckte Windschutzscheibe, während die Scheibenwischer im Takt der schreienden Gitarre hin- und herzuckten. Pixie griff nach dem Schlüssel, ließ die Zündung knirschen, als sie ihn vor und zurück drehte, bis der Motor endlich erstarb.

Sie lehnte sich zurück, war blass.

»Das war ein Trick«, sagte sie. »Ich habe dich bei kleinen Kunststücken beobachtet. Du hast wahrscheinlich ...« Sie verstummte.

»Was? Einen Apparat unter der Motorhaube angebracht, um einen Lieferwagen zu sabotieren, den ich heute zum ersten Mal gesehen habe? Während du mich die ganze Zeit im Blick hattest?«

Dazu sagte sie nichts. Ich beobachtete, wie sich die Zahnräder in ihrem Kopf lautlos drehten.

»Hier geht es nicht um irgendwelche bewaffneten Schläger einer Firma. Wenn es das wäre, würde ich mich danebenstellen und dich deine Sache durchziehen lassen. Lauren dürfte da drinnen Gefahren versteckt haben, denen du nichts entgegenzusetzen hast. Überwachungszauber. Flüche. Vielleicht Schlimmeres.«

»Schlimmeres?«

Ich kam mir wie ein Superarschloch vor, als ich das mit ihr machte. Das war ein weiterer Grund, warum wir Außenstehende nicht einfach so in unsere Realität einweihten. Das war nicht nett. Das war nicht fair. Pixie war mir bis hierher gefolgt, und sie hatte eine echte Warnung verdient, bevor sie zu neugierig wurde und aus eigenem Antrieb herumschnüffelte.

»Dämonen«, sagte ich.

Pixies Augen weiteten sich, aber nicht vor Furcht. Sie lächelte.

»Wenn Dämonen also real sind«, sagte sie, während sie weitere Berechnungen anstellte, »dann … ist alles real. Gott. Der Himmel. Alles. Es gibt Hoffnung.«

Verdammt, war mir das zuwider. Ich versuchte, es hinauszuzögern, und hoffte, dass ich sie noch eine Weile im Unklaren lassen könnte, gerade so viel, dass sie damit glücklich sein konnte. Doch noch während die Worte über meine Lippen kamen, wurde mir klar, dass sie mich sofort durchschauen würde.

»Ja«, sagte ich. »So ist es.«

Das Lächeln verschwand von ihrem Gesicht, als sie mir in die Augen schaute. Ich sah etwas Neues in ihrer Miene. Dämmernden Schrecken.

»Au weia«, sagte sie. »Du lügst.«

»Pix, diesem Weg solltest du nicht folgen …«

»Die Wahrheit, Daniel. Ich will die Wahrheit hören.«

»Also gut. Du willst es wirklich wissen? Der einzige Engel, den ich jemals gesehen habe, war ein Urzeitmonstrum, das jeden Mann, jede Frau und jedes Kind auf der Erde eingeäschert hätte, wenn es freigekommen wäre. Und was Gott betrifft: Im besten Fall hat er die Welt wie ein Uhrwerk aufgezogen und sich schon vor sehr, sehr langer Zeit aus dem Staub gemacht. Im schlimmsten Fall ist er wahnsinnig geworden oder gestorben. Falls es da draußen irgendwelche kosmischen Wesen gibt, die für das Gute kämpfen, so habe ich sie nie gesehen.«

»Das ergibt keinen Sinn«, sagte sie mit fast brechender Stimme. »Wenn die Welt voller Monster ist, muss irgendwer uns davor beschützen. Irgendjemand muss da draußen für uns kämpfen.«

»Erklär mir eine Sache.« Ich starrte zum Fenster hinaus, auf einen verlassenen Parkplatz, der mit herangewehtem Müll übersät war. »Wie viele Stunden pro Woche arbeitest du ehrenamtlich im St. Jude's?«

Sie runzelte die Stirn und schüttelte den Kopf. »Ich ... an den meisten Abenden, wenn ich keinen Job erledige, aber was hat das mit ...?«

Ich blickte ihr in die Augen.

»Du bist es, Pix. Du und alle anderen, die wie du sind. Alle, die ihre Hand ausstrecken, wenn sie es nicht tun müssen. Alle, die jemandem helfen, wieder auf die Beine zu kommen, oder einen Faustschlag aufhalten, damit kein Schwächerer den Schmerz erleiden muss. Alle, die dem Bösen gegenübertreten und ›Es reicht!‹ sagen. Alle, die ihr Bestes geben, um diesen Scheißplaneten für alle anderen etwas weniger erbärmlich zu machen. Ihr seid es, die für uns kämpfen.

Ich kenne nicht alle Geheimnisse des Universums. Ich bin ein Schmalspurgauner, der etwas schwarze Magie draufhat, das ist alles. Vielleicht gibt es da draußen irgendeine kosmische Macht des Guten, die so subtil ist, dass sie unsichtbar bleibt. Glaube daran, wenn du dich damit besser fühlst, aber ich weiß nur eins: Wir haben etwas, nämlich uns selbst.«

Sie nickte sehr langsam. Nahm das alles in sich auf.

»Das mit der Hoffnung war nicht gelogen«, sagte ich.

Der Wardriver bog auf den Parkplatz von Carmichael-Sterling Nevada. Pixie fand eine freie Stelle und parkte den Lieferwagen still und anonym. Auch sie war still. Seit unserem Gespräch hatte sie kaum etwas gesagt. Das Bürogebäude war ein dreißigstöckiger Keil aus Granit und Glas am Rand der Stadt, und es strahlte hell in der Morgensonne.

Bentley und Corman waren nicht weit hinter uns. Der silberne Caddy rollte auf den Platz und zog langsam seine Kreise wie ein Hai in seichtem Wasser. Wir waren so früh gekommen, dass immer noch Angestellte eintrafen, alle paar Minuten ein paar mehr, unter denen ich mir mein Ziel aussuchen konnte.

Während Pixie hinten ihre Ausrüstung aufbaute, entspannte ich mich und konzentrierte mich auf das Gebäude. Es schimmerte nicht im Rückspiegel, und es leuchtete nicht vor mystischen Fallen oder gefährlichen Wogen okkulter Macht. Es stand einfach nur da wie ein völlig normaler Bürokomplex. Das machte mir Sorgen.

Mein Handy vibrierte in meiner Hosentasche. Corman.

»Das gefällt mir nicht«, sagte er, und ich wusste genau, was er meinte.

»Sie erwarten hier keinen Angriff«, sagte ich, »aber sie haben auch keine Wehre eingerichtet. Sie haben praktisch einen roten Teppich für uns ausgelegt. Das ergibt keinen Sinn.«

»Was ist mit mechanischen Fallen, wie die im Silverlode? Von dem Stacheldraht wäre dir fast ein neuer Haarschnitt verpasst worden.«

Ich schüttelte den Kopf. »Auf keinen Fall. Meadow Brand liebt so etwas, aber sie werden ein Gebäude voller ahnungsloser Staatsbürger nicht mit Todesfallen ausstatten. Sie würden ihre eigenen Angestellten umbringen. Dasselbe gilt für Brands Gliederpuppen. Sie können diese Dinger nicht in der Öffentlichkeit herumrennen lassen.«

Ich dachte einen Moment lang darüber nach und schnippte dann mit den Fingern.

»Weil«, sagte ich, »sie gar nicht hier sind. Wir wissen, dass sie keinen direkten Kampf wollen, nicht bevor Lauren wieder zu Kräften gekommen ist und ein paar neue Anhänger rekrutiert hat. Sie ist die Firmenchefin. Sie kann von zu Hause aus arbeiten, wenn ihr danach ist. Genauso wie Brand. Verdammt, sie könnten von Bermuda aus arbeiten. Wo auch immer sie sich verkrochen haben, es ist irgendwo weit weg, gut zu verteidigen und ohne Zivilisten in der Nähe, die alles zu kompliziert machen würden.«

»Sie könnten ein VPN benutzen«, sagte Pixie aus dem Laderaum des Lieferwagens. Ihre Finger flogen über die Tastatur, die an die Konsole angeschlossen war, und zwei Monitore leuchteten gleichzeitig auf.

»Ein VP-was?«

»Virtuelles privates Netzwerk. Recht geläufig für Telearbeiter. Im Prinzip loggt man sich aus der Ferne ein. Der Netzwerkverkehr läuft weiterhin durch das Gebäude hier, damit sie auf die Firmenserver zugreifen können. Langer Rede kurzer Sinn, wir könnten ihre E-Mails und sonstigen Aktivitäten genauso sehen, als würden wir in einem ihrer Büros sitzen.«

»Hältst du das für wahrscheinlich?«, fragte ich.

»Wenn ich ihre strenge Netzwerksicherheit betrachte? Ich kann mir nicht vorstellen, dass sie so viel Geld investieren und ihre schmutzigen Geheimnisse dann über ein unverschlüsseltes Heimnetz und einen Gmail-Account austauschen. Ja, ich wette fünf Dollar, dass sie auf VPN sind.«

»Also gut«, sagte ich. »Hast du das gehört, Corman?«

»VPN, VCR, was auch immer. Bentley ist das Computergenie in unserem Haus. Fass es für mich kurz zusammen, Junge.«

»Ich werde reingehen. Warte auf mein Zeichen. Wir ziehen einen Mister Magoo mit einem Stoßfänger durch.«

»Einen was?«, fragte Pixie.

»Ihr habt euren Jargon«, erklärte ich ihr, »und wir haben unseren.«

Es dauerte nicht lange, ein Opfer zu finden. Der Typ, der in einem VW-Kombi mit einem Starfleet-Sticker an der hinteren Stoßstange auf den Parkplatz einbog, kam mir gerade recht. Er war jung, vielleicht Mitte zwanzig, trug ein zerknittertes Anzughemd und hatte seinen Firmenausweis an ein hellblaues Schlüsselband an seinem Gürtel geklemmt. Ich stieg aus dem

Wagen und gab das Zeichen. Bentley sah es und setzte mit dem Cadillac zu einer weiteren Runde an.

Ich spazierte über den Parkplatz und machte einen größeren Bogen, um mich dem jungen Mann von hinten zu nähern.

Bentley hielt zwischen dem Gehweg zum Gebäude und dem Opfer an und schnitt ihm den Weg ab. Corman öffnete das Fenster auf der Beifahrerseite, und während ich hinüberging, beobachtete ich, wie sich der junge Mann herabbeugte, um mit ihm zu reden.

»… meine verdammte Brille zu Hause vergessen«, sagte Corman gerade zu ihm und zeigte dem Typen ein paar Kritzeleien auf einem gelben Notizzettel. »Sind wir hier in der Nähe der richtigen Straße?«

Ich kam von hinten heran und achtete darauf, leise auf den Asphalt zu treten. Ich näherte mich in einem schrägen Winkel, damit Bentley mich sehen konnte. Der Kerl versuchte blinzelnd, Cormans Krakeleien zu entziffern.

»Wissen Sie, ich glaube, wir könnten …«, sagte Bentley und drehte sich auf seinem Sitz herum. Der Wagen machte einen Satz, nur einen kleinen Ruck, als er vortäuschte, ihm wäre der Fuß vom Bremspedal abgerutscht. Der Typ zuckte überrascht zurück, und ich pflückte ihm das angeklemmte Schlüsselband vom Gürtel, als würde ich eine Fliege mit Essstäbchen fangen wie in dem Film *Karate Kid*. Menschen können nur eine begrenzte Menge von Sinneswahrnehmungen gleichzeitig verarbeiten, und die halbiert sich, wenn sie aus dem Gleichgewicht gebracht werden. Während des Sekundenbruchteils seiner Verwirrung, als er auf den Wagen konzentriert war, bemerkte er sonst gar nichts.

Ich lief zügig weiter und zum Lieferwagen zurück. Pixie wartete schon am Fenster auf mich. Ich warf ihr die Ausweiskarte zu. Sie fing sie auf und verschwand im Laderaum. Als ich bereits etwas unruhig wurde, gab sie sie mir zurück. Auf dem Parkplatz zeigte der junge Mann nach Osten und erklärte Bentley und Corman den Weg zur anderen Seite der Stadt. Als sie ihren Teil erfüllt hatten, fuhren sie wieder auf die Straße. Ich rannte los und erwischte den Typen kurz vor der Eingangstür.

»Hey! Entschuldigen Sie, gehört das Ihnen?«, rief ich. Er drehte sich um, und ich zeigte ihm die Karte am Band. »Das habe ich auf dem Parkplatz gefunden. Haben Sie es fallen gelassen?«

Er griff an seinen Gürtel und riss die Augen auf.

»Danke, Mann! Es muss heruntergefallen sein, als ich aus dem Auto gestiegen bin. Sie haben mich gerade vor einem Abstecher in die Personalabteilung bewahrt. Sie kürzen einem das Gehalt, wissen Sie, um vielleicht fünfzig Dollar, wenn man seinen Ausweis oder so etwas verliert.«

»Ist mir letzten Monat passiert«, sagte ich zu ihm. Vor uns ging surrend die Automatiktür auf. Ich blieb stehen und schnippte mit den Fingern. »Apropos Vergesslichkeit, ich habe meine Präsentation im Kofferraum liegen gelassen.«

Pixie hatte ihr Wunder im Lieferwagen gewirkt und spielte mit der Elektronik des Wardrivers wie ein wahnsinniger DJ bei einem mehrstündigen Rave.

»Das war kinderleicht«, sagte sie. »Die Karten sind einfach nur verschlüsselte Magnetstreifen, nichts mit RFID oder so. Etwa so schwer zu klonen wie ein Zimmerschlüssel vom Holiday Inn.«

Die Konsole surrte und spuckte eine leere weiße Karte aus. Pixie drehte sich und hob ihr iPhone, das über ein dünnes weißes Kabel mit der Elektronik verbunden war.

»Bitte lächeln.«

Sie schoss ein Foto von mir und hantierte in einem Photoshop-Fenster auf einem der flackernden Monitore. Ein paar Minuten später glitt eine Farbkopie der Ausweiskarte des jungen Kerls – mit meinem Gesicht anstelle von seinem – aus dem Drucker. Pixie reichte mir eine Schere und eine Tube mit Bastelkleber.

»Hier. Zeit für etwas Kunsthandwerk. Schneide das aus, klatsche es auf die neue Karte, und du kannst loslegen. Dein Name ist Marvin Staniszewski, und du arbeitest in der Buchhaltung.«

Es wäre wesentlich schneller und einfacher gewesen, Marvins Ausweiskarte zu stehlen und hineinzugehen, aber sobald er festgestellt hätte, dass sie weg war, hätte er sich bei der Verwaltung gemeldet, die den Ausweis entwertet und ihm einen neuen ausgestellt hätte, worauf ich ein nutzloses Stück Plastik in der Hand gehalten hätte. Auf diese Weise würde Marvin seinen Arbeitstag hinter sich bringen, ohne zu wissen, dass sein Doppelgänger überall im Gebäude Türen öffnete. Wenn die Sicherheitsleute in den Zugangsprotokollen nachschauten, würden sie bemerken, dass etwas nicht stimmte, aber wenn ich meine Karten richtig ausspielte, hätten sie nie einen Grund zur Kontrolle.

Als ich mit der zusammengeklebten Karte fertig war, betrachtete ich sie aufmerksam. Sie würde niemals einer näheren Überprüfung standhalten. Andererseits schaute sich niemand in einem Bürogebäude solche Sachen genauer an. Solange ich einen geschäftigen Eindruck machte, sollte ich wie ein Geist hinein- und wieder hinausschlüpfen können. Ich klemmte den Ausweis an meinen Gürtel.

»Hier.« Pixie reichte mir eine Aktentasche, die ich in einem Trödelladen gekauft hatte. »Ich habe deinen Schulranzen gepackt. Alles, was du zum Anzapfen brauchst. Wenn du drinnen bist, solltest du die IT-Abteilung ansteuern. Der Serverraum dürfte nicht weit davon entfernt sein. Pass auf die anderen IT-Typen auf. Wenn sie sehen, dass ein Fremder an ihrer Technik rummacht, wollen sie auf jeden Fall wissen, was du da tust.«

»Wünsch mir Glück«, sagte ich. Dann stieg ich aus dem Lieferwagen und wagte mich in die Höhle des Löwen.

Die Lobby war genauso, wie ich sie in Erinnerung hatte. Geräumig, mit Marmorfußboden und von taubenblauen Polstersesseln umstanden. Auch die Überwachungskamera war an derselben Stelle wie beim letzten Mal, und ich achtete darauf, mein Gesicht abzuwenden, als ich unter ihrem schweifenden Blick hindurchschlenderte. Ich bewegte mich langsam, natürlich, entspannt. Hier gibt es nichts zu sehen, nur irgendein weiteres anonymes Gesicht in der Menge des Firmenpersonals.

Wo würde man das elektronische Nervenzentrum des Unternehmens unterbringen? Serverräume sollten über schwere Ausrüstung und stärkere Verbindungen zum Versorgungsnetz verfügen. Je näher am Boden, desto besser. Ich schlüpfte am Empfangstresen vorbei und begann meine Suche im Erdgeschoss. Alles lief reibungslos, bis ich an zwei Typen vorbeikam, die in der Eingangshalle herumlungerten, und ich einen Fetzen ihrer Unterhaltung aufschnappte.

»... verstehe, warum sie besorgt sind, nach dem, was mit dem Silverlode passiert ist. Sie sagen, es wären irgendwelche Ökoterroristen gewesen.«

»Ja, aber Hunde? Ich meine, das müsste doch irgendeine Verletzung unserer Rechte sein, nicht wahr?«

»Wir sind jederzeit kündbar, Kumpel, wir haben überhaupt

keine Rechte. Du hast doch nur Angst, dass sie den Joint in deiner Tasche erschnuppern ...«

Von all den Sicherheitsmaßnahmen, die Lauren Carmichael ergreifen könnte, war dies das Verrückteste und damit das Beunruhigendste. Warum Hunde? Glaubte sie wirklich, ich würde eine Bombe ins Gebäude einschmuggeln? Ihr waren zivile Opfer egal, aber das war überhaupt nicht mein Stil. Ich grübelte darüber nach, während ich eine Abkürzung durch die Datenerfassungsabteilung nahm. Reihen von Arbeitsnischen, die mit Stoff ausgekleidet waren, erfüllten die lange und offene Halle. Datenerfasser arbeiteten rund um mich herum und blickten nicht einmal auf, als ich wie ein Geist durch den Raum strich.

Ich blieb wie angewurzelt stehen, als des Rätsels Lösung auf der gegenüberliegenden Seite eintrat. Der Wachmann, ein stoppelhaariger Schläger in schwarzer Uniform, beunruhigte mich nicht. Aber der Dobermann bei ihm, der an einer Lederleine voraustappte, ließ mein Herz einen Schlag aussetzen.

Als ich Emma zum ersten Mal begegnet war, wusste ich sofort, inwiefern sie sich von Caitlin unterschied. Caitlin war das, was wir als »Leibhaftige« bezeichneten: Ihr »Körper« bestand buchstäblich aus roher geballter Energie, verdichtet und geronnen, ein Trick, den nur mächtige und befähigte Dämonen durchziehen konnten. Emma dagegen war eine Hijackerin. Sie suchte sich eine wehrlose Person und nahm sie in Besitz, wobei sie die ursprüngliche Besitzerin in einem dunklen Winkel ihres Geistes einsperrte, während Emma ihren Körper wie einen maßgeschneiderten Anzug trug.

Ich hatte eine Menge Erfahrung mit Hijackern.

Der schwache Geruch nach Schwefel und Sumpfwasser, etwas, das ich mehr mit dem Bauch als mit der Nase wahrnahm, verriet mir, was Lauren getan hatte. Der Dobermann war nicht nur ein Dobermann. Er war von einem Hijacker besessen, und der Dämon unter dem Fell sollte Magie erschnuppern.

Hunde, hatte der Typ in der Eingangshalle gesagt. Plural.

Das Positive daran war, dass die meisten Dämonen nicht in Caitlins oder Emmas Liga spielten, weder in Bezug auf Macht noch auf Intelligenz. Einer, der sich in den Körper eines Hundes versetzen ließ, befand sich vermutlich eher am unteren Ende der höllischen Nahrungskette. Doch wie standen meine Chancen in einem Kampf gegen einen vierzig Kilo schweren Dobermann? Nicht allzu gut. Und meine Chancen gegen denselben Hund, der mit dunkler Magie geladen war, und gegen den Revolver, der von der Hüfte seines Führers herabhing? Sie tendierten gegen null.

Ich machte auf dem Absatz kehrt und schlenderte den Weg zurück, den ich gekommen war, bemühte mich, zwanglos zu wirken. Der einzige Makel an meinem Plan war der zweite Wachmann, der aus der anderen Richtung durch den Korridor herankam. Ich unterdrückte einen Panikanfall. Diese Sache konnte ich nur mit klarem Kopf überstehen. Ich versuchte, die Trennwände zwischen mich und den ersten Wachmann zu bringen, als ich die Abteilung durchquerte und nach einem Ausweg suchte.

Einer der Datenerfasser surfte mit seinem PC im Internet und schaute sich die gestrigen Spielergebnisse an, während ein halb gegessener McMuffin neben seinem Ellbogen lag. Ich räusperte mich. Er zuckte zusammen, und der Webbrowser wurde schlagartig zu einer Datentabelle.

»Tut mir leid«, sagte ich, während er sich mit seinem Sessel herumdrehte. »Ich muss Ihr Antivirenprogramm aktualisieren. Das wird etwa zehn Minuten dauern.«

»Schon wieder?«, fragte er. Meine Hand lag beiläufig auf meinem Angestelltenausweis. Ich war aus einer anderen Abteilung, ein Eindringling aus einem fremden Stamm. Solange ich nichts sagte oder zeigte, das ihn zu Nachfragen veranlasste, würde er akzeptieren, dass ich irgendein weiterer Techniktrottel war, der ihm das Leben schwermachen wollte.

»Tut mir leid. Nur zehn Minuten, versprochen.«

»Okay, okay.« Er stemmte sich vom Sessel hoch und trottete zur Tür. Ich duckte mich hinter die Trennwände und kramte in seiner Schreibtischschublade. Im Geist versank ich bereits in eine Wachtrance, während sich mein Körper auf Autopilot bewegte. Meine Hand schloss sich um einen Block mit gelben Notizzetteln und einen Filzstift. Grau wäre am besten gewesen, aber schwarze Tinte war auch in Ordnung.

Wenn man unter Druck Magie anwendet, besteht das Problem darin, dass der Druck den Fluss, den Rhythmus unterdrückt. Das ist, als würde man Jazz spielen, während einem eine Pistole an den Kopf gehalten wird. Ich konzentrierte mich auf meinen Atem. Der Wachmann und sein Höllenhund streiften langsam durch den Raum, gingen an den einzelnen Nischen vorbei, damit der Hund ausgiebig schnuppern konnte. Der Stift in meiner Hand flog über die Klebezettel, zeichnete die Sigillen des Mondes, des Silbers und der Stille und füllte sie mit Energie.

Ich klatschte die Zettel an die Trennwände rund um mich herum und schuf einen Kokon aus spiritueller Dunkelheit. Ich war still, beschattet und fort, unsichtbar. Mein Refugium hatte jedoch nur drei Wände. Ich kramte in der Papiertüte neben dem Frühstück des Datenerfassers und fand ein winziges Päckchen mit Salz. Perfekt. Ich ging in die Hocke und zog eine hauchdünne Linie aus Salz über den blauen Teppich von einer Seite der offenen Nische zur anderen.

Die Energie schoss die Linie entlang, als schlösse sich ein Schaltkreis, eine Schleife aus Kraft, die den Kasten in Anonymität hüllte. Nun konnte ich nur noch hoffen, dass es genügte.

Ich setzte mich, tippte irgendwelchen Unsinn in die geöffnete Tabelle und bemühte mich, wie irgendein Zahnrad im Getriebe auszusehen.

Der Wachmann und sein Hund kamen um die Ecke, um diese letzte Reihe abzuarbeiten. Ich drängte meinen Instinkt zurück, mich umzuschauen, lenkte mich mit einer Zahlenreihe ab und vertraute darauf, dass der Stegreifzauber standhielt. Die Muskeln in meinem Nacken spannten sich an, als sich Schritte von hinten näherten und dann stoppten.

Ich hielt den Atem an.

Die Schritte entfernten sich wieder.

Als ich irgendwann ausatmen musste, wagte ich einen flüchtigen Blick. Der Wachmann verließ die Abteilung auf dem Weg, den ich gekommen war, und gab mir freie Bahn zur anderen Tür. Ich riss die Klebezettel herunter, steckte sie in die Hosentasche und verwischte das Salz mit der Schuhspitze auf dem Weg nach draußen.

Bis zum Serverraum war es nicht weit. Wie Pixie vorausgesagt hatte, befand er sich gleich neben der Höhle der IT-Abteilung. Ich hielt meine geklonte Schlüsselkarte vor das Magnetschloss, hörte das befriedigende Klicken und trat ein.

Ich hatte nicht damit gerechnet, hier auf die zwei Typen zu stoßen, die ich in der Eingangshalle bemerkt hatte und die sich nun mit drei anderen Freunden über die freigelegten Innereien eines Computers beugten.

»Können wir Ihnen helfen?«, fragte einer der IT-Typen mit finsterem Blick. Offensichtlich hatten sie einen schlechten Tag.

»Oh, äh, hallo«, sagte ich. »Ähm, ich habe ein … Problem. Mit meinem Computer. Oben im Büro.«

»Stellen Sie einen Antrag, und wir kümmern uns darum, wenn wir Zeit haben. Aber erwarten Sie nichts vor morgen Nachmittag.«

»Also sind Sie den ganzen Tag hier beschäftigt?«

Einer warf mir einen vernichtenden Blick zu. Wieder dieses Stammesdenken zwischen den Abteilungen, und diesmal war ich der Barbar, der unerlaubt heiligen Boden betreten hatte.

»Bis wir diesen Kasten wieder zum Laufen gebracht haben«, sagte er in einem Ton, als würde er einem Fünfjährigen etwas erklären, »was eine Weile dauern könnte, wie Sie vermutlich erkennen können.«

Ich entschuldigte mich und zog mich zurück. Ich brauchte eine neue Strategie.

Ich streifte durch die hinteren Korridore, so weit ich es angesichts der patrouillierenden Höllenhunde wagte, und fand den nächsten Notausgang. Dann rief ich Pixie an.

»Siehst du, wo der Parkplatz L-förmig abgewinkelt ist? Fahr mit dem Wagen um die Ecke, aber halte dich auf der anderen Seite des Platzes. Der Serverraum ist besetzt.«

»Was willst du machen?«

Ich schaute in beide Richtungen, um mich zu vergewissern, dass der Korridor leer war. Dann löste ich den Feueralarm aus.

»Das«, sagte ich, als die Sirenen aufheulten.

Die IT-Leute verließen murrend den Serverraum. Ich schlüpfte hinter ihrem Rücken hinein und ließ die Tür zufallen, bis ich allein in dem fensterlosen kalten Durcheinander war. Hinter der schweren Serverraumtür war der Feueralarm zu einem dumpfen Quäken gedämpft. Lämpchen leuchteten grün, gelb und rot an den Metallgehäusen von einem Dutzend Serverracks.

»Gib mir die Anweisungen durch«, sagte ich zu Pixie, »und zwar schnell. In etwa fünf Minuten wird niemand mehr im Gebäude sein außer mir und dem Wachschutz. Dann erwischt zu werden, wäre wirklich sehr, sehr schlimm.«

»Schau dir die Server an. Sind sie beschriftet? Ich suche nach einer Seriennummer.«

Ich reckte den Hals und suchte auf beiden Seiten des nächsten Racks. An der Seite jeder pizzaschachtelgroßen Maschine klebte ein handgeschriebenes Etikett mit einer Zahlenfolge.

»Hab's. Welcher?«

»Es ist ... einen Moment, ich muss in meinen Notizen nachsehen ...«

»Pix? Die Zeit drängt.«

»Da haben wir's«, sagte sie. »398215X.«

Ich hörte, wie Angestellte im schmalen Korridor vor der Tür herumliefen und pflichtbewusst das Gebäude verließen. Wenn irgendein Wachmann hereinschaute, um den Serverraum zu überprüfen, war ich erledigt. Ich verdrängte den Gedanken und konzentrierte mich auf die Etiketten.

»Hab ihn!« Ich öffnete meine Aktentasche.

»Schraub die Frontverkleidung ab.«

Ich war froh, dass sie mir einen Kreuzschlitzschraubenzieher eingepackt hatte. Kurz darauf gab die Verkleidung nach und legte ein Schlangennest aus elektronischen Eingeweiden frei.

»Such nach einem Flachbandkabel«, sagte sie, »mit einem grauen Kasten am Ende. Den musst du an den Dongle anschließend, den ich dir mitgegeben habe.«

Ich war kein Ingenieur, aber sie ging den Ablauf Schritt für Schritt mit mir durch. Als die Arbeit getan und die Verkleidung wieder angeschraubt war, gab es für mich nichts mehr zu tun, als die Flucht zu ergreifen. Ich hielt den Atem an und trat aus dem Serverraum, ohne zu wissen, was ich draußen vorfinden würde.

Was ich vorfand, war ein leerer Gang und ein offen stehender Notausgang. Scharen von Angestellten drängten sich auf dem Parkplatz, hielten Kaffeebecher in den Händen und plauderten, während zwei weitere Hunde langsam um sie herumliefen. Sirenen kündigten die Ankunft zweier Feuerlöschfahrzeuge an, und die Menge teilte sich wie das Rote Meer, um ihnen Platz zu machen.

Das war meine Chance. Ich tauchte in der Menge unter und suchte mir durch die Leute einen Weg zur anderen Seite, wobei ich mich von den Hunden fernhielt. Der Wardriver war nur ein kleines Stück entfernt. Ich sprang auf den Fahrersitz, und Pixie warf mir die Schlüssel zu.

»Du fährst«, sagte sie. »Ich arbeite.«

Ich brachte Carmichael-Sterling Nevada in den Rückspiegel und beschleunigte den klapprigen alten Lieferwagen auf langsame Fahrgeschwindigkeit. Ich wartete ganze dreißig Sekunden, bis ich sie fragte, ob sie schon fertig sei. Ich fand das ziemlich geduldig von mir.

»So weit, so … gut!« Sie reckte eine Faust in die Luft. »Perfekt. Ich bin drin. Ich kann zwar keine alten Daten abrufen, aber jede E-Mail, die durch das Netzwerk geht, macht von nun an einen winzigen Umweg über meinen Computer.«

»Du bist ein Genie, Pixie.«

»Du bist voreingenommen. Und was jetzt?«

»Jetzt achtest du auf alles, worin die Namen Lauren Carmichael oder Meadow Brand auftauchen. Und ich muss mich nun um mein anderes großes Problem kümmern.«

»Problem?«, fragte sie nach, als sie nach vorn kam und sich auf den Beifahrersitz gleiten ließ.

»Jemand will, dass ich etwas tue, das ich nicht tun will, während man mir eine Pistole an den Kopf hält. Dasselbe alte Lied.«

Pixie zuckte mit den Schultern. »Könntest du nicht, du weißt schon, irgendwas Magisches machen?«

»Ich wünschte, es wäre so einfach. Ihre Magie ist größer als meine.«

Wir fuhren eine Weile schweigend weiter. Sie rückte sich auf dem Sitz zurecht. Sie war nachdenklich, und ihre Gedanken gefielen ihr nicht.

»Tut mir leid«, sagte ich. »Dass ich dich in das alles reingezogen habe. Dass ich dir die Wahrheit gesagt habe.«

»Du hast mir nur erklärt«, sagte sie, »dass alles insgesamt schlecht ist und wir zusammenarbeiten müssen, um in dieser Welt zu überleben. Dass wir aufeinander achtgeben müssen. Das wusste ich schon, als ich heute früh aufgewacht bin. Du hast mir nur gesagt, dass viel mehr auf dem Spiel steht.«

Wir hielten auf dem Parkplatz vor meinem Apartment an. Ich überließ ihr die Schlüssel und das Lenkrad, und sie ließ mich allein in der Nachmittagssonne stehen. Ich wollte nicht nach Hause gehen. Dort gab es keine Antworten. Während ich meine Optionen durchging, klingelte mein Handy.

»Hallo, hier ist Ben, Emmas Mann. Sie hat mir deine Nummer gegeben. Ich hoffe, es ist okay, dass ich anrufe.«

»Klar«, sagte ich. »Aber wenn es sich um ein Buchhaltungsproblem handelt, kann ich dir leider nicht helfen.«

Er lachte. »Nein, das ist es nicht, sondern … nun, ich habe gehört, was passiert ist. Die Aufgabe, die der Prinz dir gestellt hat. Tut mir leid, Mann, das ist echt krass. Ich meine, ich wüsste nicht, was ich an deiner Stelle tun sollte.«

Ich ging auf dem Parkplatz auf und ab und trat nach losen Steinchen.

»Sitri reißt das Maul auf«, sagte ich. »Aber Hunde, die bellen, beißen nicht. Wenn man einem Rüpel nachgibt, wird man allen nachgeben. Das weiß ich schon seit meiner Kindheit.«

»Aber was willst du jetzt machen?«

»Ich habe mir überlegt, dass ich dem guten Father einen Besuch abstatten werde. Ein bisschen herumschnuppern und schauen, ob irgendwas seltsam erscheint.«

»Viel Glück, Dan. Wenn mir etwas Hilfreiches einfällt, lasse ich es dich wissen.«

Ich legte auf. Mir war klar, dass Bens Hände nicht allzu sauber sein konnten. Schließlich hatte er Emma geheiratet. Trotzdem gefiel mir der Kerl irgendwie. Seltsamerweise erinnerte er mich ein wenig an Pixie. Eine anständige Person, die knietief in bizarren Unternehmungen stand und versuchte, damit klarzukommen.

Das war exakt der Grund, warum ich definitiv beschlossen hatte, beide etwas weiter aus der Sache herauszuhalten. Sitris undurchsichtiges Spiel verursachte mir ein übles Gefühl, eine verhängnisvolle Ahnung tief in meiner Magengrube, und ich wollte nicht, dass weitere anständige Leute meinetwegen Schmerz erlitten.

Zeit, in die Kirche zu gehen, dachte ich mit einem bitteren Lächeln. *Hoffentlich gehe ich nicht spontan in Flammen auf, wenn ich durch die Tür trete.*

Unsere Trösterin der Betrübten stand in einer einsamen Ecke mit einer Freifläche auf der einen Seite und einem halbtoten Einkaufszentrum auf der anderen. Der Parkplatz war leer, aber nur ein paar Blocks entfernt erhellte sich die Skyline des Vegas Strip in Vorbereitung auf eine weitere rauschende Nacht in der Stadt. Die Kirche konnte mit dieser Art von Betrieb nicht konkurrieren.

Ich stellte meinen Wagen ab und ging hinein. So arm die Kirchengemeinde war, sie konnte sich zumindest eine Klimaanlage leisten. Neben dem Altar stand das Porträt eines lächelnden Priesters mit vollem Gesicht von Kerzen und einem Kranz umgeben. Ich lief durch den Mittelgang, an den Reihen der abgenutzten, abgesplitterten und leeren Bänke vorbei, um nach einem Schild oder Zettel zu suchen, der mir verriet, wer der Verstorbene war. *Bitte sagt mir nicht, dass Sitri jemand anderen dazu gebracht hat, den Job zu erledigen.*

»Kannten Sie Father Fernando?«

Ich blickte auf. Ein anderer Priester stand am Altar, vielleicht Anfang vierzig, mit grau meliertem Haar und einem ordentlich gestutzten Bart. In seiner Stimme schwang der Hauch eines spanischen Akzents mit, wie etwas, das er sich abzugewöhnen bemüht hatte.

»Ich fürchte, ich hatte nie das Vergnügen«, antwortete ich.

Er kam herüber, blieb in meiner Nähe stehen und starrte für längere Zeit auf das Porträt.

»Ein guter Freund von mir. Wir waren zusammen im Priesterseminar.« Er sah mich an. »Bei einem Autounfall getötet, erst letzte Woche. Fahrerflucht, kaum zu glauben. Jede Nacht bete ich, dass der Fahrer den Mut aufbringt, sich zu stellen und um Vergebung zu bitten. Mord ist eine schreckliche Gewissenslast.«

Ich schätzte, dass ich besser über dieses Thema Bescheid wusste als dieser gute Priester, aber ich schüttelte den Kopf und sagte: »Mein Beileid. Sind Sie Father Alvarez?«

»Der bin ich.« Er reichte mir die Hand. Sein Griff war fest und warm. »Verzeihen Sie, ich glaube nicht, dass ich Sie schon einmal gesehen habe. Sie gehören nicht zu unserer Gemeinde, nicht wahr?«

Auf der Herfahrt hatte ich angestrengt nachgedacht, wie ich vorgehen wollte. Wie üblich kam die beste Lüge recht nahe an die Wahrheit heran.

»Ich bin Privatdetektiv«, sagte ich. »Ihr Name tauchte in Verbindung mit einem Fall auf, an dem ich arbeite. Können wir hier irgendwo ungestört reden? Ich verspreche, ich werde nicht viel von Ihrer Zeit beanspruchen.«

Er nickte und deutete auf eine Nebentür. »Selbstverständlich.

In meinem Büro. Wenn es um Father Fernandos Vermögen oder den Versicherungsanspruch geht, müssten Sie mit der Diözese reden. Ich bin nur der Mann, der die langweiligen Predigten schreibt und es gelegentlich schafft, ein wenig guten Rat zu erteilen.«

Weiße Blumen blühten in einer billigen Glasvase auf dem Schreibtisch des Priesters. Unter ihrer Last ächzende Bücherregale säumten die Wände, vollgestopft mit allem Möglichen – von Kirchengeschichte bis zu Handbüchern über Kindererziehung und Trauerbegleitung. Ein Fenster ging auf den leeren Parkplatz hinaus. Alvarez nahm hinter seinem Schreibtisch Platz und beugte sich vor, um an den Blumen zu riechen.

»Casablanca-Lilien«, sagte er und zeigte auf den Stuhl ihm gegenüber. »Ich züchte sie im Garten hinter der Kirche. Ein himmlischer Duft. Also, worum geht es, Mr. …?«

»Faust.«

Er lächelte ein wenig spöttisch. »Haben Sie Goethe gelesen, Mr. Faust? Ich hoffe doch sehr, Sie kommen auf ehrliche Weise an Ihr Wissen.«

Ich hob die Hände. »Keine Sorge, ich schließe keinen Pakt mit Mephistopheles. Ich will gleich auf den Punkt kommen. Ich möchte Ihnen keine unnötige Angst einjagen, aber kennen Sie jemanden, der Ihnen vielleicht Schaden zufügen möchte? Hatten Sie in letzter Zeit Ärger mit jemandem?«

Sein Lächeln verblasste. »Mir Schaden zufügen? Nun, nein, natürlich nicht! Ich bin nur der Gemeindepriester, nicht John Dillinger. Ich bin eher der häusliche Typ. Wenn ich hier nicht meinen Pflichten nachgehe, widme ich mich meinem Hobby, der Übersetzung obskurer liturgischer Texte. Aufregender wird es in meinem Leben nicht. Warum glauben Sie …?«

»Was ist mit Ihrem Freund? Der Unfall mit der Fahrerflucht. Besteht die Möglichkeit, dass es gar kein Unfall war?«

Der Priester schüttelte den Kopf und wirkte fassungslos.

»Wir hatten kaum die Gelegenheit, uns gegenseitig auf den neuesten Stand zu bringen«, sagte er. »Ich wurde erst kürzlich hierher versetzt, wissen Sie. Ich wollte mich verändern, er wusste von einer offenen Stelle, und er lud mich ein, hierher an die Kirche Unserer Trösterin zu kommen. Ein paar Tage später wurde er uns genommen. Falls er um sein Leben fürchtete, hat er mir nichts darüber gesagt. Mr. Faust, ich muss auf einer Erklärung bestehen. Für wen arbeiten Sie? Und warum in aller Welt glauben Sie, jemand würde mir Schaden zufügen wollen?«

Aus dem Augenwinkel bemerkte ich eine Bewegung vor dem Fenster. Zwei BMWs, schlank und wendig und schwarz wie die Mitternacht, rollten mit militärischer Präzision auf den Parkplatz. Ich deutete mit einem Nicken nach draußen. Es war zu heiß für Anzugjacken, also machten sich die Neuankömmlinge nicht die Mühe, ihre Schulterholster zu verbergen. Ich zählte sechs Pistolen, deren Chrom im nachlassenden Sonnenlicht glänzte.

»Wir könnten diese Leute fragen«, sagte ich. »Aber sie erwecken nicht den Anschein, als wären sie zum Plaudern gekommen.«

Einige der Männer hatten das Aussehen, das ich seit einiger Zeit mit recht wilden Cambions assoziierte, diese leichte Grobschlächtigkeit, als wären sie nicht lange genug gar gekocht worden. Die anderen machten einfach nur den Eindruck gemeiner Klapperschlangen, die auf etwas Ärger aus waren.

Falls ich mit meiner Vermutung richtiglag, war Sitri nicht der einzige Spieler in der okkulten Unterwelt, der es auf den Kopf von Father Alvarez abgesehen hatte. Der Chor der Erlösung war eingetroffen.

»Was wollen diese Leute?«, fragte der Priester mit weit aufgerissenen Augen.

Ich erhob mich. »Sie. Und ich schätze, die sind nicht gekommen, um zu beichten. Gibt es hier eine Hintertür?«

»Hier entlang.«

Wir schlüpften durch den Hinterausgang hinaus, als im selben Moment die Kirchentüren aufschlugen. Das alte Holz splitterte unter dem Tritt eines Stiefels mit Stahlkappe.

»Alvarez!«, brüllte eine Stimme hinter uns. »Faust!«

Mir gefror das Blut in den Adern. Woher kannten sie meinen Namen? Warum kannten sie meinen Namen? Ich konzentrierte mich darauf, Alvarez in Bewegung zu halten, drängte den verängstigten Priester durch den Garten und um das Gebäude herum. Ich hob eine Hand, gab ihm zu verstehen, dass er warten sollte, während ich um die Ecke lugte. Der Weg schien frei zu sein. Alle waren hineingegangen und hatten den Parkplatz unbewacht gelassen.

»Bei drei«, flüsterte ich, »rennen wir zu meinem Wagen, und dann verschwinden wir von hier. Sie lassen sich durch nichts aufhalten, verstanden?«

»Wer sind diese Männer? Warum rufen sie nach …?«

»Sie lassen sich durch nichts aufhalten«, zischte ich.

Ich zählte herunter, dann sprinteten wir los, mit eingezogenen Köpfen und schnellen Füßen. Ich sprang in meinen Wagen, versuchte hektisch, den Schlüssel ins Zündschloss zu stecken, und Alvarez ließ sich auf den Beifahrersitz fallen.

»Kopf runter!«, schnauzte ich und startete den Motor. Ich hörte einen Ruf, als jemand nach draußen schaute, und plötzlich strömten Gangster aus der Kirche wie Feuerameisen aus einem zerstörten Nest. Ich riss das Lenkrad herum, die Reifen quietschten und ruckelten, als ich vom Bordstein hüpfte. Ein einzelner Schuss knallte, ging weit daneben, durchschlug ein Stoppschild an der Ecke, während wir vorbeisausten.

Alvarez fummelte an einem alten Klapphandy, doch seine Finger zitterten zu sehr, um wählen zu können. Ich schlug es ihm aus der Hand.

»Keine Polizei.«

»Sie haben auf uns geschossen«, sagte er. »Wir müssen die Polizei rufen!«

»Keine Bullen. Sie können nicht helfen. Diese Kerle sind ... sie haben Verbindungen.«

Der Priester starrte mich entsetzt an. »Die Mafia?«

»Etwas in der Art. Hören Sie zu, Father, ich weiß, dass ich Ihnen gerade eine Menge zumute, aber wenn sie hier lebend rauskommen wollen, müssen Sie mir vertrauen. Glauben Sie mir, wenn ich Ihnen sage, dass ich im Moment der einzige Freund bin, den Sie haben.«

Daran hatte er eine Weile zu kauen, während ich weiterfuhr. Wir hatten sie zwei Meilen hinter uns gelassen, aber ich bog ein paarmal ab und hielt mich an die Nebenstraßen, nur um ganz sicher zu gehen.

»Was jetzt?«, fragte er mit sanfterer Stimme.

Gute Frage. Ich musste ihn an irgendeinem sicheren Ort unterbringen, während ich mich auf die Jagd nach Antworten machte. Der Tiger's Garden war der sicherste Ort, den ich kannte, aber dort kam man nur hinein, wenn man ein Magier war. Außerdem hatte er bereits einen schlechten Tag gehabt, und von nun an würde es nur noch schlimmer werden. Ich wollte sein Gehirn nicht mehr erschüttern, als unbedingt nötig war.

»Wir fahren zu mir«, sagte ich.

»Diese Leute kennen Sie! Sie wussten Ihren Namen!«

»Ja«, sagte ich, »aber sie wissen nicht, wo ich wohne. Ich habe mich unter falschem Namen eingemietet, und ich zahle in bar.«

Er starrte mich an. »In Wirklichkeit sind Sie gar kein Privatdetektiv, nicht wahr?«

»Ich bin ein Problemlöser. Sie sind offensichtlich für eine Menge Leute ein Problem, und ich beabsichtige, den Grund dafür herauszufinden.«

Ich lebte in einer Etagenwohnung im ersten Stock ohne Fahrstuhl gleich neben der Bermuda Road. In den Sechzigern war es ein Motel gewesen. Dann hatte jemand die geniale Idee, es zu einem Apartmenthaus umzubauen. Die meisten meiner Möbel waren immer noch Antiquitäten aus dem Holiday Inn. Ich fuhr auf den Parkplatz und hielt neben einem bemalten Betonkaktus an.

»*Mi casa es su casa, Padre*«, sagte ich und schaltete die billige Keramiklampe auf dem Schreibtisch neben dem verhängten Fenster an. Ich winkte ihn herein. »Machen Sie es sich bequem. Der Fernseher empfängt nur vier Kanäle, aber es sind die guten, und es ist noch etwas Pizza übrig im Minikühlschrank.«

»Das ist, äh, reizend«, sagte er und blickte sich unsicher um. »Aber Sie können nicht erwarten, dass ich einfach hier herumsitze ...«

»Das ist genau das, was ich von Ihnen erwarte. Ich werde mit ein paar Leuten reden, die uns vielleicht behilflich sein können. Aber ich weiß nicht, wem wir im Moment noch vertrauen können, also müssen Sie sich von der Straße fernhalten und außer Sichtweite bleiben, während ich an einer Lösung arbeite. Lassen Sie die Vorhänge geschlossen und öffnen Sie niemandem die Tür. Unter gar keinen Umständen, verstanden?«

Er nickte, verunsichert, aber bereit, vorläufig mitzumachen. »Warum helfen Sie mir? Ich möchte nicht undankbar erscheinen, aber warum tun Sie das?«

»Weil«, sagte ich und wandte mich zum Gehen, »jemand mit uns beiden spielt, als wären wir Marionetten. Das gefällt mir nicht. Daran nehme ich Anstoß. Außerdem ist das schlecht für meinen Ruf. Harren Sie hier aus. Ich werde in ein paar Stunden zurück sein.«

Vegas war ein Mekka für erstklassige Stripclubs. Das Gentlemen's Bet gehörte allerdings nicht dazu. Es war eine Spelunke in einem Bereich der Stadt, in den keine Touristen kamen, mit einem roten Teppich, eher ein Stück Kunstrasen mit Sprühfarbe, und einer scharlachroten Neonreklame, die eine nackte Frau darstellte, die auf zwei rollenden Würfeln hockte. An diesem Abend war der Laden rappelvoll. Ich fand einen Parkplatz zwischen zwei Zugmaschinen und ging hinein.

Der Geruch nach abgestandenem Bier und das Dröhnen von Heavy Metal aus den Neunzigern schlug mir entgegen, als ich mich durch die Schwingtüren schob. Ein Türsteher nickte mir zu. Er kannte mein Gesicht. Eine Horde Mittzwanziger entfesselte einen Sturm rund um die verspiegelte Bühne und bekundete lautstark ihre Wertschätzung für ein Mädchen, das ihre jüngere Schwester hätte sein können. Ich tippte auf einen Junggesellenabschied, der auf der falschen Seite der Straße Spaß haben wollte.

Ich hatte die Tür kaum fünf Schritte hinter mir gelassen, als sich ein schlanker Arm um meinen schlängelte und ihn festhielt. Ein zweiter Arm vollführte dieselbe Bewegung, sodass ich nun zwischen zwei umwerfenden Blondinen in kurzen schwarzen Cocktailkleidern eingeklemmt war. Jeder andere Mann wäre überglücklich gewesen. Ich wusste es besser.

»Danny!«, gurrte Justine, »hätten wir gewusst, dass du kommst, hätten wir dir einen Kuchen gebacken.«

»Backen«, sagte Juliette, »ist eine andere Sache, in der wir richtig gut sind. Du kannst überhaupt nicht backen, nicht wahr, Danny?«

Justine schüttelte den Kopf. »Er hat keine Küche. Er lebt in einer Bruchbude, weißt du. Eigentlich ist das sehr traurig. Aber ich wette, er kann kochen …«

Die Zwillinge – nicht zufällig nach zwei Büchern des Marquis de Sade benannt – waren Nicky Agnellis Leibwächterinnen und sein persönliches Mordkommando. Die drei waren eine glücklich verdorbene kleine Familie. Sie wären auch dann für einen Haufen Ärger gut, wenn sie nicht zur Hälfte Dämonenblut in sich hätten.

Ich verdrehte die Augen. »Guten Abend, die Damen. Habt ihr in letzter Zeit irgendwelche interessanten Leute ermordet?«

Juliette schniefte. »Wenn sie interessant wären, würden wir sie nicht ermorden. Das wäre doch idiotisch.«

»Ich bin hier, um mit Nicky zu sprechen.«

»Oh«, machte Justine und zog einen Schmollmund. »Lass uns zuerst etwas trinken. Wir beißen auch nicht.«

»Doch, das tuuuun wir«, sang Juliette mir ins Ohr.

»Nicky«, sagte ich. »Jetzt.«

Schließlich konnte ich sie überreden, mich nach hinten zu bringen, an der Theke vorbei und durch einen kurzen Gang mit einem Teppich voller Zigarettenbrandlöcher. Nickys Büro war ein Rattenloch, ein Chaos aus preisreduziertem Mobiliar unter grellen Leuchtröhren. Man würde nie darauf kommen, dass die Hälfte der schmutzigen Geschäfte von Vegas in diesem Raum ausgebrütet wurde.

Nicky saß hinter seinem Schreibtisch, hielt ein Glas Scotch in der Hand und blätterte in einem Kassenbuch. Als die Zwillinge mit mir durch die Tür kamen, blickte er auf und grinste, die Augen hinter dem Titangestell seiner Porsche-Design-Brille blickten wölfisch und scharf.

»Danny Faust! Womit habe ich dieses Vergnügen verdient?«

»Geschäfte«, sagte ich und setzte mich auf einen Stuhl vor dem Schreibtisch.

»Wenn es um die Bundespolizei geht, bist du ein paar Stunden zu spät zur Party gekommen. Jennifer hat mir deswegen schon ein Ohr abgekaut. Keine Bange, ich habe verstanden. Du musst dir keine Sorgen machen.«

»Hör auf, dich um mich zu kümmern, Nicky. Ich bin nicht hier, damit du mir auf den Rücken klopfst und mir ein tröstendes Wort mitgibst.«

Hinter mir verschränkte Justine die Arme. »Wir könnten dir so viel mehr als das geben, wenn du nicht ein solcher Partymuffel wärst.«

Nicky seufzte. »Ich muss doch bitten!«

Endlich schickte er sie zur Tür hinaus, sodass wir miteinander allein waren.

»Ich schwöre bei Gott, Dan«, sagte er und rieb sich die Schläfen, als wollte er eine Migräne abwehren. »Wenn du nur einen Abend mit den Zwillingen verbringen würdest, um sie einfach nur an irgendeinen netten Ort auszuführen, irgendwo weit weg von hier, wäre ich dir unendlich dankbar.«

»Ärger im Paradies?«

»Hey, ich liebe sie, aber sie hören niemals auf! Es ist wie auf einer Koksparty, von der man niemals runterkommt. Ich will einfach nur mal wieder acht Stunden schlafen.«

»Nun ja, ich bin gerade irgendwie in einer Beziehung.«

Nicky stieß ein leises Glucksen aus und hob sein Glas. »Diese Caitlin«, sagte er. »Sie ist schon eine Wucht, was? Allerdings habe ich gehört, dass ihr selbst ein paar Probleme habt. Der Prinz ist derzeit nicht allzu glücklich über euch.«

»Wie, das weiß schon jeder?« Ich legte den Kopf schief. »Habt ihr eure eigene Mailingliste, oder so?«

Er lachte und schüttelte den Kopf. »Informationen sind mein Gewerbe. Ich werde dafür bezahlt, alles über alle zu wissen. Aber bist du dir sicher, dass er sich irrt? Du und Cait, ihr seid gerade völlig verrückt nacheinander, aber was passiert, wenn euch wirklich etwas bis zum Äußersten treibt? Einen Priester umzulegen, ist in diesen Kreisen keine Schwerstarbeit. Verdammt, ich wollte dir anbieten, es für dich zu erledigen, nur um einem Freund einen Gefallen zu erweisen, aber mir war klar, dass du es ablehnen würdest.«

»Meine Regeln sind meine Regeln«, sagte ich. »Ich ziehe Grenzen, wo es sein muss, damit ich weiterhin jeden Morgen in den Spiegel schauen kann. Ich knalle niemanden ab, der es nicht verdient hat. So einfach ist das.«

Nicky nippte an seinem Scotch.

»Weißt du«, sagte er, »warum man Caitlin die ›Schwingenräuberin‹ nennt?«

Ich schüttelte den Kopf.

»Seltsame Geschichte. Weißt du, es gibt einen Ort, an dem sich alle Welten treffen, die Große Leere. Nicht mehr als eine endlose Wüste, wo nichts wächst und sich am Himmel die ganze Zeit ein Sturm zusammenbraut, der nie kommt.«

»Der Limbus«, sagte ich.

»Nenne es, wie du willst. Es ist die Große Leere. Also, seit mindestens tausend Jahren hat niemand mehr einen Engel gesehen. Weder hier noch dort noch sonst irgendwo. Wie ich gehört habe, hat jemand eines Tages da draußen auf dieser leeren Ebene ... einen erspäht. Einen echten, wahrhaftigen Engel. Angeblich war er verwirrt und verloren, wie ein Roboter, dessen Schaltkreise durcheinandergebracht wurden. Dennoch, du weißt schon, ein authentischer handgemachter Krieger Gottes. Mit dem man sich auf keinen Fall anlegen sollte.«

Mir gefiel die Richtung nicht, die diese Geschichte nahm, aber ich musste auch den Rest hören. »Was passierte dann?«

»Nun, alle haben sich in die Hosen gemacht, das ist passiert. Sie rannten herum wie kopflose Hühner, schrien, dass der Himmel einstürzen würde, hatten eine Heidenangst. Und dann kam Caitlin – vergiss nicht, so wurde es mir erzählt, und das alles war lange vor meiner Zeit – und sagte: ›Ich kümmere mich darum.‹ Sie griff sich einen Speer und machte Jagd auf dieses Wesen! Sie hat nicht nur dagegen gekämpft, sie hat es zugrunde gerichtet.«

»Caitlin«, sagte ich tonlos, »hat einen Engel getötet.«

Nicky schnaufte. Er schwenkte den Scotch im Glas, fing damit das Licht ein. Dann wedelte er mit der anderen Hand.

»Ich habe nicht gesagt, dass sie ihn getötet hat. Ich sagte, sie hat ihn *zugrunde gerichtet*. Er ist noch am Leben.«

Ein Frösteln kribbelte in meinem Nacken, und ich wusste, dass es nicht von der Klimaanlage kam.

»Was sie alles mit diesem armen Scheißkerl angestellt hat«, sagte Nicky. »Ich will gar nicht darüber nachdenken. Als sie mit ihm fertig war, schnitt sie ihm die Flügel als Souvenir ab. Was wird erzählt? Nun, er hat sie angefleht, es zu tun. Dann hat sie ihn an die Leine gelegt und Prinz Sitri als Haustier geschenkt. Und das, Kumpel, ist die Geschichte, wie Caitlin zum Liebling von Prinz Sitri wurde. Denk das nächste Mal daran, wenn ihr beiden kuschelt und schmust, falls es ein nächstes Mal gibt.«

Ich wollte mir einreden, dass es nur irgendeine Geschichte war, irgendein typischer Nicky-Agnelli-Blödsinn, aber ich gebe mir Mühe, mir selbst nicht zu oft in die Tasche zu lügen. *Ja*, dachte ich, während ich mir Caitlins Gesicht vorstellte, *ich glaube dir*.

»Warum erzählst du mir das?«

Nicky zuckte mit den Schultern. »Weil du, auch wenn du in letzter Zeit nicht mehr so viel hältst von mir, immer noch mein Freund bist und ich nicht sehe, dass ihr beide einander guttut. Vielleicht wäre es besser für dich, den Schaden zu begrenzen und einfach zu gehen, bevor du ernsthaft verletzt wirst, ja?«

»Danke für den freundlichen Rat«, erwiderte ich, »aber Caitlin ist es wert, für sie zu kämpfen. Und sag mir nicht, dass ich nicht gegen den Prinzen kämpfen kann. Du selbst hast es versucht.«

Und es wäre ihm beinahe gelungen, als er sich mit Lauren Carmichael verschworen hatte, um einen Umsturz in der Hölle auszulösen. Er hatte Glück gehabt, hatte zur richtigen Zeit über die richtigen Informationen verfügt und war ungestraft aus dem ganzen Schlamassel davongekommen. Anklagen blieben nie an Nicky hängen, weder hier noch in irgendeiner anderen Welt.

»Ja, aber wenn es um die Politik der Höllen geht, halte ich mich an Freunde und Familie«, sagte er.

»Du hast außerdem einen guten Grund, mir zu helfen. Ich glaube, dass alle unsere Sorgen miteinander zusammenhängen.«

»Was hat dich darauf gebracht?«

»Meadow Brand hat uns reingelegt«, sagte ich, »als sie Sophia ermordete und Jennifer und mich in eine Polizeifalle lockte. Urplötzlich tauchen die Bundespolizisten auf, mit Informationen bewaffnet, die sie nur von Lauren Carmichael bekommen haben können. Einer der Anführer dieser kleinen Superpolizeigruppe ist ein Cambion. Offensichtlich nicht von hier, da sie es nicht wagen dürften, dir in deinem eigenen Revier entgegenzutreten. So dumm können sie nicht sein. Also denke ich an eine kürzlich erfolgte Versetzung. Jemand, der ein persönliches Motiv hat, dir in den Arsch zu treten.«

»Der Chor der Erlösung«, sagte Nicky. »Du glaubst, es hat etwas mit der Säuberungsaktion im Osten zu tun.«

»Dieser Priester, den Sitri tot sehen möchte? Ich war bei ihm und habe mit ihm gesprochen. Dann tauchte eine Horde bewaffneter Cambions auf, und sie kannten meinen Namen.

Jemand hat sie geschickt, um uns beide zu erledigen. Oder um mich zu töten und den Priester mitzunehmen. Ich bin mir nicht sicher. Wenn Sitri diesen Mann zum Schweigen bringen will, ergibt es Sinn, dass auch der Chor der Erlösung ein Wörtchen mit ihm reden möchte, und sei es auch nur, um herauszufinden, was er weiß.«

Nicky legte den Kopf in den Nacken und seufzte. »Lauren scheint mit dem Chor der Erlösung zusammenzuarbeiten. Sie spielt ihnen Informationen über uns zu, und sie übernehmen die Drecksarbeit.«

»Das passt. Caitlin hat mir gesagt, dass sich hier irgendein auswärtiger Agent herumtreibt, der sich Pinfeather nennt. Sie glaubt, seine Aufgabe besteht darin, Unruhe zu stiften und Sitri ein blaues Auge zu verpassen. Wenn er einen Vertrag mit Lauren gemacht hat, könnte er als Mittelsmann tätig sein.«

Nicky nahm einen langen Schluck von seinem Scotch und dachte darüber nach.

»Mir scheint«, sagte er, »dass unser erster Schritt darin bestehen sollte, das Halbblut im Hühnerstall dingfest zu machen. Wir müssen dahinterkommen, wer dieses Plappermaul ist und es dauerhaft stopfen. Lass mich ein paar Anrufe tätigen. In der Zwischenzeit solltest du herausfinden, was so besonders an diesem Priester ist. Bist du dir sicher, dass er nicht weiß, worum es geht?«

»Falls er etwas weiß, dann weiß er nicht, dass er es weiß. Vielleicht hat er etwas gehört oder gesehen, das nicht für seine Ohren oder Augen bestimmt war, aber dann dürfte es etwas sein, dessen Bedeutung nur unseresgleichen erkennen würden.«

»Gut, dann nimm ihn in die Mangel. Und wenn du mit deinen Befragungsmethoden nicht weiterkommst, bring ihn hierher, damit ich die Zwillinge auf ihn ansetzen kann. Gib ihnen zwei Stunden, und dann wissen wir alles, was er jemals gehört, gesehen oder getan hat.«

»Erstens«, sagte ich und hob einen Finger, »ich arbeite nicht mehr für dich. Zweitens, niemand wird den Mann foltern. Er hat sich nichts zuschulden kommen lassen, außer sich eine üble Pechsträhne auszusuchen.«

Nicky lächelte, aber sein Blick blieb hart. »Hey, mach es, wie du willst, Kumpel. Ich versuche nur, auf unsere beiden Ärsche achtzugeben. Auf alle drei, wenn wir deine Freundin mitzählen. Vergiss nicht, dass Lauren immer noch den Ring in Besitz hat. Solange sie weiterhin über Tage weilt und Luft atmet, ist sie ein erstklassiges Problem für uns.«

Das war ein Geheimnis, mit dem nur wenige Menschen auf der Erde vertraut waren, und nach unserem Willen sollte es unbedingt so bleiben. Salomons Ring stammte direkt aus *Tausendundeiner Nacht* und war eine überaus machtvolle Reliquie, die es Lauren ermöglichte, nach Belieben Dämonen ihrem Willen zu unterwerfen. Caitlin war der Macht dieses Rings schon einmal zum Opfer gefallen. Er war praktisch die ultimative Waffe gegen die höllische Unterwelt, und genau darin lag das Problem.

Falls sich herumsprach, dass der Ring nicht nur ein Mythos war, würde sich jeder Hexer und kriminelle Okkultist von hier bis Miami an den Toren von Las Vegas einfinden, um den Schatz in seine Hand zu bekommen. Sie würden sich auf den Straßen gegenseitig umbringen. Dann würde sich die dämonische Erdbevölkerung einmischen, weil sie recht empfindlich auf Versklavungsversuche reagierte, und ihrerseits anfangen, Köpfe einzuschlagen. Das Gemetzel würde unabsehbare Ausmaße annehmen. Ganz zu schweigen, wozu der Ring benutzt werden konnte, wenn er in die falschen Hände geriet.

Nicky würde seine eigene Mutter für ein paar Cent verkaufen.

Dass er bereit war, das Geheimnis zu bewahren und dass nicht einmal die Zwillinge von dem Ring wussten, ließ tief blicken. Da er allerdings selbst halb Mensch und halb Dämon war, befürchtete er vielleicht, er könnte zum Opfer des Rings statt zu seinem Gebieter werden.

»Stell dir vor, was der Chor der Erlösung mit diesem Ring anstellen würde«, sinnierte ich. »Glaubst du, dass sie davon wissen?«

»Über manche Möglichkeiten sollte man nicht zu genau nachdenken. Das wäre nicht gesund für den Seelenfrieden. Ich würde sagen, wir besorgen uns diesen Ring, chartern eine Jacht nach Japan und werfen ihn auf den Grund des Marianengrabens.«

Ich nickte. »In diesem Punkt sind wir ganz einer Meinung.«

Ich kehrte kurz nach Mitternacht in mein Apartment zurück. Ich dachte, Father Alvarez würde vielleicht ein Nickerchen machen, aber das kam für ihn offensichtlich nicht infrage. An seiner Stelle hätte ich mich genauso verhalten, wie ich ihn vorfand: Er saß kerzengerade in einem Sessel, ein Auge auf die Tür gerichtet und eine Hand an der Fernbedienung, während er versuchte, sich mit einem Homeshopping-Kanal abzulenken.

»Gestern gab es dort ein richtig gutes Angebot für diese ... wie nennt man noch gleich diese Schuhe mit den einzelnen Zehen?«, sagte ich, während ich die Tür hinter mir abschloss.

Er wäre fast vom Sessel hochgesprungen. »Was ist passiert? Haben Sie jemanden gefunden, der uns helfen kann?«

»Ich glaube, ja. Aber bis morgen früh wird sich nichts rühren, und ich bin fix und fertig. Wenn es Ihnen also nichts ausmacht, würde ich gern duschen und dann ein bisschen schlafen. Sie sollten versuchen, dasselbe zu tun. Ich weiß, es fällt schwer, aber das Adrenalin wird Sie nicht unbegrenzt wachhalten, und morgen haben wir eine Menge zu tun.«

Ich war gerade dabei, mich im heißen Duschnebel zu aalen und meine schmerzenden Muskeln vom Wasserstrahl massieren zu lassen, als Alvarez an die Badezimmertür klopfte. Ich drehte das Wasser ab und schnappte mir ein Handtuch.

»Jemand ist hier!«, flüsterte er, kurz vor einem Panikanfall. »Horchen Sie!«

Dann hörte ich es. Die Stimme dröhnte vom Parkplatz herauf, rau wie Sandpapier.

»Faust! Wir wissen, dass du da drinnen bist!«

Ich fluchte leise und griff nach meiner Kleidung. Ich schaltete das Licht aus und duckte mich, als ich den Vorhang zur Seite zog, um nach draußen zu spähen.

Klotzige Limousinen standen längs vor dem Eingang zum Parkplatz des Apartmenthauses und versperrten die Ein- und Ausfahrt. Ein weiterer Wagen parkte parallel zum Gebäude. Einer der Schläger aus der Kirche stand auf einem Autodach, um sich besser Gehör zu verschaffen. Andere hatten sich über den Platz verstreut, hielten den Blick auf meine Eingangstür gerichtet, bereit für eine Belagerung.

»Schick ihn zu uns raus! Wir wollen nur den Priester. Schick ihn hier runter, und wir lassen dich in Ruhe!«

»Ich dachte, niemand wüsste von dieser Wohnung!«, beklagte sich Alvarez.

Ich versuchte, meine Gedanken zu zügeln, die eine Schotterpiste entlangrasten. Dieses Apartment war meine Zuflucht. Ich achtete sehr genau darauf, diesen Ort geheim zu halten. Das gesamte Grundstück war mit magischen Wehren gesichert, vor Hellseherei und okkulter Spionage geschützt. Es sollte an sich unmöglich sein, uns aufzuspüren.

Ich zog mein Hemd an und knöpfte es zu. Alvarez mühte

sich mit seinem Klapphandy ab und schüttelte den Kopf.

»Kein Empfang. Warum habe ich hier keinen Empfang?«

Ich warf einen Blick auf meins. Auch nichts. Irgendwie hatten sie unsere Mobiltelefone blockiert, und ich war mir ziemlich sicher, dass auch die anderen Mieter keine Hilfe herbeirufen konnten. Netter Trick. Ich musste herausfinden, wie sie das machten, wenn wir diesen Schlamassel überstanden hatten.

Ich schlich zur Tür und öffnete sie einen Spaltbreit, ohne die Kette zu entriegeln.

»Hier ist er nicht«, rief ich. »Ich habe ihn an der Polizeiwache abgesetzt.«

Der Schläger antwortete augenblicklich, ohne die geringste Verzögerung. »Wir wissen, dass er da drinnen ist. Schick ihn raus, oder du wirst heute Nacht sterben, Faust! Wir sind bereit, dir deine Verbrechen nachzusehen, aber nur, wenn du kooperierst.«

»Verbrechen?«, fragte der Priester.

Ich zuckte mit den Schultern. Ich wusste auch nicht, was genau sie meinten. Ich beschloss, diese Leute besser nicht aufzufordern, sich präziser auszudrücken.

»Er steht unter meinem Schutz«, rief ich zurück, während ich in meine Hose stieg. »Wenn ihr ihn haben wollt, müsst ihr euch also die Hände schmutzig machen. Seid ihr sicher, dass ihr das wollt? Ihr wisst, wer ich bin.«

»Du hast eine Minute«, gab er zurück. Ich schloss die Tür und verriegelte sie wieder.

»Ich werde gehen«, sagte Alvarez.

»Was? Nein, das werden Sie nicht.«

Er schüttelte den Kopf. »Doch, ich werde gehen. Die sind mindestens zu sechst. Wenn wir kämpfen, werden Sie sterben, und andere unschuldige Personen in diesem Gebäude könnten ebenfalls zu Schaden kommen. Wenn ich mich ergebe, werden Sie alle überleben. Ich bin Priester, Mr. Faust. Meine Pflichten sind klar definiert.«

»Ich sage, dass wir es aussitzen. Hören Sie, ob die Handys nun gestört sind oder nicht, die Bullen fahren in diesem Viertel Streife. Früher oder später wird ein Wagen vorbeikommen, die Blockade da draußen sehen und der Sache nachgehen. Bis dahin müssen wir nur still abwarten. Auf diese Weise wird niemand verletzt, Sie eingeschlossen. Einverstanden?«

Alvarez sackte in sich zusammen und nickte matt. »Also gut. Wir werden abwarten.«

In genau diesem Moment war unsere Minute abgelaufen, und sie warfen einen Molotowcocktail durch mein Fenster.

Ich sprang zurück. Glassplitter regneten auf den Teppich, und die schweren, staubigen Vorhänge bauschten sich in orange-roten Flammen. Es gab einen Feuerlöscher hinter einer Glas-scheibe, draußen im Treppenflur, aber ich konnte ihn un-möglich holen und zurückkehren, ohne dass die Waffen des Chors mich niedermähten. Mit Gläsern voll Wasser aus der Spüle wäre ich nicht schnell genug, um den sich ausbreiten-den Brand aufzuhalten.

Mein Zuhause stand in Flammen. Die einzige Frage war, wie wir uns davor retten konnten, selbst auch in Flammen aufzugehen.

Ich schluckte meine Wut hinunter und rannte zu meinem Wandschrank, gab den Code für das Kombinationsschloss ein.

»Was tun Sie da?« Alvarez folgte mir und ruderte mit den Armen. »Wir müssen weg von hier! Sofort!«

Hinter der Schranktür stapelten sich die Werkzeuge meines Gewerbes auf drei Regalen. Grimoires, Zeitschriften, Litho-grafien zu obskuren Teilgebieten der okkulten Philosophie. Alles war jetzt nutzlos und würde mich nur belasten. Was ich brauchte, war nur die Schachtel auf dem obersten Regalbrett, die mein Sammelsurium von Kleinkram enthielt.

Die Magie, die ich beherrschte, wirkte hauptsächlich langfristig. Es konnte Stunden dauern, bis alles für ein noch so simples Ritual hergerichtet war, auch wenn das Endergebnis für gewöhnlich die Mühe lohnte. Doch hin und wieder bereitete ich etwas für schwarze Tage vor und bewahrte es auf – Werkzeuge für einen Ernstfall, der vielleicht nie eintrat. Sozusagen meine Version des Prepper-Katastrophenschutzes.

Diese Situation zählte als Katastrophe, was mich betraf. Außerdem war alles, was ich nicht benutzte, Nahrung für das Feuer. Also sollte ich es benutzen.

»Father«, sagte ich, »ab jetzt kann es recht bizarr werden. Sie müssen mir vertrauen, okay?«

»Was meinen Sie mit ›bizarr‹?«

»Wissen Sie noch, wo mein Wagen steht? Ich werde diese Leute ablenken. Rennen Sie, so schnell Sie können, steigen Sie ein und starten Sie den Motor.«

Ich warf ihm die Schlüssel zu und öffnete ein zusammengefaltetes Quadrat aus smaragdgrüner Seide, etwa so groß wie ein Tischtuch, in dessen Ränder mit Goldgarn Runen eingestickt waren. Meine Kehle schnürte sich zu. Dies war ein extremer Zauber, an dem ich monatelang gearbeitet hatte, bis ich es aufgegeben hatte, weil das Risiko zu hoch war, dass dabei etwas schiefging. Jetzt war das Risiko, ihn nicht einzusetzen, sogar noch höher. Ich steckte eine Handvoll gesprenkelter Tonkügelchen in die Hosentasche und klemmte mir zwei Messingringe mit einem Karabinerhaken an den Gürtel.

»Chinesische Zauberringe?«, fragte Alvarez. »Das ist … Von allen Sachen, die Sie retten können, nehmen Sie ausgerechnet magische Tricks?«

»Meine Tricks sind etwas ganz Besonderes. Wollen Sie etwas Cooles sehen?«

Er starrte mich an, als wäre ich verrückt geworden. Und damit lag er gar nicht so falsch, wenn ich bedachte, was ich tun wollte.

»Passen Sie auf«, sagte ich und warf das Tuch zwischen uns in die Luft.

Als es zu Boden segelte, waren die Runen in dem Stoff schwarz verbrannt wie eine durchgeschmorte Platine, und ich war nicht mehr da.

Die Realität kreischte bei der Verletzung, als mein Zauber die Welt innerhalb eines Herzschlags umschrieb. Bevor ich die Augen schloss, war ich in meinem brennenden Apartment. Als ich sie schloss, war ich nirgendwo. Als ich sie wieder öffnete, war ich unten auf dem Parkplatz. Verdrängte Luft rüttelte mich durch und ließ mein Trommelfell platzen. Mir drehte sich der Magen um, Galle stieg in meine Kehle hoch, aber ich hatte keine Zeit für Schwäche. Zwei der Angreifer standen nicht weit von mir und wandten mir den Rücken zu. Zweifellos Cambions. Die Spannung der Verderbnis, die sich wie Stacheldraht um ihre Seelen wand, war unverkennbar.

Einer drehte sich um, als er spürte, dass etwas nicht stimmte. Aber nicht schnell genug, um mich daran zu hindern, seine Pistole mit einer Hand zu packen und mit der anderen einen Faustschlag zu landen, mit dem ich ihm meine Fingerknöchel in den Kehlkopf rammte. Er ging stotternd zu Boden. Der andere drehte sich gerade noch rechtzeitig herum, um zu sehen, wie ich feuerte. Ich jagte ihm drei Kugeln in die Brust und weitere drei in den Schädel seines gestürzten Kumpels. Dann klickte der Hammer auf eine leere Kammer, und ich warf die Waffe beiseite.

Der nächste Schläger stand etwa drei Meter entfernt. Er schrie auf und nahm mich ins Visier. Ich riss den Karabinerhaken vom Gürtel und griff nach den Messingringen, nahm je einen in die Hand. Ich schleuderte den ersten durch die Luft und duckte mich hinter den nächsten Wagen, als eine Kugel in die Windschutzscheibe einschlug. Der Ring flog wie ein Wurfmesser auf den Hals des Schützen zu, öffnete sich weit, um seine Kehle zu umschließen und sich dann zusammenzuziehen. Ich packte meinen zweiten Ring mit beiden Händen und zog ihn nach links unten. Die Schlinge um den Hals des Typen vollzog die Bewegung mit und riss ihn hinunter, wodurch sein Kopf gegen eine Motorhaube schlug und er bewusstlos zusammenbrach.

Auf der anderen Seite des Parkplatzes erwachte mein Auto dröhnend zum Leben. Ich sah Alvarez auf dem Fahrersitz, tief hinabgebeugt. Weitere Schüsse zerrissen die Luft, einer zertrümmerte ein Seitenfenster nur wenige Meter von mir entfernt. Es wurde Zeit zu verschwinden. Ich zog die Tonkügelchen aus der Tasche und flutete sie mit der Energie meines Adrenalins. Dann zog ich den Arm zurück und ließ sie fliegen. Wo immer sie landeten und platzten, schossen Wolken aus ekelhaftem grünem Rauch empor wie Wasser aus einem Feuerhydranten. Der Rauch wogte über den Platz und hüllte mich in Schatten, während Schüsse durch die Luft knallten. Ich hechtete auf den Rücksitz meines Wagens und zeigte nach vorn.

»Fahren Sie!«

»Aber ... da ist«, stammelte Alvarez. »Ihre Autos stehen vor jeder Ausfahrt, und der Bordstein dazwischen ist mindestens fünfzehn Zentimeter hoch.«

»Wir springen drüber. Los! Jetzt!«

Er flüsterte ein Gebet, trat aufs Gaspedal und klammerte sich ans Lenkrad wie ein Ertrinkender an einen Rettungsring. Ich hatte kaum Zeit, mich hinzusetzen, bevor wir auf den Bordstein trafen, der Wagen einen Satz machte und einen

Funkenregen erzeugte, als das Fahrwerk des Wagens über den rauen Beton schrammte. Für einen Moment war ich davon überzeugt, dass ein Reifen geplatzt war, dass wir am Straßenrand feststecken würden wie eingelegte Fische im Fass, aber der alte Wagen hielt sich wacker, und bald hatten wir die wabernde Wolke hinter uns gelassen. Wir jagten die Straße entlang, während unsere Verfolger im Rauch herumirrten.

Ich jubelte und schlug mit den Fäusten auf den Sitz. Das Adrenalin, die Angst und die Wogen zerstörerischer Magie, die meine Nerven torpedierten, vermischten sich zu einem Übelkeit und Schwindel erregenden Hexengebräu.

»So!«, *rief ich*. »So macht man das!«

Alvarez war fix und fertig. Er sah mich im Rückspiegel an, rang nach Worten, wusste nicht, wo er anfangen sollte. Wahrscheinlich hatte er hundert Fragen, aber das Erste, was ihm über die Lippen kam, war ein Vorwurf.

»Sie ... Sie haben diese Männer getötet.«

»Nur zwei. Und sie hätten ganz sicher mich getötet, wenn ich sie nicht erwischt hätte. Wenn ich bedenke, dass die anderen vier mit Beulen und blauen Flecken davonkommen, würde ich sagen, dass ich ziemlich mildtätig gehandelt habe.«

»Ist es Ihnen völlig egal? Wie fühlen Sie sich damit?«

Ich dachte darüber nach und nickte. »Lebendig«, sagte ich. »Das beste Gefühl der Welt. Ich habe Ihnen gesagt, dass ich Sie beschützen werde, Father. Ich stehe zu meinem Wort.«

»Und ich habe gesagt, dass ich mich ergeben will!«, hielt er dagegen. »Sie haben diese Leute in meinem Namen getötet. Verstehen Sie das nicht? Ich habe Anteil an dieser Schuld. Wer sind Sie, um darüber zu befinden, dass ihr Leben weniger wert ist als meins?«

»Hmm. Schauen wir mal. Ein paar bewaffnete Schläger, die einen Molotowcocktail in ein bewohntes Apartmenthaus werfen, gegen einen Mann, der nie jemandem etwas zuleide tut und seinen Lebensunterhalt im Wesentlichen mit Wohltätigkeitsarbeit bestreitet. Ja, ich finde, das versteht sich von selbst.«

Er verfiel in mürrisches Schweigen. Damit konnte ich gut leben. Die Achterbahn, die durch mein Nervensystem raste, erreichte einen letzten Scheitelpunkt und geriet auf ein kaputtes Gleis, wo sie hart abstürzte. Die wahnsinnige Aufregung zerschmolz zu einem trüben Morast aus langsamen Reflexen, Magenkrämpfen und einem pochenden Kopfschmerz.

Der Wagen eierte, dann ratterte er, dann ächzte er, als einer der malträtierten Reifen schließlich aufgab. Alvarez fuhr an den Straßenrand. Ich stieg aus und betrachtete kopfschüttelnd die wirre Masse aus zerfetztem Gummi, die an einem verbogenen Radkranz hing. Selbst wenn ich einen Ersatzreifen hätte, war ich mir nicht sicher, ob ich ihn würde auswechseln können. Ich schaute mich um und versuchte, mich zu orientieren.

»Der Strip ist zwei Blocks entfernt«, sagte ich. »Wir laufen den Rest des Weges.«

»Wohin gehen wir?«

»Irgendwohin mit viel Licht, Lärm und Menschenmassen, während ich unseren nächsten Schritt plane. Diese Kerle werden nicht versuchen, Sie in aller Öffentlichkeit zu schnappen. Ich will, dass jede Menge Augen uns im Blick haben.«

Wir legten etwa einen halben Block schweigend zurück. Dann wurde mir klar, dass ich etwas sagen musste.

»Es tut mir leid«, erklärte ich ihm. »Ich dachte nicht, dass Sie es so schwernehmen würden, Father. Aber Sie müssen verstehen, dass es nicht nur um Sie geht. Diese Leute sind aus einem bestimmten Grund hinter Ihnen her, und das kann kein guter Grund sein. Langfristig gesehen habe ich damit, dass ich diese Kerle erschossen habe, möglicherweise Leben gerettet.«

»Ich verstehe nur nicht, warum jemand daran interessiert

sein sollte, mich zu entführen. Ich habe kein Geld. Ich habe keine Familie.« Er hielt inne. »Ach ja, wie haben Sie das gemacht?«

»Hmm?«

»Im einen Moment waren Sie noch da und im nächsten nicht mehr. Vielleicht eine Falltür? So etwas wie ein Nottunnel, der zur Kanalisation hinunterführt? Sie müssen hindurchgefallen und dann auf dem Parkplatz wieder herausgekommen sein.«

Ich hätte darauf hinweisen können, dass wir im ersten Stock gewesen waren, dass ein solcher Tunnel eine sehr komplizierte Konstruktion wäre oder dass ich etwa zwanzig Meter Gelände innerhalb eines Atemzugs hätte hinter mich bringen müssen, aber stattdessen nickte ich nur. Für ihn musste das, was er gesehen hatte, ein Trick sein. Es musste eine Falltür sein, damit seine Welt in dieser Nacht nicht noch mehr aus den Fugen geriet. Also war es eine Falltür.

Der Strip war ein Wunderland aus Licht, eine sichere Zuflucht, die ihre Neonarme ausbreitete, um uns zu empfangen. Der Verkehr auf dem Boulevard bewegte sich im Kriechtempo, und an jeder Ecke standen Männer, die mit ihren kleinen Klickern klickten und laminierte Kärtchen mit Werbung für Escortdamen an jeden verteilten, der lange genug stehen blieb, um sich eins zu nehmen. Wir kamen an einem Metro-Polizisten vorbei, der uns mit einem kurzen Blick musterte, bevor er seine Aufmerksamkeit wieder einer Horde betrunkener Collegestudenten ein Stück weiter auf dem Gehweg zuwandte.

»Nehmen Sie das Hundehalsband ab, Padre«, sagte ich. »Damit fallen Sie hier in der Menge auf.«

Alvarez blinzelte und löste den weißen Kragen von seinem Hemd. Aber es nützte nichts, weil er auch ohne seine Montur immer noch wie ein Priester aussah. Manche Leute hatten einfach diese Ausstrahlung.

Ich führte ihn zum Monaco, an zwei hoch aufragenden ionischen Säulen vorbei. Das Casino überschwemmte uns mit kühlem blauem Licht und den elektronischen Lockrufen von einhundert Spielautomaten, die Kunden ködern wollten. Gleich hinter dem Eingang zur Casinobühne gab es eine namenlose Bar, eine schlichte Spirituoseninsel mitten in der Halle nicht weit von den Pokertischen.

»Whiskey, pur«, sagte ich zum Barkeeper und nickte dann zu Alvarez. »Dasselbe für ihn.«

Wehmütig wurde mir bewusst, dass ich mich heute in mehr als einer Hinsicht wie Caitlin verhielt.

14

Alvarez widersprach nicht. Seine zitternden Hände brauchten genauso dringend einen Schnaps wie sein überfordertes Gehirn. Ich klopfte ihm auf die Schulter und deutete auf die Türen.

»Ich muss schnell jemanden anrufen. Warten Sie hier und trinken Sie aus. Ich werde in zwei Minuten zurück sein.«

Ich ging nicht allzu weit weg, nur so weit, bis ich meine eigenen Gedanken über dem Casinotrubel wieder hören konnte. Dann rief ich Nicky an.

»Danny!«, sagte er. »Wo warst du? Ich habe versucht …«

»Tief in der Scheiße. Sie haben meine Wohnung überfallen, Nicky. Sie haben sie abgefackelt. Ich bin rausgekommen, zusammen mit dem Priester. Wir sind auf der Flucht.«

»Wie zum Teufel haben sie herausgefunden, wo du wohnst?«

»Keine Ahnung.«

»Abgefackelt? Ich meine, tatsächlich niedergebrannt?«

Ich dachte an mein Apartment. Es war überfüllt, muffig, kaum besser als eine Absteige, aber es war meins. Ich hatte hart gearbeitet, um es zu meinem Zuhause zu machen. Noch härter hatte ich gearbeitet, um meinen Notgroschen zusammenzukratzen, den ich in einer Tasche unter der Matratze eingenäht hatte. Banken und Leute wie ich kamen nicht allzu gut miteinander klar. Das war jetzt alles verloren. Genauso wie meine Bücher. Einige davon Erstausgaben und andere, die man mit weltlichem Geld nicht kaufen konnte. Meine gesamte magische Ausrüstung, meine Journale und Notizen.

Ich hatte als Schmalspurgauner mit zwanzig Dollar und einem Kartendeck in meiner Gesäßtasche angefangen, und jetzt war ich wieder zurück auf dieser Ausgangsposition. Auf Feld null.

Wenigstens hatte ich noch meine Karten.

»Ja«, sagte ich zu Nicky. »Abgebrannt. Hör zu, dieser Priester ist ein heißes Eisen. Ich muss ihn von der Straße wegbringen. Wir verstecken uns ganz offen im Monaco, aber selbst hier werden sich die Massen irgendwann verlaufen. Könntest du ...?«

»Sag nichts weiter. Ich schick euch einen Wagen. Geht in etwa zwanzig Minuten nach draußen, dann werde ich da sein. Ich habe ein Safehaus, es ist nicht weit entfernt liegt aber unter dem Radar. Ihr beide könnt euch dort so lange einquartieren wie nötig.«

Nicky klang erfreut, dass ich ihn um Hilfe bat. Vielleicht dachte er, dass er mich wieder unter seine Fuchtel bekommen würde, wo er mich am liebsten hätte. Doch der wahre Grund, warum ich mich nicht an Bentley oder Corman oder den Rest meiner Familie wandte, war ganz einfach: Falls die Jäger mich fanden, würden sie auch meine Familie finden. Damit, Nickys Sicherheit zu gefährden, hatte ich kein Problem.

Ich kehrte zu Alvarez an die Theke zurück. Er hatte sein erstes Glas Whiskey zur Hälfte geleert. Zumindest glaubte ich, dass es immer noch sein erstes war. Ich nahm einen Schluck von meinem Whiskey, genoss das Brennen in der Kehle, das die Anspannung durchschnitt wie ein heißes Messer.

»Die Kavallerie ist im Anmarsch«, sagte ich. »Wir bekommen

eine Fahrgelegenheit von hier weg und zu einer Bleibe, wo wir uns verkriechen können.«

»Sicherer als die letzte?«, fragte er. Ich konnte es ihm nicht verübeln, dass er Zweifel hegte. Ich wechselte das Thema. »Ich habe nachgedacht. Sie sagten, ihr Hobby sei … Übersetzen, richtig?«

Er nickte. »Ich will nicht angeben, aber ich beherrsche mehrere Sprachen fließend. Meine Arbeiten wurden hier und dort in liturgischen Textsammlungen veröffentlicht.«

»Haben Sie jemals, verzeihen Sie mir meine Ausdrucksweise, Ihr Quellenmaterial von zwielichtigen Personen gekauft? Zum Beispiel von jemandem, der kriminelle Verbindungen haben könnte? Schmuggler, Grabräuber, etwas in der Richtung?«

Er riss die Augen auf. »Auf gar keinen Fall! Ich meine, ich beschäftige mich nicht mit den Lebensgeschichten der Leute, von denen ich etwas kaufe, aber ich habe nie irgendetwas Anrüchiges über sie gehört.«

Also wieder eine Sackgasse.

»Diese Übersetzungen, geht es darin nur um Kirchengeschichte? Wie Pastor Zebediahs Sonntagspredigt von vor tausend Jahren?«

»Ja, ungefähr so langweilig.« Er kicherte leise. »Aber hin und wieder finde ich etwas wirklich Unterhaltsames wie den Text, an dem ich gerade arbeite. Es ist ein Manuskript koptischer Christen von etwa eintausend nach Christus, nicht lange vor dem großen morgenländischen Kirchenschisma. Der Autor war ein wenig wirr im Kopf, aber die Abhandlung ist eine tolle Lektüre. Ich suche immer noch nach einer Zeitschrift, die sie veröffentlichen würde, wenn ich damit fertig bin, vielleicht als Aprilscherz.«

Ich hielt mich an meinem Drink fest. »Wirklich? Worum geht es?«

»Kaum zu glauben, aber es ist ein Wegweiser in die Hölle.«
Meine Finger krampften sich um das Glas. »Wegweiser?«,
fragte ich und bemühte mich, locker zu klingen.

»Der Autor behauptet, es gebe buchstäblich eine Straße in
die Verdammnis, nicht weit von Alexandria, und er sei sie gegangen und zurückgekehrt, um die Geschichte erzählen zu
können. Es ist nicht wirklich eine ›Straße‹ im eigentlichen
Sinne, sondern eher eine Liste von Wahrzeichen und rituel-
len Handlungen, die jeweils besucht und ausgeführt werden
müssen, sowie die genaue Weise, wie man von einem Orientie-
rungspunkt zum nächsten reist. Aber im Endeffekt, so sagt er,
kann eine Seele auf diesem Weg nach Belieben in die Unterwelt hinein- und wieder hinausgelangen.«

»Das Manuskript. Wo ist es jetzt?«

Er bemerkte die Schärfe in meinem Tonfall und runzelte
die Stirn.

»Das ist alles Unsinn, verstehen Sie? Der arme Mann hat
zu viel Zeit damit zugebracht, in der Wüste zu meditieren ...«

»Menschen ermorden einander jeden Tag wegen irgendwel-
chem Unsinn. Wo ist das Manuskript?«

»In meinem Büro drüben bei Unserer Trösterin«, sagte er
kopfschüttelnd. »Aber ich verstehe das nicht. Warum sollte
jemand wegen einer so kleinen Sache gewalttätig werden? Sie
hätten nur fragen müssen, dann hätte ich es ihnen liebend
gern gezeigt.«

»Manchmal geht es nicht nur darum, etwas in die Hand zu
bekommen. Manchmal geht es darum, es von jemand anderem fernzuhalten.«

Ich kippte meinen Drink hinunter und ließ einen zerknitterten Fünfer als Trinkgeld auf der Theke zurück. Vielleicht war
das alles nur ein Zufall, vielleicht griff ich nach Strohhalmen,
aber mir schwante, dass Father Alvarez' unschuldiges Hobby

ihn zu einem Gezeichneten von hier bis zum Rand der Hölle gemacht hatte.

In der Hotelauffahrt wartete am Ende des Gehwegs eine schlanke weiße Limousine mit Mietwagenkennzeichen. Ein muskulöser Kerl in grauer Jacke stand neben der Tür und hielt einen hastig beschriebenen Zettel mit dem Namen FAUST hoch.

»Das ist unser Wagen«, sagte ich zu Alvarez. »Machen Sie sich keine Sorgen. Von nun an sind Sie in Sicherheit.«

Der Fahrer hielt uns die Tür auf. Ich stieg ein und streckte die Beine aus, glücklich über ein wenig Luxus.

Weniger glücklich war ich über die zwei Männer, die uns gegenübersaßen. Einer der beiden zielte mit einer fiesen kleinen Pistole genau auf mein Gesicht. Der andere war ein Dämon.

Er sah aus wie ein vornehmer, schmalgesichtiger Mann in den Fünfzigern, aber für mein zweites Gesicht glühte er wie schwarze Diamanten, pulsierend und siedend, ein Quell ungezügelter Bosheit. Sein maßgeschneiderter Anzug stammte direkt aus der Savile Row, und er hielt einen Gehstock aus poliertem Mahagoni in den schlanken Händen.

»Die Antwort auf Ihre ersten zwei Fragen«, sagte er in kultiviertem, wohlklingendem Tonfall, »lautet Ja.«

Alvarez bemerkte die Waffe, als die Wagentür hinter ihm zuschlug und uns drinnen einsperrte. Die Schlösser rasteten im Gleichklang ein.

»Welche Fragen?« Der Priester sah mich an.

Ich sackte auf dem Ledersitz in mich zusammen. »Frage eins: Ist das ein Leibhaftiger? Frage zwei: Sind wir im Arsch?«

»Ein leibhaftiger was?«, fragte Alvarez. Die Limousine setzte sich in Bewegung. Der Dämon kicherte amüsiert.

»Sie haben den guten Father im Dunkeln gelassen. Keine

Überraschung. Erlauben Sie mir, Sie ins Bild zu setzen. Und die Antwort auf Ihre dritte Frage, Mr. Faust, lautet Nein. Nicky Agnelli hat Sie nicht verraten. Er hat einfach nur einen Riss in den Mauern seiner Festung.«

»Irgendwer möge mir bitte erklären«, sagte Alvarez, der sich auf dem Sitz wand, während sein Blick zwischen mir und der Waffe hin- und herwanderte, »was hier vor sich geht.«

Der Dämon drehte den Gehstock in den Händen. Der silberne Knauf war dem Kopf eines brüllenden Löwen nachempfunden.

»Mein Name ist *Suulivarishisian*, aber ich biete Ihnen an, mich Sullivan zu nennen, wie es meine sterblichen Freunde tun. Ich hoffe sehr, dass auch wir gute Freunde werden, Father. Ich bin der Leiter einer Organisation, die sich ›Chor der Erlösung‹ nennt, und ich bin hier, um Ihnen das Leben zu retten.«

Der Leiter des Erlösungschors ist ein Dämon, dachte ich. Ein Dämon mindestens so alt und mächtig wie Caitlin. Diese Art von Information war pures Gold wert.

Damit war mir klar, dass sie mich niemals lebend entkommen lassen würden.

»Er«, sagte Alvarez und zeigte auf mich, »versucht, mir das Leben zu retten. Ihre Leute haben auf uns geschossen!«

»Wir haben auf ihn geschossen«, knurrte der Cambion mit der Waffe.

»Das tut mir leid«, sagte Sullivan. »Das Verhalten meiner Freunde war ein wenig … sagen wir, übertrieben. Deshalb bin ich gekommen, um diese Angelegenheit persönlich zu regeln. Und gerade noch rechtzeitig. Ich enttäusche Sie nur ungern, Father, aber Mr. Faust wurde geschickt, um Sie zu töten.«

Er sah mich schockiert an. Ich zuckte mit den Schultern.

»Wenn ich Sie töten wollte, hätte ich das längst erledigt«, sagte ich.

»Aber Sie streiten nicht ab«, sagte Sullivan mit gerümpfter Nase, als hätte er etwas Übles gerochen, »dass Sie tatsächlich geschickt wurden, um ihn zu töten.«

»Ich arbeite nicht für Sitri.«

»Ach, wenn das doch nur wahr wäre. *Caitlleanabruaudi* hat Sie am Haken, kleiner Mann. Ich kenne sie gut. Ich *habe* sie gut gekannt.«

»Ich verstehe immer noch nicht«, beklagte sich Alvarez.

Die Beleuchtung in der Limousine verblasste unter Schichten unsichtbarer Spinnweben. Die Luft kühlte sich ab, und Raureif kondensierte an den getönten Scheiben, als Sullivan seine Maske abnahm. Seine Haut brodelte wie ein Stück papierdünnes Leder, das über einen Topf mit kochendem Wasser gelegt wurde. Hörner schoben sich wie blutige Stoßzähne aus seinen Schläfen hervor, Fleisch zerschmolz zu schorfigem Knorpel. Seine Fingernägel verlängerten sich im Dunkeln, wurden gelb und sonderten eine zähe Flüssigkeit ab, die wie frisches Gallensekret roch.

»Fürchten Sie sich nicht«, sagte Sullivan.

Ich hätte zu einer Waffe gegriffen, hätte ich eine gehabt. Alvarez griff nach einem Rosenkranz. Er umklammerte die winzigen Holzperlen mit zitternden Fingern und stammelte die ersten Worte des Vaterunsers.

»Bitte, Father.« Sullivan wirkte ermattet. »Würden Sie einen beinlosen Mann mit Geschichten von einem Marathonlauf verhöhnen? Wollen Sie mich mit Bildern von göttlicher Liebe und Gnade verhöhnen? Habe ich Ihnen irgendetwas so Grausames angetan?«

Alvarez verfiel in Schweigen, doch er hielt sich weiter an seinem Rosenkranz fest.

Sullivan wedelte mit einer krallenbewehrten Hand. »Eine theologische Frage an Sie: Wenn ein Engel aus dem Himmel in Ungnade fallen kann, kann ein Dämon dann auf den Aufstieg hoffen? Kann jemand, der in Verdammnis geboren wurde, im Zustand der angeborenen Sünde, überhaupt danach streben, sich über seine Natur zu erheben? Oder ist die Liebe Gottes eine vergebliche Hoffnung?«

Darüber musste der Priester nachdenken.

»Ich weiß es nicht.« Alvarez sprach langsam und bedächtig, immer noch verängstigt, aber nun in seinem Element. »Und es wäre falsch von mir, würde ich behaupten, etwas zu wissen, das ich nicht weiß. Doch der Herr liebt alle, selbst jene, die sich von ihm abgewandt haben. Keine Hoffnung ist vergeblich, wenn sie der Liebe und Redlichkeit entspringt. Hoffnung ist das, was die Welt am Leben erhält.«

»Und was ist mit einem Menschen«, sagte Sullivan, während er mich ostentativ anstarrte, »der alle Voraussetzungen und alle Gelegenheiten hat, nach Gnade zu streben, und doch jedes Mal darauf verzichtet? Was ist mit einem Menschen, der nur in der Dunkelheit gedeiht, der nur mit Dieben und Huren und Mördern verkehrt, der lügt, betrügt, stiehlt und sein Herz und sein Bett den Mächten des Bösen öffnet?«

Alvarez rieb sich das Kinn. »Dann würde ich für ihn beten, denn auch ihm kann vergeben werden.«

Sullivan runzelte die Stirn. Er lehnte sich zurück und hielt den Gehstock zwischen seinen Knien.

»Allmählich glaube ich«, sagte ich, »dass Sie und Ihre Leute mich nicht besonders mögen.«

»Dämonenficker«, spie der Cambion mit der Waffe aus.

Ich seufzte und wandte mich Alvarez zu. »Es ist wie in diesem alten Witz: Wenn man einhundert Brücken baut, nennt einen niemand Daniel den Brückenbauer, aber wenn man mit nur einem einzigen Dämon schläft …«

»An Ihrem Tun ist nichts amüsant«, sagte Sullivan. »Meine

Freunde, meine Herde, sie alle tragen einen Makel in ihrem Blut, den sie nie gewollt und um den sie nie gebeten haben. Sie wollen nicht mehr, als rein sein, als menschlich sein. Und Sie protzen vor ihnen schamlos mit Ihren Perversionen.«

Ich drehte den Kopf in seine Richtung. »Wie sieht also Ihre Geschichte aus, Großer Hässlicher? Wenn Sie menschlich sein wollen, sollten Sie sich lieber ein Haus in der Vorstadt kaufen, Golf spielen und bei Ihrer Steuererklärung schummeln, denn näher werden sie niemals dran sein.«

»Erlaube mir, ihn zu erschießen«, zischte der Cambion. Es gefiel mir nicht, wie die Waffe in seiner Hand zitterte. Seine Finger waren zu verkrampft, und der Auslöser ging zu leicht.

Sullivan schüttelte den Kopf und legte eine Hand beruhigend auf die Schulter des Halbbluts. »Nein. Wir haben noch Verwendung für ihn.«

Das klang in meinen Ohren gar nicht gut. Wenn ein Feind im Vorteil war und einen nicht tötete, dann hatte er nach meiner Erfahrung etwas viel, viel Übleres in der Hinterhand.

Eine nächtliche Wüstenlandschaft zog draußen vor den getönten Scheiben vorbei. Nichts außer Sand und Bergen aus rotem Fels, so weit das Auge reichte. Wo auch immer wir waren, wir hatten die hellen Lichter von Vegas weit hinter uns gelassen.

»Ich habe eine Weile gebraucht«, sagte ich, »aber dann bin ich draufgekommen. Sie arbeiten mit Lauren Carmichael zusammen, und Pinfeather ist Ihr Spitzel.«

Sullivan zog eine Augenbraue hoch.

Ich hob einen Finger. »Sie wussten von diesem Wagen, weil die FBI-Taskforce Nickys Telefone abhört. Ihr Spitzel, der Cambion in diesem Team, das ist Pinfeather. Er hat von der Limousine erfahren und erkannt, dass sie für uns bestimmt war, und sich bei Ihnen gemeldet. Nur dass Lauren auch ihn in der Tasche hat, weil sie die Fäden gezogen hat, damit die Taskforce überhaupt zusammengestellt wird. Das verrät mir, dass Sie und Lauren es sich miteinander gemütlich gemacht haben, und ich würde wetten, dass der Wegweiser zur Hölle im Besitz unseres guten Fathers der Grund dafür ist.«

»So nahe an der Wahrheit«, sagte der Dämon, »und doch so tragisch weit weg. Ihre Lebensgeschichte, sofern ich mich nicht täusche. Nein, Mr. Faust, ich hege nicht die Absicht, Sie in die Feinheiten meines Masterplans einzuweihen. Sie werden festgehalten, bis Sie Ihren Zweck erfüllt haben, und dann werden Sie sterben.«

»Aha? Und warum geben Sie mir nicht schon jetzt die Kugel?«

»Das werde ich Ihnen verraten«, sagte Sullivan mit einem Lächeln. »Ich habe noch eine Rechnung mit Ihrer ›Caitlin‹ zu begleichen. Sie werden mir helfen, sie zu vernichten. Die einzige edle Tat in Ihrem vergeudeten Leben. Vielleicht würde sie sogar dazu ausreichen, dass Sie sich Ihre Errettung verdienen, obwohl ich es ehrlich gesagt bezweifle.«

Während sich der Wagen schwachen Lichtern in der Ferne näherte, suchte ich nach einem Ausweg. Doch bisher sah ich keinen.

Eine spanische Mission erwartete uns am Ende der Straße. Die abbröckelnden Lehmziegelmauern trotzten der Zeit und der ausgedörrten Wüste. Als wir durch das schmiedeeiserne Zugangstor fuhren, erklang eine Glocke von einem hohen Turm im Zentrum des alten Dorfs. Eine Schar zerlumpter Männer und Frauen kam heraus, um uns zu begrüßen. Sie schlossen das Tor hinter der Limousine und verriegelten es. Die meisten von ihnen waren bewaffnet.

Grobe Hände zerrten mich aus dem Wagen und warfen mich auf die Motorhaube. Sie drehten meine Arme auf den Rücken, während sie meine Taschen durchwühlten, mir die Brieftasche, mein Handy und mein Kartendeck abnahmen. Alvarez wurde mit Samthandschuhen angefasst. Einer der Cambions tastete ihn vorsichtig ab, nur aus Sicherheitsgründen, aber er tat es mit einer Entschuldigung auf den Lippen.

»Sie glauben doch wohl nicht ernsthaft,«, sagte ich, »dass ich Ihnen helfen werde, Caitlin etwas anzutun.«

Sullivan tippte mit der Spitze seines Gehstocks auf den staubigen Asphalt. »Ich beabsichtige nicht, Ihnen in dieser Angelegenheit die Wahl zu lassen. Im Grunde erweise ich Ihnen einen Gefallen. Irgendwann wird sie Sie verraten, genauso wie sie mich verraten hat. Huren sind so.«

Der Fahrer hielt meine Arme fest, aber das hinderte mich nicht daran, meinen Schuh zu heben und ihm damit heftig auf den Fußrücken zu treten. Er schrie auf und lockerte seinen Griff, und mehr brauchte ich nicht, um mich zu befreien und Sullivan mit der geballten Faust anzugreifen.

Saublöde Idee. Ich sah es nicht einmal kommen. Er trat einen Schritt zur Seite, anmutig wie ein fallendes Blatt, und der Mahagonistock schlug mit der Schnelligkeit einer Peitsche zu. Er traf mich quer über den Bauch, und die Luft wurde mir aus der Lunge getrieben. Ich strauchelte. Er wirbelte den Stock herum und zielte in meine Kniekehlen, um mich endgültig in den Staub zu werfen.

Aber er war noch nicht fertig mit mir. Jeder pfeifende Hieb des Stocks war ein präzise angebrachter Schlag, der mir Höllenqualen bescherte und scharlachrote Striemen, die anschließend aufblühten. Er sagte etwas, aber ich konnte es nicht verstehen, konnte kaum etwas anderes tun, als mich am Boden zu winden, meinen Kopf mit den Armen zu schützen und zu versuchen, den unerbittlich auf mich herabsausenden Prügeln zu entkommen.

Endlich war es vorbei. Alvarez hielt Sullivan am Handgelenk fest. Sullivan hätte ihm sämtliche Gliedmaßen einzeln ausreißen können, doch er ließ die Hand sinken, sanft wie ein Lamm.

»Bitte«, sagte Alvarez. »Nicht.«

Sullivan nickte. »Verzeihung, Father. Ich bin ein bisschen jähzornig. Es war richtig von Ihnen, mich zurechtzuweisen. Meine Herren, führen Sie *das da* bitte in eine Arrestzelle.«

Ich spuckte Blut in den Staub. Es schmeckte wie angelaufene

Kupfermünzen. Zwei von Sullivans Schlägern zerrten mich auf die Beine, und ich hatte nicht die Kraft, mich zu widersetzen.

»Father«, keuchte ich. »Erzählen Sie diesen Drecksäcken gar nichts. Sie sind nicht Ihre Freunde ...«

Sullivan verdrehte die Augen. »Ich bitte Sie, Mr. Faust! Bringen Sie wenigstens die Würde auf, zu erkennen, wann Sie sich geschlagen geben sollten. Jetzt kommen Sie mit mir, Father. Ich würde gern einen Rundgang mit Ihnen machen. Unsere Einrichtungen sind bescheiden, aber ich denke, Sie werden beeindruckt sein ...«

Ich war mir nicht sicher, auf wen ich wütender war, auf Sullivan oder auf mich selbst. Die Beherrschung zu verlieren und auf ihn loszugehen, war wirklich eine saublöde Idee. Ich wusste, wozu Caitlin in einem Kampf imstande war. Ich hätte wissen müssen, dass Sullivan genauso gefährlich sein würde.

Sullivans Schläger warfen mich in einen staubigen Lagerraum mit stabiler Eichentür und einem hohen vergitterten Fenster, das selbst für ein Kleinkind zu schmal war. Ich lag auf dem kalten Fliesenboden, horchte in der Dunkelheit auf das Quieken von Ratten und ertrank in dumpfen, pochenden Schmerzen. Sullivan hatte mir gezielt wehgetan, ohne mich zu verletzen. Nichts war gebrochen. Ich würde lediglich ein paar Tage lang die Nachwehen der Prügel spüren und die roten Streifen tragen, die er auf meine Haut gezeichnet hatte. Und sein schadenfrohes Gesicht vor meinem geistigen Auge sehen.

Ich weiß nicht mehr, wie ich einschlief, aber irgendwann schlief ich ein. Ich erwachte aus unruhigen Träumen in einer Welt frischer Schmerzen und stöhnte, als ich mich zwang, mich aufzusetzen. Während das Licht der Morgendämmerung durch das Gitterfenster hereinströmte, konnte ich zumindest sehen, wo sie mich verrotten lassen wollten. Ein alter Standspiegel in einem rechteckigen Messingrahmen setzte in einer Ecke Staub an, gegenüber einem Durcheinander aus Holzkisten, die vermutlich vergessen worden waren, als diese Anlage noch eine Mission war. Ein schneller Blick bestätigte meinen Verdacht, und der Schimmelgeruch ließ mich die Nase rümpfen. Die Kisten waren voller brauner Mönchsgewänder, und der leinenartige Stoff hatte sich schon vor Langem in Nutzlosigkeit aufgelöst.

Kaum etwas Brauchbares. Ich dachte an ein improvisiertes Ritual, aber da meine Entführer mich nicht gefesselt und geknebelt hatten – eine elementare Vorsichtsmaßname, wenn man einen Zauberer gefangen halten wollte –, musste ich davon ausgehen, dass Sullivan alle Spuren von magischer Energie auf seinem Grundstück erschnüffeln würde. Sie würden sich auf mich stürzen, bevor ich dazu kam, einen Zauber in die Wege zu leiten, und ich hatte keine Ausrüstung dabei, die ich brauchte, um etwas Wirkmächtiges zu inszenieren.

Mit Hexerei würde ich nicht aus diesem Schlamassel herauskommen, aber es gab mehr als nur eine Art von Magie. Ich hatte versucht, es auf dumme Weise zu tun. Diesmal musste ich es intelligenter anstellen.

Ich kam ins Schwitzen, als die Sonne über den Bergen aufstieg. Die enge Steinkammer war ein Backofen in der Wüstenhitze, und nichts außer der Sonnenglut drang durch das mickrige kleine Fenster herein. Vielleicht eine Stunde später ratterte die Tür. Ich wappnete mich.

Der Junge, der eintrat, hielt ein Plastiktablett in der einen Hand und eine Pistole in der anderen. Er sah aus wie achtzehn oder neunzehn und trug ein T-Shirt vom Warped-Tour-Festival und Khakihosen mit Flip-Flops. Ich setzte mich auf den Boden, erhob die offenen Hände und bemühte mich, einen harmlosen Eindruck zu machen.

»Hey«, sagte ich, »ob ich hier wohl einen Ventilator oder so bekommen könnte? Falls es dir nicht aufgefallen ist, wir sind hier in Nevada.«

Er stellte vorsichtig das Tablett ab, behielt mich die ganze Zeit im Auge und richtete die Waffe auf mich. Kluger Junge. Gut ausgebildet. Auf dem Tablett lagen zwei Plastikflaschen mit Mineralwasser und ein Apfel.

»Ich soll nicht mit Ihnen reden«, sagte er und musterte mich, als wäre ich etwas in einem Kuriositätenkabinett.

»Weißt du, was in den meisten Sekten das Erste ist, was sie tun, wenn sie einen am Haken haben? Sie sagen dir, mit wem du reden darfst und mit wem nicht. Damit garantieren sie, dass du nichts hörst, was du nicht hören sollst. Glaub mir, ich war selbst in einer Sekte.«

»Das hier ist keine Sekte«, sagte er. »Es ist eine Familie. Sullivan kümmert sich um uns.«

»Klingt wie etwas, das ich damals auch gesagt hätte. Was ist mit deinen Verwandten? Wissen sie, wo du bist?«

Er schüttelte den Kopf. Die Haut auf seiner Wange wellte sich, nur ein klein wenig, als seine dämonische Seite sich zu behaupten versuchte. »Meinen Vater habe ich nie gekannt. Meine Mutter starb bei meiner Geburt. Seitdem war ich fast immer auf der Straße. Dort hat er mich gefunden, dort findet er die meisten von uns.«

»Und er sagt euch, wie böse ihr seid und wie ihr geläutert werden müsst. Du weißt, dass dein Boss ein Dämon ist, nicht wahr?«

»Er ist transzendiert. Eigentlich ist er gar kein Dämon mehr. Er wird uns allen zeigen, wie wir wie er werden können.«

Ich öffnete die erste Wasserflasche. Ich war noch nie in meinem Leben so durstig gewesen, aber ich hielt mich zurück. Ich wollte ihm keine Chance geben, sich von meinem Haken zu befreien.

»Warum musst du wie er werden?«, fragte ich. »Was ist so schlimm daran, wie du bist?«

Im nächsten Moment hatten seine Augen die Farbe und Konsistenz verfaulten Eidotters angenommen, und sein Gesicht und seine Hände waren von Schorf und Akne verunstaltet.

»Schauen Sie mich an!«, schrie er. »Das ist mein wahres Ich! Ich bin außen schmutzig, weil ich innen schmutzig bin. Ich wurde in Sünde geboren. Ich bin besudelt. Verdorben.«

»Ich kenne ein paar Cambions, die ein glückliches und gesundes Leben führen, genauso wie alle anderen. Ich könnte dich mit ihnen bekannt machen, wenn du magst. Verdammt, darunter ist auch ein Mädchen in deinem Alter, und sie ist ziemlich süß. Man weiß nie, was passieren könnte.«

Er wich einen Schritt zurück, schüttelte den Kopf, wieder in seiner menschlichen Maske.

»Ich sollte nicht mit Ihnen reden«, sagte er. »Sullivan hat mich gewarnt, dass Sie versuchen würden, mir irgendwas zu erzählen, um mich zu verwirren.«

Ich seufzte. »Wie heißt du?«

»Tyler.«

»Tyler«, sagte ich, »du machst den Eindruck, ein guter Junge zu sein. Normalerweise würde ich so etwas nicht tun, aber ich werde dir ein Angebot machen. Hau ab. Steig in deinen Wagen, fahr weg von hier und komm nie mehr zurück. Tu es sofort. Such dir dein eigenes Leben, ein richtiges Leben, weit weg von diesem Irrenhaus.«

»Was, wenn ich das nicht tue?«

Ich blickte ihm genau in die Augen.

»Du stehst zwischen mir und dieser Tür. Was bedeutet, dass ich dich töten müsste. Das würde mir sehr leidtun, glaub mir, aber das würde mich nicht davon abhalten, dich umzulegen. Geh jetzt oder stirb. Das sind deine zwei einzigen Optionen.«

Er lachte nervös. »Ich habe die Pistole.«

Ich zuckte nur mit den Schultern. Er zog sich aus der Kammer zurück. Die Riegel an der Tür rasteten ein, während ich die gesamte Flasche mit lauwarmem Wasser austrank und nach der zweiten griff.

Ich hatte schweißtreibende Arbeit zu erledigen.

Zuerst lauschte ich.

Tyler machte haargenau alle zwanzig Minuten seine Runde durch den Korridor vor meiner provisorischen Zelle. Ich erkannte ihn daran, wie bei jedem Schritt seine Flip-Flops auf die Bodenfliesen klatschten. Sobald ich seine Bewegungen bestimmt hatte und sagen konnte, wann ein wenig Lärm nicht auffallen würde, machte ich mich an die Arbeit. Ich schleppte eine der Packkisten durch den Raum und stellte sie genau gegenüber der Tür ab. Dann legte ich den alten Spiegel darauf, hielt den Atem an und trat kräftig mit dem Fuß auf die Glasscheibe. Sie zerbrach unter meiner Ferse, zersplitterte in einem Puzzle aus glitzernden Scherben.

Ich war nicht abergläubisch in solcher Hinsicht. Unglück war etwas, das ich anderen Leute brachte.

Ich fischte mir ein faustgroßes Glasstück aus dem kaputten Spiegel und hielt nach einem günstigen Winkel Ausschau. Nun war die gnadenlose Sonne meine beste Freundin, und ich blinzelte, als ich ihr grelles Licht im Glas sah wie Prometheus, der den Göttern das Feuer stahl. Das Timing war entscheidend, und ich hatte die Uhr nicht auf meiner Seite. Während mir das Herz in der Brust wummerte, drehte ich den Spiegel und richtete den Strahl in die offene Kiste.

Nach fünf Minuten war ich mir sicher, dass mein Plan ein Fehlschlag war, aber ich machte weiter, hielt die heiße Spiegelscherbe so ruhig, wie ich konnte. Langsam stieg ein schwarzer Rauchfaden von dem Haufen schimmliger Mönchsgewänder auf. Aus dem Faden wurde eine Wolke, die dann in orangeroten Flammen erblühte.

Gleich war es Zeit für die nächste Runde. Ich schaute zu, wie sich die Flammen ausbreiteten, und hoffte, dass für Tyler nicht ausgerechnet jetzt die Zeit gekommen war, wegzugehen und etwas zu essen. Als sich die Kiste selbst entzündete und sich das Feuer in das alte und splittrige Holz fraß, konnte die aufsteigende Wolke aus schwarzem Rauch für mich genauso tödlich werden wie Sullivan.

Ich hörte Schritte. Meine Muskeln spannten sich an, gingen in den Kampf-oder-Flucht-Modus. Ich schnappte mir ein Gewand aus einer anderen Kiste und wedelte damit den Rauch in Richtung Tür, um etwas davon unter dem Türrahmen hindurch und in den Korridor davor zu treiben.

»Feuer!«, rief ich, ließ das Gewand fallen und machte mich bereit. »Hilfe! Feuer!«

Der Türknauf ratterte. Tyler stürmte herein, die Pistole gezückt, und sein Blick wurde instinktiv von der brennenden Kiste angezogen. Es war eine winzige Ablenkung, der Herzschlag der Verwirrung und Furcht, den ich brauchte. In diesem Moment rannte ich zu ihm, blendete ihn und stieß ihm eine zwanzig Zentimeter lange Spiegelscherbe in die Kehle.

Seine Augen traten hervor. Er stürzte, drückte eine Hand an die Kehle, während dunkles Blut über die Vorderseite seines Konzert-T-Shirts strömte. Er versuchte, auf mich zu schießen, doch sein Arm zappelte wie ein Fisch auf dem Trockenen. Ich zog ihm die Pistole aus der Hand, was nicht schwieriger war, als einem Baby die Rassel wegzunehmen. Tylers Beine strampelten krampfartig, als er zu mir hinaufstarrte. Er war gerade noch genug bei Bewusstsein, um zu verstehen, dass er starb. Vielleicht hoffte er, dass ich es mir anders überlegte. Vielleicht würde ich eins dieser Gewänder nehmen, seinen Hals bandagieren, ihn stabilisieren und um Hilfe rufen. Vielleicht würde er es überleben.

Ich schüttelte den Kopf.

»Tut mir leid, Junge«, erklärte ich ihm. Weiter gab es nichts mehr zu sagen. Ich ließ ihn sterbend zurück.

Ich zwang meine Empfindungen in einen kleinen Kasten irgendwo in meinem Hinterkopf. Schuldgefühle waren ein Luxus für später. Im Augenblick konnte ich es mir nicht leisten, an etwas anderes als mein eigenes Überleben zu denken.

Der Korridor vor der Zelle bog ein Stück weiter in beide Richtungen ab. Ich hätte eine Münze werfen können. Ich erinnerte mich daran, auf welchem Weg sie mich hereingebracht hatten, aber so würde ich auf den Hof hinausgelangen. Dort wäre ich ein leichtes Ziel. Außerdem brauchte ich einen fahrbaren Untersatz, um nach Vegas zurückzukehren. Wenn ich zu Fuß in diese Wüste hinausrannte, wäre ich bis Sonnenuntergang Futter für die Geier. Also rannte ich in die entgegengesetzte Richtung in der Hoffnung, dort etwas Brauchbares zu finden.

Als ich hörte, wie sich Stimmen in meine Richtung bewegten, duckte ich mich in eine Nische und presste den Rücken gegen die heiße Ziegelsteinmauer. Mit der Pistole konnte ich schon einiges ausrichten, aber eben nur bei Cambions. Sullivan würde die Kugeln einfach schlucken und sie zu mir zurückspucken.

»... glaubst du, er wird uns wirklich helfen?«, fragte einer von Sullivans Anhängern, der Einkaufstaschen durch den Korridor schleppte.

Sein Begleiter nickte. »Der Father ist ein guter Mann. Er war den ganzen Abend mit Sullivan in der Kapelle, um zu reden. Dort sind sie immer noch.«

Verdammt! Das war's mit meiner Hoffnung auf eine Rettungsaktion. Der Dämon behielt Alvarez nahe bei sich, was bedeutete, dass ich keine Chance hatte, ihn freizubekommen. Ich hätte ein besseres Gefühl gehabt, wenn ich gewusst hätte, was genau Sullivan plante.

Andererseits vielleicht auch nicht.

Die Übersetzung musste der Schlüssel sein. Wenn ich die Kirche vor Sullivans Schützlingen erreichen und den Text in die Hände bekommen konnte, besäße ich zumindest so etwas wie ein Druckmittel. Ich hoffte, dass Alvarez den Mund gehalten hatte.

Sobald die Luft rein war, durchquerte ich ein leeres Wohnzimmer und hielt mich im Schatten unter einem vorspringenden Balkon. Es hätte der Gemeinschaftsraum in einem Studentenwohnheim sein können, bis hin zu den verstreuten Büchern und Zeitschriften und einer Videospielkonsole, die an einen Großbildfernseher angeschlossen war. An den meisten Colleges gab es jedoch keine Handbücher über die Reinigung von Sturmgewehren, und auch die korrekte Verwendung von Plastiksprengstoff stand nicht auf dem Lehrplan.

Sullivan hatte hier einen ordentlichen Rummel aufgezogen. Nach anfälligen Cambions suchen, die keine Familie hatten, an die sie sich wenden konnten, ihnen beibringen, sich selbst abgrundtief zu hassen und ihnen dann Waffen in die Hände drücken. Sie würden alles tun, was er von ihnen verlangte, solange er ihnen die Aussicht auf Erlösung vor die Nase hielt. Ich kannte dieses alte Lied sehr gut.

Jetzt hatte ich zwei gute Gründe, darauf zu achten, dass aus meiner Flucht keine Schießerei wurde. Ich konnte Sullivan nicht im Alleingang überwältigen, und ich wollte keinen Kampf mit seinen Anhängern. Aber sie würden mich zweifellos töten. Ich fand eine Hintertür, die auf einen Parkplatz führte, nicht mehr als eine Ansammlung von Autos in lockeren Reihen kurz vor der Außenmauer der Mission. Ich zog den Kopf ein und rannte los. Einer der Bewohner fuhr einen Pick-up, einen alten F-350 mit viel PS unter der Motorhaube. Ich knackte das Fenster auf der Fahrerseite mit dem Kolben der Pistole, stieg ein und zog die Plastikverkleidung unter dem Lenkrad ab. Etwa drei Minuten später, nach drei Fehlstarts, während ich mich zu erinnern versuchte, wie man dieses Modell kurzschloss, brummte der Motor, und das Radio schaltete sich ein.

Ich setzte mich auf und betrachtete die Armaturen. Der Tank war halb voll. Damit sollte ich es bis nach Vegas schaffen.

Ich fuhr schön langsam vom Parkplatz los, weil ich keine Aufmerksamkeit aus dem Dorf auf mich ziehen wollte. Ich dachte schon, ich hätte freie Bahn, als die Turmglocke geläutet wurde, ein schrilles und endloses Tönen, das mir durch Mark und Bein ging. Anscheinend hatten sie Tylers Leiche gefunden. Ich fluchte leise und trat aufs Gaspedal, beschleunigte den Wagen über die Schotterpiste und auf das schmiedeeiserne Tor zu.

Ein Cambion kam aus dem Wachhäuschen neben dem Tor gerannt. Er hielt ein Jagdgewehr in den Händen, als hätte er zum ersten Mal in seinem Leben zu einer solchen Waffe gegriffen. Ich trat auf die Bremse, beugte mich aus dem Fenster und richtete meine gestohlene Pistole auf ihn, bevor er mich ins Visier nehmen konnte.

»Fallen lassen!«, bellte ich. Das Gewehr landete im Staub.

Ich deutete zum schweren Riegel des Tors. »Öffnen!«

»Ich ... ich kann Sie nicht rauslassen«, stammelte er. »Ich habe die Anweisung ...«

Ich feuerte eine Kugel in den Boden vor seinen Füßen. Er zuckte zurück.

»Sofort!«

Er entriegelte das Tor. Ich gab ihm gerade genug Zeit, zur Seite zu springen, bevor der Pick-up lospreschte und mit kreischendem Metall und sprühenden Funken hindurchraste. Ich bog auf den Highway, während der Tacho die Achtzig berührte und der Motor bei maximaler Drehzahl tanzte. Ich ließ die Mission hinter mir im Staub zurück.

Ich fuhr Richtung Süden, flog an einem Schild vorbei, auf dem »Las Vegas – 80 Meilen« stand. Sobald ich einen guten Abstand erreicht hatte und überzeugt war, dass niemand mir folgte, gab ich weniger Gas. Dass die Polizei mich anhielt, weil ich mit einem gestohlenen Wagen zu schnell fuhr und eine vor Kurzem abgefeuerte Pistole auf dem Beifahrersitz lag, war das Letzte, was ich jetzt gebrauchen konnte.

Ich wollte nach meinem Handy greifen und erinnerte mich daran, dass ich es nicht mehr hatte. Sie hatten es mir in der Mission abgenommen, zusammen mit allem anderen in meinen Taschen. Also musste ich Caitlin und Emma auf die harte Tour ausfindig machen. Und Nicky wollte ich nicht anrufen, wenn es sich vermeiden ließ. Inzwischen müsste er wissen, dass Father Alvarez und ich letzte Nacht die sichere Wohnung nie erreicht hatten. Ich hoffte, er konnte eins und eins zusammenzählen und kam darauf, dass er einen Spitzel in seiner Truppe hatte. Wenn ich das nächste Mal mit ihm redete, würde es auf jeden Fall unter vier Augen in einem Raum passieren, der auf Wanzen überprüft worden war.

Mein nächster Halt war Unsere Trösterin der Betrübten. Wenn ich mit meiner Ahnung richtig lag, brauchte Sullivan zwei Dinge: den »Wegweiser zur Hölle« und Father Alvarez, der die Übersetzung fertigstellte. Alvarez war entbehrlich, aber

Leute, die spätantikes Koptisch lesen konnten, gab es nicht gerade wie Sand am Meer. Ich war mir ziemlich sicher, dass er dem Priester nichts antun würde, zumindest solange er für ihn nützlich war. Wenn ich Sullivan das Manuskript vorenthalten konnte, würde sich eine Menge Sand in diesem speziellen Stundenglas anhäufen.

Die Abenddämmerung legte sich wie eine Wolldecke auf die Stadt, als ich sie erreicht hatte. Bald würde die Wüstennacht anbrechen und den Bewohnern eine Atempause von der Hitze verschaffen, aber vorläufig waren die Straßen noch ein Gewirr aus schmorenden Schatten. Ich rollte bis zum Ende des Parkplatzes an der Kirche und stellte den Pick-up hinter einer Reihe verwucherter Büsche ab, damit der gestohlene Wagen so weit wie möglich außer Sicht war. Dann steckte ich mir die Pistole unter den Gürtel und ging hinein.

Die Eingangstür stand immer noch offen von dem gestrigen Überfall, das Schloss war vom Stiefel eines Cambions zertrümmert worden. Doch alle Lichter in der Kapelle waren erloschen. Finger aus schwindendem Sonnenschein drängten sich durch die hohen Buntglasfenster und hüllten die Kirche in ockergelbe und sumpfgrüne Schattierungen.

Etwas klapperte im hinteren Büro. Ich zog meine Waffe.

Ich schob mich näher heran, bewegte mich so schnell wie möglich zwischen den Bänken. Meine Ohren fingen Geräusche von raschelndem Papier und Büchern auf, die in Alvarez' Büro auf den Boden fielen. Ich war doch nicht als Erster hier eingetroffen.

Ein Schatten zeichnete sich im Eingang zum Büro ab. Ich duckte mich hinter eine Bank und zielte, balancierte den Unterarm auf der rauen Rückenlehne aus Holz.

»Lassen Sie das Buch fallen«, rief ich, »dann können Sie ungehindert gehen.«

Der Schatten wirbelte herum, fiel auf ein Knie und eröffnete das Feuer. Ich warf mich zu Boden, als sich zwei Kugeln in die Bank links von mir gruben und Splitter fliegen ließen. Ich holte tief Luft, hielt sie an und sprang auf. Ich rannte nach rechts, feuerte drei Schüsse ab, die wie Kanonenschüsse donnerten, um den Dieb niederzuhalten. Er antwortete mit einer Kugelsalve und zwang mich, wieder in Deckung zu gehen. Als ich es wagte, wieder aufzublicken, war er längst weg, und die Tür auf der Rückseite der Kirche schwang langsam hinter ihm zu.

Ihm zu folgen, wäre Selbstmord. Wenn er da draußen war und die Tür beobachtete, konnte er mich im Handumdrehen abknallen. Stattdessen rannte ich den Weg zurück, den ich hereingekommen war, schob mich durch die Eingangstür und sah gerade noch einen lindgrünen Mustang, der mit quietschenden Reifen über die Straße davonraste.

Ich schlug mit der Faust gegen die Tür. Ich hatte den Priester verloren und nun auch noch das Manuskript. Spiel, Satz und Sieg.

Ich entsorgte den Pick-up und die Pistole ein paar Blocks weiter, nachdem ich von beiden die Fingerabdrücke abgewischt hatte. Den Pick-up ließ ich in einer Nebenstraße stehen, wo man ihn bis morgen früh abschleppen würde. Die Pistole zerlegte ich in ihre Einzelteile, die ich in drei verschiedene Müllcontainer warf. In Anbetracht der Umstände hätte ich nur zu gern eine Pistole gehabt, aber ich hatte keine Ahnung, wo das Ding vorher gewesen war oder welche üblen Sachen ein forensischer Experte damit in Verbindung bringen konnte.

Ich zog die Blicke der etwas über zwanzigjährigen Hipster an, die vor dem Winter Schlange standen, sicher hinter den Absperrungen aus schwarzem Samt. Ich konnte nicht einschätzen, warum, bis ich mich selbst in der getönten Scheibe eines parkenden Autos betrachten konnte. Mein Haar war zerzaust, meine Hose mit Dreck beschmiert, mein Hemd war von Sullivans Gehstock aufgerissen, und ich sah aus, als hätte ich eine Woche lang nicht geschlafen. Nicht mein bester Moment.

Der Türsteher sah mich empört an. Ich zog Caitlins Visitenkarte aus der Tasche und zeigte sie ihm. Er nickte, als stünde der Präsident persönlich vor ihm, und öffnete das Seil für mich. In dieser Stadt war es hilfreich, die richtigen Leute zu kennen. Drinnen überschwemmte mich ein Wirbel aus blitzendem blauem Neonlicht und ohrenbetäubendem Dubstep. Die kühle Theke sah einladend aus. Ich brauchte Alkohol, wie jemand in der Sahara Wasser brauchte, aber ich hatte etwas im Untergeschoss zu erledigen.

Die verriegelte Tür zu den Eingeweiden des Clubs war genau dort, wo sie in meiner Erinnerung gewesen war, genauso wie der Mann mit der Gasmaske und dem Lederoverall. Ich fragte mich, ob es eine Uniform war, die die Wächter abwechselnd in Schichten trugen, oder ob immer nur dieser eine Typ hier stand, unheilschwanger und bereit, Nacht für Nacht. Er erinnerte sich an mich, wie Caitlin es ihm befohlen hatte, und stieß ein rasselndes Keuchen aus, als er die Zahlenkombination ins Türschloss tippte.

Ich war nicht allein in den Katakomben, umgeben von schwarzem Leder und Gold. Brennende Kerzen säumten den Korridor, warfen flackernde Schatten in Kammern, in denen Genießer lachten, flüsterten und schrien. Ich kam an einer Ecke vorbei, wo ein nackter Mann in einem Geschirr aus Lederriemen und Schnallen hing. Sein Liebhaber nahm ihn von hinten, biss ihm in den Nacken, während sie sich still mit archaischer Triebhaftigkeit paarten. Ein kleiner Halbkreis aus Beobachtern stand um sie herum, hielt Weingläser und kommentierte das Geschehen leise flüsternd wie Besucher in einer Kunstgalerie.

Tiefer im Labyrinth stieß ich auf Emma. Sie war geschäftsmäßig gekleidet, nicht für ein Spiel, als ich sie auf einer Bank sitzen sah, mit dem Handy am Ohr und einer Aktenmappe im Schoß. Ich vermutete, sie war hierhergekommen, um dem musikalischen Ansturm im Club ein Stockwerk höher zu entfliehen.

»Nein«, sagte sie gereizt. »Wenn er eine Gehaltserhöhung will, darf ich seinen Vertrag verlängern. Wenn *er* etwas bekommt, bekomme auch *ich* etwas. So funktioniert das. Ihnen sollte eigentlich klar sein ...«

Sie blickte auf, sah mich und beendete das Gespräch. »Daniel«, sagte sie und erhob sich. »Was ist passiert? Du siehst aus, als wärst du von einem Laster überfahren worden.«

»Ja, und der Laster hat einen Namen. Wo ist Caitlin? Ich muss mit ihr und ...«

Emma trat mir in den Weg und drückte eine Hand auf mein Herz.

»Nein. Das wirst du nicht tun. Caitlin ist ... indisponiert.«

»Es ist wichtig.«

»Daniel«, sagte sie in beschwichtigendem Ton, »Caitlin hat heute Abend sehr, sehr miese Laune. Ich habe ihr eins meiner Spielzeuge überlassen. Im Moment ist sie damit beschäftigt, ihn zu brechen. Bitte glaub mir, dass du sie jetzt gerade nicht stören möchtest. Komm her. Setz dich und erzähl mir, was los ist. Wenn es wirklich so schlimm ist, werden wir gemeinsam zu ihr gehen.«

Ich ließ zu, dass sie mich auf die Bank niederdrückte. Ich war mir nicht sicher, wo ich anfangen sollte, also fing ich mit dem Namen an.

»Sullivan.«

Emmas Augen verengten sich zu schmalen Schlitzen. Schwarze Pupillen versanken unter Wirbeln aus dunklem Kupfer.

»*Suulivarishisian?* Was weißt du über ihn?«

Ich hob mein Hemd und zeigte ihr sein Werk, die geröteten Striemen, die meine Brust und meinen Rücken überzogen.

»Er sagte etwas über Caitlin, das mir nicht gefiel«, erklärte ich mit einem Schulterzucken und ließ das Hemd herunterfallen. »Also fühlte ich mich verpflichtet, ihre Ehre zu verteidigen. Hat nicht so gut funktioniert.«

»Du hast Glück, dass er dich nicht getötet hat. Nein, du

kannst Caitlin heute Abend auf gar keinen Fall treffen. Sie darf diese Spuren nicht sehen. Das ist eine gezielte Beleidigung von ihm, womit er ihr sagt, dass sie nicht stark genug ist, ihren eigenen Besitz zu schützen. Sie würde rasen vor Wut.«

Ich hob einen Finger. »Ich bin mir ziemlich sicher, dass ich nicht der Besitz von irgendjemandem bin.«

Emma schüttelte den Kopf, fast verzweifelt, und machte den Eindruck, als versuchte sie, drei Gedankengängen gleichzeitig zu folgen. »Ich vergaß, dass du keiner von uns bist. Du verstehst es gar nicht, wenn du geehrt wirst. Aber darum geht es nicht. Wo hast du ihn gesehen? Wo ist er jetzt?«

»Diese Erlösungstruppe, wegen der ihr euch so große Sorgen macht. Er ist der Leiter. Und ich habe ihn in einer Festungsanlage etwa hundert Meilen nördlich von hier gesehen, aber ich wette, inzwischen haben sie sich in alle Himmelsrichtungen zerstreut.«

Ich gab ihr eine Zusammenfassung unseres vergnüglichen Ausflugs, von meinem Treffen mit Alvarez bis zu der kleinen Schießerei bei Unserer Trösterin der Betrübten.

»Das ist völlig verrückt«, sagte Emma stirnrunzelnd. »Eine Route, die es ermöglicht, körperlich von der Erde zur Hölle und zurück zu reisen? Das ist, als würdest du in eine Steckdose steigen und dich durch die Stromleitungen bewegen, bis du meinst, jetzt könntest du wieder herausspringen. Das eine Reich besteht aus fester Materie, das andere ist rein spirituell. Die beiden können nicht auf diese Weise interagieren.«

Ich zuckte mit den Schultern. »Nun, Sullivan glaubt daran, oder zumindest tun es seine Anhänger. Vielleicht ist es nur ein neuer Ansatz bei seinem Betrugsspiel.«

»Es ist kein Betrugsspiel. Nicht so, wie du denkst. Sullivan glaubt jedes Wort, das er sagt, Daniel. Er ist völlig übergeschnappt. Er wurde aus unserem Hof verstoßen, weil er ein unerträglicher Unruhestifter ist. Der Hof der Nachtblühenden Blumen gewährte ihm Asyl, bis man ihn irgendwann auch dort rausgeworfen hat. Zu der Zeit muss er dann seine Sekte gegründet haben. Hier auf der Erde ist er ohne Genehmigung tätig und baut sich vor unser aller Augen eine Gefolgschaft aus Cambions auf.«

»Warte! Er glaubt also wirklich, dass er diesen Leuten hilft? Er verkauft sie für dumm, Emma. Er lehrt sie, sich selbst zu hassen, nur weil sie anders als alle anderen geboren wurden.«

»Und er hasst sich selbst noch viel mehr«, sagte sie. »Er gibt einfach nur seine eigene Krankheit weiter. Es ist mir peinlich, zugeben zu müssen, dass er ein Mitglied meines Chors ist, wenn auch ein degeneriertes. Wenn ich etwas haben will, das jemand anders hat, dann nehme ich es mir. Wenn ich es mir nicht nehmen kann, strebe ich danach. Bemühe mich darum. Mein Neid macht mich stark. Verstehst du?«

Ich nickte und wirkte zweifellos überzeugter, als ich mich fühlte.

»Sullivan ist neidisch auf Sachen, die man sich nicht nehmen kann. Er begehrt die Farbe einer Blume, die Töne eines Liedes. Die Erfahrungen anderer Leute, ihr Leben, nichts Handfestes. Er hat diese Fixierung auf die Menschheit vor etwa einem Jahrhundert entwickelt. Mit der Zeit wurde es immer schlimmer. Eine einzige antreibende, alles verzehrende Besessenheit. Und da die Menschheit in seinen Augen die absolute Perfektion darstellt, dieses höchste Ideal, zu dem er sie in seinem fiebrigen Geist erhoben hat …«

»Dann muss das, was er ist, genauso wie jeder Teil von ihm, das genaue Gegenteil sein«, sagte ich. »Schmutzig und unrein.«

»Exakt. Er hat sein eigenes Herz vergiftet, lange bevor er damit begann, die Cambions mit seinem wahnsinnigen Selbsthass zu infizieren.«

»Woher kennt er Caitlin?«

Emma lehnte sich schweigend zurück und verschränkte die Hände im Schoß.

»Na los«, sagte ich. »Du weißt, dass ich es irgendwann sowieso erfahren werde. Du bist ihre Freundin. Ich würde es gern von dir hören.«

Sie seufzte. »Vor langer Zeit – und ich meine eine sehr lange Zeit – waren Caitlin und Sullivan ein Paar. Ihre Beziehung war ... problematisch. Du verstehst doch, dass Caitlin untypisch für ihren Chor ist, ja? Die Söhne und Töchter der Wollust sind nicht dafür bekannt, dass sich zwischen ihren Ohren allzu viel abspielt. Die meisten von ihnen enden als Partybegleitung oder Spielzeug für mächtigere Dämonen, und damit sind sie durchaus glücklich.«

Ich runzelte die Stirn beim Versuch, mich an etwas zu erinnern, das Caitlin zu mir gesagt hatte. »Ist nicht auch Sitri vom Chor der Wollust?«

»Er ist die seltene Ausnahme, die die Regel bestätigt, genauso wie Caitlin. Doch Sullivan war von ihrem Aussehen hingerissen, als sie jung war, und beanspruchte sie für sich. Er rechnete nicht damit, dass sie neben ihrer Schönheit auch Verstand und Rückgrat besaß. Das gefiel ihm gar nicht. Er zwang ihr mit dem Handrücken seinen Willen auf. Sie war jung und hatte noch nicht ihre volle Macht erlangt, und ihr fehlte die Kraft, sich selbst von ihm zu befreien.«

Als ich gerade angefangen hatte, Sullivan zu bemitleiden, hasste ich ihn auch schon wieder. »Was passierte dann?«

»Caitlin weigerte sich, sein Opfer zu sein. Und sie wurde stärker. Sie arbeitete still und heimlich an sich, wurde besser, lernte das Potenzial ihrer Blutlinie kennen, und all das, während sie an Sitris Hof jede Menge gesellschaftliche Kontakte knüpfte. Sullivan diente unter dem Prinzen als kleiner Kabinettsminister, musst du wissen. Als sie eines Tages endlich so weit war, ließ sie ihre Falle zuschnappen.

Sie konfrontierte Sullivan vor dem Thron des Prinzen und dem gesamten Adelsstand mit dokumentierten Beweisen für seine Fehler und Versäumnisse im Dienst. Sie stellte den Antrag, dass ihm sein Rang entzogen und stattdessen ihr übertragen werden sollte, als angemessene Belohnung für die Aufdeckung der Wahrheit. Sullivan rastete aus und griff sie vor allen anderen körperlich an.«

Ich beugte mich näher heran. »Hat sie gewonnen?«

Emma grinste. »Ich denke, es hätte so oder so ausgehen können, hätten sie ernsthaft gegeneinander kämpfen können, aber der Prinz ging dazwischen, um ihn zurückzuhalten. Dann schrie Sullivan nach einer Abstimmung, nur um zu erfahren, dass er im Saal keinerlei Freunde mehr hatte. Keinen einzigen. Caitlin hatte Jahre damit zugebracht, insgeheim mit mehr als der Hälfte der Mitglieder von Sitris innerem Kabinett Bündnisse zu schmieden und Unterstützungsvereinbarungen auszuhandeln. Sie wollten sie auf Sullivans Stuhl haben, da sie bewiesen hatte, dass man mit ihr viel einfacher zusammenarbeiten konnte.

Der Prinz verfügte, dass ihre Beförderung bereits in dem Moment stattgefunden hatte, als Caitlin sie eingefordert hatte. In diesem Fall hieß das, dass jemand ohne Rang jemanden aus Sitris Kreis der Auserwählten angegriffen hatte. Ein äußerst schweres Verbrechen. Sullivan verlor mehr als nur seinen Job. Seine Ländereien, seine Leibeigenen, sein Vermögen ... sie rissen ihm buchstäblich die Kleider vom Leib, bevor sie ihn auf die Straße warfen. Wie es Usus ist, beanspruchte der Prinz die Hälfte von allem, was Sullivan besaß, und Caitlin wurde die andere Hälfte zugestanden. Damit begann ihr Aufstieg zur Macht. Wenig später wurde sie zu Sitris Wachhund.«

Ich dachte über die Geschichte nach. Über all die Teile des Plans, die hätten schiefgehen können, über all die Variablen. Nur eine Möglichkeit kristallisierte sich für mich heraus, und ich musste unwillkürlich lächeln.

»Es war ein abgekartetes Spiel, nicht wahr?«, sagte ich. »Darüber hinaus, dass sie die Kabinettsmitglieder auf ihre Seite bringen musste, meine ich. Sie konnte nur gewusst haben, dass Sitri ihre Intrige unterstützen würde, wenn sie vorher alles mit dem Prinzen abgesprochen hatte. Er ließ sich auf die Halbe-halbe-Aufteilung ein.«

Emma legte den Kopf schief. »Niemand kann es mit Sicherheit sagen, aber der Prinz liebt seine kleinen Spiele und genießt die Gesellschaft von Leuten, die solche Spiele beherrschen. Also ist Sullivan wieder da und will Rache. Das ist nicht gut. Ich werde Caitlin ins Bild setzen, dann werden wir entscheiden, wie wir weitermachen. Du musst dich unbedingt fernhalten. Du hast keine Chance gegen Sullivan, wie du inzwischen sicherlich begriffen hast.«

»Schreib mich noch nicht ab. Ich habe …«

Ich wollte etwas Markiges über ein Ass im Ärmel sagen, doch die Worte erstarben mir auf der Zunge. Was hatte ich überhaupt noch? Mein Apartment mit allem darin lag in Schutt und Asche. Mein Wagen stand tot in irgendeiner Nebenstraße mit einem zerfetzten Reifen und verzogenem Radkranz, und selbst wenn ich mir eine Reparatur leisten könnte, befand er sich wahrscheinlich längst auf einem Schrottplatz. Sullivans Schläger hatten mir alles andere abgenommen, das ich besaß – meine Brieftasche, meine Karten, meine Schlüssel. Mir war nichts geblieben außer den verdreckten Klamotten an meinem Körper.

Ich dachte zurück an Pixies Suppenküche und daran, dass viele der hungrigen Menschen in der Schlange genauso aussahen wie ich. Jetzt verstand ich, warum. Alles zu verlieren, war viel einfacher, als man glauben würde.

»Schreib mich noch nicht ab«, wiederholte ich. »Dieser Kampf ist noch nicht vorbei.«

Es war zwei Uhr früh, als ich das Scrivener's Nook erreichte, mit schmerzenden Füßen und müden Knochen. Eine Tür neben dem Buchladen führte zu einer schmalen Treppe. Ich stapfte die Stufen hinauf, mit schweren Schritten auf dem abgewetzten Teppich, und klopfte an die Tür zur Wohnung im ersten Stock.

Bentley öffnete die Tür. Er trug ein gestreiftes Nachthemd und eine Schlafmütze wie eine Figur aus einem Dickens-Roman. Er musterte mich mit einem kurzen Blick und winkte mich herein. Er musste keine Fragen stellen.

Die Kochnische von Bentley und Corman war genauso vollgestellt wie ihr Laden im Erdgeschoss, geschmückt mit Antiquitäten, Kuriositäten und anderem Krimskrams. Tadellos sauber, aber ein kleiner Wirbelsturm des Chaos. Ich folgte Bentley in die Küche und setzte mich an den Klapptisch, während er eine Kanne heißer Schokolade kochte.

»Ich hatte wieder einen Anfall von Schlaflosigkeit«, sagte er. »Wahrscheinlich gab es letztlich doch einen guten Grund dafür. Ich wollte mir gerade einen Kakao machen und mir ein bisschen Jane Austen zu Gemüte führen.«

Corman streckte den Kopf um die Ecke und rieb sich die Augen. Er hatte sich einen Frotteebademantel über die Boxershorts gezogen und ließ ihn offen hängen, während er durch die Wohnung stolperte.

»Ich dachte, ich hätte die Tür gehört«, grummelte er. »Ach, du bist es, Junge! Du siehst scheiße aus.«

»Ja«, stimmte ich ihm zu. »Ich habe schon bessere Nächte erlebt. Tut mir leid, ich wollte niemanden wecken. Ich wusste nur nicht, wohin ich sonst gehen sollte.«

Bentley schüttelte den Kopf, während Corman sich neben mir auf einen Klappstuhl fallen ließ.

»Entschuldige dich niemals dafür, wenn du Hilfe brauchst«, sagte Bentley. »Auch du würdest deine Tür für jeden von uns öffnen. Also gut. Möchtest du über deine Schwierigkeiten reden? Oder möchtest du lieber ein bisschen schlafen? Du hast die Wahl.«

Die Couch sah einladend aus, aber genauso wirkte das Aroma, das von der Schokoladenkanne auf dem Ofen herüberwehte.

»Ist das der Kakao von Ghirardelli?«, fragte ich.

»Gewiss. In der Speisekammer ist auch eine Tüte mit kleinen Marshmallows. Das heißt, falls du wach bleiben willst.«

Hätte ich wirklich nicht reden und mich hinlegen und schlafen wollen, hätten sie mich nicht gedrängt. Andererseits wusste Bentley, wie man einen Mann bestechen konnte.

»Kipp einen Schuss Kahlúa hinein, und wir sind im Geschäft.«

»Hol ihn dir selbst«, sagte Corman und nickte zum Kühlschrank. »Dies ist auch dein Haus.«

Jetzt kamen mir schließlich doch die Tränen, und ich musste die Hände zu Fäusten ballen und tief durchatmen, um nicht zusammenzubrechen. Stockend und Stück für Stück rückte ich mit der Geschichte heraus. Der heiße Kakao half mir. Auch dass Bentley und Corman mit mir am Tisch saßen und geduldig zuhörten. Alles fällt ein wenig leichter, wenn man von seiner Familie umgeben ist, ob es nun Bluts- oder Wahlverwandte sind.

Bentley verzichtete sogar auf ein »Hab ich dir doch gleich gesagt«, obwohl er Unheil prophezeit hatte, seit Caitlin in mein Leben getreten war. Seitdem hatten sich die beiden auf einen unsicheren Waffenstillstand geeinigt, auch wenn er weiterhin keinen Hehl daraus machte, was er davon hielt, dass ich mit »ihresgleichen« Umgang hatte.

Stattdessen trommelte er mit den Fingern auf dem Tisch und kam auf den Punkt: »Gut. Morgen früh gehen wir als Erstes lebensnotwendige Sachen einkaufen. Kleidung, Toilettenartikel, alles, was du brauchst, um wieder auf die Beine zu kommen. Du kannst hierbleiben, bis du etwas Neues gefunden hast.«

Ich schüttelte den Kopf. »Du weißt, dass ich euer Geld nicht annehmen kann. Der Buchladen läuft ohnehin nicht so gut.«

»Betrachte es als Darlehen«, sagte Bentley, obwohl mir klar war, dass sie nie erwarten würden, dass ich es zurückzahlte. »Aber ich glaube, du musst dir eine Frage stellen, und ich hoffe, dass du sie gründlich überdenkst. Mir scheint, dass ihr, Caitlin und du, miteinander fertig seid. Sie hat dir drei Tage gegeben, und morgen läuft die Frist ab. Was auch immer dieser abtrünnige Dämon beabsichtigt, es geht nur die Hölle etwas an. Ist nichts, in das sich Leute wie wir hineinziehen lassen sollten. Dabei kann nichts Gutes herauskommen.«

»Du vergisst Lauren«, sagte ich.

Bentley schüttelte den Kopf. »Das sind nicht mehr als wilde Spekulationen, Daniel. Du kannst nicht beweisen, dass Lauren irgendetwas mit dem Chor der Erlösung zu tun hat. Und selbst wenn, was dann? Wir werden mit ihr abrechnen, auf unsere Weise und zu unseren Bedingungen.«

Darauf wusste ich keine Antwort. Wenig später rollte ich mich auf der Couch zusammen und suchte ein paar Stunden Schlaf in Frieden, während sich die Nacht bereits ihrem Ende zuneigte. Schlaf fand ich, aber keinen Frieden.

Ich erwachte vom Geruch nach Eiern, Schinkenspeck und starkem schwarzem Kaffee. Sonnenlicht berührte den Stoff der Fenstervorhänge und färbte sie in einem warmen goldenen Orangeton.

»Nimm ein paar Teller raus«, sagte Corman zu mir, während er ein Spiegelei in der Pfanne wendete. »O-Saft ist im Kühlschrank.«

»Komisch, dass alle Dinge im Morgenlicht viel besser aussehen.«

»Aha?«, sagte er. »Hast du dich entschieden?«

Ich nickte. »Caitlin hat mir drei Tage gegeben, eine Lösung für diesen Schlamassel zu finden. Ich habe noch einen Tag übrig. Ich werde den Tisch nicht verlassen, bis das Spiel vorbei ist.«

Corman blickte sich über die Schulter um. Am Ende des Flurs konnte ich die laufende Dusche und blecherne Klänge aus einem alten Radio hören.

»Vor Bentley kann ich das nicht sagen«, erklärte er, »aber ich glaube, dass du das Richtige tust. Du musst deinem Herzen folgen. Dem einzigen wahrhaftigen Kompass, den wir im Leben haben. Wenn du meinst, dass dieses Mädchen das Risiko wert ist, wenn du wirklich daran glaubst, dann ist das Mädchen das Risiko wert. Wir stehen hinter dir. Egal, was passiert.«

Ich nahm ein paar nicht zusammenpassende Gläser aus einem überfüllten Küchenschrank.

»Danke«, sagte ich. »Das bedeutet mir sehr viel.«

»Ja, ja, aber pass auf, verpatz es nicht und lass dich nicht umbringen. Wir haben nicht so viel Zeit darauf verwendet, dir Zauberei beizubringen, damit du dich einfach so in einen Kampf stürzt und verlierst. Was habe ich dir immer wieder über gute, saubere, faire Kämpfe gesagt?«

Ich grinste. »So etwas gibt es nicht. Ein fairer Kampf ist etwas für Trottel. Man muss immer schmutzig kämpfen.«

Corman klopfte mir auf den Rücken. »Absolut richtig, Junge. Absolut richtig.«

Nach dem Frühstück ging Corman nach unten, um den Laden zu öffnen, während Bentley mich in seinen Wagen verstaute und wir losfuhren, um mein Leben wieder in Ordnung zu bringen. Oder es zumindest so aussehen zu lassen. In neuer Hose und einem mintfarbenen Anzughemd sah mein Spiegelbild wieder aus wie das eines einigermaßen gepflegten Typen. Ich kaufte mir ein billiges Prepaid-Handy und rief schnell alle an, deren Nummern ich im Kopf hatte, um ihnen zu sagen, dass sie nicht meine alte Nummer wählen sollten. Caitlins Telefon schaltete mich sofort auf die Mailbox. Ich war mir nicht sicher, was ich davon halten sollte. Ich wollte mit ihr reden, aber erst, wenn ich irgendwelche guten Neuigkeiten mitzuteilen hatte.

Bentley brauchte Lebensmittel, also fuhr ich mit ihm zum Vons an der East Tropicana. Ich spazierte davon, während er mit einem Umschlag voller Gutscheine die Regale des Supermarkts abgraste. Aus einer Laune heraus rief ich meine alte Handynummer an.

»Hallo«, schnurrte Sullivan.

»Ich will mein Handy zurück, Arschloch.«

»Daniel«, sagte er. »Darf ich Sie Daniel nennen? Ich finde, wir können uns mit Vornamen anreden, wenn man bedenkt, wie viel wir miteinander gemeinsam haben. Wissen Sie, als ich in Ihrem Alter war, ging es auf der Welt noch ganz anders zu.

Ein Mann konnte sein gesamtes Leben verbringen, ohne sich mehr als dreißig oder vierzig Meilen von seinem Geburtsort zu entfernen. Die Menschen um ihn herum waren seine Gemeinschaft. Sie waren gegenseitig voneinander abhängig, um zu überleben. Doch wer kennt heutzutage noch die Namen seiner nächsten Nachbarn? All diese Technologie hat die Welt nicht kleiner gemacht, sondern größer und anonymer.«

»Das ändert nichts an der Tatsache«, erwiderte ich, »dass ich vierhundert Dollar für dieses Handy bezahlt habe.«

»Sie rufen mich nicht wegen des Handys an. Sie rufen mich an, um mich zu verleiten, Ihnen Einzelheiten über meine Pläne zu verraten oder wohin wir unsere Basis verlegt haben. Ich wurde vor Ihren kleinen Tricks gewarnt.«

»Und dennoch haben Sie gerade den Standortwechsel zugegeben«, sagte ich.

»Als würden wir in der Mission bleiben, nachdem Sie Sitris Anhängern gesagt haben, wo wir zu finden sind. Dieser Hinweis war kostenlos. Und ich habe noch einen: Halten Sie sich raus. Das hier hat nichts mit Ihnen zu tun.«

»Gestern Nacht haben Sie selbst dafür gesorgt, dass es auch um mich geht.«

»Sie waren ein netter Extrabonus«, sagte Sullivan. »Würde es mir gefallen, Caitlin zu bestrafen? Ohne Zweifel. Würde es mir gefallen, Ihren gewalttätigen und schmerzvollen Tod zu inszenieren, um die Moral meiner Anhänger zu stärken? Wenn es die Zeit erlaubt. Aber das alles hat nichts mit Ihnen oder ihr zu tun. Meine Ziele werden Sie nicht im Geringsten betreffen. Also biete ich Ihnen einen Waffenstillstand an: Bedrängen Sie uns nicht, dann werden auch wir Sie nicht bedrängen. Es ist eine große Wüste.«

Ich schlenderte durch den Gang mit den Backwaren. Eine gestresste Mutter schob ihren Einkaufswagen mit Zwillingsbabys darin an mir vorbei, und ich sprach leise, bis sie außer Hörweite war.

»Hier ist mein Gegenangebot«, sagte ich. »Verlassen Sie Nevada. Gehen Sie zurück nach Osten, raus aus Caitlins Zuständigkeitsbereich.«

»Nach Osten? Sie haben vom Pogrom der Blumen gehört, nicht wahr? Dort würde man meine Herde abschlachten.«

»Nicht Ihre Leute. Nur Sie. Ihre Anhänger können bleiben. Wenn Sie nicht länger ihre Gedanken vergiften, können sie vielleicht gar so etwas Ähnliches wie ein normales Leben führen.«

Sullivan seufzte schwer und aus tiefster Kehle. »Meine Herde geht dorthin, wohin ich gehe, Daniel. Sie brauchen mich. Sie lieben mich. Und ganz nebenbei, seit wann sind Sie befugt, im Namen von Prinz Sitri zu verhandeln? Sie arbeiten wirklich für ihn, nicht wahr?«

»Nein. Das sind nicht seine Regeln, sondern meine. Wenn Sie hierbleiben, werde ich Sie jagen.«

»Oh, bitte!«, sagte er. »Haben Sie die gestrige Nacht schon vergessen? Sind die Striemen, die ich Ihnen verpasst habe, so schnell verblasst? Brennen sie nicht mehr? Denn ich kann Ihnen mehr davon geben. Oder … ist es das? Haben wir jetzt eine Verbindung miteinander, Daniel? Wollen Sie mehr? Vielleicht würden Sie sich lieber meiner Hand unterwerfen als ihrer. Ist es das? Haben Sie letzte Nacht von mir geträumt? Wie Sie meine feste Hand spüren, die Sie nach meinem Willen lenkt?«

Ich biss mir in die Innenseite meiner Wange, bis ich Blut schmeckte. Dann holte ich tief Luft. *Du kennst das Spiel, das er spielt. Dreh den Spieß um.*

»Wissen Sie«, flüsterte ich in verführerischem Ton. »Ja, das habe ich wirklich. Denn wenn ich einen Kerl sehe, der seinen Titel, seine Ländereien und seine ganze Kohle an nur einem

Tag verloren hat, einen Kerl, der ein solcher Superverlierer ist, dass er aus zwei Höfen der Hölle rausgeworfen wurde und sich seitdem auf der Erde verstecken muss, nur damit die Leute aufhören, ihm in den Arsch zu treten … ich muss sagen, ja, das macht mich richtig heiß.«

Es war so lange still in der Leitung, dass ich schon dachte, er hätte aufgelegt.

»Sie wissen gar nichts«, sagte er dann mit bebender Stimme. »Sie wissen nicht, was wirklich geschehen ist.«

»Ich kenne die ganze Geschichte. Sie sind Stadtgespräch, Sullivan. Niemand kann sich vorstellen, wie Sie es schaffen, mit diesen Clownschuhen an den Füßen weiterzurennen.«

»Sie werden sterben«, zischte er mit einer Stimme, die klang wie siedender Sirup. »Sie und Caitlin und alle, die Sie kennen, und alle, die Sie lieben. Alle tot.«

»Einen Moment«, sagte ich. »Heißt das, dass Sie mir mein Handy nicht zurückgeben werden?«

Er legte auf.

Nun, das war ein Schlag ins Wasser, dachte ich. *Aber nicht unbefriedigend. Jetzt wird es Zeit, bei Pixie nachzufragen.* Ich rief im St. Jude's an und fragte, ob sie heute dort arbeitete. Ein paar Minuten später meldete sie sich am anderen Ende.

»Faust! Wo warst du?«, fragte sie. »Ich habe seit gestern Abend immer wieder versucht, dich anzurufen!«

»Scheiße. Du hast doch keine Nachrichten hinterlassen, oder?«

»Was? Nein. Die NSA hört diese Telefone ab. Hey, wir haben einen Treffer.«

»In den abgefangenen E-Mails?«

»Ja«, sagte Pixie. »Dieser Maulwurf, nach dem du gesucht hast? Ich weiß jetzt seinen Namen.«

Sie las mir die E-Mail über die Handyverbindung vor. Sobald sie den Absender nannte, hatte ich alle Puzzleteile, die ich brauchte.

Gary Kemper. Hallo, Detective!

Ich hatte darauf gewettet, dass Lauren einen Maulwurf in der Taskforce hatte, und ich hatte recht behalten. Special Agent Blacks Verbindungsmann zur Polizei von Las Vegas war ein Doppelagent.

Nein, löschen wir das. Ein Dreifachagent. Vielleicht sogar ein Vierfachagent.

»Lauren«, schrieb er, »ich habe das Manuskript. Jemand hat auf mich geschossen, bin mir nicht sicher, wer, aber ich glaube nicht, dass er mein Gesicht gesehen hat. Die Scheiße wird immer tiefer, und Sie MÜSSEN mich rausholen. Wenn AB herausfindet, dass ich für Sie arbeite, bin ich ein toter Mann. Wenn der CE es herausfindet, wird es für mich SCHLIMMER als der Tod sein, und das ist nichts im Vergleich zu dem, was passieren wird, wenn S mich in die Finger bekommt. Ich hatte kein Problem damit, Ihnen Infos zuzuspielen, aber das geht zu weit. Ich will auch das Geld gar nicht mehr. Holen Sie mich nur hier raus!«

»Hat sie schon geantwortet?«

»Nein«, sagte Pixie. »Es sieht auch nicht danach aus, dass die Mail von ihr gelesen wurde.«

»Kannst du diese E-Mail zurückziehen, sodass sie sie nie bekommt?«

Ich hörte das Klappern einer Tastatur.

»Erledigt. Was ist der CE?«

Ich gab die Herumdruckserei auf. Sie hatte bewiesen, dass sie mit den Antworten zurechtkam.

»Der Chor der Erlösung. Halbdämonen, die menschlich sein möchten«, erklärte ich.

»Also sind sie die Guten.«

»Nein«, sagte ich. »Sie sind übergeschnappt, und sie haben gerade einen Priester entführt. Sie sind die Bösen.«

»Wer ist AB?«

»Special Agent Harmony Black. Eine FBI-Agentin, die versucht, Nicky Agnelli hinter Schloss und Riegel zu bringen. Eine anständige Polizistin, soweit ich es einschätzen kann. Eine ehrliche Haut.«

»Also ist sie eine Gute.«

»Nein, weil sie auch alle anderen einbuchten will, mit denen Nicky jemals Geschäfte gemacht hat, mich eingeschlossen, und auch bei ihr zieht Lauren Carmichael die Fäden. Also ist sie ebenfalls eine Böse.«

»Wer ist S?«, fragte Pixie.

»Sitri. Dämonenprinz.«

»Definitiv ein Böser.«

Ich seufzte. »Nein. Meine Freundin arbeitet für ihn, und sie hat vor Kurzem mitgeholfen, die Welt zu retten.«

»Lass mich das noch mal klarstellen«, sagte Pixie. »Einige der Bösen sind böse, einige der Bösen sind gut, und es gibt keine guten Guten.«

»Richtig.«

»Hey, Faust?«

»Ja, Pix?«

»Überlegst du manchmal, ob dein moralischer Kompass vielleicht ein klein wenig im Arsch sein könnte?«

»Jeden verdammten Tag.«

Mein Herz pochte. Ein Fehlschlag nach dem anderen, doch nun hatten wir etwas bekommen, das besser war als Informationen, besser als ein Anhaltspunkt. Wenn ich das richtig ausspielte, wäre Gary Kemper eine Waffe für uns. Er hatte sich selbst mit dieser E-Mail vernichtet, aber das war nicht der felsenfeste Beweis, den ich brauchte. Schließlich konnte jeder eine E-Mail absenden. Nein, ich musste ihn ködern, ihn näher an meinen Haken heranlocken.

»Zwei Sachen«, sagte ich. »Kannst du ihm eine E-Mail schicken, die aussieht, als käme sie von Lauren?«

»Hast du noch nie mit mir gesprochen? Komm, das ist Kinderkram. Was sonst noch?«

Bentley stand am Ende des Ganges, den Kopf in meine Richtung geneigt, und wartete darauf, dass wir gingen. Ich machte eine entschuldigende Geste.

»Könntest du es so einrichten, dass alles, was er Lauren mailt, nicht in ihrem Posteingang landet und umgekehrt? Ich möchte diese Nabelschnur durchtrennen. Alles, was einer von den beiden dem anderen sendet, sollte stattdessen direkt bei uns landen.«

»Gib mir fünf Minuten, dann ist die Sache geritzt.«

»Ohne Gefahr, erwischt zu werden?«, fragte ich.

»Kein Ding«, schnaufte sie. »Ich bin hinter sieben Proxy-Servern.«

»Mach dich an die Arbeit. Ich muss noch ein paar Anrufe tätigen.«

»Wie sieht der Plan aus?«

Ich lächelte. »Du willst Carmichael-Sterling zu Fall bringen? Nun, Detective Kemper wird uns dabei helfen, ob es ihm gefällt oder nicht. Wir müssen den Handel nur noch besiegeln.«

Der Wardriver war wieder unterwegs, nachdem Pixie ihren mysteriösen Freund dazu gebracht hatte, ihr die Schlüssel zu überlassen. Sie kam am Vons vorbei, um mich abzuholen, dann machten wir einen Umweg durch die Vorstädte zur Silverado Ranch, wo wir Jennifer einluden.

»Nettes Tattoo«, sagte Pixie, als sie Jennifers Ärmel betrachtete und die Hintertür des Lieferwagens für sie öffnete.

»Danke! Hast du welche?«

Pixie trug ein Top mit Spaghettiträgern. Sie drehte sich um und präsentierte die Feenflügel, die auf ihre Schulterblätter tätowiert waren.

Jennifer pfiff anerkennend. »Wir sollten unsere Adressen austauschen. Ich überlege, mir noch ein paar mehr zuzulegen, und mein alter Künstler ist nach Berkeley weggezogen.« Sie lugte in den Wagen. »Und was haben wir hier?«

Pixie klopfte mit den Fingerknöcheln auf die elektronische Konsole. »Damit kann man so ziemlich alles machen. Das FBI verzehrt sich vor Sorge. Das gehört nicht mir, aber ich habe eine Menge Extras eingebaut.«

»Heiliger Strohsack, Daniel, wo hattest du dieses Mädchen versteckt?«

Ich sah, wohin ihre Gedanken gingen. Hinter Pixies Rücken deutete ich auf ihren Handrücken, damit Jennifer das mit Filzstift aufgemalte *X* bemerkte.

Nein, Jenny, sie wird nicht für eine Drogendealerin arbeiten. Fahr deine Stielaugen wieder ein.

»Lasst uns gehen«, sagte ich. »Wir müssen noch einen Fisch fangen.«

162

Ich hatte meinen Haken bereits ausgeworfen. Nachdem alle Einzelheiten geklärt waren, schickte Pixie eine E-Mail »von Lauren« an Gary, von mir diktiert.

»Verstanden. Ich werde für deine Sicherheit sorgen. Zu gefährlich, sich persönlich zu treffen. Übergib das Manuskript einer Mitarbeiterin von mir. Sie wird sich am Mormon Fort mit dir treffen. – Lauren.«

Das ursprüngliche Fort wurde in den 1850ern erbaut, wie der Name nahelegt, von einer Gruppe mormonischer Siedler, die sich gegen Indianerüberfälle schützen wollten. Die Siedler gaben die Anlage schon zwei Jahre später wieder auf und kehrten in ihre Heimat Utah zurück, als sich die Mormonen und die US-Armee dort ständige Gefechte lieferten. Danach wurde das Fort als Militärstützpunkt genutzt, dann als private Ranch und schließlich als Nationalpark. Die klotzigen Ziegelsteingebäude und hohen Mauern waren nicht alle original, da im Laufe der Jahre viele Umbauten vorgenommen wurden, aber es war dennoch ein hübsches kleines Geschichtsdenkmal. Außerdem kein schlechter Ort für ein heimliches Treffen.

Wir parkten an einem Zaun aus grob behauenen Baumstämmen, und Pixie richtete die versteckten Kameras des Wardrivers aus. Jennifer saß neben ihr, beobachtete sie, lernte, wie das System funktionierte. Jennifer war der größte Technik-Junkie, den ich kannte. Keineswegs auf Pixies Niveau, aber wir hatten nur einen Versuch, um diese Aufnahmen zu bekommen, und ich wollte jemanden, dem ich den Regiestuhl anvertrauen konnte. Pixie zählte nicht, weil sie außerhalb des Lieferwagens arbeiten würde.

Gary kannte mein Gesicht und auch das von Jennifer. Wenn die Taskforce uns tatsächlich unter die Lupe genommen hatte, war es recht wahrscheinlich, dass ihm auch alle anderen von unserer Truppe bekannt waren. Aber Pixie? Sie war eine

Außenstehende. Die perfekte Darstellerin für die Rolle von Laurens Geheimagentin.

»Siehst du? Mit diesem Knopf kannst du die gesamte Umgebung im Blick behalten, nachdem wir die Kameras jetzt ausgerichtet haben«, sagte Pixie gerade zu Jennifer. »Der Ton müsste bis zu etwa dreißig Meter weit reichen. Der allgemeine Geräuschpegel ist gar nicht so schlecht, aber näher dran ist natürlich immer besser.«

»Bleib auf dem Parkplatz und lass dich nicht von ihm ins Fort führen«, sagte ich zu Pixie. »Wir brauchen sein Gesicht, nicht nur seine Stimme.«

»Und ich sorge dafür, dass er mit dem Gesicht zur Kamera steht, ja. Ich weiß, wie man so etwas macht, Faust. Ich bin keine Anfängerin.«

Ein grüner Mustang rollte auf den Parkplatz. Derselbe, der mir bei Unserer Trösterin der Betrübten entkommen war.

»Showtime«, sagte ich und zeigte auf die Monitorreihe. Dann stieg Gary aus. Pixie beugte sich vor und kniff die Augen zusammen.

»Scheiße«, zischte sie. »Ich kenne diesen Typen.«

»Was? Woher?«

»Erinnerst du dich an den großen EcoFirst-Protest vor der Baustelle des Enclave letzten Monat? Wo ich festgenommen wurde?« Sie tippte auf den Monitor. »Er ist das Arschloch, das mich gepackt und mir fast den Arm aus dem Gelenk gehebelt hat.«

Pixie und Jennifer sahen mich an und warteten auf eine Antwort. Aber ich hatte keine. Ein Monat war eine lange Zeit, und Kemper hatte vermutlich kein fotografisches Gedächtnis für jede Person, die er in einen Transporter geworfen hatte, aber es bestand immerhin die Möglichkeit.

Ich schüttelte den Kopf. »Lass es sein. Zu riskant. Wir werden uns etwas anderes überlegen.«

»Wahrscheinlich wird er mich nicht wiedererkennen«, sagte Pixie.

»>Wahrscheinlich‹ reicht hier nicht. Du hast nichts mit dieser Sache zu tun …«

Sie funkelte mich an. »Blödsinn. Natürlich habe ich damit zu tun. Ich bin nicht dein bezahltes Botenmädchen, Faust. Ich will genauso wie du Carmichael-Sterling am Boden sehen. Ich habe nur andere Gründe. Und meine Gründe sind vermutlich besser als deine.«

»Wenn die Geschichte aus dem Ruder läuft«, sagte Jennifer, »können wir aus der Erpressung immer noch ein Kidnapping machen. Oder den Drecksack einfach abservieren. Mit einer Kugel im Kopf kann er Lauren nichts mehr nutzen.«

Ich schaute auf den Monitor. Gary spazierte langsam um den Parkplatz herum, ließ den Blick schweifen und machte einen nervösen Eindruck. Ich musste eine Entscheidung treffen, bevor es ihm zu brenzlig wurde und er wieder verschwand.

»Geh«, sagte ich. »Gib dein Bestes. Und wenn es kritisch wird, greifen wir ein, bevor er weiß, wie ihm geschieht.«

Pixie reckte einen Daumen hoch und sprang aus dem Lieferwagen. Ich setzte mich neben Jennifer vor die Konsole.

»Er tut mir fast leid«, sagte Jennifer. »Der arme Kerl steckt in der Klemme, und jetzt wird er einigen richtig professionellen Unruhestiftern in die Hände fallen.«

Ich zuckte mit den Schultern. »Andererseits … wenn er tut, was ihm gesagt wird, könnte er es sogar überleben.«

Ein plötzliches Feedback kreischte aus den Lautsprechern. Jennifer machte sich an die Arbeit, drehte an den Audioreglern, bis leise und zugleich hallende Stimmen den Lieferwagen erfüllten.

»… Kemper?«, fragte Pixie.

»Verdammt, noch etwas lauter, dann kennt die ganze Nachbarschaft meinen Namen!«, blaffte Gary. »Wurden Sie von ihr geschickt?«

»Nein. Ich bin Hellseherin und habe Ihre Gedanken gelesen, deshalb weiß ich, wer Sie sind, Mann! Beruhigen Sie sich.«

Auf dem Bildschirm sackten Garys Schultern herab.

»Tut mir leid, tut mir leid. Es war ... ziemlich hart. Ich jongliere mit zu vielen Gesichtern, zu vielen Namen. Es fällt schwer, mich zu erinnern, wem ich welche Lüge erzählt habe.«

»Entspannen Sie sich«, sagte Pixie. »Sie hat mich geschickt, um das Manuskript abzuholen. Sie haben es mitgebracht, ja?«

»Es gab, ähm, eine Komplikation. Ich habe es nicht mehr.«

»Und wo zum Teufel ist es jetzt?«, murmelte ich zum Bildschirm. Einen Herzschlag später wiederholte Pixie meine genauen Worte.

»Sullivan beorderte mich gestern Nacht zu einer Notfallbesprechung. Die konnte ich nicht schwänzen. Er sah die Blätter und nahm sie mir ab. Er dachte, ich hätte sie *ihm* mitgebracht. Ich weiß, ich weiß, damit ist alles vermasselt, aber ich konnte nichts dagegen tun! Wenn er auch nur eine Sekunde lang glaubt, ich wäre Laurens Spitzel, würde er mir bei lebendigem Leib die Haut abziehen. Und damit übertreibe ich noch nicht mal.«

Ich sah Jennifer an. »Wir zeichnen das doch auf, oder?«

»Oh ja«, schnurrte sie und stellte das Kamerabild schärfer.

Pixie war ein Naturtalent. Sie stemmte die Hände in die Hüften und starrte den größeren Mann an. »Darüber wird Lauren gar nicht glücklich sein. Was ist mit der Taskforce? Haben Sie irgendwas zu melden?«

»Ja. Black sitzt mir im Nacken. Sie ist nicht nur FBI-Agentin. Sie hat ... scheiße, ich weiß nicht, magische Kräfte. Ich schwöre bei Gott, sie ist eine Art Hexe. Sie ahnt etwas. Ich weiß es. Ich weiß es einfach.«

Das beantwortete die Frage, wer in diesem Team der Zauberer war. Gut zu wissen.

»In der Zwischenzeit«, sagte Gary, »nachdem ich meinen Kopf aus der Schlinge gezogen, Nickys Anruf weitergeleitet und praktisch Sullivans Hand gehalten hatte, während er die ganze Entführung plante, konnte der verfluchte Daniel Faust irgendwie entkommen. Das wäre also noch jemand, der mich erschießen wird, wenn er herausfindet, wer das alles in die Wege geleitet hat.«

»Niemand wird es herausfinden. Machen Sie weiter, als wäre alles in Ordnung«, sagte Pixie. »Ich werde die Informationen weitergeben, dann bekommen Sie neue Anweisungen von Lauren.«

»Nein, hey, ich brauche *jetzt* Hilfe! Ich kann damit nicht weitermachen! Die Abmachung ist mir egal, das Geld ist mir egal. Ich kann damit nicht weitermachen!«

Er verstummte und runzelte mit einem Mal die Stirn, während er Pixie ins Gesicht starrte. Meine Nackenhärchen sträubten sich. Ich erkannte einen Polizistenblick, wenn ich einen sah.

»Moment mal! Kenne ich Sie nicht von irgendwo?«, fragte er. »Ich habe Sie schon einmal gesehen, da bin ich mir ganz sicher.«

20

»Vielleicht im Büro«, meinte Pixie und behielt die Fassung.

»Nein. Nein, ich habe nie einen Fuß in dieses Büro gesetzt.« Gary schüttelte den Kopf. »Irgendwas an dieser Sache ist höchst verdächtig. Vielleicht sollten wir beide zusammen zu Lauren gehen.«

Ich spannte mich an. Jennifer warf mir einen Blick zu.

»Gegen ihre Anweisungen? Damit Sie beide in Gefahr gebracht werden? Ja, tolle Idee, die Sie da haben«, erklärte Pixie ihm. »Sie sind gestresst, und deshalb erschrecken Sie vor Ihrem eigenen Schatten. Gehen Sie nach Hause. Gehen Sie, rufen Sie alle an und sagen Sie, dass sie eine Lebensmittelvergiftung haben und im Bett bleiben müssen. Schlafen Sie ein paar Stunden, ruhen Sie sich aus und warten Sie auf unsere E-Mail.«

Er hielt ihrem Blick zwei weitere Herzschläge lang stand, dann sackte er in sich zusammen.

»Ja«, sagte er. »Ja, Sie haben recht. Gut, einverstanden, ich werde in Ruhe ausharren.«

Sie wandte sich zum Gehen, und in diesem Moment ging alles schief. Ich hätte mich selbst ohrfeigen können, weil ich es nicht vorhergesehen hatte.

Ihr Tattoo.

Gary sah die verschnörkelten Flügel auf Pixies Rücken und packte sie mit festem Griff an der Schulter.

»Jetzt erinnere ich mich. Sie arbeiten gar nicht für Lauren. Sie sind eine verdammte Hippiebraut! Was soll das alles, hm? Sie sollten mir lieber alles sagen, was ich wissen will, und zwar sofort!«

Ich sprang auf. Jennifer schüttelte den Kopf.

»Noch nicht. Gib ihr eine Chance«, sagte sie.

»Aber sie steckt in Schwierigkeiten ...«

»Vertrau ihr.«

Von allen Reaktionen, für die Pixie sich hätte entscheiden können, war ein Schlag in Garys Gesicht diejenige, mit der ich am wenigsten gerechnet hätte.

»Sie alberner Drecksack«, zischte sie. »Was, Sie erinnern sich, dass ich auf der Demonstration war? Lauren hat mich hingeschickt. So etwas nennt sich Undercover-Arbeit. Ich habe versucht, mit den echten Demonstranten ins Gespräch zu kommen, um herauszufinden, ob sie vorhaben, die Baustelle zu verwüsten, und Sie haben mich dort herausgerissen und mir fast den Arm gebrochen!«

Er blinzelte verdutzt.

Pixie beugte sich näher zu ihm heran. »Glauben Sie etwa, Sie wären der einzige Informant auf ihrer Gehaltsliste? Die einzige Person, die für sie in dieser Stadt Strippen zieht? Sie sind ein kleines Würstchen, Kemper. Ein ganz kleines Würstchen. Das sollten Sie nicht vergessen, oder Ihr nächster Job wird darin bestehen, Würstchen zu servieren.«

Ich lehnte mich vor dem Bildschirm zurück und sah Jennifer an, während Gary dumpf eine Entschuldigung murmelte.

»Sie ist gut«, sagte ich.

»Meine Rede.« Jennifer tippte sich auf den Nasenrücken. »Ich habe einen Riecher für so etwas.«

Wir beide klatschten Pixie ab, als sie in den Lieferwagen zurückkehrte. Auf den Monitoren war zu sehen, wie Gary losfuhr, um für eine Weile abzutauchen.

»Wir haben alles«, sagte Pixie, nachdem sie die Konsole gecheckt hatte. »Müsste eine klare, saubere Aufnahme sein. Was jetzt?«

»Jetzt«, sagte ich, »werde ich mich mit unserem Freund Gary zusammensetzen und ihm die Tatsachen des Lebens nahebringen.«

Es war nicht schwierig für Pixie, Garys Wohnadresse ausfindig zu machen, und dank ihrer schnellen Reaktionen wussten wir, dass er nun vorgeben würde, krank zu sein.

»Bist du dir sicher, dass du nicht mit mir hineingehen willst?«, fragte Jennifer.

»Der Kerl ist ein Detective der Metropolitan mit guten Beziehungen, auch ohne seine Kumpel beim FBI und bei der DEA. Wenn das Ding den Bach runtergeht, wird niemand außer mir dafür den Kopf hinhalten. Außerdem bist du die Rückversicherung.«

Ich bat Pixie, ihre Suchergebnisse noch einmal zu überprüfen, während wir uns der Adresse näherten. Der Detective wohnte ein Stück nördlich vom Flughafen in einer Gegend, wo nicht einmal ich nachts allein herumlaufen würde. Wir steuerten ein dreistöckiges Apartmentgebäude mit Stuckwänden in Lachsrosa an, vor dem zwei überquellende Müllcontainer standen, die seit ein oder zwei Monaten nicht mehr geleert worden waren.

»Eindeutig«, sagte Pixie. »Das ist seine eingetragene Adresse. Dritter Stock, Apartment 26.«

»Vielleicht ist er sparsam«, sagte Jennifer, die zu den Fenstern im dritten Stock hinaufschaute. Bei einigen dienten an die

Rahmen geheftete Bettlaken als Vorhänge. An anderen Fenstern drängten sich billige Klimaanlagen.

Ich nahm mir eine frisch gebrannte DVD in einer Plastikhülle und stopfte sie in meine Hüfttasche. »Entweder das, oder er ist cracksüchtig. Ich werde mit ihm reden. Ihr beiden packt die anderen Kopien weg. Ich glaube nicht, dass es notwendig sein wird, aber nur für den Fall.«

Sie ließen mich am Straßenrand aussteigen. Ich ging um das Gebäude herum. Der Seiteneingang war eine Tür mit zertrümmertem Fenster, das mit verbogenem und rostigem Drahtgeflecht bedeckt war. Der Türknauf wackelte in meiner Hand, da er nur noch von wenigen halb gelockerten Schrauben gehalten wurde, und im nächsten Moment war ich drinnen. Ein übler Gestank hing an der Hintertreppe in der Luft, eine Mischung aus gebratenen Zwiebeln, Leber und vergammelnden Abfällen.

Das Problem mit einem Überraschungsbesuch bei jemandem wie Gary Kemper war, dass man sich nie sicher sein konnte, wie er reagieren würde. Wenn ich an seine Tür klopfte und Hallo sagte, würde er vielleicht lange genug ruhig bleiben, um sich zur Vernunft bringen zu lassen. Doch wenn er überzeugt war, dass ich ihm eine Pistole an den Kopf halten würde, zog er vielleicht seine Dienstwaffe und erschoss mich auf der Stelle. Das war mir zu riskant. Ich horchte an seiner Tür, nahm das ferne Echo von etwas wahr, das wie eine Basketball-Spielübertragung in einem kleinen Fernseher klang.

Ich klopfte an, dann trat ich nach links, aus dem Sichtbereich des Türspions heraus. Schritte schlurften auf der anderen Seite heran. Ich hörte ihn, wie er innehielt und mit sich um eine Entscheidung rang.

Wenn eine Pistole aus einem ledernen Schulterholster gezogen wird, macht das ein charakteristisches raschelndes Geräusch. Wenn man es einmal gehört hat, erkennt man es immer wieder. Metall rasselte an der Tür, als er die Sicherheitskette löste. Ich wartete, bis das Schloss klickte und sich der Knauf drehte, dann schwenkte ich auf einem Fuß herum und verpasste der Tür einen brutalen Tritt.

Die Tür schwang heftig nach innen, krachte gegen Gary und ließ ihn einen Schritt zurücktaumeln. Er brauchte eine Sekunde, um sich zu erholen, aber so lange wartete ich nicht. Ich stürmte in seine Wohnung, holte mit dem Arm aus, um seine Waffenhand zur Seite zu drängen und ihm eine geballte Faust in den Bauch zu treiben. Er warf sein Gewicht nach vorn, schlang seinen freien Arm um meinen Hals und zog mich mit sich zu Boden. Auf den rauen Hartholzbrettern rangen wir um die Pistole, rollten uns herum, traten uns gegenseitig. Er verpasste mir einen harten Genickschlag, und ich winkelte einen Arm an, um ihn abzuwehren. Dann trieb ich mein Knie zwischen seine Beine. Er heulte auf, und der Schmerz ließ ihn seinen Griff um die Waffe lockern.

Ich packte die verchromte blaue kurzläufige Neun-Millimeter-Pistole und rollte mich zur Seite. Er wollte sich gerade auf mich stürzen, als ich ihm den Lauf der Waffe ins Gesicht hielt. Er erstarrte zur Salzsäule.

»Ruhig«, keuchte ich. »Runter.«

Er starrte mich mit weit aufgerissenen Augen an, während wir beide nach Luft schnappten und uns auf dem Fußboden gegenübersaßen. Die Wohnung sah drinnen gar nicht so schlecht aus wie von außen. Heruntergekommen, aber gemütlich, ein Zweizimmerapartment mit dem Banner der Denver Broncos an der Wand über einer halb geleerten Hausbar. Die zwei leeren Flaschen Grand Marnier auf der Küchenanrichte und das schmutzige Schnapsglas auf dem Beistelltisch neben der abgewetzten Couch gaben mir einen Hinweis, wofür ein großer Teil seines verfügbaren Einkommens draufging.

Mein Blick fiel auf Fotos über dem Fernseher. Gary im Park mit einer jüngeren Frau und einem pausbäckigen Kleinkind. Ein Hochzeitsfoto ohne das Kind. Gary, der das kleine Mädchen auf einer Schaukel anschubste. Ich nickte zu den Bildern.

»Gary, ich brauche eine ehrliche Antwort von Ihnen. Wird irgendjemand hier hereinspazieren, während wir uns unterhalten? Das würde nämlich alles erheblich komplizierter machen.« Wenn Blicke töten könnten, hätte der Abscheu in seinen Augen mein Herz stillstehen lassen.

»Was, wollen Sie auch meine Familie töten? Das würde Ihnen bestimmt Spaß machen, nicht wahr?«

»Ich bin nicht hier, um Sie zu töten.«

»Weshalb sind Sie dann hier?«, fragte Gary mit einem höhnischen Grinsen. »Denn Sie haben soeben einen verdammten Polizisten in seiner eigenen Wohnung überfallen. Wissen Sie, was das bedeutet? Verstehen Sie überhaupt, was Sie getan haben?«

Er war so wild darauf, mir ein Verbrechen anzuhängen, dass ich beschloss, ihm eins zu liefern.

»Ihr Kumpel Carl Holt war auch bei der Mordkommission, bis ich für ihn eine Bestattung im geschlossenen Sarg arrangiert habe.« Ich starrte ihn mit finsterem Blick an. »Ihre Dienstmarke interessiert mich einen Scheiß. Jetzt beantworten Sie meine Frage.«

Er sackte in sich zusammen und lehnte sich mit dem Rücken an die Wand. »Nein. Mona und Lindsey sind nicht hier. Sie sind nicht mehr ... Teil meines Lebens.«

»Gut. Ein Fortschritt. Jetzt kommunizieren wir. Lassen Sie mich gleich zur Sache kommen.« Ich zog die DVD aus meiner Tasche und schob sie über den Fußboden. »Das ist eine Kopie für Sie. Darauf ist ein Video Ihres heutigen Treffens am Mormon Fort.«

Ich konnte hören, wie ihm der Atem in der Kehle stockte.

»Wie haben Sie …?«

»Sie haben mit jemandem von meinen Leuten gesprochen, nicht mit Laurens. Wir haben das Ganze aufgezeichnet. Glasklarer Ton, Ihr Gesicht zweifelsfrei erkennbar, dazu all die netten kleinen belastenden Aussagen. Sie sind korrupt, Gary. Sie sind genauso korrupt wie Ihr Kumpel Holt, aber er hat sich und seine Dienstmarke wenigstens nur für einen Kunden prostituiert. Sie nehmen Geld von Sullivan, während Sie für Lauren Carmichael arbeiten und dazu Agent Blacks Taskforce benutzen.«

»Ich bin … so ist es nicht«, entgegnete er mit leiser Stimme.

»Nein? Dann erklären Sie mir, wie es ist.«

»Lauren hat mich nicht zum Chor der Erlösung geschickt. Ich war dort bereits Mitglied. Ich war Streifenpolizist in Denver, als ich Sullivan begegnete. Das war kurz nachdem meine Frau mich verlassen hatte. Sie wusste nicht, was ich bin. Nicht, bis sie einmal unverhofft durch die Tür kam und mein wahres Gesicht im Badezimmerspiegel sah. Fünf Jahre Ehe, totale Selbstbeherrschung, sich nie etwas anmerken lassen, doch dann ein einziges Mal nicht aufgepasst … So ist das für uns, Faust. Das verstehen Sie nicht. Sie können es gar nicht verstehen. Das Böse brodelt ständig knapp unter der Haut und will heraus.

An diesem Tag habe ich meine Frau oder meine Tochter zum letzten Mal gesehen. Ich bekam meine Scheidungsunterlagen per Post. Habe keinen Einspruch eingelegt. Ich glaube, Sullivan vertraut mir, weil ihm dasselbe passiert ist.«

»Moment, er ist verheiratet?«, fragte ich nach. Das war mir neu.

Gary schüttelte den Kopf. »War. Eine menschliche Frau. Er wollte sich assimilieren, wissen Sie. Dann dachte er, sie wäre bereit, die Wahrheit zu erfahren. Doch das war sie nicht. Sie rastete aus, ging mit einem Küchenmesser auf ihn los, und er schlug sie, als er sich verteidigen wollte. Etwas zu fest. Hat ihr das Genick gebrochen.«

Vor dem Hintergrund dessen, was ich über Sullivans Umgang mit Frauen wusste, hegte ich gewisse Zweifel, dass Gary die ganze Geschichte kannte. Aber ich glaubte, dass er es glaubte.

»Er wollte jemanden näher an der Westküste haben«, sagte Gary, »um für den Chor die Lage im Blick zu haben und die Expansion unserer Aktionen vorzubereiten. Ich sollte ursprünglich in Los Angeles meinen Dienst tun, aber es gab nur die Möglichkeit, mich hierher versetzen zu lassen.«

»Sie sind nicht Pinfeather«, dachte ich laut. Zuvor hatte ich ihn im Verdacht gehabt, aber das Timing passte überhaupt nicht. Caitlin hatte erwähnt, dass der Superagent der Nachtblühenden Blumen erst vor Kurzem eingetroffen war. Gary hatte jedoch schon seit Jahren in Vegas gearbeitet.

»Wer ist das?«

Ich schüttelte den Kopf. »Egal. Also lassen Sie mich raten: Sie haben sich hier draußen abgerackert, und dann hat Carl Holt Sie mit Lauren Carmichael bekannt gemacht.«

»Das ist eine komplizierte Geschichte.«

»Kein Problem«, sagte ich und richtete die Waffe auf ihn. »Ich habe Zeit.«

Gary schien zu überlegen, wie er seine Worte wählen sollte, was ich ihm nicht zum Vorwurf machen konnte. An seiner Stelle wäre auch ich sehr nervös gewesen.

»Während Carl damit beschäftigt war, ähm …«

»Für Lauren und ihre Leute Morde zu vertuschen.«

Er nickte. »Er bemühte sich, mich an Bord zu holen. Aber ich wollte nichts damit zu tun haben. Lauren sagte, dass sie mich nicht für irgendwelche üblen Sachen brauchte. Ich sollte nur die Cambions in der Stadt im Auge behalten, was ich sowieso schon machte, und ihr Bericht erstatten.«

»Warum?«

»Das hatte ich anfangs auch nicht verstanden«, sagte Gary. »Dann kam Sullivan mit zwanzig seiner besten Freunde in die Stadt und erklärte mir, dass ich offiziell reaktiviert war. Plötzlich hatte ich zwei Bosse, und ich konnte Sullivan unmöglich sagen, dass ich die ortsansässigen Cambions ausspionierte. Dann wäre ich ein Verräter gewesen. Und ich hatte gesehen, was er mit Verrätern macht.«

»Drei Bosse, nachdem Agent Black auf der Bildfläche erschien«, sagte ich.

»Ja. Das war Laurens Werk. Sie machte gemeinsame Sache mit irgendeinem Senator, um eine übergreifende Taskforce gegen Nicky Agnellis Bande auf die Beine zu stellen, und dann zog sie noch mehr Fäden, um mich darauf anzusetzen. Sie tut solche Dinge, Faust. Ich wollte das alles nicht, aber sie hat mich einfach immer tiefer hineingezogen …«

Das konnte ich nachempfinden, wirklich. Zu einer anderen Zeit und an einem anderen Ort hätten wir zusammen einen trinken können. Doch im Moment konnte ich mir kein Mitgefühl leisten. Er musste Angst vor mir haben.

»Sparen Sie sich diesen rührseligen Kram«, blaffte ich und hob die Pistole ein wenig, um ihn daran zu erinnern, dass sie noch da war. »Dieses Bett haben Sie sich selbst gemacht. Tun Sie, was ich Ihnen sage, und Sie könnten lange genug am Leben bleiben, um wieder herauszusteigen. Warum hat Lauren Sie losgeschickt, um Father Alvarez' Manuskript zu stehlen?«

»Eine Planänderung. Sie haben das Enclave Resort gesehen, nicht wahr?«

»Genug, um zu wissen, dass es von oben bis unten oberfaul ist«, sagte ich. »Was ist es? In Wirklichkeit?«

Gary zuckte mit den Schultern. »Glauben Sie etwa, sie würde mir das sagen? Ich weiß nur, dass es etwas richtig Großes und richtig Böses werden soll. Unter uns benutzt sie selbst den Namen Enclave Resort gar nicht. Sie nennt es nur ›die Maschine‹. Sie braucht einen Typen, der ihr helfen soll, es fertig zu bauen. Das Problem ist nur, dass er in der Hölle ist.«

»Welcher Typ?«

Gary rieb sich die Schläfen, versuchte krampfhaft sich zu erinnern.

»Gilles irgendwas … irgendwas Französisches. De Rais vielleicht? Ich weiß nur, dass ein Teil von Laurens Konstruktion auf seinen alten Tagebüchern basiert, aber es fehlen ein paar Teile, und selbst sie ist als Zauberin nicht gut genug, um die Lücken zu füllen. Also versucht sie, diesen Typen aus der Hölle zu holen, damit er die Arbeit für sie zu Ende bringt.«

In diesem neuen Licht ergaben ihre Bestrebungen, Prinz Sitri zu versklaven, plötzlich Sinn. Ich hatte angenommen, dass es ihr einfach nur um Macht ging. Aber vielleicht war ihr aufgegangen, dass Sitri eine Quelle für Du-kommst-aus-der-Hölle-frei-Karten war. Nachdem wir das Silverlode niedergebrannt und ihre Pläne ruiniert hatten, musste sie wohl nach einem neuen Ansatz suchen, um zu bekommen, was sie wollte.

»Und wie sieht Sullivans Spiel aus?«

»Sullivan«, sagte er mit einem schweren Seufzer, »ist davon überzeugt, dass dieses Manuskript von Father Alvarez glaubwürdig ist. Genauso ist er davon überzeugt, dass ein Cambion aus dieser Welt, der körperlich die Hölle betritt, da unten genauso mächtig wäre wie ein leibhaftiger Dämon hier oben. Die Reinheit seiner menschlichen Seite verleiht ihm Kraft oder etwas in der Art. Er wird den Priester als Geisel behalten, bis der das Manuskript fertig übersetzt hat, um die Geschichte dann auf die Probe zu stellen.«

»Was? Das ergibt doch überhaupt keinen Sinn! Nichts davon ergibt Sinn.«

»Glauben Sie, ich wüsste das nicht? Wenn Sullivan von einer Idee besessen ist, nun, dann ist er es. Widerspruch unmöglich. Würde er entscheiden, dass der Mond purpurfarben ist, könnte man ihn um Mitternacht nach draußen bringen und in den Himmel zeigen, und er würde immer noch sagen, der Mond wäre purpurfarben. Früher war es noch nie so schlimm, aber … Faust, ich glaube, er dreht durch. Ich meine, er war schon immer ein bisschen verrückt, aber ich glaube, jetzt verliert er wirklich seinen gottverdammten Verstand.«

»Was hat er vor? Will er seine Anhänger in die Hölle führen und dort das Oberste zuunterst kehren?«

Gary nickte mit gequältem Gesicht. »Ja, so in etwa. Er will noch ein paar offene Rechnungen begleichen.«

»Selbst wenn das Manuskript glaubwürdig ist, obwohl ich mir nicht vorstellen kann, wie das funktionieren soll, würde der gesamte Chor der Erlösung niedergemetzelt werden. Sullivan und alle seine Anhänger.«

Gary blickte zur Decke hoch, stieß leicht mit dem Hinterkopf gegen die Wand und schloss die Augen.

»Sie müssen etwas verstehen, Faust. Ich habe alles verloren, weil ich bin, was ich bin, weil ich so geboren wurde. Sullivan fand mich, als ich völlig fertig war, und er zeigte mir einen anderen Weg. Ich konnte nie etwas mit seinem pseudoreligiösen revolutionären Quatsch anfangen. Aber bei unserer Zusammenarbeit traf ich andere Leute wie mich, die dieselben Probleme hatten wie ich. Und manchmal konnte ich ihnen unter die Arme greifen. Damit wurde alles etwas erträglicher.«

Ich hörte schweigend zu, damit er sich alles von der Seele reden konnte.

»Als er anfing, von Krieg und Fegefeuer zu reden, wollte ich aussteigen. Aber ich hatte im Chor viele Freunde gewonnen, und sie lauschten ehrfürchtig jedem Wort, das er sagte. Wenn ich den Chor verließ, würde ich auch sie zurücklassen, und das konnte ich nicht tun. Also blieb ich dabei, so nah am Rand wie möglich, machte gute Miene zum bösen Spiel und beobachtete, wie alles immer noch verrückter wurde. Als er mich beauftragte, hierherzukommen, glaubte ich mich endlich in Sicherheit.«

»Stattdessen kam er wieder zu Ihnen«, sagte ich. »Und nun will er einen auf Jim Jones machen.«

»Er hat Lauren Carmichael aus der Ferne nachspioniert. Wissen Sie, es gibt da diese alte Legende. Haben Sie schon mal von Salomons Ring gehört?«

Ich setzte mein bestes Pokergesicht auf, obwohl sich mein Magen zusammenkrampfte.

»Da klingelt was bei mir«, sagte ich.

»Nun, es geht das Gerücht, dass sie ihn hat. Den echten Ring, keinen Mythos. Ich halte das für Blödsinn, aber Sullivan ist fest davon überzeugt, und er glaubt, er sollte diesen Ring an seinem Finger tragen, wenn er den Angriff auf die Hölle befehligt.«

Der Ring funktionierte nur bei Menschen. Vermutlich konnten nicht einmal Halbdämonen seine Macht nutzen, was der einzige Grund war, warum Nicky Agnelli nicht Himmel und Hölle in Bewegung setzte, um ihn in die Hände zu bekommen. Es wäre eine gute Idee, diesen Teil der Geschichte geheim zu halten, dachte ich mir. Nur für alle Fälle.

»Was hat er also vor?«, fragte ich.

»Er denkt über ein Geschäft nach. Er will anbieten, in die Hölle hinabzutauchen und diesen Gilles für Lauren zu schnappen, und sie soll ihm dafür den Ring geben. Alle sind glücklich. Aber er fühlt ihr immer noch auf den Zahn, um herauszufinden, ob sich die Mühe lohnt.«

Ich legte den Pistolenkolben auf ein gebeugtes Knie und dachte nach.

»Also gut«, sagte ich. »Die Sache wird folgendermaßen weitergehen: Sie haben jetzt einen vierten Boss. Mich. Und ich bin der Einzige, der zählt. Tun Sie genau dasselbe wie bisher und ziehen Sie keine Aufmerksamkeit auf sich, aber wenn Lauren oder Sullivan auch nur komisch niesen, will ich es erfahren. Das gilt in doppeltem Maß für Agent Black, wenn Sie glauben, dass sich die Taskforce bereit macht, Leute zu verhaften, anstatt nur auf den Busch zu klopfen.«

Er warf einen besorgten Blick auf die DVD neben seinem Bein, als könnte sie aus der Plastikhülle springen und ihn beißen.

»Ach ja«, fügte ich hinzu, »falls Sie überlegen, mich zu überrumpeln, lassen Sie das lieber. Meine Freunde haben mindestens drei Kopien gezogen. Wenn ich verschwinde oder sterbe oder eine gefährliche Grippe bekomme, gehen diese Kopien per Express an Agent Black. Meine Freunde haben die Anweisung, mir nicht zu verraten, wo sie die DVDs versteckt haben, also können Sie diese Information auch auf keinen Fall aus mir herausbekommen.«

»Sie sind ein richtiger Drecksack, Faust. Ich sitze in einem sechs Meter tiefen Loch, und Sie schaufeln mir auch noch Erde auf den Kopf.«

Ich rappelte mich auf die Füße, hielt die Waffe weiterhin auf ihn gerichtet.

»Sie sind derjenige mit der Schaufel. Ich versuche nur, diese Sache in Ordnung zu bringen. Tun Sie, was ich Ihnen sage, und es besteht die Chance – kein Versprechen, aber eine Chance –, dass Sie auch dann noch leben werden, wenn diese ganze Scheiße zu einer unangenehmen Erinnerung verblasst ist.«

Ich nahm das Magazin aus seiner Waffe und steckte es in die Tasche. Dann warf ich ihm die leere Pistole zu. Er fing sie auf, während er mich immer noch finster anstarrte.

»Lassen Sie von sich hören«, sagte ich und verließ die Wohnung.

Mit dem Darlehen von Bentley und Corman hatte ich genug Bargeld für eine Taxifahrt. Ich fuhr zum Scrivener's Nook, weil ich ein paar Nachforschungen anstellen wollte, bevor ich den Namen vergessen hatte.

»Gilles de Rais?«, sagte Bentley, der die uralte Registrierkasse mit einem Staubwedel abwischte. »Der Name ist mir bekannt. Er war ein Gefährte von Jeanne d'Arc, wenn ich mich recht entsinne. Bin mir allerdings ziemlich sicher, dass er als Ketzer verbrannt wurde.«

Corman schlenderte durch einen schmalen Gang heran und ordnete im Vorbeigehen die Bücher in den Regalen. Es war verlorene Liebesmüh. Der Laden war permanent im Zustand des leicht organisierten Chaos, als wäre er zunächst von einem Tornado verwüstet worden, gefolgt von einem etwas durchgedrehten Bibliothekar mit kühnen Ideen zur Erneuerung der Dewey-Dezimalklassifikation.

»Und er hat es verdient«, bemerkte Corman. »Er hatte eine ausgeprägte Vorliebe für kleine Jungen. Hat sie getötet, nachdem er mit ihnen fertig war.«

Ich sah ihn blinzelnd an. »Und ich dachte, Lauren könnte nicht noch tiefer sinken, nachdem sie Meadow Brand angeheuert hat. Was will sie von so einem Psychopathen?«

Corman deutete mit dem Daumen über die Schulter auf die Tür zum Lagerraum. »Schau in den privaten Regalen nach. Im *Pandaemonium* müsste etwas stehen.«

Der Lagerraum des Nook war ein Labyrinth aus schwankenden Kistenstapeln und Spinnweben. In einem hinteren Winkel im Schatten eines rostenden leeren Aktenschranks war die Privatsammlung von Bentley und Corman untergebracht. Die schwarz lackierten Regale enthielten die Bücher, die sie nicht der Allgemeinheit anboten, sondern nur auf spezielle Nachfrage verkauften.

Nicht viele Leute würden sich für ein Buch wie Zellers *Pandaemonium* interessieren, und jemanden, der es als passende Bettlektüre betrachtete, würde ich auch nicht genauer kennenlernen wollen. Der dicke Band war eine Enzyklopädie der Gräueltaten, ein Kompendium der schlimmsten Monstren der Menschheitsgeschichte, das ihre bekannten und vermuteten Verbindungen zur okkulten Unterwelt aufdeckte. Der Autor hatte dreißig Jahre gebraucht, um das ganze Material zusammenzutragen, schickte das Manuskript dann für eine limitierte Auflage von einhundert Exemplaren an einen Kleinverleger, bevor er zusammen mit einem eingesteckten Toaster ein Bad nahm.

De Rais hatte einen eigenen Eintrag, alles klar. Am Anfang lief es für ihn recht gut: Er war Kommandant in der französischen Armee, kämpfte im Hundertjährigen Krieg, wurde sogar Marschall von Frankreich. Als ihm die Schlachtfelder ausgingen, fing der Ärger an. Jahrelang verprasste er Unsummen für üppige Festivitäten, ließ sogar eine Kathedrale erbauen, und nebenbei ermordete er Kinder und opferte ihre Körperteile in geheimen Schwarzen Messen.

»Zeller war ein Irrer«, sagte ich, als ich eine Stunde später mit dem Buch in der Hand aus dem Hinterzimmer zurückkam.

Bentley zuckte mit den Schultern. »Zweifellos, aber seine akademische Arbeit ist fundiert.«

»Nein, ich meine, *fünfhundert* Opfer? Hat er versehentlich eine Null hinzugefügt?«

»Das war im fünfzehnten Jahrhundert, Daniel, lange vor wissenschaftlicher Kriminologie und DNA-Tests. Man konnte mit den abscheulichsten Taten ungestraft davonkommen, vor allem, wenn man das Privileg eines Adelstitels besaß.«

»Da ist noch ein anderes Problem«, sagte ich und zeigte auf die Seite. »Zeller behauptet, de Rais hätte seine Seele an einen Dämon namens Naavarasi verkauft. Jede andere Quelle, in der ich nachgelesen habe, gibt den Namen des Dämons als Barron an, mit zwei *r*.«

Bentley gluckste leise. »Mittelenglisch, Daniel. Aus ›Barron‹ mit zwei *r* wurde irgendwann ›Baron‹ mit einem *r*, wie im Adelstitel. Ich vermute, jemand hat sich einen Scherz erlaubt. Du suchst nach Baron Naavarasi.«

»Der nicht zu existieren scheint. Ich habe die *Goetia* und Lightmans *Compendium Rouge* durchgeforstet, aber dort fand ich keine Erwähnung eines Dämons mit diesem Namen.«

»Gebräuchliche Namen ändern sich, und jeder kann einen Titel beanspruchen. Der Meister von de Rais könnte sonst wer gewesen sein. Heute könnte er sonst wie heißen. Sechshundert Jahre sind eine lange Zeit.«

Eine weitere Sackgasse. Die Sonne sank tiefer am Himmel und zeichnete einen Schatten auf die staubigen Bodendielen. Der Sonnenuntergang meines letzten Tages. Bentley sah meinen Gesichtsausdruck.

»Was wirst du jetzt tun?«, fragte er.

Ich schüttelte den Kopf. »Mit Caitlin reden. Ihr sagen, dass ich mein Bestes gegeben habe.«

Noch während ich losging, war mir bereits klar, dass mein Bestes nicht gut genug war.

Normalerweise fühlte sich die Fahrt im Lift hinauf zu Caitlins Penthouse wie die Dauer zwischen zwei Herzschlägen an. Heute war es der langsame Marsch eines Verurteilten zum elektrischen Stuhl. Ich hatte versprochen, dass ich eine Möglichkeit finden würde, Sitris Herausforderung zu meistern, etwas, womit ich den Dämon in seinem eigenen Spiel austricksen konnte. Doch ich hätte nicht erbärmlicher und weniger krachend scheitern können. Nun musste ich den Preis bezahlen.

In einem gekrümmten Korridor aus weißer Farbe und weißem Licht wappnete ich mich und klopfte an Caitlins Tür. Sie öffnete mir in zerknitterter Kleidung und mit müden Augen. Sie hatte wieder nicht geschlafen, und ich konnte mir denken, warum. Sie bat mich nicht herein. Sie stand auf der Schwelle, versperrte mir den Weg, suchte in meinen Augen nach einem Funken Hoffnung.

»Der Priester ist am Leben«, sagte sie. Es war keine Frage. Sie brauchte gar nicht zu fragen.

»Ich mache Fortschritte. Hör zu, ich weiß, was Lauren und Sullivan vorhaben. Es gibt noch Lücken, Fragen, auf die ich noch keine Antworten habe, aber ich mache Fortschritte ...«

Sie hob eine Hand.

185

»Tu es nicht, Daniel ... tu es nicht. Bitte nicht um drei Tage Verlängerung, weil du in drei Tagen wiederkommen und noch einmal um drei mehr bitten wirst. Mein Prinz wollte etwas klarstellen. Das hat er getan.«

Mir wurde schwer ums Herz. Der schlimmste Teil, der allerschlimmste Teil dieses ganzen verdammten Schlamassels war die Enttäuschung in ihren Augen. Und das Wissen, dass ich dafür verantwortlich war.

»Also ist das ...«

Sie schüttelte den Kopf.

»Sag nicht Lebewohl.« Caitlins Stimme brach fast. Aber nur fast. »Nein. Ich werde es auch nicht sagen. Und ich will nicht, dass du es sagst. Aber so geht das nicht. Ich bin auf und ab gegangen, um das alles zu enträtseln, aber ich stoße überall auf die gleiche Mauer. Ich will mit dir zusammen sein. Ich weiß nur nicht, wie. Derzeit hat mein Prinz es mir verboten. Ich kann mich nicht gegen ihn auflehnen ...«

Ich hob die Hand, als wollte ich sie berühren, dann erstarrte ich. Meine Hand hing einfach nur zwischen uns, unbeholfen und nutzlos.

»Und ich bitte dich nicht darum«, sagte ich. »Das würde ich nie tun. Das weißt du. Ich bitte dich nur um ein wenig Vertrauen. Schreib mich nicht ab, Cait. Ich bin immer dann am besten, wenn ich mit dem Rücken zur Wand stehe.«

Sie lächelte. Ihr Blick war immer noch traurig, aber sie lächelte. »Ich weiß. Also sage ich nicht Lebewohl. Nur gute Nacht.«

Sie schloss die Tür und ließ mich im leeren Korridor stehen.

Ist man zuversichtlich und glücklich, ist der Vegas Strip bei Nacht einer der schönsten Orte auf Erden. Wenn man völlig erledigt ist, sind all diese strahlenden bunten Lampen wie

Pistolen, die einem an den Kopf gehalten werden. Ich bewegte mich wie ein Geist durch die Touristenhorden, anonym und einsam.

Hätte ich mich Sitris Willen gebeugt und Father Alvarez umgelegt, wäre das alles nicht passiert. Ich hätte Caitlin, mein Zuhause, mein Auto, mein Geld ... und ich würde mich selbst auf ewig dafür hassen. Stattdessen hatte ich mich an meine Prinzipien gehalten und alles andere verloren.

Der Dämonenprinz musste gewusst haben, dass ich ihm nicht gehorchen würde, und damit hatte er mich in ein kompliziertes Labyrinth geführt. Sullivan war ein Wahnsinniger, der einem unmöglichen Traum hinterherjagte und seine Pläne auf ein uraltes Manuskript gründete, das nicht zuverlässig sein konnte. Laurens Ziel war es, einen toten Serienmörder aus dem Rachen der Hölle zurückzuholen. Der Versuch, ihren Intrigen zu folgen, glich dem Studium einer Landkarte, die auf eine Scheibe Emmentaler Käse gedruckt war: Ich wusste, dass ich sie verstehen könnte, wenn ich das ganze Bild statt nur einzelner Fetzen vor mir hätte.

Das Endergebnis? Sie hatten meine Wohnung abgefackelt, und ich war der Entwirrung dieses Rätsels kein Stück näher als am Anfang. Es war sogar noch schlimmer als am Anfang, da ich es geschafft hatte, dass Alvarez – die einzige anständige, unschuldige Person in diesem ganzen grauenhaften Durcheinander – entführt und von einer Bande Verrückter als Geisel festgehalten wurde.

Ein fetter Tourist im Hawaiihemd drängte sich an mir vorbei und laberte in sein Handy.

»Es heißt Martingale-System«, sagte er aufgeregt, als hätte er gerade einen Goldklumpen in der Wüste gefunden. »Es ist das perfekte System, mit dem du buchstäblich nicht verlieren kannst.«

Ich verdrehte die Augen. Die Martingale ist heute eine genauso idiotische Wette wie vor dreihundert Jahren. Die Grundidee dahinter: Man verdoppelt seinen Einsatz jedes Mal, wenn man eine Runde verloren hat, sodass man, wenn man gewinnt, den Verlust mit einem Schlag wieder ausgeglichen hat. Was bestens funktioniert, wenn man es sich leisten kann, unbegrenzte Mengen an Bargeld zu verlieren, oder irgendeine Garantie hat, dass keine Pechsträhne kommt, die einen vernichtet. Die Hälfte der Touristen in Vegas glaubt, sie hätte all die Antworten, während man doch nur immer wieder dieselben falschen Entscheidungen trifft und hofft, beim nächsten Mal würde etwas anderes passieren.

Ich blieb wie angewurzelt stehen.

»Sitri, du grandioser Drecksack!«, sagte ich.

Ein Typ, der an der Ecke laminierte Karten verteilte, das orangefarbene T-Shirt mit ERSTKLASSIGE BEGLEITUNG IN DEIN HOTELZIMMER bedruckt, warf mir einen verwunderten Blick zu.

Es war mein Stolz, der mich in diese Schwierigkeiten brachte. So war es jedes Mal. Ich war so wild entschlossen, mich von niemandem benutzen zu lassen, brachte der Vorstellung, nach Sitris Pfeife zu tanzen, eine so vehemente Abneigung entgegen, dass ich genau das Gegenteil tat. Ich hätte seinen Befehl einfach ignorieren können. Stattdessen hatte ich Alvarez aufgesucht, mich bemüht, ihn vor dem Chor der Erlösung zu retten, und damit diese ganze Serie von Unglücksfällen losgetreten. Doch viel schlimmer war, dass ich hartnäckig weitergemacht hatte, dass ich verbissen meinem Kurs gefolgt war wie eine Fliege, die immer wieder gegen die Glasscheibe eines geschlossenen Fensters prallt, obwohl ein Stück weiter eins offen steht.

Sitri spielte Schach. Ich spielte Dame wie ein bescheuerter

Amateur, dessen Züge aus kilometerweiter Entfernung zu durchschauen waren. Sullivans Jungs hatten die Molotows geworfen und die Kugeln abgefeuert, aber es war Sitri gewesen, der mich in ihre Schusslinie dirigiert hatte, um mich für meine idiotischen Züge zu bestrafen.

Das war der Schlüssel. Ich war nicht auf die Schnauze gefallen, weil ich mich Sitris Befehl widersetzte, sondern weil ich das falsche Spiel gespielt hatte. Und wie oft hatte man mir schon erzählt, dass Sitri Spiele liebte? Ich hatte die Lösung die ganze Zeit direkt vor der Nase gehabt.

Du willst keinen blinden Gehorsam, dachte ich. *Darum ging es überhaupt nicht. Du wusstest, dass ich Alvarez nicht töten würde. Diese Karte lag nie auf dem Tisch. Nein, du willst einen Herausforderer. Du willst jemanden, der zur Abwechslung mal dich überrascht.*

Ich hielt ein Taxi an.

Die Menge im Winter brodelte wie ein Ungeheuer mit dreihundert Köpfen, die sich im eisigen Stroboskoplicht wanden. Ich schnitt durch sie hindurch, ein lasergesteuertes Messer, das auf den hinteren Korridor zielte. Der in Leder gekleidete Wachmann ganz am Ende machte keine Anstalten, mir die Tür zu öffnen.

»Der Wachhund«, zischte er mit gedämpfter, rasselnder Stimme hinter der Gasmaske, »hat deine Einladung widerrufen.«

Seine kräftige Hand verharrte neben der Machete, die an seinem Gürtel hing. Ich straffte meinen Rücken und starrte in die undurchsichtigen Linsen seiner Maske.

»Ich möchte, dass du mir sehr aufmerksam zuhörst«, sagte ich, »und verstehst, was ich dir jetzt erklären werde. Während der letzten zwei Nächte wurde ich verprügelt, beschossen, fast zu Tode verbrannt und mit einem Gehstock ausgepeitscht. Ich habe alles verloren, was ich besitze, meine Beziehung geht in die Brüche, und ich könnte dafür verantwortlich sein, dass ein unschuldiger Priester getötet wird. Ich bin müde, mir tut alles weh, und ich bin weit davon entfernt, mir noch irgendwas von irgendwem gefallen zu lassen.«

Der Wächter stand reglos da, sein Atem ging langsam und schwerfällig hinter der Maske.

»Und jetzt«, fuhr ich fort, »stehst du zwischen mir und meiner Chance, meiner *einzigen* Chance, mein Leben zurückzubekommen. Also möchte ich, dass du dir eine Frage stellst, und ich möchte, dass du mir in die Augen schaust, wenn du es tust. Kennst du meinen Namen? Denn ich bin der verdammte Daniel Faust, und du solltest wissen, was mit Leuten passiert, die mir im Weg stehen.«

Der Wächter zögerte einen Moment lang. Dann entriegelte er die Tür und trat zur Seite.

»Danke«, sagte ich und machte mich auf den Weg nach unten.

Ich schlängelte mich durch die schwarzen und goldenen Gänge, achtete nicht auf das Schmerz- und Lustgeheul aus den Kammern rund um mich herum. Ich hatte ein klares Ziel: die Tür zur Höhle des Mediums. Ich zögerte nur eine Sekunde lang mit den Fingern über dem Tastenfeld, während ich mich an Caitlins Erklärung des Witzes erinnerte. *Jeder, der nach unten steigt und nicht hierhergehört, wird nie wieder nach oben gelangen, also machen wir uns keine allzu großen Sorgen wegen möglicher Eindringlinge.*

Damit hatte sie sozusagen alle Karten auf den Tisch gelegt. Ich tippte den Code ein, 6 -6–6. Die Treppe hinter der Tür öffnete sich gähnend hinunter in die Dunkelheit.

Als ich die Stufen hinabstieg, zündeten sich neben mir Kerzen in Steinnischen und auf wahllos zusammengestellten Säulen an. Dann stand ich im Herzen der Kammer, atmete den Duft von gewürzten und getrockneten Orangen ein und wartete.

Das Medium trat aus den Schatten hervor, seine Ketten und Piercings rasselten, als es keuchend seine verdreckten Gewänder und ausgedörrten Gliedmaßen über den kalten Steinboden schleppte. Auch ohne Augen drehte sich sein Kopf in die Richtung, wo ich stand.

»Fürchtet mich«, krächzte das Medium. »Denn ich spreche nichts als …«

»Ich will mit Sitri reden.«

Es zögerte.

»Ja. Ich werde dir seine Worte überbringen.«

»Nein«, sagte ich mit Nachdruck. »Ich will mit Sitri reden. Kein Vermittler, kein Telefonspiel. Nur direkt mit ihm selbst.«

»Das ist Blasphemie«, zischte das Medium und schien höher aufzuragen. Einige der Kerzen hinter mir flackerten und erloschen. Ich wusste instinktiv, dass es sehr, sehr schlecht wäre, mit dem Medium allein in der Dunkelheit zu sein.

»Ich bin Geschäftsmann. Das ist etwas Geschäftliches.«

»Du hast nichts Geschäftliches mit dem Hof der Jadetränen zu tun, Mensch. In dieser Kammer hast du überhaupt nichts zu suchen!«

Mehr Kerzen gingen aus, ihre Flammen erstarben mit zischenden Funken. Die Schatten wurden immer länger, dunkler, kälter. Hungriger.

Ich trat einen Schritt näher. »Ich werde dir drei Worte sagen, die du an ihn weiterleiten sollst. Drei Worte, die dich Lügen strafen werden, denn sobald ich sie ausspreche, wird er mit mir reden wollen.«

Das Medium fletschte die vergilbten, verfaulten Zähne und knurrte: »Was könntest du sagen, das Prinz Sitris Aufmerksamkeit erregen würde? Mein Meister ist ein Geschöpf jenseits der Zeit, jenseits des Lebens und des Todes! Welche drei Worte könnte er von einer nichtswürdigen Ameise wie dir hören wollen?«

Mein Stolz fühlte sich nicht einmal angekratzt, als ich sie sagte:

»Du hast gewonnen.«

Das Medium sackte in sich zusammen wie eine Marionette, der die Fäden abgeschnitten wurden, den Kopf gesenkt und den Rücken gebeugt. Langsam erhob es sich noch einmal, breitete die verdorrten Hände und durchbohrten Unterarme aus, doch nun drang eine neue Stimme über seine Lippen. Eine Stimme, die wie rauchige Küsse im Dunkeln klang, wie der Geruch von Sex und gebrochenen Versprechen.

»Du bist ein seltenes Vergnügen, Daniel Faust. Ein seltenes Vergnügen, und dennoch täuschst du dich. Dieses Spiel ist noch lange nicht zu Ende.«

Ich nickte. »Deshalb bin ich hier. Ich bin bereit, meinen nächsten Zug zu machen.«

»Ich wittere ein Gambit in der Luft.« Die Stimme des Prinzen troff vor Entzücken. »Nun gut, Zauberer. Das Brett gehört dir. Beeindrucke mich.«

Dann sprach ich die sieben gefährlichsten Worte aus, die man an einen Dämon richten konnte.

»Ich will mit dir ins Geschäft kommen.«

Sitri und ich redeten miteinander.

Bentley und Corman schliefen schon, als ich in ihre Wohnung über dem Scrivener's Nook zurückkehrte. Ich war froh darüber. Ich wollte keine Erklärungen abgeben. Mir schwirrte der Kopf von dem Gespräch, das ich mit Sitri geführt hatte, von dem Geschäft, das ich abgeschlossen und metaphorisch mit Blut besiegelt hatte, von dem, was ich ihm und was er mir im Gegenzug gegeben hatte. Ich schleppte meine Furcht hinter mir her wie das Medium seine goldenen Ketten und spürte ihr Gewicht.

Doch als ich mich auf das Sofa legte und zu dem abblätternden Putz an der Decke hinaufstarrte, empfand ich etwas, das ich seit Tagen nicht mehr erlebt hatte: Hoffnung.

Das ließ mich bis zur Morgendämmerung schlafen, dann nahm ich eine schnelle Dusche und stürmte zur Tür hinaus, bevor Bentley oder Corman aufwachten. Ich hatte eine Menge Arbeit vor mir.

Mein erster Zwischenhalt führte mich an den Stadtrand, in den Schatten unter einer Straßenüberführung, wo die Luft nach Dieselabgasen stank und Doggen hinter einem Stacheldrahtzaun knurrten. Die Sunset Garage hatte sich seit den Fünfzigern kaum verändert. Es existierte sogar immer noch dasselbe neongerahmte Schild oben auf einer verrußten Säule, das einen glänzenden grünen Studebaker in der Sonne zeigte, aber die Neonröhren waren schon vor Jahren durchgebrannt, und niemand hatte sich die Mühe gemacht, sie zu ersetzen.

Ich trat durch das offene Werkstatttor ein. Ein Auto stand auf der Hebebühne, ein von Rost zerfressener Chevy Nova, dem die meisten seiner Eingeweide fehlten, doch ansonsten befasste sich die Werkstatt ausschließlich mit zweirädrigen Fahrzeugen.

»Ganz hinten!«, rief eine verwitterte Stimme. Ich folgte ihr zum Ursprung. Winslow beugte sich über eine Werkbank wie ein moderner Alchemist und betrachtete eine Schale mit flüssigem Gold, das er gerade eingeschmolzen hatte. Er war gebaut wie ein Holzfäller, der seine besten Jahre bereits hinter sich hatte, mit zerzaustem grauem Haar und sonnenverbrannter Haut. Auf ein Hemd hatte er verzichtet, aber er hatte sich eine schwarze Lederweste übergezogen, die auf dem Rücken als Abzeichen einen skelettartigen Adler trug, der über einer dröhnenden Harley schwebte. Die Krallen des Adlers waren ausgestreckt, bereit, seine Beute zu greifen.

»Charley hat geschworen, dass dies vierundzwanzig Karat hat«, murmelte er. »Vielleicht kennt er sich mit der Reinheit von Meth aus, aber von Gold hat er keinen blassen Schimmer.«

»Ungünstiger Moment?«, fragte ich.

Er blickte auf und winkte mich herüber. »Ach, Faust! Nein, komm rein. Ist Jenny bei dir?«

»Nur ich«, sagte ich. Jennifer hatte uns vor ein paar Monaten zusammengebracht, als er meine Art von Hilfe benötigte. Sie machten Geschäfte miteinander, aber ich war mir nicht sicher, ob Winslow einer ihrer Vertriebshändler oder nur ein begeisterter Kunde war. Vermutlich Ersteres. Es gab nicht viel, was man in der Sunset Garage nicht kaufen konnte, wenn sich die richtigen Leute für einen verbürgt hatten. »Steigst du jetzt ins Schmuckgeschäft ein?«

Er lachte und zeigte mir den Zinnanhänger, den er um den Hals trug, eine zusammengerollte und sich aufbäumende Kobra. »Junge, das mache ich schon länger als alles andere. Ein gutes Hobby für einen Mechaniker. Hält die Finger gelenkig. Ich werde keine Wettbewerbe gewinnen, aber ich habe auch nicht vor, an welchen teilzunehmen. Was führt dich hierher?«

»Ein Geschäft mit einem Haken.«

»Aha?«, sagte er. »Worum geht es?«

»Ich brauche einen fahrbaren Untersatz und eine Pistole.«

Er rieb sich den Nacken. »Ich dachte, du hältst nicht viel von Waffen.«

»Richtig, aber ich habe Ärger mit ein paar Leuten, die sehr viel von Waffen halten, und ich glaube nicht, dass ich mich mit wohlgesetzten Worten gegen sie durchsetzen kann.«

»Scheint so. Also gut, was ist der Haken?«

»Ich bin etwas knapp bei Kasse. Präziser gesagt, ich habe gar kein Geld.«

Winslow zeigte auf das Werkstatttor. »Da ist der Ausgang. Die Wegbeschreibung ist gratis.«

»Komm schon, Winslow. Du weißt doch, dass ich kreditwürdig bin. Ich stehe kurz vor einem großen Gewinn.« Das war keine unverschämte Lüge. Angesichts meiner finanziellen Situation brauchte ich sehr schnell einen großen Gewinn, sobald die aktuelle Krise überstanden war. Dass ich kurz davorstand, war streng genommen die Zuversicht, die aus mir sprach.

»Ich gebe keinen Kredit, Junge. Schlecht fürs Geschäft. Wenn man in meiner Branche anfängt, Almosen zu verteilen, glauben die Leute, man sei gutmütig. Dann fangen sie an, sich Sachen zu nehmen, anstatt darum zu bitten.«

»Außerdem kann ich den Mund halten. Und ich hatte gehofft, nach dem, was ich für deine Schwester getan habe ...«

Den Rest des Satzes ließ ich in der Luft hängen. Er seufzte. Dann kniff er die Augen zusammen. Ich sah, wie sein Gehirn arbeitete, wie er nach einem Vorteil für sich suchte.

»Jenny sagt, dass du vielleicht für eine Weile sitzen wirst.«

»Vielleicht. Für kurze Zeit. Ich habe von den Bullen eine blödsinnige Anzeige bekommen, weil ich im Straßenverkehr jemanden bedroht habe. Ich bin auf Kaution draußen, aber es gibt noch nicht einmal einen Gerichtstermin. Was ist damit?«

»Ein Kumpel von mir sitzt gerade. Ein Freund des MC. Braucht etwas Hilfe. Deine Art von Hilfe.«

Ich hatte ein ungutes Gefühl. Gesetzlose Rockergangs befanden sich ein wenig außerhalb meines Umfelds, und ich war mir nicht sicher, welche Art von okkulter »Hilfe« Winslows Kumpel hinter Gittern benötigen mochte.

»Vielleicht werde ich sitzen«, sagte ich. »Aber vielleicht komme ich auch davon. Das bleibt abzuwarten.«

»Nun, hier ist mein Vorschlag: Ich beuge die Regeln und besorge dir noch heute, was du brauchst, aber nur dieses eine Mal. Und du schuldest mir das Doppelte von dem, was ich normalerweise berechne, und du solltest mich auf jeden Fall bis Ende des Monats bezahlen, weil ich andernfalls ein ernstes Wörtchen mit dir zu reden habe. Das heißt, falls du nicht eingebuchtet wirst. Falls doch und wenn du meinem Kumpel helfen kannst, dann wären wir quitt.«

Beim »Doppelten« zuckte ich zusammen. Winslows Dienste waren ohnehin nicht billig, und seine angedeutete Drohung war kein Scherz. Nicht einmal meine Freundschaft mit Jennifer würde meine Kniescheiben retten, wenn ich meine Schulden nicht bis auf den letzten Penny beglich. Andererseits standen mir im Moment nicht allzu viele Möglichkeiten offen.

Ich reichte ihm die Hand. Er nahm sie mit festem Griff und schüttelte sie auf eine Weise, die keinen Zweifel ließ, dass unser Geschäft besiegelt war.

»Das Wichtigste zuerst«, sagte er, schob eine Plane auf dem Boden zur Seite und zog an einem Knotenseil, das an einer Falltür befestigt war. Ich folgte ihm hinunter in den Keller. Maschendraht überzog die Wände aus Betonschalsteinen, die mit genug Feuerwaffen bestückt waren, um mindestens eine Armeetruppe auszurüsten. Im Licht einer hängenden Glühbirne nahm ich den Anblick in mich auf. Winslow hatte Pistolen, Flinten und Gewehre auf Lager, und in einer Ecke des Kellers stand etwas, das ziemlich sicher ein Flammenwerfer aus dem Zweiten Weltkrieg war.

»Bären welcher Größe willst du jagen?«, fragte er.

»Ich brauche etwas mit eindrucksvoller Durchschlagskraft. Wenn ich dieses Ding ziehen muss, geht es hauptsächlich um den Einschüchterungsfaktor, damit ich etwas Zeit gewinnen kann. Jeder, der dann immer noch dumm genug ist, sich auf mich zu stürzen, muss brutal hart zu Boden gehen, als Lektion für seine Freunde. Andererseits sollte die Waffe klein genug sein, um in eine Reisetasche oder einen Aktenkoffer zu passen. Ich kann durch die Stadt kein Sturmgewehr mit mir herumschleppen.«

Winslow rieb sich das Kinn. Dann nickte er. »Ich habe genau das Richtige. Das wird dir gefallen.«

Er durchsuchte das Drahtgestell und nahm ein wahres Ungetüm von einem Revolver herunter, mattschwarz und mit einem scharlachroten Streifen auf dem Griffrücken.

»Hier ist die Judge«, sagte er mit einem Grinsen. »Eine Taurus Judge Magnum. Lauf sechseinhalb Zoll, sechsschüssige Trommel, sofort feuerbereit. Casull-Patronen, Kaliber .454, und nun der spaßige Teil, angebohrte Schrotmunition, Kaliber .410.«

Ich nahm den Revolver von ihm entgegen, spürte das Gewicht, den kalten Griff.

»Schrotmunition«, sagte ich. »Wie in Schrotflintenpatronen?«

»Richtig. Mit diesem Baby hast du keine große Reichweite, aber wenn dir jemand genau gegenübersteht – einmal abdrücken, und du pustest ihm das Gesicht weg. Außerdem ist die Wumme hässlich und sieht fies aus.«

Eines stand fest: Das mit der Einschüchterung hatte das Ding drauf. Damit könnte ich Sullivan zwar nicht aufhalten, aber wenn ich ihm genau zwischen die Augen schoss, könnte der Nadelstich ihn genügend verlangsamen, damit ich etwas Nützliches tun konnte.

»Ich nehme sie. Hast du etwas, wo ich sie hineintun kann?«

Er gab mir eine schwarze Sporttasche und füllte sie mit Munition. Dann polsterte er alles mit zerknülltem Zeitungspapier aus, damit es nicht klang, als würde ein ganzes Arsenal darin herumscheppern. Anschließend gingen wir zurück nach oben, um den Papierkram zu erledigen. Als er fertig war, erlebte ich mich als den stolzen Besitzer einer sauberen, legalen Schusswaffe, dank des nicht existierenden (aber sehr freundlichen) Inhabers eines Waffenladens im Süden von Texas. Ich besaß sogar eine Quittung.

»Das ist hier deine Blaue Karte«, erklärte Winslow mir. »Sie besagt, dass deine Waffe in Clark County registriert ist. Natürlich ist sie das nicht, also pass auf, dass kein Rechtsverdreher zu genau hinschaut. Überall sonst im Bundesstaat ist alles bestens für dich, solange du sie offen trägst. Du solltest deinen Kumpel Paolo bitten, dir eine Genehmigung dafür zu fälschen, dass du sie verborgen tragen darfst, wenn du alles geklärt haben möchtest.«

»Du bist ein Genie, Winslow.«

»Hauptsache, du schießt dir nicht deinen verdammten Fuß weg. Das würde mich enttäuschen. Jetzt lass uns mal nachschauen, was wir hinten haben. Ich schätze, du willst eine Schachtel.«

»So etwas wie ... ein Lieferwagen?«

Er verdrehte die Augen. »Wie ein sicherer kleiner vierrädriger Kasten, wo du drinnen sitzt, statt wie ein richtiger Kerl den Fahrtwind im Gesicht zu spüren. Ich sehe dich nicht auf einem Motorrad, will ich damit sagen.«

»Ich wüsste nicht mal, wie man so etwas fährt«, sagte ich, während ich ihm zur Hintertür und auf den eingezäunten Hof folgte. Die Felsschlucht hinter der Werkstatt war ein Friedhof, auf dem die sonnengebleichten Kadaver toter Autos darauf warteten, dass ihre letzten nützlichen Teile ausgebaut wurden.

»Das hier ist mein überraschter Gesichtsausdruck.« Winslows Miene blieb unverändert. »Wie viele Köpfe wirst du überhaupt jagen?«

»Wer hat etwas von einer Kopfjagd gesagt?«

»Du tauchst hier auf und brauchst Räder und Feuerkraft. Du hast kein Geld, aber nichts von beidem kann warten. Du willst eine Kanone, die eine kleine Armee in Schach hält, während du deine Geschäfte erledigst, und du hast einen bestimmten Blick in den Augen. Diesen Blick habe ich schon bei anderen Männern gesehen. Weißt du, was das heißt?«

»Was?«

»Dass du Blut vergießen wirst. Und dass niemand auf Gottes grüner Erde dich davon abhalten wird, es zu vergießen.«

Ich nickte. »Kommt in etwa hin.«

»Ich habe an einem kleinen Restaurationsprojekt gearbeitet«, sagte Winslow und führte mich zwischen den Wracks hindurch. »Nachdem ich damit fertig bin, wollte ich das Ding verkaufen, aber ... nicht an irgendjemanden. Der fahrbare Untersatz eines Mannes ist ein Teil von ihm. Er sollte eine

Aussage haben. Eine Botschaft übermitteln, schon bevor man ihm die Hand schüttelt.«

Wir blieben vor einer grünen Wachstuchplane stehen, unter der sich die Winkel eines tief liegenden Fahrzeugs abzeichneten. Winslow griff nach der Plane und riss sie herunter, ließ sie auf das ölfleckige Pflaster fallen.

Der Wagen war kraftvoll, stabil und schwärzer als eine mondlose Sommernacht. Klassischer Detroit-Stahl mit einem breit grinsenden Kühlergrill und einer langen, schlanken Motorhaube. Es war die Art von Auto, das in einer Seitengasse lauerte und auf eine Messerstecherei aus war.

»Ein Barracuda?«, fragte ich.

»Ein Hemi 'Cuda«, stellte Winslow richtig. »Vierhundertfünfundzwanzig PS. Bringt dich in sechs Sekunden von null auf hundert, und sie reißt eine Viertelmeile in vierzehn Sekunden. Karosserie und Motor sind original von 1970, aus einem Wrack neu aufgebaut. Getriebe, Bremsen und Reifen sind komplett neu. Mit diesem Baby könntest du durch die Tore der Hölle hinein- und gleich wieder rausfahren.«

»Komisch«, sagte ich, »ziemlich genau das ist mein Plan.«

Er warf mir die Schlüssel zu.

Bei Richfield veränderte sich die Luft, und da wusste ich, dass sie hinter mir her waren.

Ich hatte die Stadt auf der Interstate 15 nach Norden verlassen. Der Motor des Barracuda schnurrte, und die Sporttasche lag auf dem Beifahrersitz. Der Wagen fühlte sich an wie ein Panther im Käfig, der seine geschmeidigen Muskeln anspannt und zum Sprung ansetzt. Ich überquerte die Grenze zu Utah, fuhr durch St. George und Cedar City, während die Wüste allmählich struppigen Kiefern und aufragenden Felsen wich. Ich hielt den Blick auf die Straße gerichtet.

Etwa drei Stunden von Vegas entfernt wechselte ich auf die I-70 nach Osten in Richtung Denver. Ich hatte ein seltsames Gefühl, schon lange vor der Grenze. Anfangs schob ich es auf eine Änderung der Höhe oder Temperatur, als sich meine Ohren verstopft anfühlten und meine Nerven gereizt waren, aber das war noch gar nicht alles. Die Luft schmeckte anders. Ich fühlte mich wie ein Astronaut, der seinen Helm auf einem Planeten abnimmt, dessen Atmosphäre fast, aber nicht ganz mit der identisch ist, mit der er vertraut ist.

Es war drei Uhr nachmittags, als ich Richfield erreichte. Mein Magen und der Tank des Barracuda waren beinahe leer. Die Stadt hätte nicht mittelwestlicher sein können, ein verschlafener Ort fast im Zentrum von Utah, von Farmen und Fabriken umgeben, etwa hundert Meilen von allem anderen entfernt. Zuerst wollte ich den Wagen füttern und rollte auf den Hof einer Tankstelle, die ihr Erscheinungsbild seit 1955 nicht mehr verändert hatte. Ich fragte den Angestellten, ob er mir etwas empfehlen konnte, wo ich etwas essen konnte. Er zeigte mir den Weg zum Norma's, einem Ecklokal zwei Blocks weiter.

Eine kleine Glocke klingelte über der Tür, als ich mit der Sporttasche über der Schulter das Restaurant betrat. Es war zwischen Mittag- und Abendessen, also war es hier alles andere als überfüllt. Der Parkplatz machte den Eindruck, dass die meisten Gäste Langstrecken-Lkw-Fahrer waren, die einen Happen aßen, wann und wo es möglich war. Ein Mädchen mit Akne im Gesicht und einem sonnenblumengelben Kleid, vielleicht sechzehn oder siebzehn Jahre alt, winkte mir von der Theke aus zu.

»Willkommen im Norma's! Setzen Sie sich hin, wo Sie möchten. Ich werde in einer Minute bei Ihnen sein.«

Ich machte es mir in einer Nische am Fenster bequem und stellte die Sporttasche neben mir so ab, dass der Reißverschluss in Reichweite war. Eine laminierte Speisekarte lag auf dem Resopaltisch. Ich blätterte sie durch, bis das Mädchen mit einer Kanne Kaffee herüberkam.

»Genau das habe ich gebraucht«, sagte ich und schob ihr meinen leeren Becher hin. »Der Typ von der Tankstelle sagte, dieser Laden sei für seine Pfannkuchen weltberühmt. Stimmt das?«

Das Mädchen lächelte. »Ich weiß nicht, ob man in Paris über uns spricht, aber unser Essen ist gut, und wir servieren den ganzen Tag lang Frühstück.«

»Das reicht mir völlig aus. Ich nehme eine volle Portion mit zusätzlichen Würstchen, bitte.«

Ich hielt mich an meinem Kaffee fest und schaute aus dem Fenster, während ich mir nicht sicher war, wie nervös ich sein sollte. Das Herz von Utah war recht weit von allem entfernt, das ich als Zuhause bezeichnete.

Die Pfannkuchen waren knallheiß und troffen vor Butter. Ich träufelte frischen Ahornsirup über den fluffigen Stapel und haute rein. Ein Gedicht! Nach mehreren Stunden auf der Straße hätte ein Gourmetmahl, von prominenten Köchen serviert, auch nicht besser schmecken können. Die Würstchen waren prall und saftig und hatten eine glänzende Fettschicht.

Die Tür bimmelte. Ich schaute auf und sah zwei Jugendliche im College-Alter in gepressten kurzärmeligen weißen Hemden, schwarzen Krawatten und gepflegten schwarzen Hosen. Missionare der Mormonen, die losgezogen waren, um die Welt zu retten. Ich dachte nicht weiter über sie nach, bis sie sich an meinen Tisch setzten, als gehörten sie hierher.

»Tut mir leid, Leute«, sagte ich, »meine Seele muss nicht gerettet werden. Ich will nur etwas essen.«

»Ich bin Mack«, sagte der größere der beiden. Unter seinem engen Hemd zeichnete sich der Körperbau eines Gewichthebers ab. Er deutete auf seinen Kumpel, einen blassen Jungen mit stoppelkurzem rotem Haar. »Das ist Zeke. Wir sind hier, um Ihnen den Weg zur Erlösung zu zeigen.«

Ich hielt inne, die Gabel halbwegs zum Mund geführt. Die meisten Mormonen, die ich getroffen hatte, waren nette Leute, die mit dem Predigen aufhörten, wenn ihnen klar wurde, dass man kein offenes Ohr für so etwas hatte. Anscheinend fuhren die Einheimischen einen härteren Kurs.

»Tut mir leid, ich bin nicht interessiert, wie ich bereits sagte. Ich versuche hier, meine Mahlzeit zu genießen, und ich bin davon überzeugt, dass die Inhaber dieses Ladens nicht möchten, dass ihre Gäste belästigt werden, also ...« Ich machte Anstalten, die Kellnerin herüberzuwinken.

»Wenn du dieses Mädchen rufst«, sagte Zeke, »werde ich sie wie einen Fisch ausnehmen.«

Ich ließ die Hand sinken. »Irgendetwas sagt mir, dass ihr beide nicht die nettesten der Heiligen der Letzten Tage seid.«

»Nenn es eine Tarnschutzkleidung«, sagte Mack.

Ich erweiterte langsam meine Sinne, um die Situation besser einschätzen zu können. Die beiden Männer waren menschlich, aber da war auch etwas Eigenartiges, wie ein dunkler Fleck in ihren Auren genau über ihren Herzen.

»Hast du wirklich gedacht, wir würden dich nicht kommen sehen?«, fragte Zeke mich.

»Das hängt ganz davon ab, wer ›wir‹ ist.«

»Es ist uns eine Ehre«, sagte Zeke, »dem Hof des großen Prinzen Malphas zu dienen.«

»Ihr beide seid menschlich.«

Zeke nickte mit erhobenem Kinn. »Unserem Prinzen gefällt es, auf der Erde menschliche Diener einzusetzen. Wir können an Orte gehen, die anderen verschlossen sind, ungesehen und unbemerkt. Unsere Arbeit ist Teil unseres Schwurs im Dienst unseres höllischen Meisters Satan.«

Ich hätte fast die Gabel fallen lassen. »Wie bitte?«

»Menschliche Diener, weil wir an Orte gehen können, die ...«

»Nein, nicht das, den zweiten Teil. Den bescheuerten Teil. Ihr seid tatsächlich Satanisten? In echt, ohne Scheiß? Die Art von Satanisten, die ihr Heavy-Metal-Album rückwärts abspielen und den Mond anheulen?«

Mack blinzelte. Zeke sah aus, als stellte er sich gerade vor, mich umzubringen.

»Das ist nicht bescheuert«, sagte Mack. »Uns erwartet ein Ort von hoher Ehre ...«

»Ja, so ist es. So ist es wirklich. So schafft es Prinz Malphas also, euch Idioten einzufangen. Wahrscheinlich hat er euch nicht gesagt, dass Luzifer seit mehr als tausend Jahren nicht mehr von irgendwem auch nur *gesehen* wurde, oder? Er machte einen Spaziergang und kehrte nie zurück. In der Hölle brach ein Bürgerkrieg aus, als er verschwand, ihr Genies. Was glaubt ihr, wie es zu den ganzen zerstrittenen Hofstaaten kam?«

»Das ist nicht wahr«, sagte Mack.

»Du solltest nicht hier sein«, schäumte Zeke, als er beschloss, das Thema zu wechseln. »Wir wissen, wer du bist, Faust. Du bist Sitris Schoßhund. Dies ist das Territorium der Nachtblühenden Blumen. Du gehörst nicht hierher.«

Ich schüttelte den Kopf. »Streng genommen ist es das nicht. Hier ist das Niemandsland zwischen festgelegten Grenzen. Da ich jedoch mitten ins Herz von Malphas' Domäne fahren werde, bin ich nett und erkläre euch, dass eure Informationen überholt sind. Sitri und ich haben miteinander Schluss gemacht.«

»Das entspricht nicht dem, was wir gehört haben«, sagte Zeke. »Wir haben gehört, dass du das Fickspielzeug seines Wachhundes bist.«

Ich behielt eine steinerne Miene bei. Ich hatte eine Rolle zu spielen und eine Lüge zu verkaufen.

»Auch wir haben miteinander Schluss gemacht. In Vegas bin ich jetzt eine Persona non grata. Ich suche nach einer einträglicheren Anstellung. Mit all dem Blut an meinen Händen bin ich so verdammt, wie es eine Seele nur sein kann. Bevor ich also von der irdischen Bühne abtrete und in den Schlund der Hölle stürze, brauche ich einen Patron, der mir Rückendeckung gibt.«

Sie tauschten verunsicherte Blicke aus.

»Nur zu«, sagte ich zu ihnen. »Geht und erklärt es eurem Boss. Ich bin mir sicher, dass er Ohren im Westen hat. Er kann verifizieren, was ich gerade gesagt habe.«

Wenn sie es wirklich überprüften, würden sie hören, dass ich mit Schimpf und Schande aus der Stadt gejagt worden war und gerade eben mit dem Leben davongekommen war. Sitri würde dafür sorgen. Nur er, eine andere Person und ich kannten die Wahrheit hinter dem Plan, den wir letzte Nacht ausgeheckt hatten. Alle anderen würden dann eingeweiht werden, wenn die richtige Zeit dafür gekommen war.

»Wir sollten ihn trotzdem mitnehmen«, sagte Mack leise zu Zeke.

Zeke umklammerte ein Messer seines Platzbestecks. Es war nur ein Buttermesser, aber er hielt es wie jemand, der wusste, wie man so etwas benutzte.

»Wir sollten ihn einfach hier und jetzt töten, damit die Sache erledigt ist«, zischte Zeke seinem Partner zu. Mack war intelligent genug, um sich Gedanken zu machen. Zeke war blutrünstig. Ich würde ihn zuerst ausschalten müssen, falls es so weit kam.

Die Sporttasche stand an meiner Seite, eine tröstliche Präsenz. Innerhalb von fünf Sekunden könnte ich meinen Revolver herausziehen und sie beide in die Hölle pusten, aber das wäre eine wunderbare Methode, mein Gesicht und mein Autokennzeichen in alle Nachrichtensendungen und Fahndungslisten des Bundesstaates zu bringen. Nein, ich musste klüger vorgehen und verhindern, dass die Sache eskalierte.

Ich belud eine Gabel etwas schneller und schwungvoller mit Pfannkuchen, als nötig war. Ihre Augen folgten der Gabel, und meine andere Hand fiel lautlos unter den Tisch, wo sie auf dem Reißverschluss der Sporttasche zu liegen kam.

»Ich kann euch sagen, was ihr tun solltet«, erklärte ich ihnen.

»Ihr meldet euch bei eurem Boss zurück und geht mir aus dem Weg. Ich bin nicht hier, um irgendwelchen Ärger zu machen. Ich komme sogar mit einem Geschenk.«

»Was für ein Geschenk?«, fragte Mack.

»Das ist meine Angelegenheit.«

»Nein«, sagte er und schüttelte den Kopf. »Sie haben uns gewarnt, dass du versuchen wirst, uns übers Ohr zu hauen. Du kommst mit uns.«

»Und wenn ich das nicht mache?«

Mack grinste. »Schau unter den Tisch.«

Ich beugte mich herüber und riskierte einen Blick. Das war die Gelegenheit, die ich brauchte, um den Reißverschluss aufzuziehen, langsam und stetig, und meine Hand in die Tasche zu schieben. Und tatsächlich, ich sah die Mündungen zweier kurzläufiger Zweiunddreißiger, die auf mich gerichtet waren. Taschenpistolen mit enormer Durchschlagskraft.

Ich pfiff. »Nettes Chrom. Und jetzt ihr.«

Stirnrunzelnd spähte Mack unter den Tisch. Ich zeigte ihm die Judge. Als er sich wieder aufrichtete, erkannte Zeke an seinen weit aufgerissenen Augen, wie es aussah.

»Inzwischen habt ihr euch wahrscheinlich daran gewöhnt, so etwas zu hören«, sagte ich, »aber meiner ist größer als eure.«

»Zwei gegen einen«, sagte Mack. »Du würdest nur einen von uns erwischen, bevor der andere schießt. Du kannst nicht gewinnen.«

»Nein? In diesem Spiel geht es um Zahlenverhältnisse, Mack. Aber nicht um die Anzahl der Waffen, sondern um das Kaliber. Auf diese Distanz würde ein Bauchschuss aus einer Zweiunddreißiger mich voraussichtlich nicht töten. Nun gut, ich würde das Leben nicht genießen, aber ich würde weiterleben und lange genug bei Bewusstsein bleiben, um den Abzug zweimal zu betätigen. Und wenn ihr von meiner Kanone getroffen werdet? Ihr würdet euch glücklich schätzen, wenn eure Wirbelsäule immer noch intakt wäre.«

»Er blufft«, sagte Zeke, aber es klang eher wie eine Frage als eine Feststellung.

Ich schüttelte den Kopf. »Es wird folgendermaßen ablaufen. Ihr schießt, und ich schieße. Wenn sich der Staub gelegt hat, werde ich eine zerfetzte Masse auf dem Weg ins Gefängniskrankenhaus sein. Und ihr beide werdet tot sein. Ich will das genauso wenig wie ihr, also schlage ich vor, dass wir das stattdessen ausdiskutieren.«

»Ich höre«, sagte Mack.

Zeke schüttelte den Kopf. »Er blufft.«

»Halt die Klappe, Zeke«, sagte Mack und sah dann wieder mich an. »Wir hören.«

»Als Erstes werden wir diese Sache nach draußen verlegen, damit wir diese netten Leute hier nicht belästigen. Waffen in die Taschen, Hände aus den Taschen. Ihr geht mir voraus.«

Ich kramte mit der freien Hand in meiner Hosentasche und warf einen zerknitterten Zwanziger auf den Tisch. Ich schob die Judge zurück in die Sporttasche, behielt sie jedoch im Griff. Dann eskortierte ich meine neuen Freunde nach draußen und auf die Rückseite des Hauses, zu den Mülltonnen hinter dem Restaurant.

Zeke wurde langsamer, versuchte, den Abstand zwischen uns zu verringern. Ich tat dasselbe und blieb zwei Armlängen hinter ihm.

»Mack«, sagte ich, »mir ist klar, dass dein Kumpel darauf brennt, sich auf mich zu stürzen, und er versucht erst gar nicht, es zu verbergen. Vielleicht kannst du ihn zur Vernunft bringen, bevor diese Situation in einem Wild-West-Duell endet.«

»Zeke«, sagte er mit warnendem Unterton.

»Er wird uns sowieso umbringen«, zischte Zeke.

»Nein«, sagte ich nachdrücklich. »Ich brauche euch beide lebend. Als Vertrauensbeweis für euren Boss. Also Mack, ich schätze, du bist der Fahrer. Wie wär's, wenn du zwei Finger in deine Tasche steckst, die Autoschlüssel herausziehst und sie mir zuwirfst?«

Ich beobachtete nicht seine Hand. Das hätte für mich eine zu große Ablenkung bedeutet und für Zeke eine zu große Verlockung, etwas zu unternehmen. Stattdessen blickte ich ihm in die Augen. Mack schleuderte die Schlüssel mit einer lässigen Bewegung aus dem Handgelenk hoch, und ich fing sie in der Luft auf.

»Gute Arbeit«, sagte ich. »Und während ihr jetzt auf den Schlüsseldienst wartet, tut ihr mir den Gefallen und ruft euren Boss an. Sagt ihm, was ich euch gesagt habe. Ich komme in Frieden.«

»Du wirst auf den Friedhof kommen«, knurrte Zeke.

»Oh, der ist gut! Richtig clever. Gelungenes Wortspiel. Aber im Ernst, Jungs, wenn ihr mich noch einmal verfolgt, werde ich euch beide umbringen.«

Mack und Zeke zu erschießen, wäre wie die Tötung zweier unglaublich dummer Welpen. Ich hoffte, der Prinz würde sie an der Leine zurückreißen und davon abhalten, mich ein zweites Mal zu behelligen. Außerdem hatten sie mir einen enormen Vorsprung verschafft.

Ich fuhr drei Blocks weiter und warf die Wagenschlüssel in einen Abflusskanal. Dann kehrte ich auf die Interstate 70 zurück, in Richtung Colorado.

Bei jeder Autofahrt kommt irgendwann der Punkt, wo man weiß, dass es Zeit wird, anzuhalten und auszusteigen. Auf dem Highway ist es zu dunkel, die vorbeiziehenden weißen Streifen wirken zu hypnotisch, und jeder Song aus dem Radio verklingt zu einem Brei aus vergessenen Noten. Ich erreichte diesen Punkt etwa eine Stunde vor Denver, aber ich trieb mich weiter voran. Ich ließ die Klimaanlage auf vollen Touren laufen und hielt mich durch die Eiseskälte wach.

Kurz nach ein Uhr früh bog ich in eine menschenleere Einkaufsstraße. Zwischen einem Nagelstudio und einem Spirituosenladen eingezwängt gab es ein Schild über einer verdunkelten Fassade mit der Aufschrift »Blue Karma«. Es war ein typisches winziges indisches Restaurant, wie man es an hundert Einkaufsstraßen wie dieser findet. Am Fenster klebte eine ausgeblichene Speisekarte, und an der Tür hing ein »Geschlossen«-Schild an einem Saugnapf.

Ich kritzelte »Würde mich gern treffen« auf ein Stück Papier und schob es durch den Briefkastenschlitz. Nachricht abgeliefert.

Ich suchte mir ein billiges Motel an der Straße. Man gab mir ein Zimmer im Obergeschoss, das ein Gemälde mit Nadelbäumen schmückte und in dessen Bett eine Matratze lag, so steif wie ein Sperrholzbrett. Doch das war mir egal. Ich war eingeschlafen, sobald mein Kopf das Kissen auch nur berührte, und stürzte in Träume, in denen ich in einem Whirlpool ertrank, während Blitze den Himmel zerrissen.

Am Morgen erwachte ich wie gerädert und rastlos. Ich stemmte mich von dem harten Bett hoch, rieb mir den Schlaf aus den Augen und erstarrte, als mein nackter Fuß den Teppich berührte. Mein Blick fiel auf eine Visitenkarte, die jemand unter der Tür hindurchgeschoben hatte. Ich trottete hinüber und hob sie auf, zog die schweren Vorhänge zurück, um etwas Licht hereinströmen zu lassen.

Es war eine gewöhnliche Geschäftskarte, zerknittert und an den Rändern abgewetzt, die für das Blue Karma warb. Ich drehte sie um. Auf der Rückseite stand eine Nachricht für mich in krakeliger femininer Handschrift.

»Komm zu mir.«

Eine fette Kakerlake krabbelte über den Rand der Karte und meinen Daumen hinauf. Ich schüttelte die Hand, warf die Karte und die Kakerlake auf den Teppich. Sie huschte zwischen meine Füße, lief im Zickzack und verschwand dann unter der Kommode.

»Wie niedlich«, murmelte ich erschaudernd und hatte das Gefühl, ich müsste unsichtbares Ungeziefer wegschlagen, während ich ins Bad wankte.

Die Einkaufsstraße war belebt und geschäftig, als ich gegen zehn Uhr dorthin zurückkehrte. Anständige Bürger waren unterwegs, um einzukaufen und sich um ihre Familien zu kümmern, ohne etwas von dem Monster zu ahnen, das in ihrer Mitte lebte. Ich hätte sie fast beneidet. Ich parkte den Barracuda und legte die Sporttasche in den Kofferraum. Dort, wohin ich unterwegs war, würde mir die Waffe nichts nützen.

Billige Tische und Stühle wie aus einem Räumungsverkauf säumten den winzigen Speiseraum des Blue Karma. In einer Glasvitrine vor der Registrierkasse wurden kleine Elefantenstatuetten und Kaugummis in fünfzehn Geschmacksrichtungen angeboten. Ein untersetzter Mann mit Schnurrbart kam mit einer Speisekarte in der Hand langsam auf mich zu und hielt dann inne.

»Mister Faust, ja?«, fragte er mit einem Akzent so dick wie Chutney. Ich nickte. Er zeigte auf einen Perlenvorhang an der Rückseite. Doppellagig, damit sich durch die Fäden mit schweren Holzperlen nichts erkennen ließ. »Gehen Sie nach hinten. Sie wartet schon.«

Ich dankte ihm und wappnete mich, warf einen letzten Blick über die Schulter. Wenn ich etwas falsch machte, wenn mir nur ein einziger Fehltritt unterlief, würde ich nie wieder das Sonnenlicht sehen.

Der Gang hinter dem Vorhang war zu groß für das Gebäude. Ich war langsam um die Einkaufsstraße herumgefahren, um mir einen Eindruck von der Umgebung zu verschaffen, weshalb ich wusste, dass hier kein Platz für einen zehn Meter langen Korridor mit schwarzen Kerzenhaltern an den Wänden war. Ich wusste, dass die heiße Brise, die mein Haar zerzauste, von nirgendwoher kommen konnte, genauso wie der langsam stärker werdende Duft nach gewürztem und geröstetem Fleisch. Dennoch war es so, und ich war hier, drang immer tiefer in die Schatten vor.

Ein weiteres Restaurant befand sich hinter einem weiteren Perlenvorhang. Das eigentliche Restaurant, in dem sich verstohlene Gestalten über Tische aus Elfenbein und kaltem Messing beugten und ihre Gesichter vor dem spärlichen Kerzenlicht verbargen. Ein Restaurant, in dem die dunklen Holzwände mit Blutspritzern übersät waren und Kakerlaken über den fleckigen Teppich huschten. Als ich an einer Nische vorbeiging, wimmerte darin eine dünne Stimme.

»Hilfst du mir?«

Ich hätte nicht hinschauen sollen, aber ich tat es doch. Die Silhouette eines aufgedunsenen Mannes kauerte im Dunkeln, streckte eine fette, zitternde Hand aus, deren Finger bis auf die Hälfte zu Stümpfen abgekaut waren.

»Bitte«, keuchte er. »Ich kann nicht aufhören zu essen, und sie bringen mir immer mehr ...«

»Tut mir leid«, sagte ich, schüttelte den Kopf und ging weiter.

In einem Separee im hinteren Bereich des Restaurants war der Tisch für ein großes Bankett gedeckt. Berge von Fleisch dampften auf angelaufenen silbernen Tabletts, Muskelfleisch, Knorpel und glänzende Knochen. Der Duft schwerer und scharfer Gewürze hing in der feuchten Luft und heftete sich an meinen Gaumen. Hinter dem Tisch saß auf einem langen gepolsterten Diwan die Dame des Hauses.

Sie war eine Inderin Ende zwanzig mit einer Haut wie verbrannter Honig und einer Woge von rabenschwarzem Haar, das ihr bis zur Hüfte reichte. Ihre Fingernägel waren lang und in der Farbe von alter Jade lackiert, passend zu ihrem seidenen Sarong.

Ich blieb vor dem Tisch stehen und neigte respektvoll das Haupt. »Baron Naavarasi, vermute ich.«

Sie lächelte und ließ Zähne aufblitzen, die zu weiß waren, um echt sein zu können. »Daniel Faust. Die ganze Stadt spricht über dich. Ich wagte nicht zu hoffen, dass ich dein Ziel sein könnte, aber nun bist du hier. Komm. Setz dich zu mir.«

Ich ging zu ihr herum. Eine kleine Schlange, deren Körper scharlachrot und tiefgelb gestreift war, glitt unter einem Servierteller hervor und wand sich über den Tisch.

Naavarasi klopfte neben sich auf den Diwan. »Deine Geschichte klingt mir nur allzu vertraut«, sagte sie. »Verschmähte Liebe, verschmähte Dienste, herabgewürdigt und beiseite geworfen.«

»Du hast deine Hausaufgaben gemacht«, sagte ich und setzte mich neben sie.

»Genauso wie du, vermute ich. Sag mir, was du weißt. Erzähl mir meine Geschichte.«

Ich nickte. »Also gut. Zunächst einmal bist du kein Dämon, zumindest nicht in der Art, wie ich die Bezeichnung verstehe. Du bist eine Rakshasi, manchmal auch ›die Verzehrerin unschuldigen Fleisches‹ oder ›die Dame des verdorbenen Banketts‹ genannt. Dennoch warst du mindestens seit dem 15. Jahrhundert ein geehrtes Mitglied von Prinz Malphas' Hof.«

»Geehrt?« Sie verzog missbilligend die Lippen. »Nein. Besänftigt. Geduldet. Hingenommen und herablassend angesprochen. Daniel, mein Reich war einst ein üppiger grüner Dschungel. Die Tage waren hell und voller Leben, die Nächte geprägt von Fackelschein und Schreien in der Dunkelheit, Schreien der Qual und der Wonne. Mein Volk sprach von Kasten, nicht von Chören. Von Vergnügen und Tod, nicht von den willkürlichen Regeln einer bürokratischen Hölle. Kannst du dir das vorstellen? Das war mein Zuhause, die Heimat meiner Kindheit.«

»Was ist passiert?«, fragte ich.

»Malphas ist passiert. Er annektierte mein Reich. Eroberte es. Holte mich, wie er es ausdrückt, in die Herde.«

Sie streckte die Hand aus, deutete mit den Fingern auf das Restaurant.

»Dies ist jetzt mein Dschungel, zusammen mit einem elenden Stückchen Land in der Hölle, das ich seit hundert Jahren nicht mehr aufgesucht habe. Dies ist mein Trostpreis, dies und ein schmutziger kolonialistischer Titel. In meiner Heimat brauchte ich keinen Titel. Die Seelen, die dort weilten, kannten mich als ihre Göttin, ihre Beschützerin und ihre Peinigerin. Ich war ihr ganzes Universum. Was ist eine Baronie im Vergleich dazu?«

Das alles wusste ich bereits. Sitri hatte mich informiert, bevor ich aufgebrochen war. Dennoch fand ich mich recht gut darin, wie ich die Augen aufriss und eine überraschte Miene zog.

»Eine gemeine Behandlung durch einen Dämonenprinzen? Dieses Gefühl kenne ich. Sitri und Caitlin haben beide bekommen, was sie von mir wollten. Dann haben sie mich mit einem Fußtritt auf die Straße befördert.«

Naavarasis Fingerspitzen strichen über meinen Handrücken. Ich bemühte mich, nicht zusammenzuzucken.

»Ich weiß«, sagte sie. »Und das, nachdem du so viel getan hast, um ihnen zu helfen. Man kann es dir nicht zum Vorwurf machen, dass du auf die Tricks dieser Frau hereingefallen bist. Schließlich musstest du dich von einem schweren Schlag erholen, und nach der Trennung von Roxy hattest du zu trinken angefangen.«

Jetzt war meine Überraschung echt. Die Rakshasi wusste viel mehr über mich, als ihr zustand. Offenbar spiegelte sich das auf meinem Gesicht, denn Naavarasi kicherte und schenkte mir ein sanftes Lächeln.

»Ach, ich weiß alles über dich, Daniel. Ich habe dich seit Jahren aus der Ferne beobachtet. Nicht ständig, aber ... hin und wieder.«

»Warum?«

Sie griff nach einem der Teller und riss mit den Fingern einen Fetzen von einem Stück Räucherfleisch ab. Dann legte sie den Kopf in den Nacken und ließ es direkt in ihren Rachen fallen, um es wie eine Schlange unzerkaut zu verschlingen.

»Das kann ich dir nicht sagen, weil es die Überraschung verderben würde. Aber ich werde dir sagen, dass ich sehr lange überlegt habe, ob ich eingreifen sollte oder nicht. Jetzt hast du für mich jeden Zweifel ausgeräumt.«

»Eingreifen?« Es gefiel mir nicht, wohin diese Sache führte. Ich hatte mein Vorgehen frühzeitig geplant, einstudiert und mich auf jede mir vorstellbare Komplikation vorbereitet. Doch auf so etwas war ich nicht gekommen.

»Wir sind füreinander geschaffen«, sagte sie. »Denk darüber nach. Wir sind beide Ausgestoßene, Außenseiter – trotz unserer Macht. Wir beide mühen uns an den Rändern eines Systems ab, das wir verachten. Wir beide leiden unter den giftigen Bissen von Ameisen, die sich für unsere Meister halten. Du bist ein beachtlicher Zauberer, aber du brauchst einen Patron, damit du noch viel besser wirst. Jemanden, der dich unterrichtet, dich formt, deine Talente in die richtige Richtung lenkt.«

Ich lehnte mich auf dem Diwan zurück und versuchte, ihre Absichten zu ergründen. »Und du willst gegen Malphas aufbegehren. Dich befreien. Deinen Dschungel zurückgewinnen. Dazu brauchst du geheime Feuerkraft in dieser Welt und in der Hölle. Das ist ein gefährliches Spiel, und du darfst dir nicht leisten, es zu verlieren.«

Naavarasi nahm einen kleinen zugedeckten Teller vom Tisch. Ich hatte das Gefühl, dass er von Anfang an für mich gedacht war. Sie hatte ihr Verkaufsgespräch frühzeitig vorbereitet, genauso wie ich. Sie hob die Haube ab. Darunter wurde ein Halsband sichtbar, das aus beweglichen Plättchen aus gehämmertem Messing gearbeitet und mit glitzernden Rubinen eingelegt war. Die Innenseite des Reifs war mit dem persönlichen Siegel der Rakshasi graviert.

»Es wäre so einfach«, sagte sie. »Sag einfach Ja, und entblöße deine Kehle für mich. Ich kann dir jeden Traum und Albtraum erfüllen, dir Empfindungen bescheren, die deine sterbliche Vorstellungskraft übersteigen. Deine Freunde? Sie sind vor dem herannahenden Sturm geschützt und bewahrt. Ich werde sie behüten, als wären sie meine eigenen Kinder, und dafür keine Gegenleistung verlangen. Du hättest Geld, Bücher, einen Palast, wenn du einen möchtest.«

»Und dazu muss ich nicht mehr tun«, stellte ich tonlos fest, »als ein Sklave zu werden. Was für ein Handel!«

»Wenn Prinz Malphas' abgeschlagener Kopf unter meiner Ferse liegt, Daniel, während seine Brüder und Schwestern als Nächste zum Richtblock geführt werden, wirst du der am meisten beneidete Mann der Welt sein. Es ist keine Schande, mein Halsband zu tragen. Ich denke, mit der Zeit wirst du lernen, stolz darauf zu sein.«

Kein Kampf ums Überleben mehr, keine Zweifel mehr. Ein Freifahrtschein für die Menschen, die ich liebte. Einen Herzschlag lang, nur einen Herzschlag lang, geriet ich in Versuchung. Dann erinnerte ich mich an meine Mission.

Ich musste behutsam vorgehen. Naavarasi wusste mehr über mich, als ich erwartet hatte. Außerdem wirkte sie auf mich nicht wie eine Frau, die eine Zurückweisung gelassen hinnahm.

»Liegt es an ihr?«, fragte sie, als ich nicht sofort antwortete. »Ist es das? Du weißt, dass es vorbei ist, aber dein Herz schmerzt immer noch. Wusstest du, dass meine Leute Gestaltwandler sind, Daniel?«

Ihr Körper zerfloss wie geschmolzenes Wachs, gestaltete sich in Farbe und Form um. Im nächsten Moment saß Caitlin neben mir. Sie hob eine Hand und warf eine Locke ihres scharlachroten Haars zurück.

»Ich kann sie sein, wenn du magst«, sagte Naavarasi mit einer perfekten Nachahmung von Caitlins Stimme. »Ich kann jeder und jede sein, die ich für dich sein soll.«

»Ich fühle mich geehrt, Baron Naavarasi, wirklich und wahrhaftig, aber ich muss ehrlich sein. Ich bin nicht hergekommen, weil ich einen Patron suche.«

Sie verwandelte sich in ihre vorherige Erscheinung zurück und neigte den Kopf. Ihre Augen verengten sich gefährlich. »Was dann?«

»Du hast recht«, sagte ich zu ihr. »Wir beide sind aus demselben Holz geschnitzt. Also bin ich mit einem Angebot gekommen, das uns beide bereichern kann. Und … in Zukunft vielleicht zu größer dimensionierten Formen der Zusammenarbeit führen wird, falls es sich zu unserer gegenseitigen Zufriedenheit entwickelt.«

Sie verschränkte die Arme vor der Brust. »Ich höre.«

»Im 15. Jahrhundert hat ein Mann namens Gilles de Rais dir seine Seele verkauft. Hast du ihn noch?«

»Meinen kleinen Ritter? Aber natürlich! Er ist ein getreuer Wächter und Diener.«

»Ich möchte ihn dir abkaufen«, sagte ich.

»Warum?«

»Weil meine Feinde eine Verschwörung anzetteln und de Rais aus deiner Obhut reißen wollen. Wäre er stattdessen in meinen Händen, wäre ihr Bündnis ein kläglicher Misserfolg, und sie würden einen demütigenden Rückschlag erleiden.«

»Und du hättest ein Druckmittel, mit dem du sie noch weiter in den Ruin treiben könntest«, schnurrte Naavarasi. »Interessant. Aber ich habe keinen Bedarf an Papiergeld oder Gold, Daniel. Was könntest du mir im Gegenzug anbieten?«

»Status. Etwas, womit du Prinz Malphas' Vertrauen und Wertschätzung erringen könntest. Um ihm sehr nahe zu kommen, damit du eines Tages in der idealen Position bist, um ihm einen Dolch in den Rücken zu stoßen.«

»Sprich weiter.«

Ich zog ein zusammengefaltetes Stück Papier aus der Tasche und hielt es geschlossen zwischen Zeige- und Mittelfinger.

»Sitri hat einen Spion an Malphas' Hof. Auf einem hochrangigen Posten. Ich habe seinen Namen. Ich würde ihn dir im Austausch gegen die Seele und den Vertrag von Gilles de Rais geben. Ein fairer Handel.«

Sie dachte einen Moment lang darüber nach, den Blick auf das Stück Papier gerichtet.

»Daniel«, sagte sie, »du stehst im Ruf eines Betrügers. Ich genauso, aber das beleidigt mich nicht. Dennoch muss ich eines in aller Deutlichkeit sagen. Was ist, wenn ich diesen Zettel annehme und feststelle, dass du mich hintergangen hast? Dann wirst du diesen Raum nicht mehr verlassen. Ich werde dich in Stücke reißen, in einen zarten Fetzen Fleisch nach dem anderen, und dich bei lebendigem Leib verschlingen. Deine Augen werde ich mir bis zuletzt aufheben, damit du jede Sekunde der Tortur beobachten kannst.«

Mir war klar, dass ihre Drohung wörtlich gemeint war, exakt so, wie sie sagte. Mir blieb nur ein kurzer Moment für die Entscheidung, ob ich das Risiko eingehen oder mich lieber aus dem Staub machen sollte.

»Ich denke, wir sind im Geschäft«, sagte ich und besiegelte damit mein Schicksal.

26

»Noch nicht«, sagte Naavarasi. »Ich folge einem Brauch und einer Regel.«

Ich neigte neugierig den Kopf. Sie schob ein volles Tablett über den Banketttisch an eine Stelle, wo wir beide es erreichen konnten. Ich erkannte das Gericht sofort wieder: Rogan Josh, eine Spezialität der Kaschmir-Küche mit Stücken aus geschmortem Lammfleisch in einer grellroten Sauce. Das Aroma öffnete meine Augen und Nasenhöhlen mit einer Mischung aus getrockneten Chilischoten, Knoblauch und Ingwer, und das alles ließ mir das Wasser im Mund zusammenlaufen.

Doch da ich am Tisch einer Rakshasi saß, bezweifelte ich, dass das Fleisch wirklich von einem Lamm stammte.

»Ich mache keine Geschäfte mit jemandem, der kein Brot mit mir bricht«, sagte sie.

Ich gluckste nervös. »Was, wenn ich Vegetarier bin?«

»Das bist du nicht. Außerdem, wenn du es wärst, würde dich das zu einem Beutetier machen. Bist du dir sicher, dass du etwas so Essbares sein möchtest, hier an meinem Tisch?«

»Was ist das?« Ich nickte zu dem Gericht hinüber.

»Fleisch.«

»Welche Sorte?«

»Köstliches Fleisch«, sagte sie. »Ich stelle hohe Ansprüche.«

Selbst in meinem Leben des Verbrechens und der Sünde gab es Grenzen, von denen ich sicher behaupten konnte, sie nie überschritten zu haben. Und ich schützte diese Grenzen, so gut ich konnte. Deshalb war es mir möglich, jeden Morgen in den Spiegel zu schauen. Womit auch immer Naavarasi mich füttern wollte, es bestand kaum ein Zweifel daran, dass es nichts war, was ich essen wollte.

Aber war dieser Preis wirklich zu hoch? Ich musste diesen Deal zustande bringen, um Laurens Pläne durchkreuzen zu können. Sie hätte die Welt schon einmal beinahe in Schutt und Asche gelegt. Das, wofür sie de Rais' Hilfe brauchte, konnte nicht viel besser sein. Meine persönlichen Skrupel kamen mir im Vergleich dazu ziemlich winzig vor.

»Nur einen Bissen«, flüsterte die Rakshasi, als könnte sie meine Gedanken lesen. »Nur ein kleiner Bissen kann doch nicht schaden.«

Und wieder rutschte ich ein Stück tiefer auf meinem langen Weg nach unten. Der Hölle wieder ein paar Zentimeter näher.

»Also gut«, sagte ich. »Einen Bissen.«

Sie griff mit der bloßen Hand zu, tauchte die Finger in die hellrote Soße. Ich bemerkte, dass sie die linke Hand benutzte, ein absolutes Tabu in der indischen Kultur. Mir war nicht ganz klar, warum mich das überraschte. Ich tat dasselbe, nahm einen häppchengroßen Fleischwürfel aus dem Mahl. Wir führten sie gleichzeitig an die Lippen. Ich hielt den Atem an, steckte den Bissen in den Mund und kaute.

Wäre es grässlich gewesen, hätte ich es ertragen. Irgendeine verdorbene Scheußlichkeit, bei der sich mir der Magen umdrehte, etwas Stinkendes und Verfaultes. Damit rechnete ich. Damit hätte ich umgehen können.

Doch es war das Köstlichste, was ich in meinem ganzen Leben je probiert hatte.

Die Gewürze waren scharf und sinnlich und liebkosten meinen Mund wie die Spitze einer Seidenpeitsche. Das Fleisch zerfiel mit jeder Kaubewegung in Stücke, zart und feucht und außergewöhnlich. Ich musste mich gar nicht zwingen, es zu schlucken. Ich tat es, ohne nachzudenken, schloss die Augen und stieß ein leises wohlgefälliges Brummen aus.

Naavarasi kicherte. Ich öffnete die Augen und starrte auf das Gericht, während ich mich fragte, was ich da wohl gerade gegessen hatte.

»Du denkst«, sagte sie, »dass du mehr davon möchtest. Du weißt es. Und dennoch.«

Eine Skeletthand kratzte in meinem Hinterkopf, voller Schuldgefühle und Furcht. Ich empfand es so, als hätte ich eine Tür geöffnet, die ich nie wieder würde schließen können, aber ich war mir nicht sicher.

»Ich erweise dir einen Gefallen«, sagte die Rakshasi. »Und eine Grausamkeit. Ich werde dir nicht sagen, was du gerade gegessen hast. War es Lamm? Oder Langschwein? Hast du das Fleisch eines neugeborenen Kindes gekostet? Oder exquisites Fleisch aus dem teuersten Delikatessengeschäft in Denver? Es könnte alles Mögliche sein. Vielleicht kannst du dir selbst einreden, dass es ein völlig normales Gericht war. Oder die Frage könnte dich nachts wach liegen lassen.«

Ich würde es nicht schaffen, das mit einem Schulterzucken abzutun. Nicht bevor ich die Antwort mit Sicherheit wusste. Das war ihr genauso klar wie mir.

»An dem Tag, an dem du in meine Dienste trittst«, sagte sie, »werde ich es dir verraten. Und an diesem Tag werden wir schwelgen.«

Darauf wirst du lange warten müssen, dachte ich. *Genauso wie ich.*

»Also sind wir im Geschäft?«, fragte ich und bemühte mich,

den Blick von der Platte mit dem Rogan Josh abzuwenden, den Drang zu überwinden, noch ein Stück Fleisch zu essen. Ich hatte mich noch nie so hungrig gefühlt.

Sie streckte die Hand aus. Ich reichte ihr den zusammengefalteten Zettel. Sie las ihn, und ihre Augen weiteten sich.

»Warte hier«, sagte sie und erhob sich vom Diwan. »Du bist mein Gast, bis meine Diener diese Information bestätigen können.«

»Gast« war ein höfliches Wort für »Geisel«. Sie wollte mich in Reichweite haben, falls meine Angaben falsch waren. Nahe genug, um mich zu zerfetzen. Ich beobachtete, wie sie ging, und wischte mir die feuchten Handflächen an den Hosenbeinen ab. Ich hatte soeben mein Leben aufs Spiel gesetzt, indem ich eine Information weitergab, die ich von einem Dämonenprinzen erhalten hatte. Einem mit einem ausgesprochen schwarzen Humor. *Er genießt seine Spiele …*

Das Essen stand verlockend auf dem Tisch. Ich hatte bereits einen Bissen davon genommen. Konnte ein weiterer schaden? Entweder hatte ich mich des Kannibalismus schuldig gemacht oder nicht. Hier gab es keine Grauzone. Ein weiteres Stück würde nichts daran ändern.

Stattdessen schloss ich die Augen und zählte meine Atemzüge.

Der Perlenvorhang klickerte. Naavarasi stürmte mit zorniger Miene in den Raum. Mein Magen verkrampfte sich. Sie blieb neben dem Durchgang stehen, als ihre Aufmerksamkeit auf ein schwaches, flehendes Wimmern aus der Nische gelenkt wurde, an der ich zuvor innegehalten hatte. Darin war der aufgedunsene Typ mit der halb abgekauten Hand. Ich konnte nicht hören, was der Kerl sagte, aber es ließ ein sadistisches Lächeln auf den Lippen der Rakshasi erscheinen.

»Das hättest du dir überlegen sollen, bevor du deine Kritik

veröffentlicht hast«, erklärte sie ihm. »Nur ein Stern? Jetzt hast du die Gelegenheit, das wahre Restaurant zu bewerten. Iss auf. Deine nächste Mahlzeit dürfte bald eintreffen, und es würde mir gar nicht gefallen, wenn ich wieder den Einfülltrichter für dich holen müsste.«

Dann richtete sich ihr Blick auf mich, und mir gefror das Blut in den Adern.

»Er ist fort.« Sie glitt auf mich zu wie ein Güterzug über eine Eisfläche. »Er hat heute früh seine Sachen gepackt und ist geflohen. Jemand hat ihn gewarnt.«

Ich hob die leeren Hände. »Schau mich nicht so an. Ich wurde von den Männern des Prinzen und auch von deinen beobachtet, sobald ich die Grenze nach Utah überquerte. Du weißt auch über die kleinste Bewegung Bescheid, die ich seit gestern gemacht habe.«

»So ist es«, sagte sie und rieb sich das Kinn. »Und trotzdem.«

»Waren die Angaben korrekt?«

»Das waren sie. Wir haben Tagebücher, Fotos und Beweise auf seinem Computer gefunden. Er hat Informationen an den Hof der Jadetränen weitergeleitet. Schon seit Jahren, wie es aussieht. Ein höchst schädlicher Maulwurf.«

»Ein schädlicher Maulwurf, den du soeben höchstpersönlich verjagt hast. Ich habe dir nicht den Mann verkauft, sondern nur seinen Namen. Du kannst mir nicht erzählen, dass Malphas dich nicht auch dafür ehren wird. Du bekommst genau das, was ich dir versprochen habe.«

Sie setzte sich wieder auf den Diwan, nahm sich zusammen, und ihr Zorn glättete sich hinter einer Maske aus pantherhafter Grazie.

»Trotzdem wittere ich Verrat«, sagte sie. »Aber du sprichst die Wahrheit. Das wird meinen Ambitionen sehr zuträglich sein. Nun gut, abgemacht ist abgemacht.«

Sie langte über den Banketttisch und griff nach einem abgedeckten Tablett, das mir bislang noch nicht aufgefallen war. Irgendetwas sagte mir, dass es vor einer Minute noch nicht da gewesen war, aber ich hatte auch nicht gesehen, dass jemand es dort abgestellt hatte. Unter dem Deckel lag eine Schriftrolle aus vergilbtem Pergament neben einer schlanken Flasche aus glänzendem blauem Glas.

»Die Seele von Gilles de Rais und sein Vertrag«, sagte sie und entrollte das Pergament. Ich konnte kein Wort der zierlichen, kunstvoll ausgeführten Glyphen lesen, die das Blatt füllten – möglicherweise war es Sanskrit –, doch Naavarasi reichte mir einen Füllfederhalter und zeigte auf den unteren Rand der Schriftrolle.

»Unterschreib hier. Mit deinem vollen Namen bitte, und deinem Siegel, wenn du eins hast.«

Ich setzte meinen Namen unter ihr prunkvolles Siegel. Plötzlich wurde mir schwindlig, ich fühlte mich aus dem Gleichgewicht gebracht, als hätte sich irgendetwas im Universum unter meinen Füßen verschoben. Die Empfindung verflüchtigte sich bereits nach einem Atemzug.

»Jetzt bist du sein Meister, und er ist verpflichtet, deinen Befehlen zu gehorchen«, sagte Naavarasi. »So lange, bis er in andere Hände weitergegeben wird oder der Vertrag verbrennt. Die Flasche enthält seine Seele. Er braucht einen Körper, den er beleben kann, falls du beabsichtigst, ihn für dich arbeiten zu lassen.«

Ich schüttelte den Kopf und rollte das Pergament zusammen. »Ich habe nicht viel Arbeit für einen Kinderschänder und Massenmörder. Was mich betrifft, kann er da ruhig da drinnen bleiben und verrotten. Ich will nur nicht, dass jemand anders ihn bekommt.«

»Wo bleibt deine Vorstellungskraft?« Sie zog einen Schmollmund. »Eine Waffe ist eine Waffe. Nun gut. Solltest du es dir anders überlegen, entkorke die Flasche einfach in der Nähe des Körpers, den du für ihn ausgewählt hast. Personen mit wenig magischer Ausbildung sind die beste Wahl. Sie sind leichter zu beherrschen als jene, die sich wehren können.«

»Ja. Mit Besessenheit kenn ich mich aus.«

Naavarasi machte den Eindruck, als wollte sie noch etwas sagen, während sie ein verschmitztes Zwinkern in den Augen hatte, doch dann hielt sie sich zurück. Stattdessen griff sie nach einem Beutel aus blauem Knautschsamt, der mit einer goldenen Kordel verschlossen war.

»Wohin willst du jetzt gehen?«, fragte sie.

»Zurück nach Nevada. Dort ist es nicht sicher, aber ich habe noch etwas zu erledigen.«

Das kam von allen meinen Äußerungen an diesem ganzen Tag wohl der Wahrheit am nächsten.

Sie hielt mir den Beutel hin. »Ich schicke dich mit einem Abschiedsgeschenk fort.«

Ich öffnete die Kordel und warf einen Blick hinein. Das Messinghalsband lag darin geborgen, dunkel und glänzend.

»Ich fühle mich geschmeichelt«, sagte ich. »Aber wirklich, ich suche nicht nach ...«

Sie hob abrupt die Hand.

»Lass mich ausreden. Das, Daniel, ist deine Du-kommst-vom-Tod-frei-Karte. Wenn du in Gefahr bist, leg es einfach an, und wo auch immer du dich befindest, ob irgendwo in dieser oder einer anderen Welt, ich werde dich hören und zu dir kommen. Sobald das geschieht, wirst du selbstverständlich mir gehören. Behalte es bei dir. Nur für alle Fälle. Was kann es schon schaden?«

Ich hielt die Schriftrolle und die Flasche hoch. »Danke für die Mahlzeit, Naavarasi. Es war mir ein Vergnügen, Geschäfte mit dir zu machen.«

Ich nahm auch den Samtbeutel mit. Genau wie sie es vorausgewusst hatte. Auch wenn die Rakshasi kein Dämon im traditionellen Sinne war, beherrschte sie doch alle Verführungskünste.

Was konnte es schon schaden?

Etwa eine Stunde nachdem ich Denver verlassen hatte, knurrte mir der Magen. Also bog ich bei einem Schnellrestaurant ab, besorgte mir einen Cheeseburger und suchte mir ein schattiges Plätzchen, um den Wagen abzustellen und dort auch zu essen. Solange ich mich in Malphas' Territorium befand, fühlte ich mich in meinem Auto sicherer als draußen im Freien. Abgesehen von ein oder zwei kurzen Tankstopps wollte ich den Rest der Strecke ohne Unterbrechung abreißen, bis ich die Grenze zu Nevada erreicht hatte.

Trotz ihres offiziellen Status am Hof der Nachtblühenden Blumen hatte Naavarasi recht, als sie sagte, dass wir aus demselben Holz geschnitzt seien. Ich hatte ihr, die eher eine Außenseiterin war, soeben eine politische Gefälligkeit erwiesen, was bedeutete, dass Malphas' ergebene Anhänger mir im Moment vermutlich keine allzu freundlichen Gefühle entgegenbrachten. Außerdem bestand die Möglichkeit, dass die Rakshasi mir unterwegs auflauerte, um unsere Abmachung platzen zu lassen und sich de Rais' Seele zurückzuholen, aber das war eigentlich nicht meine Sorge. Auf ihre Weise war sie ehrlich zu mir gewesen. Ihr Angebot, mich in ihre Dienste zu nehmen, war durchaus aufrichtig gewesen.

Dann gab es da noch die Tatsache, dass sie mich über Jahre

hinweg im Auge behalten hatte, während ich überhaupt erst vor ein paar Tagen von ihrer Existenz erfahren hatte. Sie kannte vertrauliche Einzelheiten über meine Beziehungen, die nur meine engsten Freunde hätten wissen dürfen.

»Also hast du eine Stalkerin«, sagte ich zu meinem Gesicht im Rückspiegel. »Und sie isst Menschen. Super!«

Ich wickelte meinen Burger aus und biss hinein. Er war auf meiner Zunge wie Pappe und Asche. Ich dachte an den Geschmack von Naavarasis Gericht, das saftige Fleisch, die perfekte, nahezu überwältigende Gewürzmischung.

Eine Sekunde lang, nur eine einzige Sekunde, wollte ich den Wagen wenden und nach Denver zurückfahren. Ich schloss die Augen und legte die Stirn auf das kühle, harte Lenkrad, bis der Moment vorüberging. Dann zwang ich den Burger und die Pommes hinunter und versuchte, mich daran zu erinnern, wie Essen schmecken sollte.

Ich fuhr wieder auf die Straße. Ich brachte sogar ein Lächeln zustande. Zum ersten Mal seit Tagen entwickelten sich die Dinge nach meinen Vorstellungen. Nachdem Gilles de Rais aus dem Rennen war, würden Laurens Pläne für das Enclave blockiert sein. Und das bedeutete auch, dass sie keinen Grund hatte, mit Sullivan und dem Chor der Erlösung ins Bett zu steigen.

Jetzt musste ich mich allerdings auf den Gegenschlag gefasst machen. Nach meiner Erfahrung tratschten nicht einmal Highschool-Studenten so viel wie Dämonen. Auf die eine oder andere Weise würden Lauren und Sullivan herausfinden, was ich getan hatte, und dann würden sie sich Gilles de Rais holen wollen. Lauren, weil sie ihn brauchte, und Sullivan, weil er die Seele in der Flasche bei Lauren gegen den Ring des Salomon tauschen konnte. Die kleine Glasphiole war soeben zum heißesten Eisen in der Stadt geworden.

Ich konnte sie nicht bei mir behalten, und ich hatte keine Wohnung mehr, in der ich sie verstecken konnte. Sie zu Bentley und Corman zu bringen, kam nicht infrage. Sie schwebten ohnehin schon in großer Gefahr, und dasselbe galt für alle anderen in meinem inneren Zirkel. Ich musste die Flasche tief vergraben, sie an irgendeiner Stelle verbergen, wo Lauren niemals danach suchen würde oder die für sie unerreichbar war.

Ich wälzte das Problem im Kopf hin und her, während die Meilen vorüberglitten. Dann wurde mir klar, dass ich die Flasche bei jemandem abgeben musste, der keine Verbindung zu mir oder meinen Freunden hatte, der absolut vertrauenswürdig und imstande war, sich selbst zu verteidigen, falls meine Feinde die Spur der Glasflasche bis zu seiner Türschwelle verfolgen konnten.

Viel Glück damit, dachte ich. *Klingt, als müsste ich mir einen verdienten Pfadfinder suchen, und ich kenne nicht einmal ...*

Doch, ich kannte einen.

Ich hielt an einer Raststätte in Utah, wo es nichts außer Kornfeldern und blauem Himmel gab, so weit das Auge reichte. Dann wählte ich die Vermittlung und verlangte nach der Außenstelle des Federal Bureau of Investigation in Las Vegas.

»Ja, hallo, ich möchte Special Agent Harmony Black sprechen. Ich glaube, sie arbeitet vorübergehend in Ihrem Büro. Sagen Sie ihr, Daniel Faust ist am Apparat. Ja. Ja, ich warte.«

Ein paar Minuten lang wippte ich mit dem Fuß zur Warteschleifenmusik. Dann klickte es zweimal in der Leitung, und die Musik verstummte.

»Faust?«, sagte Harmony. »Sie sollten die Nummer auf der Visitenkarte benutzen, die ich Ihnen gegeben habe. Das ist meine direkte Durchwahl.«

»Hätte ich gern getan, aber ich hatte sie in meine Brieftasche gesteckt, und die habe ich nicht mehr. Genau wie so ziemlich alles andere. Ich habe eine harte Woche hinter mir.«

»Es gab eine Auseinandersetzung bei einem Apartmentgebäude an der Bermuda Road. Wissen Sie zufällig irgendetwas darüber?«

»Wer bin ich?«, gab ich zurück. »Staatsfeind Nummer eins? Liebe Güte, wollen Sie mich jetzt für alles und jedes verantwortlich machen?«

»Ein loderndes Feuer, Augenzeugenberichte über wogenden grünen Rauch. Und als der Rauch abgezogen war, wissen Sie, was wir da gefunden haben? Zwei tote Cambions.«

Ich runzelte die Stirn. Sie war viel besser informiert, als sie es von Rechts wegen hätte sein dürfen.

»Sie wissen, was Cambions sind, ja?«

»Ich weiß, was Cambions sind«, bestätigte sie. »Leute wie Nicky Agnelli zum Beispiel. Lassen Sie uns nicht um den heißen Brei herumreden. Ich weiß, was Sie sind. Sie wissen, was ich bin. Wir haben es nicht nötig, uns gegenseitig etwas vorzumachen.«

»Damit kann ich leben. Wenn Sie es unverblümt mögen, dann probieren Sie es mal damit: Sie werden manipuliert. Ihre kleine sogenannte Taskforce verdankt ihre Existenz einer Bestechung von Leuten in Regierungskreisen durch Lauren Carmichael. Sie schindet Zeit und wirft uns jede Menge Knüppel zwischen die Beine …«

»Glauben Sie, das wüsste ich nicht?«, erwiderte Harmony.

Eine Sekunde lang war ich sprachlos. »Das … wussten Sie?«

»Carmichael gehört zu den größten Wahlkampffinanziers von Senator Roth. Sie hat Roth auf die Idee gebracht, die Taskforce zu bilden. Ich habe die richtigen Fäden gezogen, um dabei zu sein. Mein Hauptarbeitsplatz ist in Seattle, Faust. In den vergangenen drei Jahren war es meine Berufung, gegen

Carmichael-Sterling zu ermitteln. Was auch immer Sie glauben, welche Gemeinheit sie gerade verfolgt, glauben Sie mir, es ist nur die Spitze des Eisbergs. Ich bin hierhergekommen, um herauszufinden, was sie in Vegas vorhat, und um es zu beenden. Wenn ich Nicky und seine Leute, Sie eingeschlossen, hinter Gitter bringen kann, wäre das nur eine Zugabe.«

»Mit Ihren Anklagepunkten kommen Sie nie durch«, sagte ich.

»Aha? Es gibt noch andere Möglichkeiten, Kriminelle auszuschalten. Es passieren ständig Unfälle.«

»Nicht in Ihrem Umfeld, nein. Sie tragen nicht einmal eine Waffe. So etwas würden Sie nie tun.«

»Und woher wollen Sie das wissen?«, fragte sie.

»Ich bin gut darin, Menschen zu lesen. Damit verdiene ich mein Geld. Und was ich in Ihnen lese, Agent Black, ist, dass Sie zu den Guten gehören. Die Letzten einer aussterbenden Art. Wenn Sie etwas machen, machen Sie es korrekt, oder Sie lassen es gleich.«

Harmony antwortete nicht sofort.

»Ich schätze, in Ihren Augen macht mich das zu einer Idiotin.«

»In meinen Augen«, sagte ich, »macht es Sie für mich nützlich. Denn so sehr es mich schmerzt, das auszusprechen: was ich in diesem Moment brauche, ist jemand von den Guten. Was wäre, wenn ich sage, dass ich Ihnen, ohne irgendwelche Bedingungen, ein Mittel in die Hand geben könnte, womit Sie Laurens Pläne durchkreuzen können?«

»Ich würde sagen, dass ich nicht von gestern bin, aber wir sollten uns trotzdem treffen. Nicht in der Außenstelle. Ich vertraue den einheimischen Kollegen nicht. Carmichael wirft gern mit Geld um sich. Wo sind Sie jetzt?«

»Außerhalb der Staatsgrenzen, aber ich werde heute Abend zurück sein.«

»Kennen Sie die Tiefgarage am Metropolitan? Seien Sie morgen früh um neun da, vierte Ebene.«

Ich lehnte mich auf dem Sitz zurück. »Geheimtreffen in einem Parkhaus? Wer von uns beiden ist Deep Throat?«

»Wie Sie schon sagten, ich mache es korrekt oder gar nicht.«

»Hier geht es nur um uns beide, ja? Sie werden Ihre Kumpel zu Hause lassen?«

»Wenn Sie dasselbe tun«, sagte sie.

»Abgemacht.«

Ich trennte die Verbindung.

Ich hatte einen guten Grund, ihre Partner heraushalten zu wollen. Ich musste davon ausgehen, dass Harmony nicht wusste, dass Gary selbst ein Cambion war, ganz abgesehen davon, wem er Bericht erstattete. Er war immer noch mein Spitzel innerhalb der Taskforce, ob er nun wollte oder nicht. Trotzdem sollte er nichts von der Übergabe wissen. Falls er glaubte, Lauren könnte ihn beschützen, würde er vielleicht etwas Gewagtes unternehmen, um die Flasche an sich zu bringen.

Der Barracuda raste den Highway entlang, und ich drehte am Radio, bis ich einen krächzenden Blues-Sender irgendwo in der Provinz gefunden hatte. B. B. Kings Gitarre brachte mich über die Grenze nach Nevada und heulte in die Wüste hinaus, während die untergehende Sonne die Welt in Schattierungen von Blut und Gold tauchte.

Ein paar Stunden später, als der Himmel schwarz geworden war und ich mich nur noch an den Leitplanken orientieren konnte, klingelte mein Handy. Die Nummer war mir unbekannt.

»Hallo?«

»Daniel«, sagt Emma. »Ich habe mit Caitlin gesprochen. Stimmt es, dass es vorbei ist?«

Ich wählte meine Worte mit Bedacht. Sitri und ich hatten

sehr viele Dinge in Bewegung gesetzt, als wir unsere kleine Vereinbarung getroffen hatten, und solange sie alle auf dem Tisch lagen, musste ich lügen wie ein Politiker.

»Nichts geschieht ohne Grund. Zumindest wurde mir das so erklärt.«

»Das geht gar nicht«, sagte sie. »Auf gar keinen Fall. Wir müssen euch beide wieder zusammenbringen.«

Ich zwang mich zu einem amüsierten Auflachen. »Ich bin für Vorschläge offen.«

»Komm heute zum Abendessen rüber.«

»Ich bin erst auf dem Weg zurück in die Stadt. Das wird noch eine Weile dauern.«

»Ben und ich werden bis in die Nacht hinein an Vorausberechnungen für das nächste Quartal arbeiten. Wir werden auf dich warten. Bitte, Daniel! Erweise uns die Ehre.«

»Also gut«, sagte ich. »Vermutlich wird mir eure Gesellschaft guttun.«

Und nachdem ich Naavarasis Gastfreundschaft genossen hatte, klang es nach einer guten Idee, den Abend mit einer normalen Familie zu verbringen. Na gut, relativ normal.

Ich konnte das Gefühl nicht abschütteln, dass dies die Ruhe vor dem Sturm war.

Zikaden zirpten in der Dunkelheit, als ich die Auffahrt hinaufrollte. Emma und Ben lebten in einem ansehnlichen braunen Stuckhaus in einem ansehnlichen Vorstadtviertel, ein Paradebeispiel für die häusliche Zufriedenheit der oberen Mittelklasse. Daneben parkte sogar ein Kleinbus mit einem Aufkleber, der verkündete: »Unsere Tochter hat die Palo Verde Highschool mit Auszeichnung absolviert.«

Ben empfing mich an der Vordertür. Er schüttelte meine Hand ausgiebig wie ein Verkäufer und klopfte mir auf den Rücken, als er mich hineinführte.

»Schön, dich zu sehen, Kumpel!«, sagte er. »Ich hoffe, du magst Pasta. Ich koche keine kleinen Portionen. Italienische Mamma, da ist nichts zu machen.«

Emma saß an einem gläsernen Esstisch über verstreute Dokumente gebeugt und blinzelte hinter einer silbern umrandeten Bifokalbrille hervor. Ihr Wohnzimmer öffnete sich in eine Gourmetküche mit frei stehender Kochinsel, der weiße Teppich war durch eine elegant geschwungene Zierleiste aus Messing von den rotbraunen Fliesen abgetrennt.

Sie winkte mir müde zu. »Gerade rechtzeitig, um uns zu retten. All diese Zahlen verschwimmen allmählich vor meinen Augen.«

»Langer Tag?«, fragte ich.

Ben ging um den Tisch herum und beugte sich herab, um Emma auf die Wange zu küssen. Dann verschwand er in der Küche und nahm alle möglichen Kräuter und Gewürze aus den Schränken.

»Langer Tag, lange Nacht«, sagte Emma. »Wir versuchen, unsere Budgetquoten für das nächste Quartal zu erreichen. Die irdischen Geschäfte des Prinzen finanzieren sich nicht von selbst.«

»Ist dafür nicht Southern Tropics gedacht?«

»Das ist eine Scheinfirma. Reine Fassade. Wir machen unser Geld hauptsächlich mit Kapitalanlagen, und die dürfen nicht auffallen.«

»Was wir brauchen«, ließ Ben aus der Küche verlauten, »ist ein größeres Stück von Silicon Valley. Wir spielen zu konservativ.«

»Diese Diskussion werden wir nicht noch einmal führen, Schatz«, entgegnete Emma mit einem Blick in seine Richtung. »Wie auch immer, der Hof der Windgepeitschten Rasiermesser gräbt uns das Wasser ab, was die Finanzierung betrifft, worüber der Prinz sehr unglücklich ist.«

Dieser Name war mir neu. »Rasiermesser? Wer sind die?«

»Ein kleiner Hof, aber er beherrscht New York«, sagte Emma.

»Wall Street«, fügte Ben hinzu. »Sie machen so viel Geld, als würden sie es eigenhändig drucken.«

»Das bereitet mir Übelkeit«, sagte Emma. »Aber genug davon. Wir wollen über dich reden, wie wir für meine liebe Caitlin alles wieder in Ordnung bringen können. Bevor wir alle dran glauben müssen.«

Die Geschichte, die ich Emma und Ben auftischte, war eine auf Maß zurechtgeschneiderte Version der Wahrheit. Nur so viele Tatsachen, dass sie einer Überprüfung standhielt, und nur so viele Lügen, dass die schützenswerten Geheimnisse geschützt blieben.

»... und deshalb wollen sowohl Lauren als auch Sullivan die Seele von Gilles de Rais, genauso wie Prinz Sitri. Schließlich hat Lauren vor ein paar Wochen tatsächlich versucht, ihn auf die Erde zu zerren und zu versklaven. Sitri gefällt die Vorstellung, ihr bei ihren Plänen Sand ins Getriebe zu streuen.«

»Das sieht ihm ähnlich«, sagte Emma. »Also akzeptiert er das quasi als Ersatzdienst anstelle der Ermordung des Priesters?«

»Es scheint so, aber ich muss alle Möglichkeiten in Betracht ziehen.«

»Hast du die Seele? Wo ist sie jetzt?«, fragte sie etwas zu eindringlich für meinen Geschmack.

»An einem sicheren Ort untergebracht«, antwortete ich. Dieser Ort war der Kofferraum meines Autos, das draußen in der Auffahrt stand, aber mir war nicht danach, das Versteck preiszugeben.

Um sie vom Thema abzulenken, erzählte ich ihnen von

meiner Fahrt nach Denver, angefangen bei meiner Begegnung mit Mack und Zeke im Schnellrestaurant.

»Satanisten?«, fragte Ben nach, während er auf einem weißen Plastikschneidebrett Zwiebeln hackte. »Wirklich? Wow! Das ist so Achtziger.«

Emma lächelte und schüttelte den Kopf. »Das Traurige ist, dass wir im Laufe der Jahre zwar gewisse Musiker gesponsert haben, aber ich glaube nicht, dass wir uns jemals an Heavy Metal herangewagt haben. Das wäre zu offensichtlich. Country und Western hingegen ...«

»Prinz Sitri mit einem breitkrempigen Cowboyhut. Das ist ein Bild, das ich nicht einmal vor meinem geistigen Auge sehen möchte«, sagte ich.

»Andererseits«, sagte Ben, »müssen wir diesen Burschen zugutehalten, dass sie wissen, woher der Wind weht, auch wenn sie ein bisschen fehlgeleitet sind. Der Planet ist bereits verloren. Es ist keine Schande, sich dem Siegerteam anzuschließen.«

So nett Ben war, ich konnte nicht anders, als mir vorzustellen, wie er in Frankreich während der Nazi-Besatzung seelenvergnügt seine Nachbarn denunzierte, statt für die Résistance zu den Waffen zu greifen. Doch das konnte ich nicht aussprechen. Schließlich taugte ich ganz und gar nicht zum moralischen Vorbild.

»Also bekam ich aus einer Quelle einen Tipp, wo ich den Besitzer von de Rais finden würde«, sagte ich. »Eine Rakshasi namens Naavarasi in Denver.«

Ich gab ihnen eine schnelle Zusammenfassung unseres Geschäfts, ließ aber den Teil aus, worin ich die Tarnung des Agenten von Sitri auffliegen ließ. Dann hätte ich erklären müssen, wie ich überhaupt an den Namen des Agenten gekommen war, und das wäre heikel geworden. Stattdessen erzählte ich, dass

Naavarasi bereit gewesen war, mir die Seele gegen einen später noch zu bezeichnenden Gefallen auszuhändigen.

»Sie brennt darauf, etwas gegen Prinz Malphas zu unternehmen«, erklärte ich ihnen. »Ich vermute, sie bringt so viel magische Feuerkraft in Stellung, wie sie kann. Um in einer Notsituation auf alle Gefallen zurückgreifen zu können.«

»Trotzdem«, bemerkte Emma mit leisem Tadel, »du weißt, dass es nie ein kluges Geschäft ist, eine jetzige Gewissheit gegen ein späteres Mysterium einzutauschen. Ich schätze, du hast getan, was du tun musstest. Ich bin nur wegen der möglichen Konsequenzen besorgt, und Caitlin wird es ebenso gehen. Ich habe von Naavarasi gehört. Ihresgleichen sind geborene Illusionisten und Trickbetrüger, aber sie ist von einem ganz besonderen Schlag. Gedankenmanipulationen sind ihre Spezialität.«

»Ich hatte denselben Eindruck.«

»Dieser hintere Speisesaal, der zu groß war, um in das Gebäude passen zu können? Ich wäre nicht überrascht, wenn sie dich in eine Besenkammer geführt und alles andere halluziniert hätte. Dazu ist sie imstande.«

»Das Essen«, sagte ich mit leichtem Erschaudern, einer Mischung aus Wonne und Abscheu, »war real. Dessen bin ich mir sicher.«

Emma schüttelte den Kopf. »Wahrscheinlich hat sie dir absolut gewöhnliches Lammfleisch serviert, nur um mit dir zu spielen. Wirklich, ich würde mir nicht weiter den Kopf darüber zerbrechen.«

Das sagte sich leicht für sie.

»Apropos absolut normales Essen«, sagte Ben und kam mit einer dampfenden Keramikschüssel herüber. »*Pasta e fagioli.*«

Emma klatschte in die Hände und räumte ihre Papiere weg, bündelte sie zu einem ordentlichen Stapel. »Absolut köstlich, meinst du. Ich werde eine Flasche Wein öffnen.«

Ben servierte das Essen, und ich bemerkte, dass er Emma eine etwas größere Portion auftat. Wenn man mit einem neidischen Dämon zusammenlebte, musste ein solches Verhalten mit der Zeit zur Gewohnheit werden, dachte ich mir. Die Pasta war gut. Die Gesellschaft war noch besser. Wir beendeten die Fachsimpelei und benahmen uns wie drei normale Menschen an einem Abend. Wir sprachen über Fernsehsendungen, die wir nicht gesehen hatten, und den jüngsten Regierungsskandal, und als wir mit dem Essen fertig waren, holte Emma eine weitere Weinflasche, während Ben im Flurschrank nach einem Scrabble-Brett kramte.

»VERRAT«, sagte Emma zwanzig Minuten später, als sie Steine in ein Labyrinth aus sich kreuzenden Wörtern legte. »Dreifacher Wortwert!«

Ich war mir ziemlich sicher, dass Ben sie gewinnen ließ. Ich selbst war einfach nur miserabel im Scrabble. Ich blickte auf die Buchstabensuppe vor mir und bemühte mich, auf ein besseres Wort als »LIEBE« zu kommen. Vielleicht war ich abgelenkt. Mein Blick wanderte immer wieder zu dem leeren vierten Stuhl neben mir.

Es rasselte an der Vordertür, sehr leise. Emma warf Ben einen wissenden Blick zu, und beide drehten sich herum, um hinüberzuschauen. Melanie schlich sich herein und schloss die Tür hinter sich so leise, wie sie konnte, verhielt sich wie ein Dieb in der Nacht, bis sie bemerkte, dass ihre Eltern sie aus dem Wohnzimmer beobachteten. Sie erstarrte.

»Melanie«, raunzte Emma sie an. »Hast du eine Vorstellung, wie spät es ist, junge Dame?«

»Ich, äh, hatte jedes Zeitgefühl verloren«, sagte diese verlegen und fuhr sich mit den Fingern durch ihr zerzaustes blaues Haar.

Ben schüttelte den Kopf. »Deine Sperrstunde ist elf Uhr,

Schatz. Das weißt du. Wie oft müssen wir diese Unterhaltung noch führen?«

»Wie gesagt, hab das Zeitgefühl verloren. Ist keine große Sache.«

»Das ist es ganz gewiss ... einen Moment!« Emmas Nase zuckte. Sie sprang von ihrem Stuhl auf und stürmte quer durch den Raum. »Was rieche ich da in deinem Atem? Hast du getrunken?«

»Es war eine Party!«, sagte Melanie mit dem Unterton der Genervtheit, wie ihn nur Jugendliche zustande bringen können. »Keine große Sache. Es ist nichts Schlimmes passiert.«

»Diesmal«, sagte Ben. »Diesmal ist nichts Schlimmes passiert. Du weißt, dass du dich unter Kontrolle halten musst. Wenn du nicht ...«

»Es waren nicht einmal Menschen dabei. Nur ich und Annie und ein paar von diesen neuen Leuten. Verdammt!«

»Hüte deine Zunge«, sagte Emma. »Ich kann ... ich kann mich jetzt gerade nicht mit dir auseinandersetzen. Geh in dein Zimmer. Wir werden das morgen früh besprechen.«

»Komm schon, Mum ...«

Ich konnte von der anderen Seite des Wohnzimmers aus erkennen, dass Emmas Augen kupferrot aufblitzten, wie Kugeln aus Pech und Feuer glühten, während ihre Stimme guttural wurde, viel zu tief für eine menschliche Kehle.

»*In. Dein. Zimmer.*«

Das musste sie Melanie nicht zweimal sagen. Das Mädchen verschwand durch den Flur. Emma rückte ihre Bluse zurecht, schloss die Augen und holte tief Luft. Als sie sich zu uns umdrehte, war sie wieder völlig ruhig.

»Tut mir leid«, sagte sie.

»Kinder«, bemerkte ich mit einem Schulterzucken. Ich wusste nicht, was ich sonst sagen sollte.

»Nicht dass wir uns zu beklagen hätten«, erklärte Ben mir. »Ihre Noten sind toll, sie leistet ehrenamtliche Arbeit. Sie ist ein gutes Kind. Sie vergisst nur manchmal, dass sie ... mit ein paar speziellen Herausforderungen konfrontiert ist, wie sie für ihre Freunde keine Rolle spielen. Sachen, die sie tun muss, und andere, die sie nicht tun darf.«

»Zum Beispiel ein paar Biere hinunterkippen und einem Schnorrer ihre wirklichen Zähne zu zeigen«, sagte Emma in einem Tonfall, der andeutete, dass es sich nicht um eine hypothetische Situation handelte. »Oder mit ihrem Freund knutschen und ihm in der Erregung den Rücken so schlimm zerkratzen, dass er genäht werden muss. Das zu vertuschen, war der Höhepunkt meiner Woche, das kann ich dir sagen.«

»Sie wird besser damit zurechtkommen, wenn sie etwas älter ist«, sagte Ben. »Zumindest hat man es uns so erklärt. Aber ... sie ist siebzehn. Das ist auf jeden Fall eine schwierige Zeit. Ich meine, in dem Alter war ich auch kein Engel.«

»Du genauso wenig wie ich«, sagte ich.

»Wenn sie jedoch mehr menschliche Freunde hätte und sich nicht mehr mit diesen jungen Cambions herumtreiben würde ...«, setzte Ben an und verstummte, als er Emmas finsteren Blick bemerkte.

»Sie braucht Kontakt zu ihren beiden Kulturen«, sagte Emma. »Das haben wir bereits besprochen. Ich lasse nicht zu, dass sie vorgibt, menschlich zu sein.«

»Was, willst du, dass sie in der Öffentlichkeit herumläuft und aussieht ... wie sie wirklich aussieht? Seit sie laufen konnte, haben wir nichts anderes getan, als ihr beizubringen, dass sie sich verstellen muss. Zu ihrer eigenen Sicherheit.«

Emma runzelte die Stirn. »Das habe ich nicht gemeint, und das weißt du genau. Es geht nicht darum, als Mensch durchzugehen, sondern um das, was sie in ihrem Innern ist. Melanie muss verstehen, woher sie stammt. Sie muss ihre Herkunft anerkennen.«

»Doch jedes Mal«, sagte Ben, »wenn es um diese ›Anerkennung ihrer Herkunft‹ geht, betrifft das nur deine Seite der Familie.«

Ich hob eine Hand. »Ich sollte lieber gehen.«

»Nein«, gab Emma zurück. »Bleib. Ich meine … es ist schon spät. Und wir sind unhöflich. Das tut mir leid.«

Ben nickte. »Wirklich, leg dich auf unsere Couch. Du kannst wahrscheinlich ein paar Stunden Ruhe und Stille gebrauchen.«

Ich hatte das Gefühl, dass sie beide mich als Vorwand hierbehalten wollten, damit sie sich nicht gegenseitig anbrüllten. Damit konnte ich leben. Schließlich waren sie Freunde, und ich musste zugeben, dass nach drei Gläsern Wein meine Augenlider schwer wurden. Ich willigte mit einem Nicken ein, und Ben holte ein Extrakissen und eine flauschige Decke aus dem Wäscheschrank.

Ich half ihnen beim Aufräumen, dann verschwanden Emma und Ben in ihrem Schlafzimmer am Ende des Flurs. Gedämpfte Stimmen drangen durch das stille Haus zu mir, aber beim Summen der Klimaanlage konnte ich kein Wort verstehen. Ein Druck auf den Lichtschalter, und das Wohnzimmer wurde in Dunkelheit getaucht. Ich schlüpfte unter die Decke und machte es mir so bequem wie möglich. Couchsurfing war für mich normal geworden, seit mein Apartment niedergebrannt war, und ich wünschte mir wieder ein richtiges Bett. Mein Bett. Unter meinem Dach.

»Es wird wieder gut, das weißt du.«

Meine Augenlider öffneten sich flatternd. Emma stand am Fußende der Couch, ein undeutlicher Fleck im Dunkeln.

»Du klingst sehr zuversichtlich.«

»Ich habe Vertrauen«, sagte Emma, und dann war sie weg.

Ich wachte in der Morgendämmerung auf, rastlos, ungeduldig, dieses Treffen mit Agent Black hinter mich zu bringen. Die Phiole mit der Seele bei ihr zu verstecken, war meine beste Option in einem großen Haufen schlechter Entscheidungen, und das wollte nicht viel heißen. Ich stolperte durch den Flur und nahm eine heiße Dusche, hielt den Rücken unter den Strahl und ließ die Wärme auf meinen schmerzenden Muskeln pulsieren. Die Striemen von Sullivans Stock verheilten allmählich. Sie waren zu einer Ansammlung von blutunterlaufenen Streifen kreuz und quer auf meinem Körper verblasst, wie ein zerrissenes und verworrenes Spinnennetz.

Mein Stolz würde ein wenig mehr Zeit benötigen.

Als ich mit der Morgentoilette fertig war, sah mein Spiegelbild wie ein vorzeigbares, wenn auch etwas lädiertes menschliches Wesen aus. Ich klaute mir einen Spritzer von Bens Aftershave und tätschelte die blassen Stoppeln auf meinen Wangen.

Auf dem Flur lief ich Melanie über den Weg. Sie wirkte wie jemand, der erst kürzlich in die wunderbare Welt der Verkaterung eingeführt worden war. Ihre Augenlider hingen, und ihre Plüschpantoffeln schlurften über den Teppich. Sie trug ein übergroßes Bauhaus-T-Shirt als Nachthemd. Ich war mir nicht sicher, ob sie ein Fan der Band oder ob es ironisch gemeint war.

»Hallo«, murmelte sie.

»Selber hallo. Da hatte jemand eine lange Nacht.«

Sie folgte mir ins Wohnzimmer, trottete in die Kochecke und kramte im Kühlschrank.

»Vielleicht habe ich es übertrieben.«

»Vielleicht ein klein wenig.« Unwillkürlich musste ich lächeln.

Sie zog eine Flasche Bud Light aus dem Kühlschrank. »Mein Katerbier. Auch eins?«

Ich nahm ihr die Flasche ab. Dann griff ich um sie herum,

holte eine Wasserflasche aus dem nächsttieferen Fach und drückte sie ihr in die Hand.

»Nein. Wasser. Du musst dich rehydrieren. Nimm einen Rat von jemandem an, der das schon mal erlebt hat. Wasser und etwas Fettiges. Brate dir ein bisschen Schinkenspeck oder so.«

»Pfft. Ich hätte lieber das Bier.«

»Nicht, solange ich hier stehe«, sagte ich. »Du bist minderjährig.«

Sie blies gegen ihren hängenden Pony, ließ ihn flattern. »Bist du nicht ... ein Dieb oder so was?«

»Oder so was, manchmal.«

»Aber du willst nicht, dass ich ein Bier trinke«, sagte sie.

»Nein. Ein Mann muss zu seinen Prinzipien stehen.«

Melanie nahm eine Packung Putenspeck aus dem Kühlschrank und griff nach einer Bratpfanne.

»Oh«, sagte sie sarkastisch, »der Kodex der kriminellen Unterwelt, genau wie im Film. So wie ihr auch keine Frauen oder Kinder erschießen würdet, richtig?«

Ich zuckte mit den Schultern. »Ich bemühe mich, niemanden zu erschießen, wenn es sich vermeiden lässt. Wenn ich jedoch in einer Situation bin, wo es sein muss, hat das Geschlecht oder Alter von jemandem kaum etwas damit zu tun.«

»Und lass mich raten, ihr klaut niemals etwas von eurem Boss.«

»Kommt darauf an.«

»Kommt darauf an?«, wiederholte sie.

»Wie groß sein Arschlochquotient ist.«

»Passiert das oft?«

»Dass man für Arschlöcher arbeitet?«, erwiderte ich. »Du hast keine Ahnung.«

Sie lachte. Die Pfanne erwärmte sich langsam auf dem Herd, der Speck brutzelte leise.

»Jetzt weiß ich, warum Caitlin dich mag. Aber ich weiß auch noch etwas anderes.«

»Aha?«, sagte ich. »Und was wäre das?«

»Dass du meine Eltern belügst.«

Ich bedachte Melanie mit einem anerkennenden Blick. Kluges Kind, das stand fest. Gute Augen, gute Ohren, sogar ein gutes Herz. Das könnte Ärger bedeuten.

»Wie bist du darauf gekommen?«, fragte ich sie.

Sie kehrte mir den Rücken zu und konzentrierte sich auf den Speck. »Ich habe gehört, was sie miteinander besprochen haben, nachdem sie zu Bett gegangen waren. Sie sagten, du und Caitlin, ihr hättet euch getrennt.«

»Was ist damit?«

»Du wolltest nicht tun, was Prinz Sitri von dir verlangt, also hat er euch beide irgendwie auseinandergebracht. Nur hast du plötzlich, wie aus dem Nichts, etwas anderes gefunden, das der Prinz haben will. Und das würde alles wieder in Ordnung bringen. Aber statt zu ihm zu rennen, um es ihm zu geben, machst du was? Deine Optionen abwägen? Würdest du die Wahrheit sagen, könntest du das alles wieder hinbiegen, und du und Caitlin, ihr wäret längst wieder zusammen.«

Ich lehnte mich gegen die Kücheninsel. »Man muss vorsichtig sein«, sagte ich, »wenn man mit Typen wie Sitri zu tun hat. Sie haben es drauf, mit Erwartungen zu spielen, sie zu verdrehen.«

»Wie hast du die Seele gefunden, nach der du gesucht hast? Und diese Rakshasi in Denver?«

»Wie ich es deinen Alten erklärt habe. Ich hatte eine Quelle.«
Melanie drehte sich um und stemmte eine Hand in die
Hüfte. In ihren schneeweißen Augen ruhten keine Pupillen,
und ein Muster aus blauen Venen zierte ihr Gesicht. Es äh-
nelte der Zeichnung auf einem Schmetterlingsflügel, wunderschön und grotesk zugleich.

»Halloooo«, sagte sie. »Ich bin nicht blöd, Faust. Es gibt nur
eine Person hier draußen im Westen, die eine so gute ›Quelle‹
im Hof der Nachtblühenden Blumen hat. Prinz Sitri. Und du
hast die Seele im Austausch gegen eine ›später noch zu benen-
nende Gefälligkeit‹ erworben, die einer Adligen der Blumen
erwiesen werden soll? Eine Gefälligkeit, die sonst was sein
könnte, von einer Selbstmordmission bis zu einem Messer an
Caitlins Kehle? Das würdest du niemals tun.«

»Vielleicht schien es in dem Moment notwendig zu sein.«

»Und vielleicht ist deine ganze Geschichte nur ein Haufen
Scheiße.« Melanie widmete sich wieder dem Speck. Als sie
in die andere Richtung schaute und nach einer Küchenrolle
griff, war ihr Gesicht wieder normal.

»Was glaubst du, was passiert ist?«, fragte ich sie.

Melanie legte eine Handvoll gefalteter Küchentücher auf
einer orangefarbenen Keramikplatte aus. Sie verzichtete auf
eine Zange und zog einen Speckstreifen mit bloßen Fingern
aus dem zischenden Fett, um ihn zum Abtropfen auf das Kü-
chenpapier zu legen.

»Ich glaube …«, sagte sie, als sie plötzlich zurückschreckte
und an ihren fettigen Fingerspitzen saugte. »Scheiße! Verdammt, tut das weh! Meine Mom zuckt nicht einmal zusammen, wenn sie diesen Trick durchzieht!«

»Hast du dich verletzt?«

»Nein«, seufzte sie. »Ich dachte nur, dass ich total cool sein
wollte, und nun wirke ich wie die letzte Idiotin.«

»Deine Mutter hat ein klein wenig mehr Erfahrung«, sagte ich und reichte ihr eine Küchenzange mit Kunststoffenden aus einem Gefäß mit Kochutensilien. »Versuch es damit. Und nein, du wirkst nicht wie eine Idiotin.«

»Weißt du, was ich glaube? Ich glaube, dass du eine streng geheime Mission für Prinz Sitri übernommen hast. Als Spion im Geheimdienst seiner infernalischen Majestät.«

Ich zwang mich zu einem Lachen. »Ich bin ein Zauberer und ein Dieb, nicht James Bond.«

»Ich glaube, du wusstest, wohin du dich wenden musstest, weil der Prinz dir genau gesagt hat, mit wem du reden sollst und was dich erwartet. Ich glaube, er hat dir auch irgendetwas für das Tauschgeschäft mitgegeben. Die Sache ist nur, dass du ihm die Seele nicht bringen wirst, weil sie gar nicht das ist, was er haben will. Das ist alles Teil eines größeren Plans.«

»Und warum sollte ich über diese Angelegenheit Lügen erzählen?«

»Das weiß ich nicht«, sagte Melanie und schüttelte den Kopf. »Es muss etwas so Geheimes sein, dass nicht einmal meine Mom und Caitlin davon erfahren dürfen. Stimmt doch, nicht wahr?«

Mit Ausnahme von ein oder zwei winzigen Details hatte sie die Geschichte ziemlich gut auf den Punkt gebracht. Ich musste diese Kleine definitiv im Auge behalten.

»Du bist sehr nahe dran«, gab ich zu. Wenn ich alles abstritt, würde ich sie nur dazu anstacheln, tiefer zu graben. »Ich habe einen Deal mit Sitri gemacht. Jeder von uns bekommt etwas, das er haben will, sofern mein Plan aufgeht. Aber ich muss dich bitten, Melanie, über diese Sache absolutes Stillschweigen zu bewahren.«

»Klar!« Sie hielt mir die Platte mit dem Putenspeck hin. »Unter einer Bedingung.«

Ich nahm mir ein Stück. »Welche?«

»Ich will helfen.«

Gut, dass ich es mir noch nicht in den Mund gesteckt hatte. Ich schüttelte den Kopf. »Auf gar keinen Fall. Ich werde dich nicht in Gefahr bringen. Dein Vater würde mich umbringen. Deine Mutter würde mich buchstäblich umbringen.«

»Ich bin kein Kind mehr, Faust.«

»Wie das Wort definiert wird, bist du es irgendwie schon.«

»Ich bin kein *kleines* Kind mehr. In fünf Monaten werde ich achtzehn. Damit wäre ich erwachsen. Laut Gesetz. Schau nach.«

Ich dachte darüber nach. Was ich im Moment gar nicht gebrauchen konnte, waren weitere Komplikationen.

»Vorschlag«, sagte ich. »Vielleicht hätte ich etwas, das du für mich tun könntest. Vielleicht. Halte deine Zunge im Zaum und die Ohren gespitzt, dann werden wir später darüber reden.«

»Warum nicht jetzt?«

»Trink noch eine Flasche Wasser. Du wirst es mir später danken.«

Erst als ich zu meinem Wagen ging, wurde mir bewusst, dass ich immer noch die Flasche Bud in der Hand hielt, nachdem ich sie von Melanie konfisziert hatte. Mit einem Schulterzucken legte ich sie in die Sporttasche. Ich hatte nicht allzu viel für Bier übrig, aber es gab keinen Grund, ein absolut genießbares Getränk wegzuwerfen.

Das Metropolitan Hotel ist hip. Die Architekten hatten sich größte Mühe gegeben, um sicherzustellen, dass man aus jedem Blickwinkel an den Elementen aus gebürstetem Chrom und den Andy-Warhol-Designs erkannte, dass es hipper ist, als man selbst jemals sein kann. An einem solchen Ort mischen sich blonde Erbinnen mit grellbunten Plastiksonnenbrillen am Pool mit Kerlen in europäischen Freizeitanzügen. Normalerweise kein Ort, den ich für ein Treffen wählen würde, aber vielleicht war es deshalb eine gute Idee. Im Augenblick war es meine beste Verteidigung, unberechenbar zu sein.

Ich fuhr den Barracuda auf die Zufahrtsrampe der Tiefgarage und wartete, bis der Automat klackte und ein Papierticket ausspuckte. Die Schranke ging hoch und ließ mich tiefer hinein. Das gefiel mir nicht. Mein letztes Treffen in einem Parkhaus endete abrupt durch einen einzelnen Schuss aus einem Scharfschützengewehr. Dieses Mal fuhr ich hinunter und nicht hinauf, aber das beruhigte mich keineswegs. Hier gab es weniger Fluchtwege, falls es brenzlig wurde.

Fast zwei Meter hohe Chrombuchstaben, die von hinten durch Neonröhren in kühlem Stahlblau beleuchtet wurden, bildeten das Wort METROPOLITAN an einer gewölbten Fliesenwand. Der Motor des Barracuda schnurrte, als ich eine steile Rampe zum zweiten Untergeschoss hinunterrollte. Falls Agent Black Wort hielt, würde sie zwei Ebenen tiefer auf mich warten. Ich fand eine Parkbucht und stellte den Motor ab.

Wenn ich hinunterfuhr, um mich mit Harmony zu treffen, könnte ich schneller die Flucht ergreifen, falls es nötig wurde. Andererseits hätte ich ihr dann meine Automarke, das Modell und mein Kennzeichen präsentiert. Auch wenn wir uns in diesem Moment gegenseitig aushalfen, hatte sie klargestellt, dass sie mich im orangefarbenen Gefängnisoverall sehen wollte. Je weniger Informationen über mich sie besaß, desto besser. Ich dachte mir, dass ich nach dem Treffen für ein spätes Frühstück ins Hotel gehen würde, um anschließend zurückzukehren und den Wagen zu holen, wenn sie längst fort war.

Ich ließ mein Fahrzeug hinter mir und ging die Rampe hinunter. Ein verrosteter Volvo mit kalifornischem Kennzeichen ratterte an mir vorbei. Meine Schultern spannten sich. Diese

Hallen waren zu groß und zu dicht mit stillen, dunklen Autos vollgepackt. Zu viele Schatten und zu viele Möglichkeiten, sich von hinten an jemanden heranzuschleichen oder aus der Finsternis das Feuer zu eröffnen. Ich hielt eine Hand fest um den Schulterriemen meiner Sporttasche geschlossen.

Das Hotel engagierte berühmte Straßenkünstler, um die Wände auf jeder Ebene zu dekorieren. Im vierten Untergeschoss gab es eine von Undergroundcomics inspirierte Ausschweifung von schwarz-weißen Bildern, die mit grellem Rot bespritzt waren, eine Mischung aus Lineart und alten Fotos aus dem *Life*-Magazin, die man zu verschwommenen Konturen aufgebläht hatte. Ich durchquerte die Ebene zur Hälfte, als Harmony sich zeigte. Sie trat hinter einem Kleintransporter mit dem Logo einer Elektrizitätsgesellschaft hervor.

Ich spürte sie, bevor ich sie sah. Sie war in Kampfbereitschaft. Ihr Hals und die Handgelenke glühten wie flüssiges Gold vor meinem zweiten Gesicht, und sie troff vor großkalibrigen Wehrzaubern. Sie hatte auch etwas unter ihrem Blazer, gegenüber ihrem Schulterholster. Etwas, das gegen meinen Geist stach, als ich versuchte, es zu lesen, als würde mit einem Rasiermesser vor meinen Augen herumgewedelt. Ich wusste nicht, ob sie auf einen Magierkampf abzielte, aber sie war dafür bereit.

»Ist das alles für mich?«, fragte ich.

Sie hob eine Hand und ließ mich etwa eineinhalb Meter von ihr entfernt innehalten.

»Das ist nahe genug«, sagte sie. »Wir haben eine Akte über Sie, Faust. Wir wissen, wozu Sie fähig sind.«

Was sie offenbar nicht wusste, war die Tatsache, dass all mein gutes magisches Werkzeug mit dem Rest meines Apartments verbrannt war. Meine beste Waffe war in diesem Moment die sehr profane, aber auch sehr große Pistole in meiner

Sporttasche. Doch ich war nicht geneigt, diese Information preiszugeben.

»Wer ist ›wir‹? Gary ist ein Trottel, und Ihr DEA-Typ – wie war noch gleich sein Name? Lars? Er hat etwa so viel magisches Potenzial wie eine tote Autobatterie. Sie können mir nicht erzählen, dass die beiden auch nur den leisesten Schimmer davon haben, was wirklich vor sich geht.«

Ich musste daraufsetzen, dass Harmony nichts über Garys wahre Natur wusste oder darüber, dass er ein Vierfachagent war, der für sie, Lauren, Sullivan und nun auch für mich arbeitete. Falls sie das herausgefunden hatte, war er für mich nutzlos geworden.

»Ich schicke zwei Berichte über jeden Fall ab«, sagte sie. »Einen an meine Vorgesetzten in Seattle und einen an ein Büro in Virginia, ohne Fenster und ohne Nummer an der Tür. Und das ist schon mehr, als Sie wissen müssen.«

Ich hoffte, dass sie log. Die Vorstellung, dass eine Zauberin als einsamer Wolf für eine Polizeibehörde arbeitete, war viel erschreckender als die Möglichkeit, dass Uncle Sam herausfand, welche Spitze eines Pentagramms nach oben zeigte. Meine staatlichen Institutionen waren mir am liebsten, wenn sie genauso wie die Bullen waren: ahnungslos, hilflos und weit weg von mir.

»Klingt unheilvoll«, sagte ich. »Haben Sie auch einen coolen Codenamen?«

»Nein, aber ich habe Handschellen ...«

»Wie aufregend!«

»... und eine Pistole.«

Ich schüttelte den Kopf. »Und schon haben Sie mein Kopfkino ruiniert. Wie auch immer, ich habe ein Geschenk für Sie. Ich weiß, dass wir in vielen Dingen nicht einer Meinung sind, aber wir sind uns darüber einig, dass Lauren Carmichael ein Problem darstellt, richtig?«

»Das klingt, als würde man das ausgefallene Triebwerk einer 747 als Problem bezeichnen. Diese Frau ist eine Bedrohung. Was wissen Sie über das Enclave?«

Sie bezeichnet es als ›die Maschine‹, hatte Gary mir gesagt. Die Anspannung bewirkte, dass ein nervöser Schauder über meine Wirbelsäule lief.

»Es ist eine Art okkultes Projekt von gewaltigen Dimensionen«, sagte ich. »Möglicherweise von beispiellosen Ausmaßen. Ich bin mir ziemlich sicher, dass es nicht dazu gedacht ist, Regenbogen zu verbreiten und Kätzchen zu retten. Was wissen Sie darüber?«

Sie schüttelte den Kopf und zog eine Miene, als hätte sie in etwas Verdorbenes gebissen.

»Nicht viel mehr als Sie. Aber Carmichael denkt nicht langfristig. Ich habe Ermittlungen angestellt und ihre Firmenbücher eingesehen. Bei dem Tempo, mit dem sie Geld verbrennen, wird die Dachgesellschaft in Seattle innerhalb eines Jahres bankrott sein. Jeder Dollar, den sie verdienen, wird in Carmichael-Sterling Nevada gepumpt, um den Bau des Enclave zu unterstützen.«

»Das Problem ist hier«, sagte ich, »dass Lauren eine Strategin ist. Eine verdammt gute. Und wenn sie nicht langfristig denkt …«

Harmony führte meinen Gedanken zu Ende. »Dann wird es bald gar nichts Langfristiges mehr geben.«

»Sie sagten, Sie hätten etwas für mich«, sagte Harmony. Eine Corvette, deren hellblauer Lack mit Wüstenstaub gesprenkelt war, zog an uns vorbei, auf der Jagd nach einer freien Parkbucht. Wir beide traten zur Seite und warteten schweigend, bis sie um die nächste Ecke gebogen und die Rücklichter außer Sicht waren.

»Zuerst Informationen. Der Chor der Erlösung. Klingelt da etwas bei Ihnen?«

Sie nickte. »Eine Sekte von Cambions, die menschlich sein wollen. Ich glaube, sie stammen ursprünglich aus St. Louis oder Detroit. Sie sind nach Westen migriert, aber wir wissen nicht genau, warum.«

Gut. Welche Quellen für okkulte Geheiminformationen Agent Black und ihre mysteriösen Kumpel auch immer haben mochten, sie reichten nicht bis in die Tiefen der Hölle.

»Ihr Boss nennt sich Sullivan. Ein ekelhafter Drecksack. Er ist ein Leibhaftiger, also geben Sie auf sich acht.«

Harmony runzelte die Stirn. »Was ist ein Leibhaftiger?«

Musik für meine Ohren. Sie war begabt, was mir die Energie verriet, die von ihren schützenden Schmuckstücken ausging, aber sie wusste nicht annähernd so gut Bescheid, wie ich befürchtet hatte. Ich überlegte, ob ich schnell das Thema wechseln sollte, aber der Engel auf meiner Schulter riet mir, ihr lieber einen Knochen hinzuwerfen. Wenn sie auf Sullivan losging und dachte, er wäre nur irgendein Halbdämon, würde er sie in Stücke reißen. Ich wollte, dass Agent Black mich in Ruhe ließ. Aber das bedeutete nicht, dass ich mir ihren Tod wünschte.

»Das ist ein Trick, den nur mächtige Dämonen durchziehen können. Sie erschaffen sich einen eigenen Körper aus ihrer Seelensubstanz, den sie mit Willenskraft und Gehässigkeit zusammenhalten.«

»Das ist unmöglich«, sagte sie. »Dämonen können nur in unsere Welt eindringen, wenn sie von einem Menschen oder einem Tier Besitz ergreifen.«

»Dem entnehme ich, dass ich etwas mehr Erfahrung auf diesem Gebiet habe als Sie. Jedenfalls ist es ein Kompromiss. Töten Sie den Wirtskörper eines Hijackers, schicken Sie den Dämon lediglich in die Hölle zurück, wo er eine Weile seine Wunden lecken wird. Töten Sie hingegen einen Leibhaftigen – und ich meine die völlige Vernichtung seines Körpers, wenn man ihn zu Asche verbrennt –, dann töten Sie ihn endgültig. Aber Sie werden keine Gelegenheit dazu bekommen, weil Leibhaftige sehr schnell und sehr stark sind.«

»Wie schnell und wie stark?«, fragte Harmony. Sie war jetzt ganz im Ermittlungsmodus, und mir war klar, dass jedes Wort, das ich an sie richtete, in einem Bericht auf dem Schreibtisch irgendeines gesichtslosen Bürokraten landen würde.

»Haben Sie mal *Terminator* gesehen? Arnie könnte nichts gegen einen angepissten Leibhaftigen ausrichten.«

»Zahlen?«

»Zahlen?«, wiederholte ich, da ich mir nicht sicher war, was sie meinte.

»Wie viele, Faust? Wie viele gibt es da draußen, als amerikanische Bürger verkleidet?«

Ich zuckte mit den Schultern. »Keine. Soweit ich weiß, ist Sullivan im Moment der Einzige in den Staaten. Bis vor Kurzem dachte ich, Leibhaftige wären nur eine Großstadtlegende, aber ich habe ihn in Aktion gesehen. Die Geschichten sind wahr.«

Die besten Lügen gründen sich immer auf Wahrheit. Wenn sie alles andere, was ich ihr erzählt hatte, für bare Münze nahm, würde sie vermutlich auch das akzeptieren. Sie hatten bereits ein Foto von Caitlin. Ich wollte nicht, dass Harmony sie überhaupt auf dem Radar hatte.

»Mir ist nicht entgangen, dass Sie scharf darauf sind, jemanden zu verhaften«, sagte ich. »Aber Sullivan wird sich nicht von Ihnen festnehmen lassen. Wenn Sie es versuchen, werden Sie und alle anderen, die bei Ihnen sind, sehr schnell sehr tot sein.«

»Es muss eine Möglichkeit geben, ihn zu neutralisieren.«

»Daran arbeite ich bereits. Wie wollen Sie in der Zwischenzeit Laurens Pläne durchkreuzen?«

Sie legte eine Hand an die Hüfte. Ein silberner Armreif rutschte bis auf ihr Handgelenk und schimmerte vor Magie. »Ich höre«, sagte sie.

Ich zeigte auf meine Sporttasche. »Würden Sie mir glauben, dass ich darin eine menschliche Seele habe?«

»Nach allem, was ich über Sie weiß? Ja.«

»Gilles de Rais. Französischer Ritter, Kindermörder und ein absolutes Weltklasse-Arschloch. Lauren hatte nach einer Möglichkeit gesucht, ihn aus der Hölle zu holen. Sie braucht ihn, um das Enclave fertigzustellen, aber fragen Sie mich nicht, warum. Ich habe ihn zuerst erwischt.«

»Wie?«, fragte sie.

»Was haben Sie vor einer Weile gesagt? Etwas in der Richtung ›und das ist schon mehr, als Sie wissen müssen‹? Kurz gefasst: Sie braucht de Rais, ich habe ihn.«

»Und was habe ich damit zu tun?«

Drüben in der Kurve der Rampe, etwa zehn Meter entfernt, bekamen wir Gesellschaft. Ein rabiat wirkender Typ in den Zwanzigern wankte von einem Auto zum nächsten, blickte durch die Fenster hinein, probierte Türgriffe. Ich hätte ihn für einen inkompetenten Dieb gehalten, aber sein unsicherer Gang und seine glasigen Augen deuteten eher darauf hin, dass er von einer nächtlichen Sauftour kam. Wahrscheinlich konnte er sich nicht einmal erinnern, wie sein Wagen aussah, ganz zu schweigen, wo er ihn geparkt hatte. Nichtsdestoweniger behielt ich ihn im Auge.

»Ich habe den Vorbesitzer der Seele ausfindig gemacht. Und wenn ich das geschafft habe, kann es auch Lauren. Früher oder später wird sie in Erfahrung bringen, dass ich sie an mich genommen habe, und auf mich losgehen. Ich muss sicherstellen, dass sich die Seele an einem Ort befindet, wo sie unversehrt bleibt.«

»Sie wollen sie mir geben«, sagte sie, als bei ihr der Groschen fiel.

»Bei Ihnen würde sie sie zuletzt suchen. Selbst wenn sie die Spur der Seele bis zu Ihrer Türschwelle verfolgen könnte, würde selbst Lauren Carmichael es sich dreimal überlegen, ob sie sich mit einer FBI-Agentin anlegen soll. Diese Art von Aufmerksamkeit kann sie im Moment gar nicht gebrauchen. Außerdem habe ich den Eindruck, dass Sie sich in einem Kampf behaupten können. Sie müssen überhaupt nichts mit der Seele machen. Verstecken Sie sie an einem sicheren Platz und denken Sie nicht mehr daran. Damit wird der Bau des Enclave auf unbestimmte Zeit zum Stillstand gebracht. Problem gelöst, ganz einfach.«

Harmony bedachte mich mit einem strengen Blick, als könnte sie sich mitten in mein schwarzes Herz bohren, wenn sie mich lange genug anstarrte.

»Was ist Ihr Motiv?«

»Wie bitte?«

»Sie sind ein Schwarzmagier, der knietief im Fegefeuer steht. Außerdem habe ich Indizienbeweise – mehr nicht, sonst würden wir dieses Gespräch in Ihrer gemütlichen neuen Arrestzelle führen –, dass sie in Verbindung mit einer Reihe von Raubüberfällen und Entführungen stehen, von mindestens drei Morden ganz zu schweigen. Lauren hat Leute wie Sie auf ihrer Gehaltsliste. Sie könnte Sie reich machen. Sie zahlt definitiv besser als Nicky Agnelli. Warum stellen Sie sich ihr in den Weg?«

»Ich habe Ihnen bereits gesagt, dass ich nicht mehr für Nicky arbeite. Und was Lauren betrifft: Sie hat einen guten Kumpel von mir ermordet. Das heißt, Meadow Brand hat ihn ermordet, aber sie hat auf Laurens Befehl gehandelt. Es geschah vor meinen Augen.«

»Wie ist er gestorben?«, fragte Harmony.

»Schlimm. Sehr schlimm. Und er hat überhaupt nichts getan, womit er das verdient hätte. Dann hat Lauren ...«

Die Erinnerung kehrte zurück. Wie ich gelähmt auf Spenglers blutgetränktem Teppich lag und Lauren die Hände auf meine Brust presste, wie sie meine psychischen Barrieren einriss und ihre kranke toxische Energie siedend Zentimeter um Zentimeter in mich hineinzwang. Ich erinnerte mich, wie sie vor Wonne keuchte, der zufriedene Ausdruck auf ihrem Gesicht, als sie sich entfernte und eine hungrige, sich windende Schlange in meinen Eingeweiden zurückließ.

»Faust?«

Ich blinzelte und riss mich zusammen, schüttelte den Kopf.

»Sie hat einen Freund von mir getötet«, sagte ich. »Er gehörte zur Familie. Nicht blutsverwandt, sondern durch persönliche Bindung. Wenn dort, wo ich herkomme, jemand einem Mitglied unserer Familie Schmerzen zufügt, bringen wir ihn um.

Keine Gnade, keine Vergebung, keine zweite Chance. Lauren hat ihr eigenes Todesurteil unterzeichnet.«

»Sie wird im Gefängnis landen. Ihr Verlust tut mir sehr leid, wirklich, aber wir haben Gesetze, und das aus guten Gründen. Sie werden sie nicht töten, ich werde sie verhaften. Das müssen wir hier und jetzt ein für alle Mal klarstellen.«

Mein Blick wanderte zu dem Betrunkenen, der immer näher heranwankte, während er erfolglos sein Auto suchte. Er war noch drei Meter entfernt, und ich konnte von hier aus den Fusel in seinem Atem riechen. Nicht fahrtauglich. Falls er tatsächlich seinen Wagen fand, entschied ich müßig, würde ich ihm die Schlüssel entreißen und in den Hotelpool werfen. Vielleicht auch seine Brieftasche stehlen. Touristen-Blödheitssteuer.

»Ich bin nicht der einzige Zauberer in Vegas, Agent Black. Wir sind in vielem unterschiedlicher Ansicht, aber wir sind uns verdammt einig, wenn es um die Frage geht, ob Lauren Carmichael überleben sollte. Außerdem sollten Sie realistisch sein. Weswegen wollen Sie sie verhaften? Das Rechtssystem ist nicht für Leute wie uns gedacht. Die Verbrechen, die wir begehen, finden sich nicht in den Gesetzessammlungen, und es ist ziemlich schwierig, mithilfe forensischer Wissenschaft einen Fluch oder einen Zauber nachzuweisen.«

»Das genau ist Ihr Problem.« Harmony zeigte mit dem Finger auf mich. »Sie glauben, aufgrund Ihrer Fähigkeiten stünden Sie über allen anderen. Sie glauben, die Regeln dieser Gesellschaft würden nicht für Sie gelten, nur weil es für Sie einfacher ist, sie zu brechen und dabei ungestraft davonzukommen. Sie täuschen sich. Die Regeln gelten für alle.«

Ich winkte ab. »Ich bin nicht der Meinung, besser als alle anderen zu sein. Ich hole nur das meiste aus dem heraus, was ich habe. Sie nicht? Ich gehe hier ein großes Risiko ein, Agent, und ich schätze, Sie legen keine parapsychische Augenbinde an, wenn Sie Ihre Arbeit machen. Sie benutzen Ihre Magie, finden Ihren Übeltäter, und dann rollen Sie die Sache von hinten auf, um ›reale‹ Beweise für eine Verurteilung zu sammeln.«

Sie starrte mich an.

»So würde ich es machen«, sagte ich mit einem Schulterzucken.

»Das ist etwas anderes. Ich bemühe mich, dem Gesetz Geltung zu verschaffen.«

»Indem Sie Techniken einsetzen, die anderen Bullen nicht zur Verfügung stehen. Aber es ist kein Schwindel, wenn Sie das tun, richtig?«

»Ich schütze Menschen. Sie leben davon, Menschen wehzutun.«

Ich zog den Reißverschluss der Sporttasche auf. Ich wollte es hinter mich bringen aus mehr als nur einem Grund.

»Diese Anzeige wegen rücksichtslosen Fahrens und Waffenbesitzes gegen Jennifer und mich«, sagte ich. »Ich will, dass sie fallen gelassen wird. Sie wissen, dass diese Vorwürfe aus der Luft gegriffen sind. Meadow Brand hat uns eine Falle gestellt.«

»Ich weiß. Aber das ändert nichts an der Tatsache, dass Sie diese Vergehen begangen haben, nicht wahr? Ich bin Polizistin, Faust. Ich kann nicht einfach mit einem Zauberstab herumwedeln und Anzeigen zum Verschwinden bringen.«

»Nein, aber Sie können mit der Metropolitan Police sprechen und den Staatsanwalt ein wenig unter Druck setzen. Ich tue Ihnen hier einen Gefallen. Als Gegenleistung bitte ich nur um etwas Rücksichtnahme.«

Harmony streckte ihre offene Hand aus. »Wenn ich bedenke, wie lange Sie ins Gefängnis wandern sollten, würde ich sagen, dass Sie die bereits bekommen. Falls dies nicht irgendein

Trick ist und es Laurens Pläne wirklich lange genug ins Stocken geraten lässt, damit ich mich mit ihr auseinandersetzen kann, werde ich die Ermittlungen der Taskforce neu ausrichten. Das heißt nicht, dass Sie aus dem Schneider sind, sondern ich sage nur, dass ich für eine Weile zu beschäftigt sein werde, um an Sie zu denken. Vielleicht eine sehr lange Weile, wenn Sie sich raushalten.«

»Hey«, sagte der Betrunkene und kam näher. »Hey, Tschuldigung, hey.«

In der Sporttasche schoben sich meine Finger an der Seelenflasche vorbei zum Griff meiner Pistole. Instinktiv.

Harmony zeigte ihre Dienstmarke. »Eine polizeiliche Ermittlung. Bitte gehen Sie weiter.«

Er drang in ihre persönliche Distanzzone ein, aber ich bezweifelte, dass es ihm überhaupt bewusst war. Nach seinen glasigen Augen zu urteilen, schien er zu überlegen, welcher der zwei Harmonys er antworten sollte.

»Tschuldigung«, lallte er. »Aber können Sie mir vielleicht sagen, ob das hier das Karnak ist?«

Ich schüttelte den Kopf. »Kumpel, du bist sehr weit weg von deinem Hotelzimmer.«

»Das Metropolitan«, sagte Harmony und verdrehte die Augen. Sie zeigte die Rampe hinauf. »Gehen Sie nach oben, dann nach rechts und suchen Sie nach dem Taxistand. Lassen Sie sich nicht von mir beim Fahren erwischen …«

Ihr Arm war ein wenig zu weit ausgestreckt, sie war ein wenig aus dem Gleichgewicht, und plötzlich war der Betrunkene gar nicht mehr betrunken. Er griff nach ihrem Handgelenk und drehte es hinter ihren Rücken. Seine andere Hand zauberte ein kleines gefährliches Messer hervor, das im Schatten der Tiefgarage schimmerte, und drückte das spitze Ende an die glatte, blasse Haut ihrer Kehle.

Reifen quietschten irgendwo über uns. Zwei Harley Irons rasten die Rampe hinunter, und die Gesichter der Fahrer waren unter Helmen verborgen, so schwarz wie ihre Motorräder. Ihnen folgte ein SUV mit getönten Scheiben und Chromleisten. Die Harleys bewegten sich in langsamen Kreisen, wie Haie, die Blut im Wasser witterten, während der SUV genau neben uns anhielt.

»Sullivan«, zischte ich, als er sich vom Rücksitz erhob, den Gehstock in der Hand und von zwei seiner Jungs flankiert. Wenn ich nach ihren Gesichtern ging, hatten sie davon gehört, dass ich einen ihrer Kumpel in der Mission getötet hatte, wofür sie sich liebend gern revanchieren würden.

Meine Finger lagen am Abzug der Judge in der Tasche, aber das Messer an Harmonys Kehle würde schneller schlitzen, als ich schießen konnte.

»Ein Freund«, sagte Sullivan in freundlichem Tonfall, »wies mich darauf hin, dass Sie hier unten ein geheimnisvolles kleines Rendezvous haben würden. Ich hoffe, es macht Ihnen nichts aus, dass ich ungebeten vorbeischaue, aber ich glaube, Mr. Faust, dass Sie etwas besitzen, das ich haben möchte.«

31

Man hatte uns reingelegt. Es war nicht einfach nur Pech oder die Möglichkeit, dass jemand einem von uns zu diesem Treffen gefolgt war. Wenn Sullivan von der Seelenflasche wusste, konnte das nur bedeuten, dass jemand auf meiner Seite ihm einen Tipp gegeben hatte. Vermutlich dieselbe Person, die ihm gesteckt hatte, dass Father Alvarez und ich auf Nickys Limousine warteten. Es musste jemand sein, mit dem ich seit meiner Rückkehr aus Denver gesprochen hatte.

Das war eine verdammt kurze Liste von Verdächtigen.

Ich ließ meine Hand in der Sporttasche und am Abzug und dachte blitzschnell nach. Priorität Nummer eins war, hier lebend rauszukommen. Mit dem Messermann, Sullivan und seinen zwei Begleitern und den zwei Harley-Fahrern stand es zwei gegen sechs. Oder einer gegen sechs, falls Harmony die Kehle aufgeschlitzt wurde.

Ich tat, als dächte ich nach, um Zeit zu schinden. »Etwas, das Sie haben möchten, etwas, das ... oh, richtig! Es ist soeben eingetroffen. Ein großer Haufen ›Fick dich‹ mit Ihrem Namen drauf.« Ich zeigte ihm den Stinkefinger.

Sullivan runzelte die Stirn.

»Was?«, sagte ich. »Er passt Ihnen nicht? Tut mir leid, aber für ›Fick dich‹ gibt es kein Rückgaberecht.«

Der Messermann hielt Harmonys Hand mit eisernem Griff, sie hatte den Kopf in den Nacken gelegt, und die Klinge war bereit, zuzubeißen. Sie schluckte, dann verzog sie das Gesicht.

»Ich verstehe einfach nicht«, sagte sie, »warum so viele Leute Sie töten wollen, Faust. Sie sind doch so groß darin, Freunde zu gewinnen.«

Sullivan blickte zu Harmony und verneigte sich. »Ich muss Sie um Verzeihung bitten, Agent Black. Es war nicht meine Absicht, Ihnen Unannehmlichkeiten oder Schaden zuzufügen.«

»Wie bei Father Alvarez?«, fragte ich.

»Father Alvarez erfreut sich bester Gesundheit. Er hat mir geholfen, indem er mit der Übersetzung seines äußerst bemerkenswerten Manuskripts weitermacht. Ich habe sehr viel erfahren, und wie ich zu behaupten wage, er ebenfalls. Er wirft unablässig neue Fragen auf.«

»Das Manuskript ist ein Haufen Scheiße, Sullivan. Ein Ammenmärchen. Sie vergeuden Ihre Zeit.«

»Ganz und gar nicht«, erwiderte er. »Und erst recht nicht in diesem Moment. Sie haben etwas, das Lauren braucht. Und Lauren hat etwas, das ich brauche. Eine simple Transaktion, und alle sind glücklich.«

»Sullivan«, sagte Harmony. »Das ist doch Ihr Name, nicht wahr? Verstehen Sie die Konsequenzen dessen, was Sie hier tun? Sie kidnappen eine Bundespolizistin …«

Er riss überrascht die Augen auf. Es sah tatsächlich ehrlich so aus, als wäre ihm dieser Gedanke noch gar nicht in den Sinn gekommen.

»Kidnapping? Oh, gütiger Himmel, nein! Sie missverstehen mich, Agent. Um meinen enthusiastischen jungen Freund davon abzuhalten, ihnen die hübsche Kehle von einem Ohr zum anderen aufzuschlitzen, wird Mr. Faust mir die Seele von Gilles de Rais übergeben. Sobald er das getan hat, steht es Ihnen beiden frei zu gehen. Ich habe keinen Grund, Ihnen etwas anzutun, wenn ich habe, was ich will. Ich weiß nicht, welche wilden Geschichten er Ihnen erzählt hat, aber ich bin einfach nur ein Mann des Friedens, der sich bemüht, für seine vergeudete Jugend Buße zu tun.«

Sechs Patronen steckten feuerbereit in der Trommel der Judge. Nicht genug, um eine Schießerei zu gewinnen. Ich müsste jeden einzelnen von Sullivans Anhängern mit einem einzigen Schuss niederstrecken, ganz zu schweigen von irgendeinem Wildwesttrick, mit dem ich den Kerl töten könnte, der Harmony festhielt, ohne dass sie dabei zu Schaden kam. So gut war ich einfach nicht.

Außerdem hatte ich es mit Sullivan selbst zu tun. Ich war mir nicht sicher, ob ich den Drecksack auch nur bremsen konnte, wenn ich alle sechs Kugeln in sein selbstgefälliges Gesicht abfeuerte.

Harmony sah mich an. Dann zuckte ihr Blick nach unten. Ihre freie Hand lag an ihrer Hüfte, und als sie die Schulter beugte, hob sie den Saum ihres Blazers ein wenig an. Ich sah, was sie mir zeigen wollte. Eine Plastikträne baumelte an ihrem Handgelenk, von einem Klebestreifen gehalten. Vor unserem Rendezvous hatte sie Vorsichtsmaßnahmen getroffen. Sie hatte sich für den Notfall mit einem Sender ausgestattet. Clever.

Sie bewegte sich, als würde sie sich im Griff des Messermanns winden, aber ich sah, was sie wirklich tat. Sie rieb den Arm über ihre Seite und drückte damit den Knopf, der ihren versteckten Sender aktivierte.

»Das ist ziemlich unfair«, sagte ich laut genug, damit das tränenförmige Mikro meine Worte aufnahm. »Ich meine, Sie sind hier mit, was, fünf Typen? Und Sie alle sind bewaffnet?«

Jetzt wusste ihre Rückendeckung, womit wir es zu tun

hatten. Unter normalen Umständen wäre ich gekränkt – schließlich hatte sie mir zugesichert, allein zu kommen, und ich hatte in diesem Punkt mein Wort gehalten –, aber ich würde mir meine Beschwerde für später aufheben, wenn wir diesen Mist überstanden hatten.

Sullivan hob das Kinn, schaute von oben auf mich herab.

»Sie sprechen von Fairness? Das ist ein Wort, das nicht auf Ihre Lippen gehört, Mr. Faust. Nun möchte ich Sie um den Vertrag bitten. Ziehen Sie ihn mit einer Hand heraus, sehr langsam, und werfen Sie ihn mir zu.«

Ich ließ die Pistole los. Dafür wäre später noch Zeit. Ich legte die Finger um die Schriftrolle. Mir wurde schwer ums Herz, als ich ihm das Pergament zuwarf.

Alles, was ich erreicht hatte, gab ich nun aus der Hand. Meine Abmachung mit Sitri genauso wie die mit Naavarasi. All die Risiken, die ich eingegangen war, hatte ich vergeblich getragen. Ich hatte ein klein wenig Boden gewonnen, und nun nahm Sullivan mir alles weg. Ein weiteres Mal. Er entrollte den Vertrag auf der Motorhaube des SUV und überflog den Text. Dann nickte er und streckte eine Hand aus. Einer seiner Chorknaben reichte ihm einen Füllfederhalter.

Schwungvoll unterschrieb er mit seinem Namen. Ich sah, wie meine eigene Unterschrift darüber mit knisternden Flammen zum Leben erwachte. Einen Moment später war nur noch sein Name übrig.

Ich bemerkte eine flüchtige Bewegung weit hinter Sullivan. Lars und Gary krochen auf gegenüberliegenden Seiten der Halle heran und benutzten die geparkten Autos als Deckung. Das war zwar kein regulärer Kavallerieangriff, aber es musste genügen.

»Und nun die Seelenflasche, bitte«, sagte Sullivan.

Ich sah Harmony an und richtete meinen Blick nach links

und rechts. Sie schien die Botschaft zu verstehen. Wir mussten den Cambion mit dem Messer ausschalten, bevor ihre Jungs anrücken konnten. Andernfalls würde er sie töten, sobald sie das Feuer eröffneten.

Ich konzentrierte mich, ließ einen schlanken Fühler aus Magie entstehen. Er wand sich durch die Luft wie ein silbriger Aal, unsichtbar und lautlos, und streifte den verzauberten Armreif an Harmonys Handgelenk. Er flackerte warnend auf.

Auch sie spürte es. Besser ging es nicht, wenn ich sie darauf hinweisen wollte, dass sie sich bereit machen sollte. Ich griff wieder in die Sporttasche und nach der Flasche. Aber nicht nach der Seelenflasche. Es war die Flasche Bud, die ich Melanie abgenommen hatte.

Ich sah Sullivan an und sagte: »Sie wissen, wenn irgendjemand dieses Ding öffnet, wird de Rais' Seele freigesetzt.«

»Ja«, sagte er gereizt. »Ich weiß, wie solche Dinge funktionieren. Bitte unterlassen Sie es, mich belehren zu wollen.«

Ich schüttelte den Kopf und blickte zu den Cambions. »Oh, ich meine nur, ich hoffe, Sie haben Ihre Kumpel hier vorgewarnt. Sobald sie offen ist, wird de Rais' Seele herausfliegen und nach einem Schädel suchen, in den sie kriechen kann. Haben Sie schon mal jemanden gesehen, der von einer frei schwebenden Seele besessen wird? Schauriger Anblick. Die Augen treten hervor, der Mund schäumt, und alle Muskeln werden starr. Doch das ist nur äußerlich. Innerlich wird der Geist zu kleinen Stücken zerkaut. Die Persönlichkeit, das Gedächtnis, alles zerfetzt und für immer verloren ...«

»Genug«, blaffte Sullivan. »Sie sind jämmerlich fehlinformiert, Mr. Faust. Ich hätte mehr von Ihnen erwartet. Nun die Flasche, bitte.«

Der Gesichtsausdruck seiner Anhänger verriet mir, dass ich recht gute Arbeit geleistet hatte beim Versuch, ihnen einen

Schrecken einzujagen. Zwei von ihnen schauten nervös auf die Sporttasche, als hätten sie soeben herausgefunden, dass ich eine mit Milzbranderregern vollgestopfte Piñata zur Party mitgebracht hatte.

Sullivan hatte recht. Das einzige Körnchen Wahrheit in meiner Geschichte war die Tatsache, dass de Rais' Seele einen Wirtskörper brauchte. Ich war mir ziemlich sicher, dass Cambions gar nicht von anderen Seelen besessen werden konnten. Doch bevor sie die Gelegenheit erhielten, die Sache zu durchdenken, ließ ich die Falle zuschnappen.

»Fangen Sie!«

Ich warf die Bierflasche durch die Luft, aber nicht zu Sullivan, sondern zum Cambion mit dem Messer. Er geriet in Panik, ließ Harmonys Handgelenk los und versuchte, die Flasche aufzufangen. Das war die Chance, die sie brauchte, um sich herumzudrehen und die ausgestreckte Hand in seine Nase zu rammen, womit sie den Knorpel zertrümmerte und ihn wie einen Stein zu Boden warf. Die Flasche flog an ihnen vorbei und zersplitterte auf einer Motorhaube, verspritzte Bier und Schaum über die Windschutzscheibe.

Ich warf mich nach links. Harmony sprang nach rechts. Auf der anderen Seite der Halle. eröffneten Lars und Gary das Feuer. Der Donner ihrer Pistolen hallte wie Kanonenschüsse durch die Tiefgarage. Ich hatte meine eigene Kanone, doch bevor ich sie ziehen konnte, setzte einer von Sullivans Schlägern über eine Motorhaube und stürzte sich von hinten auf mich. Er war im vollen Cambion-Modus, ein spuckender und um sich schlagender Schrecken, der mit schmutzig gelben Fingernägeln nach meinem Gesicht krallte und mir die Augen auskratzen wollte.

Ich warf mich rückwärts gegen ein Auto. Die Fensterscheibe zerbrach unter dem Rücken des Cambions. Dann rammte ich ihm immer wieder den Ellbogen in den Brustkorb. Er fiel von mir ab und brach auf dem Beton zusammen. Ich zog meine Pistole hervor, doch bevor ich ihn erledigen konnte, raste einer der Motorradfahrer heran und feuerte wild mit einer kleinen Taschenpistole, die hustende Geräusche von sich gab. Ich landete auf dem Boden, während Glassplitter auf mich herabregneten.

Sobald das Motorrad vorbei war, stemmte ich mich hoch, rollte mich so flach wie möglich über eine andere Motorhaube und ging auf der anderen Seite in die Hocke.

Genau vor Sullivan.

Er kochte vor Wut, während er mitten in der Schießerei stand und dem herumfliegenden Blei nicht mehr Beachtung schenkte als einem Mückenschwarm. Er streckte die Hand aus.

»Geben Sie sie mir!«, zischte er, während sich seine Fingernägel zu Krallen verlängerten.

»Wenn Sie darauf bestehen«, sagte ich. Dann schoss ich ihm ins Gesicht.

Die Judge schlug in meiner Hand wie ein Maultier nach hinten aus. In der hallenden Tiefgarage klang sie wie ein Donnerschlag aus nächster Nähe. Es klingelte in meinen Ohren, und meine Zähne klapperten, und Sullivan taumelte rückwärts, hielt sich kreischend das Gesicht. Ströme schwarzen Sekrets sickerten ölig zwischen seinen Fingern hervor.

Ich hatte keine Zeit zum Feiern. Der Motorradfahrer kehrte für eine neue Runde zurück, und ich warf mich vor der nächsten wilden Salve in Deckung. Eine Kugel pfiff an mir vorbei, nahe genug, um den Luftzug spüren zu können. *Mein Glückstag*, dachte ich.

Sie traf die Sporttasche.

Mit einem Schlag stand die Zeit still. Ich wusste, was geschah, noch bevor ich spürte, wie die Kugel den Stoff zerriss, bevor ich das Zerbrechen des Glases hörte. Bevor ich die Wolke aus purpurnem Rauch sah, die sich durch das Einschussloch schlängelte, hinaus in die Tiefgarage wie ein Schwarm neonfarbener Hornissen.

Sie flog an dem Cambion vorbei, an dem heulenden Dämon vorbei und dann schnurstracks auf Harmony zu. Sie hatte einen von Sullivans Jungs in die Mangel genommen, und jeder Schuss von ihr ging ins Ziel, aber sie hatte nicht gesehen, dass die Todeswolke auf sie zukam.

»Harmony!«, rief ich. »Wehre!«

Sie drehte sich gerade noch rechtzeitig um, riss den Unterarm hoch und zischte etwas. Ihr silberner Armreif flammte mit violettem Licht auf, und die Seelenwolke knisterte, fuhr zurück, wand sich. Sie änderte ihren Kurs. Ich wappnete mich, rechnete damit, dass sie sich nun auf mich zubewegen würde, aber dann fand sie auf der anderen Seite der Schießerei ein leichteres Ziel.

Lars sah nicht, was ihn treffen würde. Der klobige Norweger wandte sich um, und die Wolke sprang ihm genau ins Gesicht. Sie umhüllte ihn, strömte durch seinen Mund, seine Nase, seine Tränenkanäle in ihn hinein. Er erstarrte, als erlitte er einen Krampfanfall, dann brach er am Boden zusammen.

Als er sich wieder erhob, war er nicht mehr Lars.

32

»Lars!«, schrie Harmony und schien aus ihrer Deckung springen zu wollen. Lars stand nur da – mit schlaffem Unterkiefer. Er starrte auf die Waffe in seiner Hand wie jemand, dem man eine verchromte Ente gegeben hatte und von ihm nun erwartete, dass er den Grund dafür verstand.

Gary blieb währenddessen als Schatten im Hintergrund der Halle, was mich nicht überraschte. Schließlich konnte er nicht auf die Leute schießen, mit denen er insgeheim zusammenarbeitete. Das Muster seiner Schüsse ließ vermuten, dass er Feuerschutz gab und sich bemühte, niemanden zu treffen. Das bedeutete, dass sich die Gewinnchancen verändert hatten. Jetzt standen Harmony und ich gegen den Rest der Welt, und wie es aussah, war Harmony im Begriff, etwas Waghalsiges zu tun.

Ich kam ihr zuvor. Ich zog den Kopf ein und stürmte über die freie Fahrbahn in der Hoffnung, sie zu erwischen, bevor sie zu dem Wesen rannte, das nun in Lars' Haut steckte. Einer der Motorradfahrer riss seine Harley herum und kam genau auf mich zu, mit aufgeblendetem Scheinwerfer. Das Licht bot mir eine gute Zielscheibe. Ich hielt den Lauf etwas höher und feuerte einen Schuss ab, während ich weiterlief. Der Fahrer flog aus dem Sattel, und sein Gefährt kippte um. Es schlitterte zur Seite weg und krachte gegen einen geparkten Lieferwagen.

»Kommen Sie!«, sagte ich. »Wir müssen hier weg. Sofort!«

»Ich habe einen Mann verloren!«, rief Harmony. »Ich werde nicht ohne ihn gehen!«

Ich packte sie an den Schultern, drehte sie zu mir herum und sprach mit eindringlichem Zischen: »Wenn wir bleiben, sterben wir. Lars kann noch gerettet werden, aber nicht hier und jetzt. Wenn wir hier sterben, wird ihm keiner jemals helfen können. Kapiert?«

Sie nickte knapp. Hoch konzentriert. Sie lief geduckt bis an den Rand der Deckung und richtete die umgestürzte Harley auf. Ich beobachtete den Albtraum, der nur drei Meter entfernt von mir zum Leben erwachte.

Sullivan richtete sich auf.

Er erhob sich langsam, anmutig, ließ die Hände sinken. Sein Gesicht fügte sich wieder zusammen, während ich dabei zuschaute. Zersplitterte Knochen verschoben sich und verbanden sich miteinander, Wangenknochen hoben sich, und ein geplatzter Augapfel schwoll an und spross in einer leeren Höhle wie ein Giftpilz.

Harmony sah es ebenfalls. Sie schwang sich in den Sattel der Harley und klopfte auf den Sitz hinter ihr. »Na los!«

Sullivan zeigte auf mich. Seine Stimme war ein Gebrüll, das Grabsteine zertrümmern konnte.

»Faust!«

Ich sprang auf das Motorrad. Wir rasten los, noch bevor sich meine Füße vom Beton gelöst hatten. Harmony packte die Lenkergriffe und starrte verbissen geradeaus, als der Motor heiser aufheulte und zwischen unseren Beinen rumorte. Sullivan nahm die Verfolgung auf, verfiel in einen torkelnden Gang, ging dann auf alle viere. Seine Muskeln wanden und spannten sich auf eine Weise, wie es keinem Menschen möglich wäre. Was uns nun hinterherhetzte, war eher eine Bestie, ein Geschöpf, das nur nach Gewalt und Jagd gierte.

Ich steckte die Judge zurück in meine durchlöcherte Sporttasche und umklammerte Harmonys Taille mit beiden Händen. Das Motorrad sauste die Rampe hinauf, legte sich in die Kurve und schwenkte so scharf herum, dass wir beinahe aus der Bahn geworfen wurden. Aber wir verlagerten unseren Körperschwerpunkt, und Harmony gab wieder Gas. Die Verzögerung verschaffte Sullivan ein paar zusätzliche Sekunden. Als ich mich umschaute, sah ich, wie er in die Hocke ging und die gewaltigen Schultern zurückzog, bevor er sich in die Luft katapultierte.

»Schneller!«, rief ich. Die Harley heulte auf, schoss vor, kippte fast über das Vorderrad, und Sullivan landete krachend auf dem Boden. Seine Klauen waren wie eiserne Speere, sie stachen in das Pflaster, als er nur wenige Zentimeter hinter uns niederknallte, und rissen den Beton auf. Er heulte und zerrte, versuchte, sich freizubekommen, während wir auf die nächste Rampe zurasten.

Ich hörte Sirenen. Sehr viele. Wir rollten zum Erdgeschoss hinauf, und Harmony bremste, stoppte das Motorrad so abrupt, dass es schlitternd nach der Seite ausbrach.

Waffen in Truppenstärke waren auf uns gerichtet. Zwei Streifenwagen blockierten die Ausfahrt der Tiefgarage, und ihre Warnleuchten tauchten uns in Farben, ähnlich schreiend wie die Pop Art an den Wänden. Während die meisten Bullen uns aus der Deckung ihrer Fahrzeuge anvisierten, kamen drei Leute herbeigerannt und riefen, wir sollten vom Motorrad absteigen.

Bullen waren das Letzte, was ich bei meiner Arbeit für gewöhnlich zu sehen wünschte. Aber heute wollte ich mich nicht beklagen. Harmony zog ihren Blazer mit zwei Fingern auf, schön langsam, damit sie die Dienstmarke an ihrem Gürtel sehen konnten.

»Special Agent Black«, sagte sie. Ihre Stimme glich einem Samthandschuh, ausgekleidet mit stahlharter Autorität, der Tonfall einer Frau, die erwartete, dass man ihr zuhörte. »Wir haben einen 434-G unten auf der vierten Ebene. Mehrere Angreifer, alle bewaffnet und gefährlich.«

Ein Polizist mit den Streifen eines Sergeant nickte und lief mit uns zurück hinter die Absperrung. »Wir haben dort eine weitere Einheit, die die Nottreppe bewacht. Sie haben sich per Funk gemeldet. Detective Kemper ist soeben dort aufgetaucht. Er ist unverletzt.«

Aber natürlich, dachte ich. *Der gute alte Gary. Vermutlich rannte er davon, sobald sich ihm die Gelegenheit bot.*

»Was ist mit Lars Jakobsen?«, wollte Harmony wissen. »Er ist von der DEA, in meiner Einsatzgruppe. Auch er war da unten.«

Der Sergeant schüttelte den Kopf und bedachte mich mit einem strengen Blick. »Was ist mit dem hier?«

»Er ist mein Informant«, sagte Harmony. »Wir haben Detective Kemper bei verdeckten Ermittlungen gegen einen Drogenring geholfen. Jemand hat die Täter gewarnt, worauf sie das Feuer eröffneten.«

Ein Informant. Mit anderen Worten, ein Spitzel. Trotzdem gab es nur eine begrenzte Anzahl von Möglichkeiten, wie ich ungestraft davonkommen könnte, und wenn ich als Spitzel bezeichnet wurde, klang das schon wesentlich besser als Häftling.

»Hören Sie, das hier ist unser Einsatz«, sagte der Sergeant. »Aber wenn Sie da unten jemanden haben, der in Schwierigkeiten steckt, sollten Sie mitfahren. Wie sollten wir Ihrer Einschätzung nach vorgehen?«

Harmony schüttelte den Kopf. »Völlige Absperrung. Niemand rein, niemand raus. Lassen Sie einen Spezialisten für Geiselnahmen kommen.«

»Agent?«, sagte ich. »Auf ein Wort? Unter vier Augen?«

Sie sah mich an, als wollte sie mehr als nur ein Wort mit mir reden. Wir gingen an den Rand des Parkhauses und traten hinter eine Säule, wo wir außer Sicht waren.

»Was zum Teufel ist passiert ...?«, setzte sie an.

»Sie können diese Leute nicht da unten einpferchen. Sie haben Sullivan gesehen. Gesehen, was er wirklich ist. Wenn er und seine Anhänger sich in die Enge getrieben fühlen, werden sie sich freikämpfen, und dann haben Sie einen großen Haufen toter Polizisten auf dem Gewissen.«

Nun war ich derjenige, der in die Enge getrieben wurde, mit dem Rücken zur Wand. Harmony stand Nase an Nase vor mir. Ihre Stimme war ein raues Flüstern.

»Was zum Henker«, wollte sie wissen, »ist mit Lars passiert?«

»Die Seelenflasche ist durch einen Schuss zerbrochen. Die Seele entfloh und hat sich das leichteste Opfer ausgesucht.«

»Das soll also heißen, dass er besessen ist«, sagte sie. »Weil Sie es versaut haben, ist einer meiner Männer von einem sechshundert Jahre alten Serienmörder besessen. Jemand, für den ich verantwortlich bin. Jemand, dessen Familie mir jedes Jahr eine verfluchte Weihnachtskarte schickt.«

Ich hob die leeren Hände. »Hören Sie, das lässt sich wieder in Ordnung bringen. Aber in diesem Moment müssen wir verhindern, dass die Sache in ein Blutbad ausartet ...«

Harmony packte mich an der Kehle und drückte mich gegen die Wand. Mein Kopf schlug gegen die polierten Fliesen, und der stechende Schmerz raste bis in mein Kinn.

»Es ist bereits ein verdammtes Blutbad«, zischte sie. Ihr Griff um meinen Hals wurde fester, als ich versuchte, mich daraus zu befreien. »Und das ist Ihre Schuld! Das ist Ihr Werk, Sie haben das getan, Faust! *Sie!*«

Ich bekam ihre Hand zu fassen und schob sie weg. Sie versuchte es nicht noch einmal. Sie stand wutschäumend da, brachte kaum ein Wort heraus. Ich rieb mir die Kehle.

»Wir können das in Ordnung bringen«, sagte ich, obwohl mir klar war, wie lahm meine Worte klangen. »Ich kriege das hin. Vertrauen Sie mir.«

Harmony stieß ein kurzes bellendes Lachen aus, in dem keine Spur von Humor lag. »Ihnen vertrauen? Sie sind ein gottverdammter Skorpion. Sie stechen alles, was Ihnen in die Nähe kommt. Ich glaube sogar, dass Sie gar nicht anders können. Das ist einfach Ihre Natur.«

Das Funkgerät in ihrem Ärmel knisterte leise. Wir beide schauten darauf, während sie den Arm hob.

»Hallooo«, meldete sich eine Singsangstimme am anderen Ende.

»Identifizieren Sie sich!«, blaffte Harmony.

»Ich scheine Lars Jakobsen zu sein«, kam die Antwort. Seine Stimme klang seltsam, irgendwie leiernd und aus dem Takt gekommen. Als hätte ein norwegischer Akzent einen One-Night-Stand mit der französischen Sprache gehabt und ein mutiertes Baby hervorgebracht.

»Sie sind nicht Lars«, knurrte sie.

»Ich sagte ›ich scheine zu sein‹, *mon chaton*. Der Anschein entspricht nur selten der Realität, aber das dürfte Ihnen bekannt sein. Sie dürfen mich Gilles nennen, wenn es Ihnen genehm ist.«

Ich beugte mich näher an die Plastikträne heran, die an Harmonys Handgelenk befestigt war.

»Machen Sie es sich in diesem Körper nicht allzu gemütlich«, sagte ich. »Ich habe schon Dämonen aus der Champions

League exorziert. Und Sie? Sie sind nicht mehr als ein Toter mit ellenlangem Vorstrafenregister. Sobald Sie nach oben kommen, stecke ich Sie zurück in die Flasche.«

»Nein, ich glaube nicht, dass Sie das tun werden«, sagte Gilles.

»Aha? Was bringt Sie darauf?«

»Weil ich mit meinem neuen Patron nach oben kommen werde. Bedauerlicherweise hat keiner seiner Freunde den Kampf überlebt, aber er hat noch andere. Wenn ich hinaufkomme, werden Sie mich als Lars Jakobsen begrüßen und mir und meinem ›Gefangenen‹ erlauben, uns unbehelligt zu entfernen.«

»Denken Sie noch einmal nach«, sagte Harmony. »Es sind nicht nur Polizisten und Waffen, an denen Sie vorbeikommen müssen. Hier warten auch zwei Magier auf Sie, und wir hatten Zeit, uns vorzubereiten.«

Gilles ließ ein heiteres Glucksen hören. »Was wollen Sie tun? Ihre Magie vor der ganzen Welt offenbaren? Selbst wenn Sie uns überwältigen könnten, würden sämtliche lebenden Zauberer Sie jagen.«

Ich verfluchte ihn, aber er hatte recht. Sofern es uns nicht gelang, sie außer Reichweite der Bullen, der Menge und der Kameras zu bringen, konnten wir gar nichts gegen sie unternehmen. Und auch sie wussten das, weshalb sie dafür sorgen würden, dass wir nie die Gelegenheit dazu erhielten.

»Ich werde meinen ›Gefangenen‹ mitnehmen«, sagte Gilles, »und verschwinden. Kein Theater, keine Sorge, und keiner Ihrer noblen Kollegen wird ein grausames Ende finden. Solange Sie uns nicht zum Handeln zwingen.«

Harmony schaltete das Funkgerät aus. Sie legte Daumen und Zeigefinger an den Nasenrücken und schloss die Augen.

»Wir müssen …«, begann ich.

Sie brachte mich mit einer Handbewegung zum Schweigen. »Schnauze. Ich denke nach.«

Sie holte zweimal tief Luft und schaltete das Funkgerät wieder ein. »Einverstanden«, sagte sie nur.

Sie kehrte zur Absperrung zurück. Ich folgte ihr.

»Nicht schießen!«, rief sie. »Der Agent kommt mit einem Gefangenen herauf!«

Am Parkhaus wurde es still. Schritte hallten in der Tiefgarage. Schon bald tauchte Lars' massige Gestalt hinter der Biegung auf. Der Besessene führte Sullivan in Handschellen ab.

»Die anderen sind tot«, verkündete Gilles-in-Lars. »Das hier ist der Anführer. Er wollte sich verstecken, aber er konnte uns nicht entkommen.«

Einige der Polizisten applaudierten spontan. Einer pfiff bewundernd, als Gilles seinen finster dreinblickenden »Gefangenen« durch den Kordon führte. Sie kamen auf Harmony und mich zu. Hilflos ballte ich die Hände zu Fäusten.

»Wenn ich daran denke«, sagte Sullivan mit ausdrucksloser Miene, während er mich ansah, »dass ich beinahe davongekommen wäre. All meine Pläne – mit einem Schlag ruiniert.«

Er konnte sich ein Lächeln nicht verkneifen, dieser selbstgefällige Hurensohn.

Gilles schaute erwartungsvoll zu Harmony. Sie hatte in dieser Farce ihre eigene Rolle zu spielen. Sie wusste, was auf dem Spiel stand und welche Konsequenzen es hätte, wenn sie vor Publikum ihre Zauberkräfte offenbarte. Nun stand sie vor der Entscheidung, ob sie die beiden gehen oder die Würfel rollen lassen sollte.

Sie senkte den Blick. Sie starrte zu Boden, als sie ihren Text murmelte.

»Bringen Sie ihn in Gewahrsam, Agent Jakobsen. Ich werde noch den Tatort aufräumen und mich später mit Ihnen treffen.«

»Sehr gut«, sagte Gilles. »Das hier ist ein harter Brocken, aber ich bin mir sicher, dass ich keine Probleme mit ihm haben werde.«

Er hielt Sullivan mit einer Hand an der Schulter fest und führte ihn ab. Hinter seinem Rücken blickte Harmony wieder auf, und ihre Augen glühten vor neuer Wildheit.

»Agent«, sagte sie in so scharfem Tonfall, dass die beiden abrupt stehen blieben. Gilles wandte sich zu ihr um.

»Wir werden«, sagte sie, »uns wiedersehen. Bald.«

Er lächelte. »Ich werde nicht weit sein, *mon chaton*. Es gibt so viel zu tun und zu sehen. So viele angenehme Erinnerungen wiederaufleben zu lassen.«

Dann senkte Gilles die Stimme, er sprach so leise, dass nur Harmony und ich ihn hören konnten.

»Schließlich«, sagte er, »gibt es in der Hölle keine Kinder.«

33

Das war es also. Mein ganzer Plan, mein Geheimabkommen mit Prinz Sitri, hatte von der Unversehrtheit der Seelenflasche abgehangen. Alles, was ich getan und riskiert hatte, war nun vergebens, alles zertrümmert und verbrannt.

Wenn man denkt, man sei bei einem Sturz ganz unten aufgeschlagen, findet man immer genug Raum, um noch tiefer zu fallen.

»Ich erkläre Ihnen, wie es jetzt weitergehen wird«, sagte ich zu Harmony, obwohl ich vermutete, dass sie es bereits wusste. »In diesem Moment ruft Sullivan seine anderen Chorknaben an, damit sie ihn abholen. Sie werden Lars' Wagen ein paar Meilen von hier verlassen vorfinden. Alles wird nach einem Kampf aussehen, als hätte Sullivan sich befreit, ihn überwältigt und als Geisel genommen. Dann werden sie verschwinden.«

Harmony sah mich nicht an. Ihr Blick war auf die Einfahrt der Tiefgarage gerichtet, wo sich Sullivan mit ihrem von Gilles besessenen Partner entfernte. Vielleicht konnte sie mich nicht ansehen. Vielleicht wollte sie es auch einfach nicht.

»Und was dann?«, fragte sie.

»Dann wird Sullivan ein Telefonat mit Lauren Carmichael führen und ihr einen Handel anbieten. Sie hat etwas, das er braucht.«

»Was?«

»Das ist meine Angelegenheit«, sagte ich. »Jedenfalls ist Ihr Partner in Sicherheit. Niemand wird ihm auch nur ein Härchen krümmen.«

»Was ist mit dem Wesen in ihm?«

Ich atmete einmal tief durch.

Als ich ein törichtes Kind war, genau zwischen einer schlimmen Vergangenheit und einer harten Zukunft, schloss ich mich einer Sekte aus Neo-Hippies an, die Engel anbeteten. Doch es waren keine Engel, die sie heraufbeschworen.

Ich war mehr als dreißigmal besessen worden. Caitlin sagte mir, das sei ein Rekord, weil die meisten Leute nach dem zwölften Mal tot oder geistig ausgebrannt waren. Ich hatte es überstanden – mit einer Seele aus Knorpel und Narbengewebe und einer Furcht, die mit der Zeit nicht verblasste.

»Wenn er Glück hat«, sagte ich behutsam, »schläft Lars tief und fest in seinem eigenen Kopf. Nachdem wir ihn befreit haben, wird diese Geschichte für ihn nicht mehr als ein böser Traum sein.«

»Und wenn er kein Glück hat?«

Ich zuckte mit den Schultern. Sie musste all die üblen Details nicht hören.

»Er wird überleben«, sagte ich zu ihr. Das entsprach zumindest der Wahrheit.

Gary Kemper machte den Houdini, als die Schießerei in der Tiefgarage vorbei war. Ich suchte nach ihm im Meer der Polizisten mit den ernsten Mienen und der Aasgeier mit den Kameras, aber er hatte sich wie ein Profi in Luft aufgelöst. Wahrscheinlich versteckte er sich irgendwo und versuchte zu entscheiden, welchem seiner vier Meister er zuerst Bericht erstatten und welche Geschichte er dann erzählen sollte.

Ich selbst fädelte mich in das Fußgängergewimmel ein und kehrte zu meinem ursprünglichen Plan zurück, bevor die Welt auf den Kopf gestellt worden war. Ich ging zur Poolbar hinüber und gönnte mir einen Drink. Im Schatten eines Sonnenschirms schlürfte ich eine frostige Piña Colada. Ich brauchte etwas zu trinken.

Auch wenn Gilles darauf brannte, in die Welt hinauszuziehen und etwas frisches Blut zu kosten, Sullivan würde ihn an der kurzen Leine halten. Wenn man einen Goldbarren besaß, ließ man ihn nicht herumliegen, sodass jeder ihn an sich nehmen konnte. Lauren würde zweifellos mit ihm verhandeln, um in die Hand zu bekommen, was sie brauchte, aber würde sie auch fair verhandeln? Ich würde ihr oder Sullivan zutrauen, im letzten Moment ein Doppelspiel durchzuziehen.

Ich musste diesen Handel verhindern, wie auch immer. Wenn ich einen Ansatz fand, mit dem sie nicht rechneten ...

»Jared?«

Ich blickte auf, als ich aus meinen Gedanken gerissen wurde. Das Mädchen, das neben meinem Sonnenschirm stand, war vielleicht zwanzig, mit makelloser bronzefarbener Haut und einem Bikini in der Farbe von Schnee in Alaska. Sie schaute mich leicht verunsichert über den Rand ihrer übergroßen Sonnenbrille hinweg an.

»Wie bitte?«, fragte ich.

»Oh, Sie sind es gar nicht. Tut mir leid. Ich bin hier mit jemandem verabredet. Wegen einer Internetsache«, sagte sie mit einem Hauch von Verlegenheit. »Sie sehen aus wie sein Foto.«

»Tut mir leid«, sagte ich mit einem Schulterzucken und einem Lächeln. »Ich hoffe, Sie finden ihn.«

Ich lehnte mich auf dem Stuhl zurück, als sie sich entfernte. Ein Teil von mir war in Versuchung gewesen, ihr zu antworten: »Ich bin nicht er, aber ich könnte es sein.« Ein anderer Teil von mir, der klügere und erfahrenere, erkannte, wie schräg das geklungen hätte.

Ich bin nicht er, aber ich könnte es sein.

Mit einem Ruck saß ich kerzengerade da, die Augen weit aufgerissen: Ich hatte meinen Ansatz. Und sie würden nie mit so etwas rechnen.

»Mama«, sagte ich, sobald Margaux den Anruf entgegengenommen hatte. »Diese paillettenbesetzten Seelenflaschen, die du aus Haiti bekommst. Hättest du welche davon parat?«

Mama Margaux war unsere ortsansässige Mambo und Expertin für alles Karibische. Sie hatte bei unserer Belagerung von Laurens Casino-Festung eine Schlüsselrolle gespielt und eine Horde von wilden Geistern losgeschickt, die sich durch die astralen Wehre bissen wie ein Schwarm Piranhas.

»Das hängt davon ab«, dröhnte sie mit ihrem schweren Akzent durch die Leitung. »Mit oder ohne Insassen?«

»Ich suche nach einer freien Wohnung. Habe hier einen Mieter, der bereit ist, in Kürze einzuziehen. Er wurde aus seiner alten Bude ausquartiert.«

»Ich hoffe, er erwartet kein Kabelfernsehen.«

»Nein«, sagte ich. »Der Typ ist ein Langweiler. Kannst du die Flasche zum Scrivener's Nook bringen?«

»Klar!«, sagte sie. »Sobald du mir erklärt hast, wie du dafür bezahlen wirst. Mambo arbeitet nicht für ›danke sehr‹.«

»Würdest du einen Scheck annehmen?«

Das war zugegebenermaßen recht viel verlangt, aber sie hätte nicht ganz so laut herauslachen müssen. Ich zuckte zusammen.

»Wie wäre es mit ›Ich bin dir einen Gefallen schuldig‹?«

»Wie wäre es mit vier?«

»Zwei.«

»Drei, und einer davon ist ein Abendessen in einem schicken

Lokal. Wir hatten noch keine Zeit, uns nach dem Schlamassel im Silverlode auf den neuesten Stand zu bringen.«

»Wie schick?«

»Schicker als der Laden, in den Antoine mich gestern Nacht mitnehmen wollte. Erinnere mich bloß nicht an diesen Kerl.«

»Hattet ihr euch nicht getrennt? Wieder einmal?«

»Das«, sagte sie, »war letzte Woche.«

Ich konnte mich in antike lateinische Texte über okkulte Mathematik vertiefen, ohne dabei ins Schwitzen zu geraten, aber jeder Versuch, bei dem Chaos der Beziehung von Margaux und Antoine durchzublicken, überstieg meine spärlichen Kräfte. Ich war dem Typen noch nicht einmal begegnet. Ich hoffte, dass es eines Tages geschah, falls sie es tatsächlich schafften, mehr als ein paar aufeinanderfolgende Tage zusammenzubleiben.

Während ich mit Margaux verhandelte, war Gary irgendwo in der Nähe und tat, was er tun musste, um die Dinge wieder ins Lot zu bringen und seinen Kopf aus der Schlinge zu ziehen. Tatsächlich traf er erst eine halbe Stunde nach Mitternacht zu Hause ein und trottete mit dem Gewicht der ganzen Welt auf den Schultern die Treppe zu seiner armseligen kleinen Mietwohnung hinauf.

Womit auch immer er gerechnet hatte, als er durch die Tür hereintaumelte, es war höchstwahrscheinlich nicht ich gewesen. Definitiv nicht ich, der auf seiner Couch saß und ein Glas von seinem Whiskey süffelte.

»Tut mir leid«, sagte ich und hielt das Glas hoch. »Ich warte hier schon seit ein paar Stunden. Sie werden es mir sicher nicht krummnehmen, dass ich es mir ein wenig gemütlich gemacht habe.«

Gary stand mit dem Rücken zur Tür da und schob mit einer zitternden, tastenden Hand die Riegel vor.

»Sie dürfen nicht hier sein«, stammelte er. »Sie müssen gehen. Sofort.«

»Warum? Kommt einer von Ihren Kumpeln aus dem Chor der Erlösung herüber? Oder vielleicht einer von Laurens Laufburschen? Oder jemand aus dem Revier? Verdammt, in letzter Zeit ist es schwierig geworden, den Überblick über all Ihre Bosse zu behalten, nicht wahr? Ich weiß nicht, wie Sie das schaffen, ich weiß es wirklich nicht.«

»Wenn es um die Tiefgarage geht ...«

»Oh«, sagte ich, stellte das Glas auf den Tisch und kam auf die Beine. »Sie können Ihren Arsch darauf verwetten, dass es darum geht.«

Er hob die leeren Hände und trat nach rechts, manövrierte sich durch das unaufgeräumte Wohnzimmer. Ich tat es ihm nach, schlich hinter ihm her wie ein Panther.

»Ich wusste es nicht!«, sagte er. »Ich hatte keine Ahnung, dass Sullivan dort sein würde! Wie auch? Harmony bat Lars und mich, ihr bei dem Treffen mit Ihnen Rückendeckung zu geben, und sie hatte nicht einmal eine Ahnung, weswegen Sie sich mit ihr treffen wollten. Wie hätte ich Sullivan einen Tipp geben können, wenn ich absolut gar nichts wusste?«

»Immerhin wussten Sie, dass dieses Treffen stattfinden würde. Vielleicht genügte das schon.«

Er schüttelte den Kopf. »Nie im Leben. Nicht, wenn Harmony in der Schusslinie steht. Ich bin Bulle, Faust. So etwas würde ich einem Kollegen niemals antun.«

Seltsam, aber ich glaubte ihm. Ich erinnerte mich an seine überraschte Miene, den panischen Gesichtsausdruck, als er in der Tiefgarage zu Sullivan und seinen Jungs gerannt war. Er hatte nicht mit Gesellschaft gerechnet.

Nein, er war es nicht, der mich verraten hatte. Ich besaß eine ziemlich genaue Vorstellung davon, wer es gewesen war, aber ich hatte einen speziellen Plan, um diese Rechnung zu begleichen. Das musste vorläufig genügen.

»Nehmen wir an, ich würde Ihnen glauben«, sagte ich und hielt ihn in der Defensive. »Seit heute früh waren Sie ein Geist, und ich wette, Sie haben keinen Papierkram im Revier erledigt. Was tut sich im Land der Erlösung?«

»Sullivan hat Lars, und Lars hat einen gruseligen toten Kerl in seinem Gehirn.«

»Den Teil habe ich selbst miterlebt. Sagen Sie mir etwas, das ich noch nicht weiß.«

»Sullivan hat die Stadt verlassen«, sagte Gary. »Wissen Sie, er bringt den Chor in sehr kleinen Gruppen herüber, jeweils immer nur ein oder zwei Typen. Ein großer Pulk von Cambions, die zusammen unterwegs sind, würde Ärger wie ein Magnet anziehen. Die Nachtblühenden Blumen wittern so etwas aus hundert Meilen Entfernung. Wenig und langsam ist sicherer für alle. Doch nach dem Massaker heute früh kann er es sich nicht leisten, länger zu warten. In dieser Tiefgarage hat er zu viele gute Helfer verloren. Er hat jetzt einen Bus. Damit will er die anderen alle nach Vegas schaffen.«

»Wie viele sind alle?«

»Vielleicht noch einmal fünfzehn. Die meisten von ihnen können gut schießen. Ein paar Zauberer, eventuell noch ein paar Bombenwerfer. Das ist die alte Garde, Faust. Die Elite des Chors. Knallhart, gut vorbereitet und willens, für die Sache zu sterben.«

Schlechte Neuigkeiten. Ich antwortete ihm mit einem sorglosen Schulterzucken, machte einen auf stoisch, aber die Tatsache, dass so viele gestählte Halbdämonen meine Stadt heimsuchen würden, bedeutete mächtigen Ärger für uns alle.

»Sie könnten die Chance dazu bekommen«, sagte ich. »Wie

sieht also der Plan aus? Er fährt einfach in den Mittelwesten und lädt seinen hübschen großen Bus voll?«

Gary schüttelte den Kopf. »Die Nachricht wurde im Untergrund verbreitet. Alle treffen sich in Denver. Sullivan wird hereinrauschen, alle einsammeln und mit Höchstgeschwindigkeit hierher zurückrasen.«

»Und wenn die Nachtblühenden Blumen ihm in die Quere kommen?«

»Sollen sie es ruhig versuchen. Sullivan wird auf nichts und niemanden Rücksicht nehmen. Soweit es ihn betrifft, muss er nicht mehr subtil vorgehen. Vegas ist die neue Heimat des Chors.«

Ich dachte an die Unterhaltung zurück, die ich mit Caitlin über »Pinfeather« geführt hatte, den angeblichen Topagenten der Nachtblühenden Blumen. Bislang fielen die Dominosteine exakt so, wie Pinfeather es sich gewünscht haben musste. Sullivan setzte alle Hebel in Bewegung, um seine Elite mitten in Prinz Sitris Zufluchtsstätte unterzubringen.

»Niemand wird sie aufhalten«, sagte ich, als ich alle Puzzleteile zusammengesetzt hatte.

Gary runzelte die Stirn. »Was?«

»Niemand wird sie aufhalten, weil das alles von Anfang an genau so organisiert wurde. Der ganze Kreuzzug zur Vertreibung der Cambions aus dem Osten war ein aufgelegter Schwindel. Es ist tatsächlich passiert – vielleicht ein paar symbolische Hinrichtungen, um die Cambions ängstlich und wütend zu machen –, aber das hier war das eigentliche Ziel. Sullivan sollte dazu verleitet werden, seine gesamte fröhliche Brigade nach Westen zu schaffen, wo die Nachtblühenden Blumen sie vom Hals haben und wo sie dem Hof der Jadetränen jede Menge Ärger bescheren werden. Das war ein politischer Schachzug. Und zwar ein ziemlich gewiefter.«

Und ich habe ihnen in die Hände gespielt, dachte ich verärgert. Ich hatte Sullivan in die Ecke getrieben und ihn gezwungen, seinen Zeitplan zu beschleunigen.

»Nun ja«, sagte Gary. »Ich bin darüber kein bisschen glücklicher als Sie. Ich dachte, ich wäre schon seit längerer Zeit aus dem Spiel und mit diesen Leuten fertig.«

»Vor seinen Sünden kann man nicht davonlaufen, Gary. Glauben Sie mir, ich weiß es. Also ist Lars bei ihm?«

Gary holte sich ein schmutziges Glas aus der Küche und goss sich selbst vier Fingerbreit Whiskey ein. Er kippte einen Schluck hinunter, lehnte sich gegen die Wand und atmete ganz tief aus.

»Verdammt, nein. Er – nicht Lars, sondern das Arschloch, das seinen Körper benutzt – faselte davon, Kinder aufzuschlitzen, zum Ruhm Satans oder so, und Sullivan hätte ihm dafür fast die Scheiße aus dem Leib geprügelt. Er hat keinen Zweifel daran gelassen, dass dieser Typ, wenn er keine nützliche Verhandlungsmasse darstellt, so schnell wieder in der Hölle landen wird, dass er nicht weiß, wo ihm der Kopf steht. Er hat Lars hinter Schloss und Riegel gebracht, und dort bleibt er, bis Sullivan zurück ist.«

»Wo?«

»Kennen Sie das Honeydew? Das ist ein Stundenhotel, und die Geschäftsführung neigt gegen Barzahlung immer wieder zu Gedächtnisschwund. Lars ist in Zimmer sieben. Sullivan hat dort ein paar Leute zurückgelassen, die das Haus bewachen und aufpassen sollen, dass er nicht abhaut.«

Das war die erste gute Nachricht, die ich an diesem Tag zu hören bekam. Aber ich behielt meine stoische Miene bei.

»Was ist mit Lauren?«

»Ich habe sie angerufen«, sagte er. »Sobald sie erfuhr, dass Sullivan hat, was sie haben will, legte sie auf. Vermutlich, um sich direkt mit ihm in Verbindung zu setzen.«

»Also werden sie sich nach seiner Rückkehr treffen. Wann wird das sein?«

Gary zuckte mit den Schultern. »Bald. Ich schätze, Sullivan wird im Lauf des Vormittags hier eintreffen, vorausgesetzt, die Rückfahrt von Denver entwickelt sich nicht zu einer Szene aus *Mad Max*.«

Das würde nicht passieren. Vielleicht nahmen die Nachtblühenden Blumen zum Schein die Verfolgung auf, nur damit Sullivan keinen Verdacht schöpfte, aber sie mussten überglücklich sein, ihr größtes Problem direkt in Prinz Sitris Schoß abladen zu können.

»Das wäre vorläufig alles«, sagte ich. »Sie hören von mir.«

Gary schüttelte den Kopf. »Nein. Nein, so kann das nicht weitergehen. Zuerst Lauren und Sullivan, dann Harmony und jetzt Sie, und alle versuchen, mich herumzuschubsen. Ich schaffe das nicht mehr, Faust. Ich kann mich überhaupt nicht mehr erinnern, wem ich welche Lügen erzählt habe. Ich werde es vermasseln, und am Ende werde ich tot sein.«

»Wie ich Ihnen bereits gesagt habe. Es gibt nur eine Person auf der Welt, die Sie glücklich machen müssen. Mich. Nun seien Sie ein guter Junge und trinken Sie Ihr Abendessen. Ich werde Sie anrufen, wenn ich Sie brauche.«

Ich drehte mich um und ging zur Tür. Meine Hand war fast am Türknauf, als ich das Geräusch hörte. Das charakteristische Reiben von Chrom an Leder.

Garys Gestalt spiegelte sich in dem Glasrahmen um das Banner der Denver Broncos an der Wand neben der Tür. Ich konnte undeutlich eine Pistole in seiner Hand sehen, die genau auf meinen Rücken zielte.

»Ich bin ziemlich gut darin, Menschen zu lesen«, sagte ich ruhig, ohne mich umzudrehen. »Ihre Beweggründe zu erkennen. Wie sie ticken.«

Er sagte nichts. Fast konnte ich ihn atmen hören.

»In diesem Moment denken Sie«, fuhr ich fort, »dass ich der Tropfen bin, der das Fass zum Überlaufen gebracht hat. Wenn Sie mich von der Bildfläche verschwinden lassen, wäre Ihr Leben erheblich einfacher und sicherer. Das kann ich Ihnen nicht zum Vorwurf machen. An Ihrer Stelle würde ich genauso empfinden. Aber ich möchte Ihnen eine Frage stellen, Gary. Nur eine einzige Frage.«

Immer noch keine Antwort. Ich stellte mir vor, wie sein Finger am Abzug lag, nur einen winzigen Druck von meinem Verderben entfernt.

»Gary, Sie kennen meinen Namen. Und Sie haben Harmonys Akte über mich gelesen. Die Tatortberichte. Die Spekulationen und die Gerüchte. Sie haben die Fotos der Leichen gesehen. Beziehungsweise das, was noch davon übrig war. Glauben Sie an das, was in dieser Akte steht, Gary?«

Seine Stimme war fast zu leise, um wahrnehmbar zu sein. »Ja«, flüsterte er. »Sie sind ein verdammtes Monster.«

»Gut. Dann möchte ich Ihnen eine weitere Frage stellen. Sie haben einen Schuss, Gary, nur einen Schuss ... Was glauben Sie also, wird passieren, wenn Sie mich damit nicht töten?«

Der Arm seines Spiegelbilds wurde unsicher, dann sank er schlaff herab.

Ich ging zur Tür hinaus.

Ich brauchte eine heiße Dusche und ein kühles Kissen, doch nichts von beidem würde ich in meiner unmittelbaren Zukunft bekommen. Die Tatsache, dass Sullivan hierher unterwegs war, bot mir eine einmalige Gelegenheit. Schlaf musste warten.

Ich fuhr zum Honeydew Motel, schaltete die Scheinwerfer des Barracuda aus und rollte auf den Parkplatz. Das Ensemble war eine lausige Müllkippe mit verrosteten Pick-ups und zusammengewürfelten Gartenmöbeln auf der Betonveranda. Ich konnte mir nicht vorstellen, dass viele Touristen hier vorbeikamen, aber wenn man einen Ort brauchte, wo man Meth kochen oder eine Geisel verstecken wollte, wurde man mit offenen Armen empfangen.

Ich fuhr rückwärts in eine Parkbucht, damit ich mich zurücklehnen und mir einen Eindruck von dem Hotel verschaffen konnte. Eine der Straßenlaternen vor der Fassade war kaputt. Eine andere warf ihre kränklich gelben Finger über die verhängten Fenster und staubigen Türen, sodass ich gerade genug Licht bekam, um etwas sehen zu können.

Ein alter Mann mit weißem Bart und fleckigem T-Shirt saß neben dem Büro auf einem Klappstuhl. Er hatte die Hälfte eines Sixpacks Coors geleert und betrachtete den Mond. Ich schätzte ihn nicht als Gefahr ein. Der Glatzkopf mit den harten Augen, der auf dem Gehweg hin- und herspazierte, war hingegen ein ganz anderes Kaliber. Ich ließ meinen Blick unscharf werden und nutzte mein zweites Gesicht. Nun hatte der Junge gelb glühende Venen mit Dämonenblut neben den Muskeln.

Ich blickte zum Fenster von Zimmer sieben. Ein schwaches Licht schimmerte hinter den Vorhängen. Gary hatte angedeutet, dass Sullivan mehr als nur eine Wache zurückgelassen hatte. Waren die anderen hier zusammen mit Lars einquartiert, oder waren sie müde geworden und hatten sich aufs Ohr gehauen? Es gab nur eine Möglichkeit, das herauszufinden.

Ich wählte eine Nummer. Als am anderen Ende abgehoben wurde, sagte ich nur ein Wort.

»Jetzt.«

Ich legte auf und vertauschte das Handy mit der Pistole.

Da mir meine Chancen in einem fairen Kampf gegen den Cambion nicht gut genug waren, wollte ich ihm gar keine Gelegenheit dazu geben. Ich stieg aus dem Wagen und schlenderte zum Büro der Geschäftsführung hinüber, wobei ich tat, als wäre ich ein erschöpfter Reisender auf der Suche nach einem Zimmer, in dem er sich zur Ruhe begeben konnte. Sobald der Glatzkopf das Ende seiner Strecke erreicht hatte und umkehrte, griff ich ihn an. Er hörte meine schnellen Schritte und drehte sich im selben Moment um, als ich ihm den Lauf meiner Pistole unter das Kinn hielt. Ich stieß ihn so heftig zurück, dass er gegen die Wand taumelte.

»Wenn du ruhig bleibst, wirst du überleben«, zischte ich. »Wenn du dich wehrst, stirbst du.«

Er nickte mit weit aufgerissenen Augen. Dabei stieß sein Kinn gegen den Lauf der Waffe.

»Wie viele?« Ich musste nicht genauer erklären, was ich meinte.

»Nur ich«, stammelte er.

»Nur du. Niemand im Zimmer?«

»Bei ihm? Auf gar keinen Fall. Niemand möchte allein mit diesem Freak sein. Es waren noch ein paar andere Jungs da, aber sie sind gegangen, um ein wenig zu schlafen. Für die nächsten paar Stunden bin nur ich hier.«

»Bist kein großer Fan von Sullivans neuem Kumpel, wie?«

»Er ist kein Kumpel von irgendwem«, sagte der Cambion und verzog verächtlich die blassen Lippen. »Dieser Typ ist von Grund auf böse, Mann. Das ist nicht das, was uns ausmacht. Sullivan benutzt ihn als eine Art Unterpfand. Über die Einzelheiten weiß ich nichts. Ich bin nur als sein Babysitter hier, der dafür sorgen soll, dass er keine Chance bekommt, jemandem zu schaden.«

»Dann ist heute dein Glückstag. Dafür zu sorgen, dass er niemandem Schaden zufügt, ist exakt der Grund, warum ich hier bin.«

Sein Blick zuckte nach unten zur Waffe in meiner Hand. »Was willst du tun? Ihn erschießen? Er ist ein Geist, Mann. Er wird einfach in einen anderen Körper wechseln.«

»Ich habe etwas Wirksameres im Sinn. Jetzt musst du eine Entscheidung treffen. Wirst du mich aufhalten, oder wirst du gehen und dir ein spätes Abendessen gönnen, damit du weit, weit weg bist, wenn es hier losgeht?«

»Ich habe Sullivan versprochen, dass ich meinen Posten nicht verlassen werde. Ich habe es versprochen.«

Ich stieß mit dem Pistolenlauf zu, hart genug, um meinen Standpunkt zu verdeutlichen.

»Du kannst gehen, oder ich kann dich erschießen«, erklärte

ich ihm. »Wie auch immer, letztlich bleibt das Ergebnis dasselbe. Der einzige Unterschied ist, ob du noch am Leben sein wirst, wenn die Sonne aufgeht. Meinst du, Sullivan würde wollen, dass du umsonst stirbst?«

Er schüttelte den Kopf, nur so viel, wie er sich traute. »N-nein.«

»Dann sei ein kluger Junge. Mach einen Spaziergang.«

Ich wich so weit zurück, dass er langsam zur Seite treten und sich ein Stück entfernen konnte. Er hielt für einen Moment inne, und ich konnte erkennen, wie er seinen Mut zusammennahm, um auf meine Waffe loszugehen. Dann war der Moment vorbei. Er machte ein paar lange Schritte rückwärts.

»Geh weiter«, sagte ich. »In etwa fünf Minuten möchtest du nicht mehr hier sein. Glaub mir.«

Ich beobachtete, wie er ging, lange genug, um mich davon zu überzeugen, dass er nicht beabsichtigte, umzukehren und zu einem toten Helden zu werden. Dann machte ich mich auf den Weg und horchte an der Tür zu Zimmer sieben. Ein Licht brannte, wie ich durch die wasserfleckigen Vorhänge sehen konnte, aber in Gilles' Zimmer herrschte Grabesstille.

Die Schockmethode funktionierte in dieser Nacht sehr gut für mich. Ich beschloss, dabei zu bleiben und den Trick ein zweites Mal anzuwenden. Ich klopfte fest an die Tür und legte den Daumen auf den Türspion. Die Judge hatte ich in der anderen Hand und hielt sie auf Bauchhöhe. Ich hörte schlurfende Schritte, eine längere Pause und dann das Rasseln der Sicherheitskette.

Mein Plan war, mich auf Gilles zu stürzen, sobald die Tür aufging, um ihn mit vorgehaltener Pistole zu Boden zu zwingen. Das Komische an Plänen ist die Art, wie sie ohne Vorwarnung in sich zusammenfallen können. Die Tür schwang nach innen auf, und das Nächste, was ich verschwommen sah, war

Gilles' Hand, die meinen Unterarm umklammerte. Er zog mich hinein, drehte sich, während er meinen Schwung gegen mich nutzte, worauf ich über die Schulter des riesigen Norwegers flog. Der Boden des Hotelzimmers war kaum mehr als ein dünner Teppich mit Zigarettenbrandlöchern auf Zement, also prallte ich heftig auf, landete auf dem Rücken und einem Ellbogen.

Lars' besessener Körper ragte über mir hoch, er hatte ein amüsiertes Schmunzeln auf den Lippen und warf meine Pistole auf die Bettdecke. Ich rappelte mich auf, versuchte, zurückzuweichen, kassierte als Reaktion jedoch einen kräftigen Fußtritt. Ich ging erneut zu Boden, schnappte keuchend nach Luft und hielt mir den Bauch.

»Ich habe im Hundertjährigen Krieg gekämpft, Bürschchen!«, sagte er lachend. »Ich habe zehnmal mutigere Männer als Sie aufgeschlitzt und ihnen das Lebensblut herausgepresst, und damals hatte ich noch nicht einmal einen Körper wie diesen zur Verfügung. Wenn Sie es wagen, einem Ritter der Hölle gegenüberzutreten, sollten Sie am besten eine Armee in Ihrem Rücken stehen haben.«

Ich wollte sprechen, aber mir entrang sich nur ein pfeifendes Keuchen. Langsam kam ich wieder zu Atem, während eine Flut schwarzer Punkte durch mein Sichtfeld trieb. Gilles zog seine eigene Pistole aus dem Schulterholster und musterte sie interessiert.

»Der Krieg ist in dieser Zeit zur Domäne von Bauern geworden«, sagte er mit einer Spur von Bedauern. »Das Schwert und die Lanze, das sind die Waffen eines echten Mannes. Waffen, die Geschick und Mut erfordern. Jetzt schmiedet man tragbare Kanonen und erlaubt jedem Narren, eine in seiner Tasche zu tragen. Nimmt es da Wunder, dass das Recht von Königen nur noch eine ferne Erinnerung ist?«

»Heutzutage ziehen wir eine Demokratisierung der Gewalt vor«, sagte ich. »So ist es fairer für alle.«

Er warf seine Pistole zu meiner auf die Bettdecke. Da ich immer noch auf dem Boden lag, die Arme hinter mir aufgestützt, war mir klar, dass ich keine Chance hätte, an ihm vorbeizukommen, um mir eine der Waffen zu schnappen. Ihm war es ebenso klar. Gilles zog einen Stab aus poliertem Bein aus seiner Hüfttasche und klappte die gezähnte Klinge eines Jagdmessers aus.

»In Baron Naavarasis Hölle lernte ich die Klinge neu zu schätzen«, erklärte er. »Wussten Sie, dass es möglich ist, einen Mann wie einen Hirsch auszuweiden? Und dass sich diese Arbeit von fachkundigen Händen in weniger als zehn Minuten erledigen lässt?«

»Das wusste ich nicht. Andererseits wollte ich es auch gar nicht wissen.«

Er prüfte die Schneide der Klinge mit dem Daumen, ließ behutsam Haut über Stahl gleiten. Dann nickte er anerkennend.

»Die wahre Kunst eines Meisters besteht jedoch darin, einen Mann auszunehmen und ihn dabei am Leben zu erhalten, während er schreiend bei Bewusstsein ist. Blutverlust tötet schnell, verstehen Sie, und wenn das Opfer um sich schlägt, kann das den Balg verderben oder ganz ruinieren. Das ist eine Technik, die ich schon immer gern ausprobieren wollte, und nachdem ich jetzt zurück im Land des Fleisches bin ...«

Ich dachte hektisch nach, griff nach Strohhalmen.

»Ich kenne Naavarasi«, sagte ich. »Wir stehen auf gutem Fuß miteinander. Sie wäre verärgert, wenn Sie mich töten.«

Er zuckte mit den Schultern. »Sie ist nicht mehr meine Meisterin. Mein Vertrag befindet sich in Sullivans Händen. Ich bin der Rakshasi keine Rechenschaft schuldig.«

»Ich bin mir ziemlich sicher, dass Sullivan mich persönlich umbringen möchte. Er wäre äußerst unzufrieden mit Ihnen.«

»Und dennoch gab er mir keine entsprechenden Anweisungen.« Gilles kam einen Schritt näher und schwang das Messer. »Und ohne direkte Anweisung bin ich frei, alles zu tun, was mir beliebt. Sie sollten sich geehrt fühlen, wissen Sie. Denn Sie werden mein erstes sterbliches Opfer seit Jahrhunderten sein. Sie mögen ein verlauster Bauer sein, aber Sie werden durch die Hand eines wahren Edelmannes sterben. Das ist eine große Ehre.«

Ich spitzte die Ohren. Ein Geräusch in der Ferne, das zusammen mit meinem Pulsschlag lauter wurde. Gerade rechtzeitig.

»Eine letzte Sache noch«, sagte ich.

Er hielt inne, das Messer erhoben.

»Wegen vorhin, als Sie gesagt haben, man bräuchte eine Armee, um Ihnen entgegenzutreten.«

»Oui?«

Rot-blaue Lichter flackerten hinter den Vorhängen, und Sirenen heulten schrill in der Dunkelheit. Streifenwagen überschwemmten das Gelände, rollten einer nach dem anderen auf den Parkplatz. Ich hörte Türen rasseln und zuschlagen, als die einheimische Kakerlakenpopulation die Flucht ergriff und genau in das Fangnetz einer umfassenden Polizeirazzia rannte.

»Ich habe eine mitgebracht«, erklärte ich ihm.

Gilles blinzelte und schaute sich verständnislos über die Schulter um, während er zu begreifen versuchte, was geschah. Und in exakt diesem Moment flog die Tür auf, und Harmony stand auf der Schwelle, flankiert von zwei Metro-Polizisten in Uniform.

»Sie haben ihn erwischt!«, sagte Harmony und nickte Gilles anerkennend zu. »Gute Arbeit, Agent Jakobsen. Dieser Mistkerl wird uns nicht noch einmal entkommen.«

»Warten Sie«, sagte Gilles. »Was … was ist …?«

Einer der Uniformierten hievte mich auf die Füße und zog meine Hände hinter den Rücken. Kalter Stahl umschloss meine Handgelenke, rastete ein, fest genug, um die Haut zu quetschen. Harmony hob meine Pistole vom Bett auf. Eine Kakophonie aus Rufen und hastigen Schritten hallte von außerhalb des Motelzimmers herein. Ich sah einen spindeldürren Junkie mit einem Hakenkreuztattoo am Hals vor der offenen Tür vorbeiflitzen, doch als ihn im nächsten Moment das falsche Ende eines Tasers traf, brach er zusammen und blieb als zuckender Haufen liegen.

»Sie sind Agent Lars Jakobsen von der DEA«, sagte Harmony mit einem kalten Lächeln zu Gilles. »Und Sie haben gerade einen bedeutenden Drogenring auffliegen lassen. Ich wette, dieser Verbrecher hier ist das Oberhaupt des ganzen Meth-Geschäfts.«

Gilles beugte sich näher an Harmony heran und zu ihr hinab. »Welches Spiel treiben Sie hier, Frau?«, flüsterte er heiser.

»Erinnern Sie sich an die Nummer in der Tiefgarage?«, flüsterte sie zurück. »Jetzt sind Sie am Zug. Sie können mitspielen, oder Sie können all diesen schwer bewaffneten Polizisten hier zeigen, was Sie wirklich sind. Ihre Entscheidung.«

Er richtete sich auf, blickte mit zusammengekniffenen Augen von mir zu ihr. Ihm war klar, dass man ihn hereingelegt hatte, aber er kam nicht dahinter, wie oder warum das geschehen war.

»Gut«, brummte er. »Sie können ihn mitnehmen. Ich habe … Papierkram zu erledigen. Polizeilichen Papierkram.«

»Unsinn«, sagte Harmony. »Das ist Ihre Festnahme, Ihre Vernehmung. Ich werde natürlich dabei sein, um Ihnen zu sekundieren, aber Sie sollten diese Sache wirklich bis zum Ende durchziehen.«

Und so kam es, dass Harmony, ich und der Geist von Gilles de Rais in einem zivilen Polizeiauto landeten, zusammen mit einem ahnungslosen Neuling, der zu unserer Unterstützung mitfuhr.

Die Nacht fing gerade erst an.

35

Die Razzia im Honeydew war keineswegs dezent gewesen. Ich zählte vier Streifenwagen, die uns im Konvoi begleiteten, und in jedem saßen mindestens zwei heruntergekommene Streuner auf der Rückbank. Schließlich erreichten wir die nächstgelegene Wache, einen imposanten Block aus verwittertem Granit hinter einem Stacheldrahtzaun. Ich zog den Kopf ein, als Harmony mich aus dem Wagen zerrte.

Hinter den Betonabsperrungen und den verstärkten Plexiglastüren zierte das Siegel des Staates Nevada den schmutzigen und verschrammten Fliesenboden. Der Raum glich einem menschlichen Zoo. Die Festgenommenen von der Razzia im Honeydew ergänzten lediglich das chaotische Gewirbel aus missmutigen Straftätern in Handschellen, hektischen Pflichtverteidigern und einer Handvoll Bullen der dritten Schicht, die sich bemühten, den Kopf über Wasser zu halten. Harmony führte mich am Empfangstresen vorbei zu einer Nebentür, hielt nur kurz inne, um einem Aufseher ihre Dienstmarke zu zeigen.

»Ein Gefangener des FBI«, erklärte sie ihm. »Könnten wir eins Ihrer Verhörzimmer benutzen?«

Er schaute auf seinem Klemmbrett nach und nickte. »Vier müsste offen sein. Ganz am Ende links.«

Wir hielten vor einem Kasten aus Hartplastik an, der in die Wand eingelassen war. Harmony zog ihre Waffe und kehrte uns den Rücken zu. Ich hörte den Kasten rattern und klacken. Dann sah sie Gilles erwartungsvoll an.

»Was?«, fragte er.

»Sie kennen die Regeln, Agent«, sagte sie. »Keine Waffen in den Büroräumen. Legen Sie Ihre Pistole hinein.«

Er nickte langsam, schob sich an ihr vorbei und verstaute seine Waffe in dem gesicherten Kasten. Es ratterte und klackte erneut, dann gab Harmony ihm einen Wink, als Erster hinein-zugehen.

»Jetzt habe ich also keine Kanone mehr«, raunte er ihr zu. »Genauso wie Sie. Eine schwache Frau und ein gefesselter Mann gegen einen Marschall von Frankreich. Das war Ihr grandioser Plan?«

Harmony lächelte matt. »Haben Sie ein Problem mit Frauen in Führungspositionen, Gilles? Ich dachte, Sie hätten unter Jeanne d'Arc gekämpft.«

Er brummte etwas auf Französisch. Ich verstand kein Wort, aber der Tonfall sagte alles.

Wir liefen an überfüllten Schreibtischen und einer kaput-ten Kaffeemaschine vorbei, bogen nach links in einen Korri-dor aus Betonsteinen. Die Tür zum Verhörzimmer stand offen. Es sah genauso aus wie das letzte, in dem ich mich aufgehalten hatte: Stahltisch, Stahlstühle, kalt und steril, alles hinter einem Einwegspiegel.

Ich ging zuerst hinein und trat zur Seite. Gilles kam als Nächster und schmunzelte, als Harmony die Tür zuzog.

»Ich verstehe«, sagte er. »Ein schalldichter Raum. Raffiniert. Also, wen von Ihnen beiden werde ich zuerst ermord...?«

Ich holte mit der Faust aus, schlug ihm mit den stählernen Handschellen, die ich plötzlich lose in den Fingern hielt, über die Augen. Er riss die Hände hoch, um sein Gesicht zu schützen. Harmony verpasste ihm einen brutalen Tritt in die Kniekehle. Sein Bein knickte ein, und er krachte auf den Betonboden. Er bäumte sich auf, brüllte vor Wut und Überraschung, und ich hielt ihm eine Pistole ins Gesicht.

»Sie haben vergessen, den Gefangenen zu durchsuchen«, flüsterte ich. »Das ist miserable Polizeiarbeit.«

Harmony legte ihm Handschellen an, die an einer massiven Kette befestigt waren, die mit einem im Fußboden verankerten Bolzen gesichert war. Diese besonders stabilen Fesseln waren für ausgesprochen gewalttätige Verbrecher gedacht. Innerhalb von drei schnellen Atemzügen hatte sie ihn wie einen Thanksgiving-Truthahn zusammengeschnürt.

»*Non*«, ächzte er und schüttelte den Kopf. »*Non, non, non!* Wie? Wie haben Sie …?«

»Zauberei«, sagte ich, und in gewisser Weise stimmte das sogar.

Vor langer Zeit, und ich meine, vor wirklich langer Zeit, hatte Bentley eine Vaudeville-Routine im Programm. Eine Art billige Houdini-Nummer. Die Sache ist die, dass viele Entfesselungstricks Leuten in meinem Metier äußerst nützliche Anwendungsmöglichkeiten in der realen Welt bieten. Zum Beispiel die Tatsache, dass Schlüssel für Handschellen universell sind. Wenn man sich einen mit einem Stück Kitt unter den Gürtel klebt, sind nur ein wenig Übung und ein paar Sekunden Ablenkung nötig, um sich von den Handschellen zu befreien.

Und die Erklärung für die verchromte Zweiundzwanziger in meiner Hand war ganz einfach: Harmony hatte sie mir in die Hosentasche geschoben, als sie mich am Motel im Auto verstaut hatte. Ich wusste, dass Gilles zu arrogant war, um auch nur die einfachsten Regeln der Polizeiarbeit zu lernen. Deshalb würde er nie daran denken, mich zu durchsuchen. Jetzt war es dafür zu spät.

»Apropos Zauberei«, sagte Harmony. Sie ging zum Einwegfenster und leckte an ihrem Finger. Dann zeichnete sie mit der Spucke eine schnörkelige Rune auf das Glas. Sie flüsterte zischelnd Worte, und der Wind der Macht erhob sich und prickelte wie statische Elektrizität auf meiner Haut. Raureif breitete sich über die Scheibe aus und ließ sie perlweiß werden. Harmony hielt inne, begutachtete ihr Werk einen Moment lang und verließ dann den Raum.

Ich zog einen Stuhl heran, setzte mich rittlings darauf und hielt weiterhin die Pistole auf Gilles gerichtet.

»Wieder allein«, sagte ich.

»Was jetzt?«, wollte er wissen. »Mich erschießen? Ich würde einfach in einen anderen Körper wechseln, und dieser Mann, ein Unschuldiger, wäre tot.«

»Richtig. Wissen Sie, Harmony steht Lars sehr nahe …«

»Aha! Sehen Sie? Deshalb wagen Sie es nicht, auf mich zu schießen.«

»… was der Grund ist, warum ich derjenige mit der Waffe bin«, sagte ich. »Und nicht Harmony. Sie könnte ihren Kumpel nicht einfach abknallen. Ich schon.«

Sein triumphierendes Lächeln verblasste ein wenig.

»Das wäre der letzte Ausweg«, erklärte ich ihm. »Nur für den Fall.«

»Für welchen Fall?«

Die Tür ging auf, und Harmony kam wieder herein, mit zwei braunen Papiereinkaufstüten in den Händen. Sie stellte beide auf dem Tisch ab. Dann griff sie in die linke Tüte und zog eine von Mama Margaux' glitzernden Seelenflaschen hervor. Das Glas war mit einem Regenbogen aus Pailletten geschmückt und troff vor Gefängnismagie, vor qualvollen Echos von roten Ziegelsteinen und schwarzem Eisen. Sie stellte sie so hin, dass Gilles sie gut im Blick hatte.

»Für den Fall, dass wir Schwierigkeiten haben, Sie in Ihr neues Zuhause zu befördern«, sagte ich.

Ich warf einen Blick in die zweite Tüte. Harmony hatte alles mitgebracht, worum ich sie gebeten hatte. Ich holte eine schlanke blaue Glasflasche mit parfümiertem Wasser heraus und ging in einem langsamen, gleichmäßigen Kreis um Gilles herum, während ich Tropfen davon auf den Boden fallen ließ.

»Sie sind wahnsinnig!«, rief Gilles und wehrte sich gegen seine Fesseln. »Das können Sie mir nicht antun! Ich bin ein Edelmann!«

Als Nächstes kam der Singsang von meinen Lippen, raue Worte in kehligen Grunzlauten. Die Sprache war germanisch, aber der Reim war viel älter, urtümlicher, aus einem kalten und bitteren Zeitalter. Ich öffnete eine Dose mit Meerwasser aus der Tüte, befeuchtete meine Fingerspitzen mit dem letzten Rest des parfümierten Wassers und tauchte sie hinein. Dann packte ich Gilles' Kinn mit der anderen Hand und schmierte ihm mit Salz ein blasphemisches Zeichen auf die Stirn. Die Kristalle waren plötzlich so scharf wie hundert winzige Rasierklingen. Als Gilles einen Schrei ausstieß, zog ich meine blutigen Finger zurück.

Ich murmelte eine Verwünschung, und Harmony sang. Sie tremolierte und bewegte die blassen, langfingrigen Hände über die Oberfläche der Paillettenflasche, ließ sie als Reaktion auf ihre sanfte Stimme funkeln. Sie sang vom Meer, von Bewegung, von Anmut mit Worten, deren Bedeutung ich eher erfühlte als verstand.

»Bitte«, kreischte Gilles, während Rinnsale aus salzigem Blut über sein Gesicht liefen. »Bitte, ich will nicht zurückkehren. Ich flehe Sie an. Ich will nicht zurück ...«

Meine Stimme wurde immer schriller und die von Harmony immer sanfter, und dennoch hielt sie irgendwie Schritt, wirbelte durch den Raum, wand sich zwischen den scharfen Konsonanten meines Fluchs hindurch. Mein Zauber strich über Gilles' gestohlenen Körper, vergiftete das Fleisch und ließ Toxine in Muskeln und Knochen eindringen. Die Drehungen unter Harmonys Fingern ließen die Flasche zu einem glimmenden Signalfeuer werden, einem Leuchtturm an einem fernen Ufer, der Ruhe versprach. Wir schraubten uns höher und höher, gipfelten in einem plötzlichen Crescendo, das endete, als wir beide im selben Moment dasselbe Wort sprachen.

»*Geh!*«

Gilles machte einen Satz nach vorn, als sein Geist in einer violetten Wolke aus Lars' Körper hervorkochte. Er strömte aus seinem Mund, seiner Nase, seinen Ohren und Augen, drang unter seinen Fingernägeln hervor, um sich mit der größer werdenden Masse zu vereinigen. Wie ein Fisch am Haken schwebte die wogende Wolke auf die offene Flasche zu. Als auch das letzte schimmernde Stäubchen hineingeschlüpft war, drückte Harmony den Korken in den Flaschenhals.

Ich sackte erschöpft an der Wand zusammen, mein Hemd klebte von kaltem Fieberschweiß auf meiner Haut. Harmony ließ sich keuchend auf ihren Stuhl zurückfallen.

Dann öffnete Lars die Augen, bäumte sich auf, als er verzweifelt nach Luft schnappte, und übergab sich.

Ich wankte hinüber und klopfte ihm auf den Rücken. »Es ist vorbei. Lassen Sie alles raus. Ich musste Ihren Körper zu einer unangenehmen Behausung für Sie machen. Ihnen wird ein paar Tage lang übel sein, aber das ist deutlich besser als die Alternative.«

Der klobige Norweger wischte sich den Mund mit dem Handrücken ab. Er saß da, stumm durch den Schock, und schüttelte den Kopf. Als er schließlich wieder sprechen konnte, kamen seine Worte stoßweise heraus, als müsste er das Sprechen noch einmal von Grund auf neu lernen.

»Ich konnte ... ich konnte gar nichts tun. Es war wie ... als wäre ich ein Gefangener hinter meinen eigenen Augen. Ich versuchte, mich zu wehren ... aber ich konnte es nicht.«

Ich sah Harmony an und sagte: »Sie werden einen langen Spaziergang mit Ihrem Kollegen machen müssen. Es wäre nicht fair, ihn nicht einzuweihen. Nicht nach dem, was er durchgemacht hat.«

»Ich weiß«, entgegnete sie leise.

»Hören Sie«, erklärte ich Lars. »Ich kann Ihnen versichern, dass Sie sich von dem Ereignis erholen werden. Eine Zeit lang könnten die Nächte etwas hart für Sie werden, aber Sie werden es überstehen.«

Ich verriet ihm nicht, dass meine Albträume niemals aufgehört hatten. Aber selbst wenn das stimmte, hatte er ein wenig Hoffnung verdient.

»War das ... war das so etwas wie ein Dämon?«, wollte er wissen.

Ich schaute zu der Flasche und schüttelte den Kopf. »Nein. Nein, das war nur ein Arschloch aus der Oberliga. Wissen Sie eine Stelle, wo sich das gut verbergen ließe, Agent Black?«

Harmony nickte ingrimmig. »Ich kenne den perfekten Ort«, sagte sie. »Ganz unten in einem Pappkarton in der Asservatenkammer für ungeklärte Fälle. Man erzählte mir, dort sei einmal eine Glühbirne durchgebrannt, und es habe fünf Monate gedauert, bevor es überhaupt irgendjemandem aufgefallen sei.«

»Gute Idee. Hey, wir haben vorhin ziemlich gut zusammengearbeitet.«

Sie warf mir einen finsteren Blick zu, aber sie war zu erschöpft, um allzu viel Zorn hineinzulegen. »Machen Sie nicht mehr daraus, als es ist.«

»Schon gut, schon gut. Lars, Harmony wird Sie auf den aktuellen Stand bringen, aber die Zeit drängt. Hier also die Kurzversion: Der Geist des Toten, der von Ihrem Körper Besitz ergriffen hat, war als Verhandlungsmasse zwischen zwei hochgradigen Gefährdern der Gesellschaft gedacht. Wir haben diese Masse soeben aus dem Spiel genommen, aber das wissen die beiden noch nicht.«

Er reckte die Schultern, holte einmal tief Luft und fand sein Gleichgewicht wieder. Der Kerl war hart im Nehmen, das musste man ihm lassen.

»Was passiert als Nächstes?«, fragte Lars.

»Als Nächstes passiert der wirklich gefährliche Teil. Dabei haben Sie einen Cameo-Auftritt, auch wenn Sie schon mehr als genug ertragen mussten. Agent Black, haben Sie das andere Zeug auf meiner Liste?«

»Ich habe alles beschafft«, sagte sie.

»Gut. Als Erstes werde ich die Bühne herrichten.«

Ich ging in eine Ecke des Raums, weit genug weg, damit die beiden das andere Ende meines Gesprächs nicht mithören konnten. Ich hatte Harmony gesagt, dass ich von einem Maulwurf innerhalb der Polizei von Vegas wusste, der Sullivan Bericht erstattete. Aber ich hatte ihr nicht gesagt, dass es sich um einen ihrer Partner handelte. Das wollte ich so lange wie möglich geheim halten. Nicht Gary Kemper zuliebe, sondern weil er für mich weiterhin nützlich war. Gary ging nach dem fünften Klingeln ran.

»Faust«, stöhnte er, »es ist vier Uhr morgens, verdammt noch mal ...«

»*Non*«, sagte ich tiefernst und imitierte Gilles' Akzent, so gut ich konnte. »Nicht Faust. Jetzt nicht mehr.«

In der Leitung war es ein paar Sekunden lang still. Als Gary sich wieder meldete, sprach er im Flüsterton.

»Ich glaube es nicht!«

»Ich habe – wie sagt man? – ›meine Unterbringung höher gestuft‹.«

»Sie sind Gilles de Rais«, sagte Gary tonlos.

»*Oui.*«

»Und Sie haben den Körper von Daniel Scheißfaust übernommen.«

Ich gluckste heiter, als wäre es das Natürlichste der Welt. »*Oui.*«

»Heiliger Strohsack, das ist wie Ostern und Weihnachten zusammen! Was ist mit Lars passiert? Geht es ihm gut?«

»Bedauerlicherweise«, sagte ich, »versuchten Faust und eine Dame, eine Polizistin, mich festzunehmen. Dabei kam es zu einem schrecklichen Unfall.«

»Moment. Moment. Harmony? Harmony und Lars? Was ist passiert, de Rais? Was haben Sie getan?«

»Wie ich sagte, es war ein schrecklicher Unfall. Sie sollten kommen und mich abholen. Seien Sie geschwind und leise.«

Ich erklärte ihm, wo er mich finden würde, und legte auf, bevor er weitere Fragen stellen konnte. Harmony saß auf der anderen Seite des Stahltischs und musterte mich mit zweifelndem Blick.

»Was?«, fragte ich.

»Das war der schlimmste französische Akzent, den ich jemals gehört habe. Ich dachte, Sie versuchen, Pepe das Stinktier nachzuahmen.«

Lars nickte. »Ich hatte ihn in meinem Kopf. Er klang völlig anders.«

»Nun, die einzige Person, die ich wirklich beeindrucken muss, ist Sullivan, und nach meinen Informationen war er nicht daran interessiert, ein tiefgründiges Gespräch mit dem Kerl zu führen. Ich hoffe, dass ihm nichts auffällt.«

»Und wenn doch?«, erkundigte sich Harmony.

»Dann wird er mich in klitzekleine Fetzen zerreißen und meine Körperteile quer über die ganze Wüste verstreuen. Und dann wird dies offiziell der schlechteste Plan sein, den ich jemals ausgeheckt habe.«

Ich leerte den Inhalt der zweiten Einkaufstüte auf den Tisch. Lars hob skeptisch eine Augenbraue, als er den Inhalt betrachtete.

»Also«, sagte ich gut gelaunt, »sind Sie bereit zu sterben?«

Ich stand am Ende des Korridors, in gebieterischer Pose, die Hände in die Hüften gestemmt. Gary wäre fast losgestürmt, als er um die Ecke bog und mich sah. Schweiß klebte sein vom Schlaf zerwühltes Haar auf die Kopfhaut.

»Wo sind sie?«, wollte er wissen. »Was haben Sie getan?«

Ich zeigte auf das mit Reif bedeckte Spiegelfenster zum Verhörzimmer. Der Zauber verblasste wie unter einem warmen Atemhauch und gab Gary einen guten Blick in den Raum hinter der Scheibe frei. Er hielt entsetzt die Luft an.

Lars war in der hinteren Ecke des Raums zusammengesackt,

seine Kehle aufgeschlitzt und mit frisch getrocknetem Blut verkrustet. Harmony lag auf dem Stahltisch wie eine Leiche vor ihrer Autopsie. Nachdem sie brutal erstochen worden war, bedeckten tiefrote Flecken ihre elfenbeinfarbene Bluse. Ihr Mörder hatte die Tatwaffe zurückgelassen, ein Messer, das aus einer ihrer Augenhöhlen ragte.

»Gütiger Himmel!«, entfuhr es Gary, womit er neugierige Blicke aus dem Korridor auf sich lenkte.

»Nicht so laut!«, blaffte ich, während ich zwischen ihm und der Tür stand.

»Sie haben gerade die Morde an zwei Bundespolizisten ...« Er riss sich zusammen und senkte die Stimme. »Sie haben zwei gottverdammte Bundespolizisten ermordet, Sie kranker Bastard! Haben Sie eine Vorstellung, wie sehr Sie uns alle damit in Schwierigkeiten gebracht haben?«

»Für Sie ist das Risiko ein wenig höher als für mich, *Monsieur*, also geben Sie acht und seien Sie etwas diskreter.«

»Diskreter?«, gab er zurück, sah sich noch einmal den Schauplatz der Morde an und dann wieder mich. Er schlug sich die Hand vor die Stirn und raufte sich das Haar. »Das waren Freunde von mir, kapieren Sie das? Kapieren Sie überhaupt irgendwas?«

»Sie waren notwendige Opfer für unsere Sache. Sie ... unterstützen unsere Sache doch, nicht wahr? Ich bin mir sicher, Sullivan würde es gar nicht gefallen, würde er von Ihrer Illoyalität hören.«

»Oh, jetzt wollen Sie diese Karte ausspielen? Was glauben Sie, würde Sullivan zu dieser beschissenen Nummer sagen, hm?«

Ich zuckte ausladend mit den Schultern, imitierte Gilles' Körpersprache. »Er verbot mir, Kinder zu ermorden«, sagte ich und deutete dann auf die Scheibe. »Die beiden sind keine Kinder.«

Gary ging auf und ab, fuhr sich mit den Fingern durchs Haar. »Also gut. Also gut, Sie gottverdammter Psycho. Wir werden es folgendermaßen machen: Ich gehe. Sie warten hier fünf Minuten, und damit meine ich keine Sekunde länger. Dann machen Sie sich auf den Weg und gehen drei Blocks nach Osten. Ich werde Sie dort erwarten. Und bis dahin schauen Sie nicht einmal in meine Richtung.«

Er stapfte davon. Ich wartete, bis er um die Ecke verschwunden war, dann klopfte ich zweimal an die Scheibe.

Harmony ächzte, als sie sich aufsetzte, sich den Nacken rieb und den falschen Messergriff aus dem Klumpen aus kirschrotem Latex auf ihrem Auge zog. Lars kam auf die Beine und kratzte sich das Theaterblut vom Hals.

Vegas ist eine Partystadt, in der man überall ganz einfach Zubehör für Halloween findet.

Ich streckte den Kopf durch die Tür. »Dafür kriegen Sie jeder einen Oscar. Für die besten Leichen in einer Polizeiwache.«

»Hat er es Ihnen abgekauft?«, fragte Harmony.

»Er ist uns komplett auf den Leim gegangen. Und wenn Sie mich jetzt entschuldigen, ich würde gern versuchen, einen Dämon aufs Kreuz zu legen.«

»Hey«, sagte Harmony, bevor ich die Tür schließen konnte. »Faust.«

»Ja?«

Sie nickte. »Bleiben Sie am Leben.«

»Das wird meine oberste Priorität.«

Ich war das Urbild der Unschuld, als ich aus der Polizeiwache spazierte und mich Richtung Osten wandte. Irgendwann hörte ich das leise Brummen eines Autos, das sich mir von links näherte, und das Summen eines sich öffnenden Fensters.

»Steigen Sie ein«, sagte Gary und deutete auf den Beifahrersitz seines ramponierten alten Datsun. Meine Schuhe zerdrückten einen Haufen aus McDonald's-Tüten und leeren Plastikwasserflaschen, als ich mich setzte.

»Ich habe Sullivan angerufen«, sagte er, ohne mich anzusehen, »und ihm mitgeteilt, wessen Körper Sie eingenommen haben. Ich weiß nicht, ob er angepisst oder begeistert ist. Wahrscheinlich ist er sich selbst nicht sicher.«

»Es ist mir ein Vergnügen, für Amüsement zu sorgen«, erwiderte ich.

Ich hatte gehofft, Gary würde mich direkt zur neuen Festung des Chors der Erlösung bringen. Vorausgesetzt, ich überlebte das Ganze, konnte ich zumindest Caitlins Leute rufen, damit sie den Laden in Schutt und Asche legten. Aber Fehlanzeige. Gary fuhr vier Blocks weiter und bog auf den Hof einer Tankstelle an einer einsamen Ecke. Die Dämmerung legte sich über die Stadt, und das sanfte Strahlen des Wüstensonnenaufgangs biss sich mit den grellen Lichtern der Tankstelle.

Sullivan stand vor seinem schwarzen SUV und stützte sich auf seinen Gehstock. Eine Gruppe von Cambions umringte ihn wie ein Schwarm Geier, die ihre nächste Mahlzeit klarmachten. Das mussten die neuen Kerle aus dem Osten sein. Sie hatten etwas Härteres an sich, sie wirkten gemeiner und selbstbewusster. Ein paar von ihnen trugen leichte Windjacken gegen die morgendliche Kühle, und selbst ein Laie konnte die Wölbungen der Holster unter dem Nylon erkennen.

Gary parkte in respektvollem Abstand, dann stiegen wir gleichzeitig aus. Das war er, der entscheidende Alles-oder-nichts-Moment. Wenn Sullivan mir den Schwindel abkaufte, hatte ich es geschafft. Wenn nicht, würde ich hier nie mehr lebend herauskommen. Ich konzentrierte mich auf meine

Atmung, nahm die Schultern zurück und hob das Kinn. Ganz gleich, was Gilles sonst noch sein mochte, er war auf jeden Fall unverschämt selbstbewusst. Ich musste seine Rolle spielen. Aber nicht nur das, ich musste selbst davon überzeugt sein.

Sullivans Blick brannte sich in mich hinein, als wir näher kamen. Ich spürte, wie seine parapsychischen Fühler mich abtasteten, sich um mich schlangen wie die Tentakel eines Oktopus, der in Giftmüll badete. Ich wob einen Schutzmantel um mein Herz und dachte an Naavarasi. Der Duft des Dschungels, Texturen von Holz und Ranken.

»Sie fühlen sich ... anders an«, sagte Sullivan. Sein Gesicht glich einer steinernen Maske.

»Ich *bin* anders«, entgegnete ich stolz. »Mein letzter Wirt war ein Kraftprotz, aber auch ein Dummkopf. Ein Trottel! Dieser hier hat die Winde der Magie berührt. Fausts Macht ergänzt meine wie zwei Flüsse, die sich zu einem reißenden Strom vereinen.«

Er nickte langsam. »Und wie hat Faust Sie gefunden?«

Ich zuckte mit den Schultern. »Nicht alle seine Geheimnisse stehen mir offen ... und dennoch. Ich schäle die Schichten seines Geistes ab, eine nach der anderen.«

Er nickte erneut. Immer noch mit Pokermiene. »Sie haben mir einen Gefallen erwiesen, wie es scheint«, sagte er. »So ungern ich es eingestehe. Ich werde kein Blatt vor den Mund nehmen, de Rais. Sie sind ein Scheusal, und wenn es nach mir ginge, würde ich Sie mit Vergnügen schreiend in die Hölle zurückbefördern, wohin Sie gehören. Zum Glück werden Sie nicht mehr lange mein Problem sein. Sie ... erinnern sich doch, was ich damit meine, nicht wahr?«

Ah, jetzt kam der Test. Was hatte Sullivan Gilles über seine wirklichen Pläne verraten? Wie viele Einzelheiten hatte er über die Sache mit Lauren preisgegeben? Oder hatte er Gilles nur gesagt, dass es um irgendeinen Handel ging? Sullivan erwartete eine Antwort, und wenn ich zu wenige Details erwähnte – oder schlimmer, zu viele, die falsch waren –, würde das beweisen, dass ich gar nicht wirklich Gilles war.

Moment mal, schoss mir durch den Kopf, während meine Gedanken rasten. *Sullivan hasst Gilles. Er hat keinen Grund, ihm Informationen anzuvertrauen. Und nachdem wir sie aus der Tiefgarage hatten entkommen lassen müssen, sperrte Sullivan ihn unverzüglich in dieses Motelzimmer und rauschte ab nach Denver.*

»Wann haben wir uns miteinander ausgetauscht?«, konterte ich und blies mich dabei auf. »Sie haben herzlich wenig getan, seit ich wieder Fleisch wurde, außer mich zu beleidigen und im Stich zu lassen. Das Ausbleiben von Worten und Ihre Handlungen haben mir auf schmerzliche Weise verdeutlicht, dass ich kein geehrter Gast, sondern eine verachtete Geisel bin! Zu meiner Zeit habe ich Engländer respektvoller behandelt!«

Sullivan starrte mich an. Dann kicherte er leise und nickte. Ich atmete erleichtert aus.

»Eine faire Einschätzung«, sagte er. »Nun gut. Sie werden morgen Nacht einem anderen Besitzer übergeben, im Austausch gegen etwas, das ich brauche. Danach werden Sie für niemanden mehr ein Problem darstellen. Bis dahin jedoch werden Sie genau das tun, was Ihnen gesagt wird, genau so, wie es Ihnen gesagt wird.«

Wäre ich tatsächlich Gilles de Rais, hätte er völlig recht. Solange Sullivan seinen Vertrag in der Hand hatte, war die verdammte Seele verpflichtet, all seinen Befehlen zu gehorchen. Ich bemühte mich, den angemessenen Ausdruck von Feindseligkeit in meine Stimme zu legen, als ich mich verneigte.

»Mir bleibt keine andere Wahl, als Ihnen zu dienen.«

»So ist es«, sagte er. »Jetzt werden wir uns einen anderen Ort suchen, wo wir Sie bis zum Festakt verstecken können. Dort werden Sie bleiben. Sie werden zu niemandem Kontakt aufnehmen, mit niemandem sprechen und niemandem Schaden zufügen. Haben Sie mich verstanden?«

»Zu Befehl«, sagte ich, spuckte die Worte fast aus.

Sullivan wandte sich von mir ab und bedachte Gary mit einem strengen Blick. Der kleinere Mann wich zögerlich einen Schritt zurück.

»Was Sie betrifft, so hat der Tod von Black und Jakobsen ein auf lange Sicht potenzielles Problem beseitigt, aber das verheißt nichts Gutes hinsichtlich Ihrer Nützlichkeit für unsere Sache. Können Sie mit den Morden in Verbindung gebracht werden?«

Er zuckte mit den Schultern und trat von einem Fuß auf den anderen. »Die Überwachungskameras in diesem Teil der Polizeiwache sind schon seit zwei Wochen defekt. Und ich hatte mich im Haus nicht angemeldet oder so.«

»Sie brauchen ein Alibi, nur für den Fall. Gehen Sie nach Los Angeles, wo der Chor einen sicheren Unterschlupf besitzt. Ich werde Quittungen und Unterlagen organisieren, die beweisen, dass Sie schon seit zwei Tagen nicht mehr in der Stadt waren.«

Gary zuckte zusammen. »Ich ... wäre lieber hier, wenn es Ihnen nichts ausmacht. Ich meine, ich habe mit den beiden zusammengearbeitet. Ich mochte sie. Ich möchte helfen, Sie wissen schon, bei den Vorbereitungen ...«

»Es macht mir sehr wohl etwas aus«, sagte Sullivan ernst. »Wir stehen unmittelbar vor unserem Triumph. Ich darf nicht riskieren, dass es zu Schwierigkeiten kommt oder Sie zusätzliche Aufmerksamkeit auf meine Leute lenken. Sie haben zwei Möglichkeiten: Sie können aus der Stadt verschwinden, oder Sie können einfach ... verschwinden.«

Die Art, wie er das letzte Wort betonte, stellte klar, dass er keineswegs ein Busticket nach Idaho meinte.

Gary nickte demütig und senkte den Blick. »Ja, Sir.«

Mir war etwas unwohl wegen des Schwindels, aber ich brauchte eine Erklärung, warum »Gilles« frei herumlief, und das vorgetäuschte Blutbad stützte meine Tarngeschichte. Ich konnte Gary nicht in den Bluff einweihen. Sullivan hätte Gary sofort durchschaut, wenn er nicht aufrichtig daran glaubte, zwei Leichen im Verhörzimmer gesehen zu haben. Dazu war er als Lügner einfach nicht gut genug. Außerdem hätte er mir vor weniger als zwölf Stunden beinahe in den Rücken geschossen, weshalb ich nicht in der Stimmung war, nett zu ihm zu sein. Er würde freudig überrascht sein, wenn er aus L.A. zurückkehrte und feststellte, dass seine Partner noch am Leben waren. Sullivan war es bis dahin hoffentlich nicht mehr.

Die Chorknaben setzten Gary in einen Bus und mich auf die Rückbank eines Ford Explorer mit Scheiben, die schwärzer getönt waren als Sullivans Herz. Seine Neuankömmlinge waren von einem ganz besonderen Schlag: stille Fanatiker mit hartem Blick, die sich wie professionelle Soldaten bewegten. Ich fragte mich, ob er irgendwo im Osten eine Art Trainingslager mit Hindernisparcours und Bombenbaukursen unterhielt. Die Jungs aus Denver sagten wenig und lächelten noch weniger.

»Wohin bringen Sie mich?«, wollte ich wissen, als ich meine Rolle weiterspielte.

Der Fahrer antwortete nicht. Die zwei Cambions, die sich links und rechts von mir hineingezwängt hatten, starrten geradeaus wie Roboter, die darauf warteten, dass man sie einschaltete.

»Ich bin ein Edelmann«, sagte ich und stieß gegen die Rückenlehne des Fahrersitzes. »Ich bestehe darauf, dass Sie …«

»Halten Sie die Klappe«, sagte der Fahrer, und damit war seine Gesprächsbereitschaft auch schon erschöpft.

Sie versteckten mich in einem Zimmer in der Value Lodge an der East Tropicana. Das bereitete mir ein getrübtes Vergnügen, weil ich vor nicht allzu langer Zeit schon einmal dort gewesen war, im Zimmer nebenan. Jud Pankow, der Großvater eines unfreiwilligen Pornostars, hatte sich darin verkrochen, während ich den Mörder seiner Enkelin suchte. Wie sich herausstellte, was das Mädchen eine Art Kollateralschaden in einem viel größeren Komplott, und dieser Auftrag hatte mich direkt zu Lauren Carmichael geführt. Und zu Caitlin.

Damals hatte alles noch viel einfacher ausgesehen.

»Bleiben Sie hier«, sagte der Fahrer zu mir, als er mich mehr oder weniger in das Zimmer hineinschob. »Setzen Sie sich. Sehen Sie fern. Geben Sie keinen Mucks von sich. Wir werden morgen Abend wieder hier sein.«

Ich gab ihnen zwei Minuten und lugte an den zugezogenen Vorhängen vorbei nach draußen. Tatsächlich, sie waren abgezogen. Aber warum auch nicht? Soweit Sullivan wusste, waren die einzigen Leute, die Jagd auf Gilles gemacht hatten, Harmony und ich gewesen, und für ihn war Harmony tot und ich besessen. Da »Gilles« an Sullivans Befehl, im Zimmer zu bleiben, gebunden war, und alle Gefahren für ihn neutralisiert waren, wäre es eine Vergeudung von Ressourcen gewesen, Wachen bei ihm zurückzulassen.

Ich öffnete die Vorhänge und ließ Licht in das spartanische Motelzimmer strömen, sonnte mich in der morgendlichen Wärme. Den kleinen Schwindel hatte ich durchgezogen, aber die harte Arbeit fing gerade erst an. Ich brauchte zuverlässige Informationen und Pläne, musste koordinieren ...

Ich schaute zum Doppelbett und gähnte so heftig, dass mein ganzer Körper erbebte. Ich hatte seit über vierundzwanzig Stunden nicht mehr geschlafen, und mein Körper wollte mich dringend daran erinnern, dass ich zu alt war, um mir die Nächte um die Ohren zu schlagen. Ich stellte den Wecker auf dem Nachttisch ein, mich in vier Stunden zu wecken. Sowie ich den Kopf auf das Kissen legte, war ich auch schon weg.

Ich wachte von dem plärrenden Weckton auf und fand sieben Sprachnachrichten von Pixie vor, jede angeblich von einer falschen Nummer. Anscheinend machte sie sich immer noch Sorgen wegen der NSA. Ich rief sie zurück, und sie ging beim ersten Klingeln ran.

»OMG, Faust, wo warst du?«

»Hast du gerade wirklich die Buchstaben OMG laut ausgesprochen? Weil das nämlich kein richtiges Wort ist.«

»Bei Lauren tut sich was. Es gehen jede Menge E-Mails hin und her.«

Ich setzte mich kerzengerade im Bett auf. »Was hast du herausgefunden?«

»Ich würde es dir lieber zeigen. Können wir uns treffen?«

»Value Lodge, Zimmer vier«, sagte ich. »Komm allein, lass dich nicht beschatten.«

»Mann, ich wollte mit einer großen Parade und einer zwanzigköpfigen Band vor deiner Tür auflaufen, aber nachdem du gesagt hast, dass mir keiner folgen soll, lass ich es wohl lieber.«

Ich legte auf und sprang unter die Dusche. Als Pixie anklopfte, hatte ich mich gerade angezogen und war zwar immer noch nicht ausgeschlafen, aber klarer im Kopf als seit einer ganzen Weile. Ich öffnete die Tür, sie stürmte unter Volldampf mit einem Laptop in den Händen herein und errichtete sofort ihr Einsatzzentrum auf einem kleinen Tisch neben dem Fernseher in der Ecke.

»Hauptsächlich tauscht sie sich mit Meadow Brand aus. Morgen Abend soll etwas Großes steigen. Ein Bankett in Laurens Haus in Red Rock. Es klingt so, als wollte Lauren etwas mit diesen Leuten vom Chor der Erlösung aushandeln, um eine menschliche Seele in die Finger zu bekommen. Ein Name fiel, Gilles de Rais, und ich habe ein bisschen recherchiert. Pass auf: Er war ein Marschall von Frankreich, der …«

»An der Seite von Jeanne d'Arc kämpfte und etwa fünfhundert Kinder als Opfer für Satan ermordete.«

Sie zog eine Augenbraue hoch. »Du weißt das längst?«

»Ich habe seine Seele gestohlen, sie wieder verloren, sie aus dem Körper einer anderen Person exorziert, sie in eine Flasche gesteckt und einen Schwindel durchgezogen, sodass der Chor nun denkt, *ich* wäre Gilles de Rais.«

Pixie starrte mich nur an. Sie legte die Hände auf die Tischplatte. »Du musst«, sagte sie, »dich mehr anstrengen, um mich auf dem Laufenden zu halten.«

»In den letzten Tagen war immer sehr viel los.«

»Keine gute Ausrede. Wie auch immer, hier ist der Teil, von dem du garantiert nichts weißt.«

Sie drehte den Laptop herum und zeigte mir etwas auf halber Höhe des Bildschirms. Es war eine Nachricht von Lauren an Meadow.

»Natürlich werde ich den Ring nicht hergeben. Sullivan ist ein Wahnsinniger, und im Besitz von so viel Macht könnte er unsere Pläne ernsthaft gefährden.«

Meadows Antwort kam sofort auf den Punkt. »Soll ich sie also töten?«

»Ja«, hatte Lauren geantwortet. »Sobald wir haben, was wir brauchen, werde ich den Ring benutzen, um Sullivan zu versklaven, während Sie seine Anhänger ausschalten. Tun Sie das, was Sie am besten können.«

»Diese falsche Schlange«, sagte ich. »Sullivan könnte mir leidtun – das ist der Oberhäuptling des Chors –, aber ich bin mir ziemlich sicher, dass er dasselbe mit ihnen vorhat.«

»Aha? Wieso?«

»Wegen etwas, das er zu mir sagte. Dass ich – damit meint er Gilles – ab morgen Abend für niemanden mehr ein Problem darstellen würde. Sullivan hat keinen Grund, Lauren helfen zu wollen. Außerdem verachtet er Gilles. Ich erahne, dass er, sobald er diesen Ring hat, Gilles zwei Kugeln in den Kopf jagen will, um seine Seele zurück in die Hölle zu verbannen.«

»Moment«, sagte Pixie. »Was ist das für ein Ring, von dem die beiden reden?«

Ich zögerte. Sie war zu gut darin, Lügen zu wittern, also zuckte ich mit den Schultern und antwortete so wahrheitsgetreu, wie es mir möglich war.

»Eine Reliquie, und zwar eine verdammt mächtige. Niemand weiß, woher das Ding stammt, aber eigentlich sollte es überhaupt nicht existieren. Hör mal, Pix, das Problem ist Folgendes: Wenn sich herumspricht, welche Macht der Ring verleiht ... kennst du diese Black-Friday-Angebote, wenn sich die Leute wegen eines verbilligten Fernsehers gegenseitig tottrampeln?«

Sie nickte.

»Und nun«, sagte ich, »stell dir vor, dass dies auf der ganzen Welt passiert. Mit dem Unterschied, dass es nur einen einzigen Fernseher gibt.«

»Es gibt da allerdings ein Problem bei deinem Plan.«

»Welches?«

»Du wirst dabei sein und so tun, als wärst du Gilles«, sagte sie.

»Richtig.«

»Und neben Sullivan sitzen.«

»Auch richtig.«

»Und du gehst davon aus, dass Sullivan Gilles eine Kugel in den Kopf jagen will. Also dir.«

»Ah«, sagte ich, »aber nicht bevor er den Ring hat. Also kommt es darauf an, welche Seite zuerst ihr Doppelspiel durchzieht.«

»Also verwettest du dein Leben darauf, dass die Münze auf der richtigen Seite landet.«

Ich zuckte mit den Schultern. »Ich nehme an, du willst damit sagen, dass ich einen besseren Plan brauche?«

»Vielleicht ein klein wenig besser?«

»Zum Glück«, sagte ich, »hätte ich da einen.«

Ich griff mir einen Notizblock des Motels und kritzelte mit einem altersschwachen Kugelschreiber einen Namen und eine Adresse darauf.

»Weißt du noch, wie du Gary eine E-Mail geschickt und so getan hast, als käme sie von Lauren?«, fragte ich. »Könntest du das andersherum machen? Gary wurde aus dem Spiel genommen, aber das dürfte sie noch nicht wissen.«

»So aus dem Spiel genommen ...?« Pixie richtete Daumen und Zeigefinger wie eine Pistole auf ihren Kopf.

»Nein, nein, er ist in L.A.«

Sie erschauderte. »Das ist ja noch schlimmer. Ja, ich kann seine IP fälschen. Kinderleicht.«

»Gut. Gib vor, Gary zu sein, und schreib Lauren, dass Sullivan bei Essenslieferungen extrem paranoid ist. Schreib ihr, dass diese Cateringfirma die einzige ist, der er vertraut, damit Lauren sie mit der Ausrichtung des Banketts beauftragt.«

Sie blinzelte über ihre Brille auf den Notizzettel. »Warum?«

»Weil wir auf diese Weise ein Team in Lauren Carmichaels Haus hineinbekommen werden. Dies ist das Endspiel. In einer einzigen Nacht werden wir alles niederbrennen.«

Als die Sonne über den Vorstädten aufging, sprossen Autos wie stählernes Unkraut auf der Straße vor Emmas und Bens Haus. Die Nachbarn dachten vermutlich, dass sie eine Dinnerparty gaben. Nahe dran.

Im Wohnzimmer half Emma mir, eine Staffelei aufzubauen, während Melanie Platten mit Kanapees auf dem Tisch im Esszimmer arrangierte.

»Du solltest heute Abend mit deinen Freunden ausgehen«,

sagte Emma zu Melanie. »Du darfst auch über die Sperrstunde hinaus wegbleiben, nur dieses eine Mal. Kein Problem.«

»Ich möchte hierbleiben, Mom.«

Emma runzelte die Stirn. »In diese Sache solltest du nicht hineingezogen werden …«

Melanie knallte ein Plastiktablett auf den Tisch.

»Verdammt noch mal, Mom, hör auf, mich vor allem beschützen zu wollen. Ich bin nicht blöd, okay? Als der Chor der Erlösung drüben im Osten Schwierigkeiten machte, fingen die Blumen an, alle Cambions, die sie finden konnten, zu vernichten. Jetzt ist der Chor hier, und ich weiß, dass sich Geschichte wiederholt. Prinz Sitri könnte genau dasselbe machen wie die Blumen.«

»Das wird er nicht«, sagte Emma.

»Er könnte es tun. Und wenn der Chor hier Fuß fasst, wird er es wahrscheinlich auch tun. Und mich wird man nicht verschonen, nur weil ich deine Tochter bin. Solange der Chor hier ist, bin ich in Gefahr, genauso wie meine Freunde. Ich habe das Recht zu erfahren, was vor sich geht.«

Emma seufzte und blickte über das Gestell zu mir herüber.

Ich zuckte mit den Schultern und sprach im Flüsterton. »Sie ist dein Kind, also ist es deine Entscheidung. Aber sie hat nicht ganz unrecht. Wenn wir dieser Sache morgen Abend kein Ende setzen können, dann werden alle antreten und kämpfen müssen.«

Emma nickte und blickte sich über die Schulter zu ihrer Tochter um. »Mach mit den Häppchen weiter. Und während der Versammlung hörst du nur zu und sagst kein Wort, verstanden?«

Melanie verschloss pantomimisch ihre Lippen und warf den Schlüssel fort, dann hob sie die Hand und salutierte zackig.

Bentley und Corman trafen als Erste ein. Sie waren mehr

als nur ein wenig besorgt, sich mit der Familie Loomis zu treffen. Selbst wenn ich sie nicht vorgewarnt hätte, hätten sie die wahre Natur von Emma und Melanie auf der Stelle erschnuppert. Doch als Emma eine alte Platte von Miles Davis auf der Stereoanlage abspielte, entspannten sie sich ein bisschen.

»Daniel erzählte mir, dass ihr beide Schotten seid«, sagte sie. »Was würdet ihr von einem Glas mit fünfundzwanzig Jahre altem Glenlivet halten?«

»Ich würde Bitte und Danke sagen«, antwortete Corman. Bentley sträubte sich immer noch und hielt Corman zwischen sich und dem Dämon im Zimmer, aber er blieb unerschrocken höflich und nahm das Glas – ein eher kleines – mit einem dankbaren Nicken an.

Dann kamen Mama Margaux und Jennifer, die sich für die Fahrt in Jennifers Prius gezwängt hatten. Anfangs fühlten sie sich ähnlich unbehaglich wie Bentley und Corman, aber dann plauderte ich am Büfetttisch ein wenig mit ihnen und beruhigte sie, so gut ich konnte.

»Ich weiß nicht, warum wir das nicht im Tiger's Garden hätten machen können«, murrte Mama und warf einen Blick zu Emma.

Ich schüttelte den Kopf. »Der Garden ist nur für Magier, Mama. Die Hälfte der Gäste könnte gar nicht hineingelangen oder auch nur die Eingangstür finden. Und so ungern ich es zugebe, diesmal brauchen wir mehr als nur unsere kleine Familie. Es sind alle verfügbaren Hände nötig, um diesen Schlamassel in Ordnung zu bringen.«

Unterdessen zeigte Jennifer voller Stolz der begeisterten Melanie ihre tätowierten Flügel. Emma schaute missbilligend von der Seitenlinie aus zu. Ich war mir nicht sicher, ob sie die Stirn runzelte, weil sie wusste, womit Jennifer ihren Lebensunterhalt bestritt, oder ob sie nicht wollte, dass Melanie auf die Idee kam, sich ebenfalls tätowieren zu lassen. Vermutlich beides.

Der nächste Zugang brachte zwei ganz eigene Überraschungen mit. Zwar hatte ich Nicky Agnelli zu dem Treffen eingeladen, aber nicht damit gerechnet, dass er mit Justine und Juliette am Arm hereinspazieren würde. Unverzüglich gurrten die Zwillinge und schwärmten nach links und rechts aus, um das Wohnzimmer wie zwei fanatische Fashionistas zu erkunden.

Ich zog Nicky am Ärmel seiner Hugo-Boss-Jacke beiseite.

»Ich dachte, ich hätte dich gebeten, sie zu Hause zu lassen.«

»Ich habe es versucht, Mann! Sie sind mir gefolgt.«

»Diese Musik ist *alt*!«, zwitscherte Justine und zeigte auf die Stereoanlage.

Corman schüttelte den Kopf. »So etwas nennt man klassisch, junge Dame. Miles Davis kommt niemals aus der Mode.«

»Diese Person ist *alt*!«, tönte Juliette und zeigte auf Corman.

Man musste ihm zugutehalten, dass er nur die Augen verdrehte und an seinem Scotch nippte.

»Glaubst du wirklich, dass dieser Plan funktionieren wird?«, fragte Bentley mich mit gesenkter Stimme.

»Er enthält viele variable Teile«, sagte ich. »Zu viele für meinen Geschmack, aber man muss mit dem Werkzeug arbeiten, das einem zur Verfügung steht.«

Wieder läutete die Türklingel.

»Ich mach auf!«, riefen Justine und Juliette wie aus einem Mund.

»Mir gefällt das Risiko nicht, das du eingehst«, sagte Bentley zu mir.

»Nun, das gehört dazu, wenn man die Führungsrolle übernimmt, nicht wahr? Der Typ mit dem Schlachtplan sollte derjenige sein, der direkt an der Front steht. Außerdem werden wir nie wieder eine solche Gelegenheit erhalten.«

»Oh, wow, deine Brille!«, hörte ich Justine rufen. »Unglaublich! Du bist so was wie ein Hipster. Und als Fashion-Statement ist Hipster absolut tot, wodurch es ironisiert wird, was dich zum totalen Hipster macht!«

»Äh, danke?«, sagte Pixie.

»Oh nein«, sagte ich und drehte mich herum. »Verdammt, nein!«

Die Zwillinge umschwärmten Pixie wie Hyänen eine blutende Gazelle.

»Und sie hat einen Laptop aus umweltverträglich recycelten Rohstoffen!«, schrie Juliette.

»Bist du ein echtes Geek-Girl?«, fragte Justine. »Oder ein falsches Geek-Girl? Diese Fragen sind extrem wichtig!«

Ich drängte mich ins Getümmel und führte Pixie behutsam von der Haustür weg.

»Was zum Henker war das?«, zischte Pixie durch die zusammengebissenen Zähne. Sie hatte eine Hand zur Faust geballt, und ich hatte den Eindruck, dass sie nur noch einen weiteren abfälligen Kommentar davon entfernt war, sie auch zu benutzen.

»Willkommen in meiner Welt. Komm hier herüber. Bentley, Corman, das ist Pixie. Ihr seid euch gewissermaßen schon begegnet, als wir diese Ausweiskarte für das Bürogebäude von Carmichael-Sterling geklaut haben. Sie war im Lieferwagen und hat den Laden geschmissen.«

Bentley erhob sich und nahm ihre Hand, als wäre er Rhett Butler. »Ich habe schon sehr viel von Ihnen gehört, Miss. Nur Gutes, möchte ich betonen.«

»Ihr beiden setzt euch für einen Moment mit Pix zusammen und erklärt ihr die Lage, zeigt ihr, wer menschlich ist und wer nicht. Ich muss verhindern, dass weitere potenzielle Konflikte ausbrechen.«

Wenn man bedachte, dass wir noch nicht einmal über den Plan gesprochen hatten, stürzte meine große Vision eines Gemeinschaftsprojekts soeben wie ein Vogel ab, der einen Flügel eingebüßt hatte.

38

Als ich einen weiteren Rundgang durch den Raum machte – und Jennifer auf Pixies Eintreffen hinwies, weil ich mir dachte, dass ihr als Neuling der Anblick eines weiteren vertrauten Gesichts bestimmt angenehm sein würde –, stellte ich fest, dass die Zwillinge nun Melanie im Visier hatten.

»Du bist so dünn«, gurrte Juliette. »Wie machst du das? Magersucht oder Bulimie?«

In diesem Fall brauchte ich allerdings nicht einzugreifen. Emma trat hinter die Zwillinge, packte beide im Nacken und hob sie auf die Zehenspitzen. Ihre Mienen und die erstickten Laute, die sie von sich gaben, ließen vermuten, dass Emma die Krallen ausgefahren hatte. Im Wortsinn.

»Ihr redet nicht mit meiner Tochter«, sagte Emma. Ihre Stimme war ruhig und stahlhart.

»Nein«, quiekte Juliette, die sich gegen ihren Griff wehrte. »Das tun wir nicht! Du hast völlig recht! Du hast auf jeden Fall recht!«

»Ihr werdet euch jetzt in die Ecke setzen«, sagte Emma.

»Richtig!«, antwortete Justine und versuchte zu nicken, während ihr Tränen in die Augen traten. »Genau das wollten wir gerade tun. Das hatten wir die ganze Zeit vor.«

Emma ließ sie los. Sie fielen wieder auf die Füße, wanden sich und rieben sich den Nacken. Justine griff nach einem Sandwich, und Emma schlug ihr auf den Handrücken.

»In die Ecke. Sofort.«

»Alle sind so gemein zu uns«, jammerte Juliette, als sie sich davonschlichen.

Es wurde eindeutig Zeit, mit der Besprechung zu beginnen.

Wir schleppten sämtliche Stühle im Haus ins Wohnzimmer und stellten sie etwa in einem Halbkreis zu beiden Seiten der Sofagarnitur auf. Alle fanden sich in unterschiedlichen Lagern zusammen: die Magier, meine Familie, in einer dichten Gruppe auf der Linken neben Pixie, Emma und Melanie in der Mitte auf dem Sofa, Nicky mit den Zwillingen ganz rechts. Ich stellte mich neben die Staffelei und kam mir vor wie ein Highschool-Student, der seine erste Rede vor der Klasse halten sollte.

Ein wenig später klapperte der Türknauf, als unser letzter Gast eintraf. Ben trat mit verlegener Miene ein und hängte seinen Regenmantel an die Flurgarderobe.

»Tut mir leid«, sagte er. »Musste länger arbeiten, weil mein Computer den Geist aufgegeben hatte. Schneller konnte ich nicht hier sein. Habe ich viel verpasst?«

Ich schüttelte den Kopf und deutete auf die Couch. Er ging hinüber und setzte sich neben Melanie. Emma beugte sich hinüber und erklärte ihm knapp, wer all die Leute waren.

»Ganz und gar nicht«, sagte ich. »Wir wollten gerade anfangen.«

Ich holte tief Luft und blickte über die versammelten Gesichter. Einige kannte ich seit Jahren, anderen war ich vor einigen Tagen zum ersten Mal begegnet. Ich wusste nur eins mit Sicherheit, und das ließ mir das Blut in den Adern gefrieren.

Einer von ihnen war ein Verräter.

Bis jetzt war Sullivan meiner Planung mindestens dreimal

um einen Schritt voraus gewesen. Der Grund dafür war keineswegs Glück oder übernatürliche Fähigkeiten, sondern etwas wesentlich Simpleres: Jemand leitete Informationen an den Chor der Erlösung weiter.

Nun würde ich dieser Person meinen kompletten Plan offenbaren.

Und hier kam der Clou: Auch das war Teil meiner Planung.

»Was ist mit Caitlin?«, rief Nicky und handelte sich damit einen bösen Blick von Emma ein.

»Sie ist ... nicht in diese Sache eingeweiht«, sagte ich. »Jetzt lasst mich anfangen. Erstens möchte ich euch allen dafür danken, dass ihr heute Abend gekommen seid. Jede Sparte des okkulten Untergrunds von Vegas ist hier vertreten. Wir haben die magische Gemeinschaft, die Cambion-Gemeinschaft ...«

»Nur die mafiösen Elemente«, murmelte Bentley und verneigte sich dann in Melanies Richtung. »Dich selbst natürlich ausgenommen, junge Dame.«

Nicky schnippte mit den Fingern. »Hey, die Mafia wurde schon vor Ewigkeiten aus Vegas vertrieben, und das weißt du ganz genau, alter Knabe. Ich bin ein unabhängiger Geschäftsmann. Ein bisschen Respekt hat noch niemandem geschadet.«

»Bentley, Nicky, bitte. Und zu guter Letzt Vertreter der, äh ...«

»Der Southern Tropics Import/Export Company«, sagte Emma förmlich. »Nehmt euch auf dem Weg nach draußen unbedingt eine Broschüre mit. Die meisten von euch werden auf die eine oder andere Weise für uns arbeiten, also könnt ihr euch genauso gut einen Vorteil verschaffen und der Konkurrenz zuvorkommen.«

»Eure Altersvorsorge ist beschissen«, warf Jennifer ein.

»Hast *du* einen Altersvorsorgeplan mit vollständig angepassten Beiträgen?«, fragte Ben sie.

331

Ich hob die Hände. »Also, Leute, im Ernst? Ich weiß, dass nicht alle von uns gut miteinander klarkommen, aber hier geht es um uns alle. Jeder von euch hat guten Grund, sich wegen des Chors der Erlösung Sorgen zu machen, wegen der Carmichael-Sterling-Gruppe oder wegen beiden. Jeder von euch schwebt in Gefahr, solange Sullivan und Lauren Carmichael weiterhin hier draußen ihr Unwesen treiben. Wenn wir eine Chance haben wollen, beide zur Strecke zu bringen, müssen wir zusammenarbeiten. Nur eine Nacht lang. Mehr verlange ich nicht von euch. Nur eine Nacht.«

Damit hatte ich zumindest ihre Aufmerksamkeit. Ich holte tief Luft und fuhr fort.

»Morgen Abend werden sie sich in Laurens Haus treffen. Lauren bemüht sich mit aller Macht, eine verdammte Seele namens Gilles de Rais in die Hände zu bekommen. Er ist ein unverzichtbarer Teil ihres großen Plans, aber ich kann euch nicht sagen, warum. Der Knackpunkt ist, dass sie ihn braucht und wir ihn haben.«

»Wo genau?«, fragte Emma mit gerunzelter Stirn.

»An einem sicheren Ort. Ich konnte Sullivan davon überzeugen, dass ich von de Rais' Geist besessen bin. Ich werde der Ehrengast bei diesem Bankett sein.«

Und damit hatte ich den Schwindel auffliegen lassen. Sobald diese Besprechung vorbei war und der Verräter ein privates Telefonat führen konnte, würde Sullivan die Wahrheit erfahren. Meine einzige Überlebenschance bestand darin, eine Komplikation einzubauen.

»Doch es besteht eine recht hohe Wahrscheinlichkeit, dass Sullivan die List durchschaut, bevor das Bankett beginnt«, sagte ich, als wüsste ich nicht, dass es mit absoluter Sicherheit so kommen würde.

»Dann wird er dich töten!«, sagte Jennifer.

»Das glaube ich nicht. Lasst mich ausreden. Ihr müsst wissen, dass Sullivan und Carmichael sich nicht ausstehen können. Es ist ausgeschlossen, dass er den echten de Rais vor morgen Abend findet, und eines dürfte ihm klar sein: Wenn ich ihn erfolgreich täuschen konnte, dann kann ich Lauren genauso mühelos hinters Licht führen.«

»Du glaubst, er wird dich an sie ausliefern?«, fragte Nicky. »Selbst wenn er weiß, dass du ein Schwindler bist?«

Ich nickte. »Genau. Weil das seine einzige Möglichkeit ist, das zu bekommen, was er braucht, und obwohl er mich gern umbringen würde, ist er klug genug, um den Unterschied zwischen kurzfristiger Befriedigung und langfristigem Profit zu erkennen.«

Wenn ich Glück hatte, würde alles soeben Gesagte von den Lippen des Verräters direkt in Sullivans Ohren dringen, worauf er die Logik des Ganzen verstehen würde. Wenn ich jedoch kein Glück hatte ... nun, es war besser, nicht allzu genau darüber nachzudenken.

»Was genau will er haben?«, fragte Bentley.

Ab jetzt musste ich vorsichtig sein. Ich belog meine Freunde zwar nur sehr ungern, aber mir blieb keine andere Wahl.

»Einen Ring, der sich in Laurens Besitz befindet. Wenn man ihn zu benutzen weiß, hat er ... angeblich die Macht, die Kraft von Dämonenblut zu verstärken. Das ist Sullivans Endspiel, versteht ihr? Er plant mit einer Armee seiner getreuen Cambions einen Einmarsch in die Hölle, wo er einen Umsturz anzetteln will, angefangen beim Hof von Prinz Sitri.«

Nicky sah mich mit einem langsamen Nicken an. Er kannte als Einziger außer mir in diesem Raum die Wahrheit über Salomons Ring, und er wollte genauso wenig wie ich, dass etwas über dessen wahre Macht nach außen drang.

»Sullivan hält einen Priester als Geisel fest«, fuhr ich fort.

»Einen Mann namens Maximilian Alvarez. Er ist das Parade-beispiel für jemanden, der zur falschen Zeit am falschen Ort war. Er begann mit der Übersetzung eines obskuren Buches, das vorgeblich die Beschreibung einer geheimen Straße zwischen Erde und Hölle enthält.«

»Völliger Unsinn«, sagte Corman und schwenkte sein Glas Scotch. »So etwas gibt es nicht.«

»Das sehe ich genauso«, sagte ich. »Aber Sullivan glaubt fest daran. Und Lauren beharrt darauf, dass er Father Alvarez – und sein halb übersetztes Buch – zum Bankett mitbringt.«

»Warum will sie das?«, fragte Melanie.

Jennifer beugte sich auf ihrem Stuhl zur Seite und nahm mir die Antwort ab. »Um auf Nummer sicher zu gehen. Lauren ist kein Dummkopf, und sie hat immer mehrere Eisen in allen möglichen Feuern. Sie will sich persönlich davon überzeugen, dass Alvarez' Buch echt ist. Sie muss diesen de Rais in die Finger bekommen, weil ihr ganzer Plan ansonsten feststeckt wie ein kaputter Zug auf einem ansteigenden Gleis. Wenn sie also glaubt, dass die Möglichkeit besteht, dass sie bei diesem Handel nicht die echte Seele bekommt ...«

»Was sie nicht glauben wird«, sagte ich, »weil sie stattdessen mich bekommt.«

»... dann braucht sie einen anderen Weg, wie sie in die Hölle abtauchen und diesen Typen aufspüren kann.«

Ich erwähnte nicht, dass Laurens E-Mails an Meadow Brand genau das dargelegt hatten, wenn auch mit etwas anschaulicheren Begriffen. Brand hatte die strikte Anweisung, Alvarez am Leben zu lassen, während sie die Ermordung von Sullivans Leuten in die Wege leitete. Der bevorstehende Hinterhalt war ein Fitzelchen Information, das ich dem Chor auf gar keinen Fall zukommen lassen wollte.

»Und das ist der Schlüssel zu unserem Plan«, sagte ich. »Wir werden reingehen, den guten Father herausholen und dieses Buch stehlen.«

»Wozu?«, fragte Corman. »In dem Ding kann nur ein Haufen Schwachsinn stehen, das sag ich dir.«

»Das spielt keine Rolle. Sullivan glaubt daran. Also schnappen wir es ihm vor der Nase weg. Mit dem Buch und de Rais' Seele haben wir dann die Hauptzutaten für beide Verschwörungen in der Hand.«

»Was bedeutet, dass sie nach unserer Pfeife tanzen müssen«, sinnierte Nicky. »Zum Beispiel könnten wir sie dazu zwingen, ihren Waffenstillstand zu brechen und gegeneinander zu kämpfen ...«

»Las Vegas Thunderdome«, sagte ich. »Zwei Verrückte treten hinein, nur ein Verrückter kommt wieder heraus. Wenn wir unsere Karten richtig ausspielen, bringen wir sie dazu, die Schwerarbeit zu übernehmen und sich gegenseitig niederzumachen, bis ein geschwächter und erschöpfter Überlebender zurückbleibt, auf den wir uns alle zusammen stürzen werden. Und wir werden dann frisch und kampfbereit sein.«

Bentley rieb sich das Kinn. »Riskant. Aber es könnte funktionieren. Was ist mit dem Ring? Sollen wir den auch stehlen?«

»Die Mühe lohnt sich nicht«, sagte ich. »Der Ring wird vor der Übergabe gut unter Verschluss gehalten. Vergesst nicht, dass es Laurens Haus ist, wo sie den Heimvorteil hat. Außerdem ist er ohne das Buch ziemlich nutzlos.«

Ich stellte eine breite, glänzende Schautafel auf die Staffelei. Sie zeigte die Grundrisse von Laurens Haus, wobei die Wege in hellem Gelb markiert waren.

»Carmichaels Anwesen wurde exakt nach ihren Angaben gefertigt«, erklärte ich. »Und die bei der Stadt eingereichten Grundrisse sind gefälscht. Glücklicherweise hatte das Architekturbüro, das sie damit beauftragte, Sicherungskopien auf seinem Server, genauso wie die Firma, die dort das Sicherheitssystem installierte.«

»Sehr gern geschehen«, sagte Pixie und tat, als hakte sie mit der Fingerspitze einen Posten auf einer imaginären Strichliste ab.

»Hier haben wir den Haupteingang und dort an der Seite den Lieferanteneingang.« Ich hielt inne, als Ben die Hand hob.

»Und, äh, was ist das da unten, das wie ein Tunnel aussieht?«, fragte er. »Das ist kein normaler Keller.«

»Das ist überhaupt kein Keller«, erklärte Pixie ihm. »Lauren hat dort einen Fluchttunnel ausheben lassen für den Notfall. Er führt von der Hintertreppe genau unter dem Esszimmer hindurch und bis zu einem Abzugskanal etwa dreißig Meter hinter dem Haus.«

»Könnten wir den benutzen? Sieht für mich nach einem einfachen Zugang aus.«

Sie schüttelte den Kopf. »Der ganze mittlere Teil des Tunnels ist mit Infrarotstrahlen gesichert, die eine Alarmanlage auslösen. Sofern man nicht den Notstromgenerator abschaltet, was nur vom Haus aus möglich ist, gibt es keine Möglichkeit, auf diesem Weg reinzukommen.«

»Die von euch, die hineingehen«, sagte ich, »werden sich als Caterer ausgeben. Wir haben herausgefunden, welche Firma beauftragt wurde. Morgen früh holen wir uns einen ihrer Lieferwagen.«

»Dieser Plan ist bescheuert«, zirpte Juliette. »Du bist bescheuert.«

»Sie werden es aus einer Meile Entfernung riechen«, fügte Justine hinzu.

Ich lächelte und breitete die offenen Hände aus. »Wir werden einen Zaubertrick anwenden. Bühnenzauber. Taschenspielertrick. Und so läuft es ab: Wenn ihr meine linke Hand beobachtet, passiert das Wesentliche in meiner rechten. Das Publikum schaut immer auf das, was der Zauberer es sehen lassen *will*. Und wenn die Leute glauben, sie seien es, die alles unter Kontrolle haben? Dann beweist das nur, dass sie längst der Täuschung aufgesessen sind.«

39

Ich schlief in der Value Lodge, wobei ich mir nicht sicher war, ob ich mit einem Klopfen an der Tür oder einer Kugel durchs Fenster rechnen sollte. Der Verräter dürfte Sullivan mittlerweile alles erzählt haben. Also wusste er, dass ich ihn reingelegt hatte, aber er wusste auch, dass er nur zwei Möglichkeiten hatte: mich zu töten und den Schaden zu begrenzen oder sich dumm zu stellen und mich trotz meines Falschspiels zu Lauren bringen.

Ich atmete noch, als die Sonne aufging, also ging ich davon aus, dass Sullivan die richtige Wahl getroffen hatte.

Corman kauerte zusammengesunken hinter der uralten Registrierkasse im Scrivener's Nook und las einen eselsohrigen Roman von Jack Kerouac. Er wusste, weswegen ich hier war, und zeigte auf die Hintertür.

»Der Lagerraum gehört dir, Junge. Auch das habe ich für dich gefunden.«

Er warf mir einen Casinochip mit Silberrand zu. Er wirbelte durch die Luft und zeichnete einen glitzernden Bogen, bis er in meiner Hand landete. Das Logo war vom Sands, dem Zuhause des Rat Pack und ein Wahrzeichen von Las Vegas, bis es 1996 abgerissen wurde. Streng genommen brauchte ich keinen so speziellen Chip für das, was ich im Sinn hatte, aber es würde dem Zauber auch nicht schaden.

Hinter der Tür zum Lagerraum und an einem Stapel leerer Kisten vorbei war der Boden freigeräumt und sauber gefegt worden. Ich kramte in einer Schachtel und nahm sechs flammendrote Kerzen heraus, steckte sie auf Kerzenhalter aus Messing und stellte sie so auf, dass sie die Spitzen eines Hexagramms bildeten. Ich zündete eine nach der anderen an, ging im Kreis herum und murmelte einen wortlosen Singsang, bevor ich mich im Schneidersitz ins Zentrum des Sechssterns hockte.

Ich hatte keine richtigen Waffen mehr getragen, seit mein Apartment abgebrannt war. Es wurde Zeit, das in Ordnung zu bringen. Während ich in eine Wachtrance glitt, bewegten sich meine Finger – kein Teil von mir, sie handelten aus eigenem Antrieb, taten nur, was getan werden musste – und rissen das Zellophan von einem Satz Pokerkarten. Mit schlanken Fläschchen, die aromatisches Öl enthielten, zeichnete ich unsichtbare Glyphen auf die Bildseite jeder Karte, dann hielt ich sie über einen dünnen Faden aus Sandelholz-Weihrauch, um die Macht darin zu versiegeln. Der eine Kartenhaufen schrumpfte, während der zweite wuchs, und die Pappe und das Öl glühten vor meinem geistigen Auge. Die Zeit entschwand und verlor jede Bedeutung. Nichts blieb übrig außer mir, den Karten und der sanften Hand der Glücksgöttin auf meiner Schulter. Die mich nach Hause lenkte.

Ich hielt die Hand über das Kartendeck und spürte ein elektrisches Flattern in meiner Magengrube. *Ja*, dachte ich, und die Karten flogen aufwärts und riffelten an meinen ausgestreckten Fingerspitzen entlang.

»Ich glaube nicht, dass ich das schaffe«, sagte Ben vom Rücksitz in Jennifers Auto. Er sah etwas grünlich im Gesicht aus und hielt den Kopf aus dem Fenster wie ein Hund an einem heißen Sommertag.

»Doch, du schaffst das«, sagte ich, während ich tief in dem Sitz versunken war und nach Bewegungen auf der Straße Ausschau hielt. Wir befanden uns irgendwo am Rand der Vorstädte und hatten am Straßenrand neben einem stillen Doppelhaus mit einem briefmarkengroßen Garten aus gelbem Gestrüpp geparkt. Jennifer spiegelte meine Pose, hinter dem Lenkrad zurückgelehnt, und Mama Margaux füllte den Rest der Rückbank aus.

»Wie kannst du deswegen so sorglos sein?«, fragte Ben. Er schaute sich über die Schulter um und verfiel in eindringliches Flüstern. »Das ist eine Entführung. Das ist ... illegal.«

Jennifer schüttelte den Kopf und antwortete in schleppendem Tonfall: »Das ist kein Geldtransporter, Schätzchen. Sondern ein Catering-Lieferwagen. Solange du nicht auf Low-Carb-Diät bist, droht dir keine allzu große Gefahr.«

»Was ist, wenn einer von ihnen eine Waffe hat? Wenn zwei von ihnen Waffen dabeihaben.«

»Unsere sind größer«, sagte sie.

Mein Handy vibrierte in meiner Hosentasche. Es war eine Textnachricht von Nicky. »Wagen kam eben vorbei, Richtung Westen, ihr habt 2 Minuten.«

Wir kannten die Cateringfirma, die Lauren angeheuert hatte. Wir brauchten nur ein passendes Fahrzeug. Emma hatte frühmorgens angerufen und dieselbe Firma für ein kurzfristig angesetztes Mittagessen gebucht. Sie hatte eine falsche Adresse angegeben, die die bedauernswerten Caterer in eine bestimmte Nebenstraße weitab von regem Verkehr führen würde – und zwar in diese. Wir hatten die Kontrolle über das Gelände und den Zeitablauf.

»Es geht los«, sagte ich. »Masken aufsetzen.«

Wir alle zogen schwarze Skimasken über, und ich hielt meine Pistole, während Jennifer den Motor startete.

Ich schaute mich zu Ben um. »Bleib hinter mir und Jen. Keine Namen, keine unnötigen Gespräche. Gegenüberstellungen zur Stimmerkennung sind Blödsinn, aber das heißt nicht, dass die Bullen es nicht versuchen. Mama, bist du bereit?«

Sie schnaufte hinter der Maske und hielt eine Handvoll langer Kabelbinder hoch. »Solange unser Herr Buchhalter nicht wieder sein Mittagessen von sich gibt«, sagte sie.

»Dafür habe ich mich entschuldigt«, erwiderte Ben und schob einen Finger unter seine Maske, um sich an der Wange zu kratzen.

Der Catering-Lieferwagen kam in Sicht und wurde im Rückspiegel immer größer. Jennifer zählte leise, langsam und stetig, um das Tempo einzuschätzen, dann trat sie aufs Gaspedal und ließ den Wagen losrasen, scherte zur Seite aus und kam mit quietschenden Reifen und einem plötzlichen erschütternden Ruck zum Stehen, um die Straße zu blockieren. Der Lieferwagen bremste, hielt gerade noch rechtzeitig an, um einen Zusammenstoß zu vermeiden. Ich war bereits nach draußen gesprungen. Ich rannte zum Fahrer und hielt ihm durch das offene Fenster meine Pistole ins Gesicht.

»Motor abstellen!«, brüllte ich. »Sofort abstellen, verdammt noch mal!«

Jennifer war an der Hintertür des Lieferwagens, riss sie auf und stürmte mit der Pistole voran hinein. Ich hörte, wie sie drinnen tobte und schrie, dass die Leute sich hinknien sollten.

»Wir haben kein Geld!«, plärrte der Fahrer, während er das Lenkrad mit weiß gewordenen Fingerknöcheln umklammerte. »Ich habe nichts, was ich Ihnen geben kann!«

Ich zerrte ihn am Unterarm heraus und warf ihn gegen die Seite des Lieferwagens. Margaux packte ihn, schlang einen Kabelbinder um seine Handgelenke und zurrte ihn fest. Ben stand einfach nur da, schwankend und mit aufgerissenen Augen.

»Haube«, rief ich, doch Ben war wie erstarrt. Ich riss ihm den schwarzen Leinensack aus den Händen und machte es selbst, zog ihn dem Fahrer über den Kopf. Zwei weitere Caterer waren hinten im Lieferwagen, und bevor sie wussten, wie ihnen geschah, hatten wir sie ebenfalls gefesselt und ihre Köpfe in Säcke gesteckt.

Ein anderer Lieferwagen kam herangerast, ein anonymer blauer Nissan mit Nicky am Steuer. Die Tür fuhr rumpelnd zur Seite, und Emma sprang mit einem schweren Stoffbeutel über der Schulter heraus. Sie half uns, die Caterer in Nickys Transporter zu verladen. Die ganze Aktion lief ohne ein weiteres Wort ab.

Ich zog die Tür zu, schlug zweimal gegen den Wagen, und Nicky fuhr los. Ich zog die Maske ab. Vom Schweiß klebte mein Haar auf der Kopfhaut, und ich war dankbar für die leichte Brise, die heranwehte. Emma öffnete den Beutel und verteilte weiße Schürzen und Mützen, damit alle eine gewisse Ähnlichkeit mit einem organisierten Team hatten.

»Dan«, setzte Ben an. »Es tut mir leid, ich …«

Ich schnitt ihm mit einer Geste das Wort ab. »Nicky wird die Caterer festhalten, bis wir fertig sind, und sie dann freilassen. Niemand wird den Lieferwagen als gestohlen melden, also halte dich einfach ans Tempolimit und beachte die Stoppschilder. Es wird bereits ein echter Lieferwagen vor Ort sein, wenn du Laurens Haus erreicht hast, und die Caterer werden auf die übrigen bestellten Helfer warten. Sag ihnen, dass du aus der Niederlassung im Stadtzentrum kommst und in letzter Minute eingesprungen bist. Saguaro Catering ist eine große Firma, die viele Saisonarbeiter beschäftigt, und genau deshalb habe ich sie ausgesucht. Diese Geschichte sollte überzeugend klingen. Mama, hast du alles, was du für deinen speziellen Gumbo brauchst?«

Margaux verschränkte die Arme und lächelte. »Sie werden gar nicht mehr mitkriegen, was mit ihnen passiert.«

»Gut. Emma und Ben, bleibt in Mamas Nähe und folgt ihrem Beispiel. Jennifer wird draußen sein und für euren sicheren Abzug sorgen. Ihr wisst, was ihr tun sollt?«

Alle nickten, sogar Ben.

»Ich werde zur Value Lodge zurückfahren und auf Sullivan warten«, sagte ich. »Wenn alles gut läuft, sehen wir uns beim Bankett. Wenn ich nicht aufkreuze, blast die Aktion ab und macht euch aus dem Staub.«

»Warum würdest du vielleicht nicht dort aufkreuzen?«, fragte Ben, der nun wieder nervös wurde.

»Weil«, erklärte ich ihm, »das bedeuten würde, das ich dann tot bin.«

Zurück im Hotel versuchte ich, ein Nickerchen zu machen, aber ich war viel zu aufgedreht. Der Fernseher hatte zwanzig Kanäle mit gar nichts zu bieten, also ließ ich ihn als Hintergrundgeräusch laufen und spielte bis Sonnenuntergang ein paar Runden Solitaire.

Ein Pochen an der Tür ließ mich von meinem fünften verlorenen Spiel hochschrecken. Ich hielt den Atem an und stellte mich meiner Zukunft. Sullivan stand draußen, flankiert von zwei Schlägern aus seinem Chor.

Er wusste Bescheid. Wie er die Nase rümpfte, als er mich betrachtete, der kaum zu bezwingende Hass in seinen Augen – ja, er war gewarnt worden. Er wusste, dass er betrogen worden war, und dafür wollte er mich töten.

»Gilles«, sagte er. »Kommen Sie mit. Es ist so weit.«

Ich unterdrückte einen erleichterten Seufzer. Er wusste zwar alles, was ich bei der Einsatzbesprechung gesagt und getan hatte, aber angeblich wusste ich nicht, dass er es wusste.

Ich musste völlig ahnungslos tun und mich in das Verderben führen lassen, das er für mich vorgesehen hatte.

Die Cambions verstauten mich in einem Wagen, und Sullivan nahm auf dem Rücksitz eines anderen Platz. Eine kleine Karawane aus schwarzen SUVs rollte hinaus in die Nacht.

Laurens Anwesen duckte sich in den Schatten einer roten Bergflanke, weit genug draußen in der Wüste, dass die Lichter von Las Vegas nur noch als ein schimmernder Diamant hinter uns sichtbar waren. Entlang der Kurve einer hufeisenförmigen Auffahrt leuchteten diskret angebrachte Lampen vor einem kunstvoll angelegten Garten aus Kakteen und Steinen. Ihr Haus wirkte wie aus einem britischen Kostümdrama, alt und teuer und förmlich.

Ich zählte insgesamt acht Chorknaben, als wir aus den SUVs stiegen, dazu Sullivan und ich. Keine Spur von Father Alvarez. Das überraschte mich nicht, wenn ich bedachte, dass der Verräter den Plan für seine Befreiung durchgestochen hatte. Aber das machte für mich keinen besonderen Unterschied. Sullivan würde Alvarez nichts antun, und ein paar weitere Stunden als verhätschelte Geisel würden ihn nicht umbringen.

Ein schwarz befrackter Butler empfing uns an der Tür und führte uns in ein Foyer aus vergilbtem italienischem Marmor mit dunklen Mahagoniwänden. Ich spürte mehr als steife Förmlichkeit, als ich an ihm vorbeiging. Oder weniger. Seine Bewegungen waren etwas zu starr, sein Blick etwas zu ausdruckslos. Das Aroma von Magie, das ihn umgab, war mir vertraut: eine von Meadow Brands Gliederpuppen, die eine Illusion vorgaukelte.

Genau das, worauf ich gebaut hatte.

Zwei Hausangestellte führten uns in einen großen Saal, der einem alten Jagdhaus nachempfunden war. Der Esstisch war gute drei Meter lang mit hochlehnigen Stühlen und Porzellantellern, weißer als die Zähne eines Politikers. Ein paar Rembrandts schmückten die Wände, vermutlich Fälschungen. Auch die Angestellten waren nicht echt. Als Sullivans Gruppe den Raum ausfüllte, wurde mir klar, dass das gesamte Hauspersonal aus Gliederpuppen bestand, die menschliche Gesichter trugen. Ich erkannte das nur, weil ich Erfahrung mit Brands Tricks hatte. Falls Sullivan es ebenfalls registriert hatte, ließ er sich jedenfalls nichts davon anmerken.

»Also ist es wahr«, sagte Lauren Carmichael, die herüberglitt, um uns zu begrüßen. Sie trug eine Robe von Christian Dior in der Farbe eines Wintersturms. »Sie bringen mir Gilles de Rais *und* Daniel Faust.«

»Mademoiselle«, sagte ich und verbeugte mich tief und mit elegantem Schwung. Und wandte für einen kurzen Moment das Gesicht ab, um meinen finsteren Blick zu verbergen, als Meadow Brand an Laurens Seite sichtbar wurde.

»Wir müssen ihm einen Körper geben, in dem er leben kann«, knurrte Meadow, während sich die gezackte Narbe in ihrem Gesicht verzog. »Weil ich den töten will, den er jetzt trägt.«

»Alles zu seiner Zeit«, sagte Lauren und beugte sich vor, als Sullivan wie ein Gentleman ihre Hand nahm.

»Dies wird eine bedeutsame Nacht für uns beide sein«, sagte Sullivan.

»Ganz gewiss«, bestätigte Lauren und schaute sich im Saal um. »Aber wo ist der Priester? Ich wollte ihn kennenlernen.«

»Bedauerlicherweise ist er leicht erkrankt. Ich hielt es nicht für angebracht, dass er hier seine Bazillen verbreitet. Aber da Sie so sehr an seiner Arbeit interessiert sind ...«

Einer der Cambions trat vor und reichte Lauren einen schmalen Folianten mit rotem Ledereinband und Messingmontur auf dem Rücken.

»Ich habe das Buch mitgebracht«, sagte Sullivan. »Es wäre mir ein Vergnügen, den Teil mit Ihnen durchzugehen, den wir bislang übersetzt haben, und Ihnen den Umfang unserer Bestrebungen zu zeigen. Vielleicht nach dem Essen.«

»Ja«, sagte Meadow Brand, und ihr unverwandter Blick brannte ein Loch in meinen Hals. »Die Suppe ist serviert.«

40

Wir setzten uns alle zusammen an die eine Seite des Tisches. Lauren übernahm das Kopfende, hatte Sullivan zu ihrer Linken und Meadow zu ihrer Rechten. Mein Platz war neben Sullivan, ein wenig zu nahe für meinen Geschmack. Die Chorknaben übernahmen den Rest des Tisches und unterhielten sich in gedämpftem Ton, während Laurens falsche Diener herein- und wieder hinaushuschten. Die Choreografie ihres Erscheinens war zu präzise, um zufällig zu sein.

Der erste Gang war ein Gumbo im Cajun-Stil, köstlich, pikant und noch kochend heiß. Mama hatte den Eintopf nicht so stark gewürzt wie sonst, aber wenn ich mich darauf konzentrierte, schmeckte ich die etwas spezielleren exotischen Zutaten heraus, die sie hineingerührt hatte.

Sullivan rührte das Gumbo nicht an, bis er gesehen hatte, wie ich zuerst davon kostete. Er wusste, dass ich meine Leute in das Catering-Personal eingeschleust hatte. Vermutlich dachte er, ich hätte geplant, alle zu vergiften. Stattdessen führte ich jedoch etwas ungleich Interessanteres im Schilde.

Der nächste Gang bestand aus üppigen Portionen von Pasta nach Florentiner Art. Es war die richtige Entscheidung von mir gewesen, Ben als Helfer bei dieser Scharade einzusetzen. Er beherrschte die italienische Küche immerhin gut genug, um als professionell durchzugehen. Falls ich hier starb, würde ich zumindest nicht hungrig den Löffel abgeben.

»Ich bin neugierig«, sagte Sullivan, an Lauren gerichtet. »Sie wissen von meiner Kampagne, aber was ist mit Ihrer? Warum brauchen Sie … einen Mann wie diesen zu Ihrer Unterstützung?«

Ihr Blick wanderte zu mir. »Ich entwickle eine Maschine weiter, bei deren Entstehung der Marschall seine Hand im Spiel hatte. Etwas, das die Welt zu einem besseren Ort machen soll.«

»So etwas ist dem Geist eines Kindermörders entsprungen?«

»Sie zweifeln meinen guten Ruf an!«, sagte ich zu Sullivan.

Er klatschte ein Bündel Papiere auf den Tisch. De Rais' Vertrag. »Solange Sie mein Eigentum sind«, blaffte er, »werden Sie nur sprechen, wenn Sie dazu aufgefordert werden!«

Das war ein kluger Schachzug. Er wollte diesen Handel ohne Störungen durchziehen. Wenn er mir den Mund verbot, gab es eine Sache weniger, die schiefgehen konnte. Aber damit erleichterte er das Ganze auch mir. Ich zuckte mit den Schultern und verspeiste meine Pasta.

»Schöne Dinge können an dunklen Orten erblühen«, sagte Lauren. »Schauen Sie sich selbst an.«

Er winkte mit falscher Bescheidenheit ab. »Ich gehe nur den Weg des Pilgers. Ich helfe den verirrten Seelen, die sich Hilfe suchend an mich wenden, das ist die Freude meines Lebens.«

»Blödsinn«, murmelte Meadow, und dies war das einzige Mal, dass sie meine uneingeschränkte Zustimmung genosss.

»Ms. Brand!«, sagte Lauren tadelnd.

Doch Sullivan schüttelte nur den Kopf. »Wenn die Dame Einwände hat«, sagte er, »würde ich sie gern hören.«

Meadow starrte ihn über den Tisch hinweg an. »Man kann aus einem Fisch kein Fahrrad machen«, sagte sie. »Und Sie können aus einem Dämon keinen Heiligen machen und aus einem Cambion keinen Menschen. Die Dinge sind, wie sie sind. Leute sind, wie sie sind. Dagegen anzukämpfen, ist reine Zeitverschwendung.«

Sullivan presste die Lippen zusammen, und ich sah, wie er unter dem Tisch die Hand zur Faust ballte. Er holte tief Luft und zwang sich zu einem Lächeln.

»Die Reise über tausend Meilen«, sagte er, »beginnt mit einem einzigen Schritt. Das hat ein weiser Mensch gesagt, und das war für mich schon immer ein beherzigenswerter Ratschlag. Kann jeder sein Wesen ändern? Kann jeder erlöst werden und seine Vergangenheit hinter sich lassen? Ich befinde mich immer noch auf dieser Reise, junge Dame, also kann ich nicht sagen, wo sie enden wird. Ich kann nur daran glauben.«

Einer der Cambions klatschte in die Hände und strahlte Sullivan an, als wäre er der wiedergekehrte Christus. Die anderen stimmten ein, und schon bald erklang am Tisch ein Chor aus begeistertem Applaus. Selbst Lauren klatschte höflich mit. Meadow und ich hielten unsere Hände unter dem Tisch.

»Meadow«, sagte Lauren hastig, bevor sie den Moment ruinieren konnte, »wir sollten unser Geschäft abschließen, meinen Sie nicht auch? Laufen Sie nach oben und holen Sie den Ring aus dem Safe.«

Meine Schultern spannten sich an. Aus dem verfänglichen Tischgespräch war soeben der Countdown für ein Massaker geworden. Ich bemerkte, wie sich das Hauspersonal an den Rändern des Saals versammelte und mit leeren Blicken das Festmahl beobachtete. Wie sie auf ihr Stichwort warteten.

»In der Tat«, sagte Sullivan und tippte auf den Vertrag, den er jedoch in Griffweite behielt. »Heute Abend bekommen alle, was sie verdient haben.«

»Genau mein Gedanke.« Lauren erhob ihre Champagner-flöte.

Meadow kehrte mit einer kleinen Holzschachtel zurück und reichte sie Lauren, bevor sie sich wieder setzte. Lauren öffnete die Schachtel und zeigte sie Sullivan. Drinnen ruhte der Ring des Salomon auf einem Bett aus Knautschsamt.

»Er ist viel schöner, als ich ihn mir vorgestellt hatte«, murmelte er.

Lauren stellte die Schachtel auf den Tisch, in die Nähe von Meadows Hand. Nun war alles in einem Dreieck zwischen den halb geleerten Tellern ausgelegt: Gilles' Vertrag, Salomons Ring und Father Alvarez' Manuskript.

»Da wäre nur noch eine Sache, die ich wissen muss«, sagte Lauren.

Sullivan nickte. »Fragen Sie, was Sie möchten. Ich bin ein offenes Buch.«

Ich schob eine Hand in meine Hosentasche und legte sie um mein Handy. Bevor ich aus dem Hotel abgeholt worden war, hatte ich eine Textnachricht vorbereitet. Nur drei Worte: »MACHT EUCH BEREIT.« Ich drückte auf Senden.

»Ich meine nicht Sie«, sagte Lauren und sah mich an. »Ihn.« Dann stellte sie mir eine Frage auf Französisch.

Ich verstand kein einziges Wort, doch dann kicherte sie, breitete die Hände aus und sagte: »*Non?*«

Vielleicht konnte ich meine Täuschung noch ein wenig länger aufrechterhalten. Ich spiegelte ihr Lächeln und schüttelte den Kopf. »*Non, non*«, sagte ich, als hätte ich den Witz verstanden.

Ihr Lächeln verschwand. »Ich hatte Folgendes gesagt: ›Wenn das nur ein aufwendiger Schwindel ist und Sie nicht einmal Französisch sprechen, antworten Sie mit *non*.‹«

»Oh«, sagte ich. »Der war gut, das muss ich Ihnen lassen.«

Einer der Cambions weiter unten am Tisch rieb sich die Augen, als wäre ihm Sand ins Gesicht geweht. Ein anderer starrte verwirrt mit Glotzaugen in den Raum. Der Gumbo machte sich bemerkbar.

»Ich ...«, sagte Sullivan nervös. »Davon weiß ich nichts, Lauren ...«

»Heilige Scheiße!«, rief einer der Cambions und sprang so schnell auf, dass sein Stuhl umkippte und krachend auf den Hartholzboden fiel. Ein weiterer Bewunderer der Vorspeise. Ich hatte ebenfalls davon gegessen. Auch ich spürte, wie die Zauberzutaten durch meinen Blutkreislauf strömten, und ich sah dasselbe wie er. Brands Illusionen waren gut, aber nicht gut genug, um einer kräftigen Dosis von Mamas magischem Gumbo standzuhalten. Er war nicht nur gut fürs Herz, sondern auch gut für die Augen. Die Wirkung würde zwar nur ein paar Minuten anhalten, aber mehr war nicht nötig, um die Party in Gang zu bringen.

Die Diener hatten sich näher herangeschlichen und um den Tisch geschart, doch nun waren sie keine Diener mehr. Ein Teufelsdutzend von Meadows menschengroßen Marionetten – gesichtslose hölzerne Gliederpuppen mit rostigen Metallklingen und Messern anstatt Händen – stand reglos im Kreis um den Esstisch herum. Einige von Sullivans Männern rissen kleine Pistolen aus Hosentaschen und Knöchelhalftern und umklammerten sie, während sie auf Anweisungen warteten.

»Sie wollten mich betrügen!«, brüllte Sullivan und schlug mit der Faust auf den Tisch.

Lauren fletschte die Zähne. »Sie wollten *mich* betrügen!«

Ich stieg auf meinen Stuhl und sprang auf den Esstisch, sodass ich mitten im Pulverfass stand.

»Meine Damen! Meine Herren! Sie haben beide recht! Sie

alle wollten sich gegenseitig betrügen. Herzlichen Glückwunsch und willkommen in Las Vegas! Wenn ich für einen Moment um das Wort bitten dürfte?«

Alle Blicke waren auf mich gerichtet.

»Die Sache ist die, dass es einfach nicht so hatte sein sollen. Verrückte reiche Frau, die die Welt in die Luft jagen will, durchgeknalltes Dämonenarschloch, das eine Invasion der Hölle plant ... ich weiß, Sie haben sich große Hoffnungen gemacht, aber diese Beziehung konnte einfach nicht funktionieren.«

»Ich werde«, schäumte Sullivan, »Sie umbringen.«

»Nicht, wenn ich ihn zuerst erwische«, sagte Meadow.

In meiner Hosentasche vibrierte das Handy an meinem Bein. Es klingelte dreimal, dann hörte es auf. Das Signal, auf das ich gewartet hatte. Ich steckte meine Finger in die andere Tasche und zog den Pokerchip vom Sands hervor.

»Als meine letzte Darbietung«, sagte ich, »ein Klassiker. Aleister Crowley bezeichnete ihn als den ›Hurenvorhang‹ ...«

»Tötet ihn!«, befahl Lauren. Doch die Gliederpuppen rührten sich nicht. Sie gehorchten nur Meadow.

»... aber ich nenne ihn ›die Sperrstunde‹.«

Lauren sprang von ihrem Stuhl auf und rief: »Tötet sie alle!«

Ich warf den Chip in die Luft. Er überschlug sich und funkelte wie Feenstaub, dann explodierte er.

Ein Impuls aus weiß glühender Magie schoss durch den Raum wie eine Blendgranate. Alle Lichter erloschen schlagartig, die Glühbirnen im großen Kronleuchter brannten durch, die Kerzen auf dem Tisch flackerten und gingen aus.

In diesem Moment ging die Schießerei los.

Ich warf mich auf den Tisch, landete in einem Durcheinander aus Geschirr, während eine Kugel über meinen Kopf hinwegsauste. Die Gliederpuppen rückten an, krachten als

Welle aus Holz und verrostetem Stahl gegen die Cambions. Im Halbschatten schnappte sich Sullivan den Ring, während Lauren nach dem Vertrag griff, wobei die beiden fast zusammengeprallt wären. Ich sicherte mir das Buch, zog es mit den Fingerspitzen heran und drückte es an meine Brust. Gleichzeitig rollte ich mich zur Seite vom Tisch und landete auf dem Boden in einer Mischung aus Porzellanscherben und matschiger Pasta. Es war nicht mein würdevollster Abgang, aber ich atmete noch.

Dumpfe Schreie gingen hin und her. Ich sah einen Cambion, der vom Gewicht einer Gliederpuppe niedergedrückt wurde. Der Junge röchelte seinen letzten Atemzug, während ihm immer wieder in die Lunge gestochen wurde. Eine andere Puppe fraß eine Kugel und brach zusammen, doch der Schaden war nur ein wenig zersplittertes Holz im Nacken. Ich kroch unter den Tisch, robbte bis ans andere Längsende und hoffte, dass es von dort nicht weit bis zur Küchentür war. Sobald ich aus der Deckung kam, rannte ich geduckt los und hielt mich dabei so weit unten, wie es ging.

Für den Rest verließ ich mich auf meine Erinnerung an Pixies gestohlene Grundrisse. Durch die Schwingtür, sofort nach links und durch einen mit Porträts behängten Korridor im Dunkeln, dann noch einmal nach links. Die Küche lag verlassen im Mondschein, mit den Resten des nur halb fertigen nächsten Gerichts. Gut. Alle waren aufs Stichwort abgehauen.

Die Tür am anderen Ende des Raums flog auf, und Meadow Brand stürmte mit einer Pistole herein.

Ein flackernder Bogen aus Karten sprang aus meiner Tasche und flog in meine Hand, als sie den Abzug betätigte. Eine der Karten fing die Kugel für mich ab, zerbarst in einem Lichtblitz und segelte mit einer verschossenen Patrone Kaliber .45 im Herzen zu Boden. Ich schnippte mit den Fingern, und zwei weitere Karten flogen zu ihr. Sie duckte sich hinter eine Kücheninsel und feuerte einen ungezielten Schuss ab, der in den Herd einschlug.

Ich wich nach links aus, als sie aufsprang und erneut das Feuer eröffnete. Ich warf eine Karte nach der anderen in die Luft, ließ sie wie tanzende Schilde schweben. Ich schaffte es bis zu einem kleinen Tisch, warf ihn um und ließ mich dahinter auf ein Knie fallen.

»So gern ich diese Sache jetzt zu Ende bringen möchte«, rief ich ihr zu, »aber Sie sollten lieber an Ihre Chefin denken.«

»Was ist mit ihr?«, rief Meadow zurück, die am Rand der Küche entlangschlich und mich von der Seite her angreifen wollte.

»Sie teilen dieses Haus mit einem angepissten Dämon, der wahrscheinlich Sie beide töten wird.«

»Sie ist auf dem Weg zum Schutzraum. Ihr wird nichts passieren, bis die Polizei hier ist.«

Ich lugte über die Tischkante. Meadow feuerte eine weitere Kugel ab, und ein Stück Holz zerbarst zu Sägespänen.

»Genau! Wenn Lauren also vor Ihnen dort eintrifft, glauben Sie wirklich, dass sie es riskieren wird, die Tür zu öffnen, um Sie hineinzulassen? Oder wird sie lieber abwarten, ob Sie es mit Sullivan und seinen Jungs aufnehmen können, während sie in Sicherheit ist?«

Für einen Moment kam keine Antwort. Dann hörte ich sie »Scheiße!« zischen, es folgten stampfende Schritte, als sie sich auf den Weg zum Schutzraum machte.

»Heutzutage gibt es keine Ehre unter Dieben mehr«, murmelte ich und rannte durch den Lieferanteneingang hinaus.

Ich hielt nicht vor dem Ende von Laurens Auffahrt an, am Rand einer Straße, die sich in beide Richtungen in die Wüstendunkelheit davonschlängelte. Scheinwerfer blitzten dreimal in der Ferne auf, genau im richtigen Moment. Ich eilte darauf zu.

Ein weißer Audi Quattro rollte heran und hielt am Straßenrand. Das getönte Fenster fuhr herunter, und Caitlin schaute mich erwartungsvoll an.

Ich reckte den Daumen hoch. »Nehmen Sie mich ein Stück mit, schöne Frau?«

»Eine Mitfahrgelegenheit ist nie umsonst«, sagte sie mit einem durchtriebenen Lächeln. »Ist er darauf reingefallen?«

»Voll und ganz.«

»Steig ein«, sagte sie. »Jetzt wird es Zeit für den lustigen Teil.«

41

Ich wählte meine alte Nummer. Sullivan ging nach dem ersten Klingeln ran.

»Ich habe dein Buch«, sagte ich beiläufig. »Irgendwie ist es mir beim Bankett in die Hände gefallen, ich weiß auch nicht, wie.«

»Aha. Gerissener kleiner Dieb.«

»Nur aus Neugier, du hast es nicht zufällig fertiggebracht, Lauren und Meadow zu töten?«

»Leider nicht. Sie hatten sich in ihrer kleinen Stahlkammer verschanzt. Wir haben unsere gefallenen Soldaten eingesammelt und sind abmarschiert. Ich werde den beiden einen Besuch abstatten, wenn ich mein Buch zurückbekommen habe. Nenn mir deinen Preis.«

»Ich will Alvarez. Besorg dir einen anderen Übersetzer. Der arme Kerl hat schon genug durchgemacht.«

»Dem Priester«, sagte Sullivan, »wurde kein Haar gekrümmt. Das würde mir nicht im Traum einfallen.«

»Trotzdem. Ich will ihn haben. Und ich will auch mein verdammtes Handy wiederhaben.«

»Eine Banalität. Aber nun gut. Du triffst mich am …«

»Nein«, sagte ich. »*Du* triffst *mich*. Hol dir etwas zum Schreiben. Ich werde dir Anweisungen geben.«

Emma war fleißig gewesen. Aus der Ferne war die Silk Ranch ein Friedhof für Baumaterial. Kräne schliefen im Dunkeln, die stählernen Häupter geneigt, während ein Kipplaster von der Größe eines kleinen Hauses über ein Ödland aus gebündelten Stahlträgern und Säcken mit Betonmischung Wache hielt. Nur die Lichter am Eingangstor brannten im Dunkel der Nacht, der Rest des Geländes lag still und ruhig da. Caitlin und ich waren stundenlang gefahren, und die Morgendämmerung war nicht mehr fern.

Wir rollten hinein und parkten neben einer Gruppe leerer Autos. Als wir Hand in Hand auf das Hauptgebäude zugingen, kamen Emma und Ben heraus, um uns zu begrüßen. Ben machte große Augen.

»Aber ich dachte, ihr beiden hättet euch getrennt ...«, setzte er an, doch ich hob eine Hand.

»Alles wird sich zu seiner Zeit klären. Hier, halt das fest.«

Ich warf ihm Alvarez' Buch zu, er fing es auf und drückte es an sich.

»Die Beobachter an der Straße haben sich gerade gemeldet,«, sagte Emma. »Sie sind noch etwa drei Minuten entfernt, wie du erwartet hast.«

»Showtime«, sagte ich. Wir standen da und beobachteten, wie Lichter in der Ferne auftauchten. Sie kamen langsam näher heran, wanden sich durch die Schatten. Vier SUVs, pechschwarz. Die letzten des Chors der Erlösung.

Die Schöße von Caitlins weißem Ledertrenchcoat wehten in einer kalten Wüstenbrise. Diesen Mantel trug sie nur, wenn sie in den Krieg zog.

Die SUVs schlängelten sich durch das Tor und verteilten sich, badeten uns in Scheinwerferlicht, als sie rumpelnd zum Stehen kamen. Ich blinzelte nicht. Sullivan stieg aus dem mittleren Fahrzeug und kam auf uns zu. Sein Mahagonistock schlug bei jedem Schritt auf den festgedrückten Erdboden. Er blieb etwa drei Meter entfernt stehen.

»Caitlin«, sagte er.

»Sullivan.«

»Ich gebe zu, dass es mich überrascht, dich hier zu sehen.«

»Das war der Plan«, erwiderte sie.

»Welch ein Vergnügen, all meine Probleme aus der Welt zu schaffen und all das Unrecht zu vergelten, das mir angetan wurde – und das alles in einer einzigen Nacht.«

Er hob eine Hand. Hinter ihm stiegen die Reste des Chors aus den SUVs und traten an seine Seite. Alle waren bewaffnet. Eine Menge zorniger Gesichter und jede Menge Waffen.

»Als jemand mit dem Ruf eines Trickbetrügers«, sagte Sullivan zu mir, »bist du tatsächlich auf meine kleine List hereingefallen. Ich wusste, was du während des Banketts tun wolltest. Mein Ziel war es jedoch, dich zu überreden, dich an irgendeinem abgelegenen Ort mit mir zu treffen. Wo ich dich in aller Ruhe und ungestört erledigen kann. Also traf ich Vorkehrungen ...«

»Ich weiß«, sagte ich. »Das Buch ist eine Fälschung, und du hast zugelassen, dass ich es stehle.«

Er blinzelte.

»Es ging nie um das Buch«, sagte ich. »Und es ging auch nie um Alvarez. Verdammt, es ging nur peripher um dich, aber du hast uns eine goldene Gelegenheit buchstäblich in den Schoß geworfen. Wir wollten dich hierherlocken. Also hast du mir ein falsches Buch unter die Nase gehalten, und ich habe getan, als fiele ich darauf herein.«

»Aber ... aber wie ...?«

»Dieser Teil ist simpel«, sagte Caitlin. »Daniel organisierte eine Besprechung des Angriffsplans. Nur dass es gar nicht der wirkliche Plan war.«

»Ja«, sagte ich. »Ein kleines Theaterstück für ein Publikum, das nur aus einer einzigen Person bestand. Ben. Dein Spitzel.«

Ben wich taumelnd zurück, die Augen weit aufgerissen, und schüttelte den Kopf, während er nach Worten suchte. Emma sah ihn von der Seite an. Sie wirkte nicht überrascht. Nur traurig. Traurig und erschöpft.

»Es ist nicht ...«, stammelte Ben. »Es ist nicht, wie ihr denkt.«

Ich nickte. »Doch, das ist es. Weißt du, ich hatte dich fast von Anfang an in Verdacht. Ich hatte dir gesagt, dass ich mich mit Alvarez treffen würde, und dann ist nicht nur der Chor der Erlösung an der Kirche aufgekreuzt, sondern die Leute kannten auch meinen Namen. Jemand hatte ihnen den Tipp gegeben, dass ich da sein würde. Nur eine Person auf der ganzen Welt wusste das. Du.«

»Das kann ich erklären!«, sagte Ben und zog sich einen weiteren unsicheren Schritt zurück.

»Du bist zu spät zum Planungstreffen gekommen. Erinnerst du dich an das Computerproblem, das dich im Büro aufgehalten hat?«, fragte ich.

Emma bewegte ihre Finger wie eine Welle. Ihre Stimme war leise. »Das habe ich arrangiert.«

»Mit der eigenen Ehefrau zusammenzuarbeiten, kann eine Menge Ärger bereiten«, sagte ich, »vor allem wenn sie weiß, dass du ihr in den Rücken fällst. Zuerst haben wir die tatsächliche Besprechung abgehalten, in der alle ihre richtigen Anweisungen bekommen haben. Dann haben wir gewartet, bis du eintriffst, und dir genau das gesagt, was du Sullivan weitererzählen solltest. So konnte ich mir sicher sein, dass er mich nicht kurzerhand töten würde – übrigens ein dummer Schachzug, Sully. Und so konnte ich Ben in Laurens Haus mitnehmen, damit es den Anschein hatte, dass ich dir vertraue. Natürlich haben wir erwartet, dass du Alvarez zu Hause zurücklässt und ein falsches Buch zur Party mitbringst.«

»Aber wir wussten es«, sagte Emma. Ein leichter Unterton von Wut wallte in ihrer Stimme auf, als sie ihren Ehemann anstarrte. »Wir alle wussten es.«

»Ich verstehe das nicht«, äußerte Sullivan kopfschüttelnd. »Also hast du einen ausgeklügelten Schwindel inszeniert und dein Leben riskiert, um ein Manuskript zu stehlen, von dem du wusstest, dass es wertlos ist? Was war der Sinn?«

»Was war der Sinn?«, wollte Emma von Ben wissen. »Zuerst möchte ich deine Antwort hören. Du hast mich belogen. Du hast unserer Ehe den Rücken zugekehrt, unserer …«

»Ich habe es für Melanie getan!«, schrie Ben, als seine Angst in Zorn umschlug. »Und was dich betrifft, du … du verdammtes Scheusal, es gab keine Nacht, in der ich es nicht bereut habe, dich geheiratet zu haben, und keinen Tag, an dem ich nicht aufgewacht bin und gebetet habe, dass es einen Ausweg geben möge aus dem Albtraum, zu dem du mein Leben gemacht hast. All das, was ich getan habe, wozu du mich gezwungen hast, gütiger Himmel …«

»Brother Ben kam auf der Suche nach Absolution zu mir«, sagte Sullivan ruhig.

»Ich verstehe nicht …«, erwiderte Emma und verschränkte die Arme, als ihre Stimme stockte. »Ich meine, wir hatten unsere Probleme, aber ich hatte keine Ahnung …«

Ben lachte verächtlich. »Natürlich hattest du keine Ahnung! Für dich existiert nichts, wenn es dabei nicht nur um dich geht, Emma. Ich habe dich seit Jahren gehasst.«

Dazu gab es für sie nichts mehr zu sagen. Sie starrte ihn mit offenem Mund und feuchten Augen an.

»Ich konnte damit leben«, sagte er, »irgendwie. Aber nicht Melanie. Ich werde nicht zulassen, dass du meine Tochter nimmst und sie zu deinem Ebenbild machst. Du hast mir nie die Wahrheit gesagt, als wir entschieden haben, ein Kind zu bekommen. Du hast mir nie gesagt, dass sie verdorben sein wird. Dass sie zur Hälfte ein ... *Monster* sein wird. Sullivan kann ihr helfen, sie läutern. Das war die Abmachung, als Gegenleistung, dass ich ihn über alles informiere, was ihr Drecksäcke sagt und tut. Ich werde Melanie mitnehmen und ein neues Leben mit ihr beginnen, weit weg von hier, wo sie lernen kann, ein Mensch zu sein. Sullivan kann sie heilen.«

Eine leise Stimme erklang aus der Dunkelheit hinter ihm.

»Ist das wirklich das, was du glaubst, Dad?«

Melanie kam aus ihrem Versteck hinter der Ecke des Bürohauses auf dem Schrottplatz. Tränen bedeckten ihre Wangen, hinterließen verschmierte schwarze Mascarastreifen.

»Glaubst du, dass ich geheilt werden muss?«, fragte sie.

Er drehte sich um und schüttelte den Kopf.

»Oh nein«, sagte er. »Oh nein, nein, mein Schatz. Nein. Du ... du solltest das gar nicht hören, ich meine, das ist nicht ...«

»Dass ich verdorben bin? Dass ich ein Monster bin?«

Ben ließ das Buch auf die Erde fallen und streckte ihr verzweifelt die Arme entgegen. Sie starrte ihn fassungslos an und rührte sich keinen Zentimeter von der Stelle.

»Schatz«, sagte er, »das verstehst du nicht. Ich liebe dich. Ich liebe dich so sehr. Das weißt du. Wir werden fortgehen und neu anfangen, unsere Familie wiederaufbauen ...«

»Meine Familie ist hier.«

Ben schluckte schwer. »Nein. Nein. Ich bin deine Familie. Ich bin es, der dich liebt. Ich habe mich aufgeopfert, ich habe das alles für dich getan. Nur für dich, Melanie. Ich bin es, der dich liebt!«

Sie holte tief Luft und wischte sich die Tränen ab. Ihr Makeup war verschmiert und das blaue Haar zerzaust, aber ihre jungen Augen glühten dennoch voller wilder Erhabenheit, als sie ihrem Vater ins Gesicht starrte. Sie nahm die Schultern zurück und hob das Kinn.

»Nein, Dad. Du liebst nur eine Hälfte von mir. Und eine Hälfte ist nicht genug.«

Ben öffnete und schloss die Hände immer wieder. Sein Mund bewegte sich stumm, als seine Welt aus den Fugen geriet. Er drehte sich herum und richtete einen zitternden Finger auf Emma.

»Das ist deine Schuld! Du hast das getan. Du hast sie gegen mich aufgehetzt.«

»So ungern ich störe«, sagte Sullivan, der sich auf seinen Gehstock stützte, »aber ich verstehe immer noch nicht, was diese kleine Scharade soll. Was wolltest du damit erreichen?«

»Eine lustige Geschichte«, erklärte ich ihm. »Alles begann in der Nacht, als ich Prinz Sitris Spiel durchschaute – oder glaubte, es zu durchschauen. Er beauftragte mich, Father Alvarez zu töten, was dir bekannt ist, aber dann verstand ich, dass es gar nicht um Alvarez geht. Sitri war klar, dass ich so etwas niemals tun würde. Er wollte nur sehen, ob ich aufgebe und mich aus dem Staub mache, oder ob ich aus einer anderen Richtung auf ihn losgehe. Ob ich ihn überrasche, ob ich Kampfgeist zeige. Also hatte ich ein vertrauliches Gespräch mit dem Prinzen. Und dabei schlossen wir einen Handel ab.«

Ich hatte dem Medium schon einmal gegenübergestanden, in den flackernden Schein von einem halben Dutzend Kerzen getaucht. Doch es war nicht mehr das Medium. Hinter der vertrockneten Haut, den goldenen Ketten und den mit Exkrementen besudelten Gewändern war es Prinz Sitri, der nun bei diesem Geschöpf die Fäden zog. Es war seine Stimme, die aus dessen blutiger Kehle sickerte, schläfrig und verschlagen.

»Ein Handel?«, sagte er. »Oh, das klingt ... gefährlich. Ich hoffe, du bietest mir nicht deine Seele an, Daniel Faust. Auch wenn die literarische Anspielung Anlass zum Schmunzeln gäbe – du bist bereits verdammt. Ich bezahle nicht für etwas, das ich kostenlos haben kann.«

»Nein, nur eine freundschaftliche Wette. Ich setze darauf, dass ich dir etwas geben kann, wozu niemand sonst dazu imstande ist. Etwas, das du haben willst. Wenn ich scheitere, wirst du nie wieder von mir hören. Ich mache mich aus dem Staub, und weder du noch Caitlin werdet mich jemals wiedersehen. Verdammt, du könntest mich sogar töten, wenn dir der Sinn danach steht. Und wenn ich Erfolg habe? Dann erlaubst du Caitlin, ihr eigenes Leben zu führen. Sie trifft sich, mit wem sie möchte, wann sie möchte, aus welchen Gründen auch immer. Du gibst ihr die freie Wahl zurück. Denn sie rackert sich zu sehr für dich ab, als dass du sie wie eine Belohnung in deinem blöden kleinen Spiel behandeln dürftest.«

»Blöd?«, fragte Sitri nach. Sein Tonfall war plötzlich kälter geworden.

»Ja. Blöd. Du willst dir einen darauf runterholen, dass ich für dich durch jeden Reifen springe? Gut. Du wärst nicht der Erste, und du wirst auch nicht der Letzte sein. Aber mir Caitlin vor die Nase zu halten wie einen Köder in einem lustigen Spiel, ist einfach nur unrecht. Sie ist dir treu ergeben. Jeden verdammten Tag reißt sie sich für dich den Arsch auf. Verstehst du also, was ich will? Ich will, dass du ihr den Respekt entgegenbringst, den sie verdammt noch mal verdient.«

»Ich habe Leuten schon wegen geringfügigerer Unverschämtheiten die Zunge herausgerissen«, sagte Sitri beiläufig.

»Das glaube ich dir sofort. Doch das ändert nichts an der Tatsache, dass alles wahr ist, was ich gesagt habe, und das weißt du.«

Der Kopf des Mediums wippte langsam auf und ab. »Und was wäre«, sagte Sitri, »wenn ihre freie Wahl darauf hinausläuft, dass sie dich verstößt? Wenn sie dich verlässt und sich einen anderen Liebhaber nimmt?«

Ich zuckte mit den Schultern. »Dann wäre das ihre Entscheidung. Das ist der Punkt. Hier geht es nicht um mich, sondern um sie.«

»Nun gut. Du hast weiterhin meine Aufmerksamkeit. Sag mir, welches reizende kleine Schmuckstück du mir im Austausch gegen meine Gunst anbieten willst? Was könntest du haben, was ein Prinz der Hölle, der über Legionen gebietet, goldene Reichtümer besitzt, die sich kein sterblicher König erträumen kann, sich wünschen könnte?«

»Ganz einfach«, sagte ich. »Ich werde dir den Ring des Salomon geben.«

42

»Der Ring des Salomon«, sinnierte Sitri, »ist die mächtigste
Waffe gegen meinesgleichen, die jemals geschaffen wurde.
Sein Träger kann nahezu mühelos zwingen und befehlen, fes-
seln und verbannen. Eine Armee der Hölle würde vor einem
Menschen, der den Ring besitzt, auf die Knie fallen.«

»Ganz zu schweigen davon«, sagte ich, »dass Lauren Carmichael beabsichtigte, ihn gegen dich zu verwenden. Das dürfte
dir einen schmerzhaften Stich versetzt haben.«

»Begreifst du die Tragweite der Konsequenzen dessen, was
du mir anbietest? Niemand mit Dämonenblut kann den Ring
benutzen – in meinem Reich würde er kein Unheil anrichten –, aber was geschieht, wenn wir loszögen, um eure kleine
Welt für uns zu beanspruchen? Du opferst den größten Vorteil, über den deine Spezies verfügt.«

»Ich baue darauf, dass das nicht allzu bald passieren wird«,
sagte ich. »Und in dieser Welt ist der Ring ebenso gefährlich wie
hilfreich. Das hat Lauren bewiesen. In den falschen Händen ...«

»Was wäre mit den richtigen?«, fragte Sitri mit einem er-
wartungsvollen Unterton. »Wenn der Ring in die richtigen
Hände gegeben wird, könnte ein Sterblicher dann nicht wahre
Größe erreichen? Er wäre ein Verfechter des Guten. Ein Retter
der Menschheit und ein helles Leuchtfeuer in einem dunklen

Zeitalter. Du könntest ein solcher Retter sein. Bist du nicht wenigstens ein bisschen in Versuchung?«

Ich dachte darüber nach. Ich hatte fast den ganzen Abend lang darüber gegrübelt. Doch ich gelangte erneut zu derselben Schlussfolgerung wie zuvor.

»Nein«, sagte ich. »Dafür bin ich nicht der Typ.«

Sitri kicherte. »Nein. Du würdest die ganze Welt verraten für die Liebe einer Frau.«

»Würdest du das?«, fragte eine Stimme hinter meinem Rücken.

Ich fuhr herum. Caitlin stand am Fuß der Treppe. Ich hatte nicht gehört, wie sie heruntergekommen war.

»Würdest du das für mich tun?«, fragte sie. In ihren Augen stand etwas, das ich darin schon seit einiger Zeit nicht mehr gesehen hatte. Es wirkte wie Hoffnung.

»Ohne zu zögern«, sagte ich zu ihr.

»Wir werden sehen«, sagte Sitri, »ob dein Mut nicht nur aus deinem Mund spricht. Bring mir den Ring, und ich werde deine kleinen Träume wahr werden lassen, Hexenmeister.«

»Ich brauche nur eine bestimmte Sache«, sagte ich. »Eine Information. Ich habe einen Plan, aber damit er funktioniert, muss ich einen der Verdammten in die Hände bekommen. Einen Menschen namens Gilles de Rais.«

Das Medium wurde still. Caitlin trat vor und stellte sich neben mich. Unsere Finger verschränkten sich ineinander.

»Hab ihn gefunden«, verkündete Sitri, während ein winziger Ruck durch den Körper des Mediums ging, als das Bewusstsein zurückströmte. »Das könnte Ärger geben. De Rais gehört einem Geschöpf namens Naavarasi. Sie ist eine Rakshasi – kein Dämon, sondern aus einem älteren Geschlecht. Ihr Reich wurde von den erweiterten Grenzen der Hölle verschluckt. Ein Baron der Nachtblühenden Blumen, aber wie ich es verstehe, bringt sie dem Hof nur wenig Liebe entgegen, und gleichermaßen wird auch ihr nur wenig Liebe entgegengebracht.«

»Vielleicht finde ich etwas für ein Tauschgeschäft mit ihr«, sagte ich.

»Oder vielleicht könntest du mir einen Dienst erweisen«, entgegnete Sitri. »Wir haben einen Spion am Hof. Er steht kurz vor seiner Entlarvung. Geh zu Naavarasi und überzeuge sie davon, dass wir beide Feinde sind. Biete an, ihr den Namen dieses Spions zu nennen, um mir zu schaden. Unterdessen werde ich meinem Agenten die Anweisung übermitteln, er solle die Flucht ergreifen, nachdem er ein paar falsche Informationen zurückgelassen hat. Falsche Dokumente, die in interessante Richtungen weisen und den Blumen etwas geben, weswegen sie sich in den kommenden Jahren noch lange gegenseitig bekämpfen werden.«

Ich nickte. »Genial. Naavarasi kann sich einen Vorteil verschaffen, du machst aus einer Krise einen Triumph, und ich bekomme ein Druckmittel in die Hand.«

»Wir müssen eine Täuschung aufrechterhalten«, erklärte Caitlin mir. »Bis du den Ring an dich gebracht hast, müssen alle glauben, dass wir uns getrennt haben, weil sie sonst ahnen, dass etwas im Busch ist. Ich kann dir helfen, aber nur aus dem Hintergrund.«

Ich drückte ihre Hand. »Dann werde ich die Stunden zählen, bis die Arbeit erledigt ist«, sagte ich.

Sullivan klatschte in die Hände und rollte mit den Augen. »Genial«, bemerkte er sarkastisch. »Also warst du gar nicht bei dem Bankett, um das Buch zu stehlen. Du wolltest dir den Ring vom Tisch schnappen. Er war die ganze Zeit dein Ziel.«

Ich nickte. »Wie ich sagte, es ging gar nicht um das Buch, und um dich ging es letztlich auch nicht. Du warst nur meine

Eintrittskarte, um in Lauren Carmichaels Nähe am Tisch sitzen zu können.«

»Und dann bist du gescheitert. Abgrundtief.«

»Wie kommst du darauf?«, fragte ich, obwohl ich die Antwort bereits kannte.

»Ben«, sagte Sullivan. »Es ist an der Zeit.«

Ben konnte den Blick nicht von Melanie abwenden. Er flehte sie leise an, unterdrückte seine Tränen. Sie sah ihn nicht einmal an.

»Ben!«, schnauzte Sullivan. »Komm her. Nun ist es an der Zeit, stark zu sein, rein zu sein. Dies ist deine Stunde der Größe.«

Ben schlich davon mit hängendem Kopf wie ein geprügelter Hund, um sich an Sullivans Seite zu stellen. Sein Gesichtsausdruck änderte sich, als Sullivan Bens rechte Hand ergriff und ihm den Ring des Salomon auf den Finger steckte.

»Ich weiß es«, sagte Sullivan, »weil ich ihn an mich genommen habe. Es war das Erste, um das sich in der allgemeinen Verwirrung meine Hand schloss. Dein Trick mit den Lichtern funktionierte bei meinen Anhängern, Daniel, aber ich kann recht gut im Dunkeln sehen. Ich habe den Ring nie aus den Augen gelassen.«

Ben ballte die Hand zur Faust, nickte und starrte auf den glänzenden Ring. Ich konnte die Veränderung in seinem Gesicht sehen, den plötzlichen Machtrausch, als er erkannte, was er erhalten hatte.

Sullivan lächelte, als er Caitlin betrachtete. »Wie ich sagte, welch ein Vergnügen, all das Unrecht zu vergelten, das mir angetan wurde. Du hast mir die Mühe erspart, dich zur Strecke zu bringen, meine Liebe. Hast du mich vermisst?«

»Wie eine Pesterkrankung«, sagte Caitlin. »Und du warst schon immer der Held in deiner eigenen rührseligen Geschichte, *Suulivarishisian*. Nichts ist jemals deine Schuld.

Immer bist du es, dem Unrecht zugefügt wurde. Das Einzige, was ich dir jemals angetan habe, war, mich zu weigern, weiterhin dein Opfer zu sein.«

Er wedelte gereizt mit einer Hand. »Die Geschichte wird sich anders daran erinnern. Insbesondere wenn du vor Prinz Sitris versammelten Hof trittst und gestehst, wie ihr beide euch mit dem Prinzen verbündet habt, um meinen Besitz zu stehlen. Euch beide zu demütigen, wird ein köstliches Amuse-Gueule sein, bevor ich mit meiner Armee in der Hölle einmarschiere und meinen rechtmäßigen Thronanspruch geltend mache. Und du wirst gestehen. Du wirst alles sagen, was ich dir befehle, sobald du der Macht des Rings unterstehst.«

»Ja«, eiferte sich Ben, der beinahe hyperventilierte, als er auf den Ring starrte. »Ja, ich bin bereit. Ich bin hierfür bereit, sobald du mich dazu aufforderst. Ich bin bereit, Größe zu zeigen.«

Sullivan rieb sich das Kinn, während er Caitlin musterte. »Ich denke, ich werde dir befehlen, deinen Liebhaber zu zerreißen, während ich zuschaue. Das erscheint mir angemessen. Aber zuerst werden wir uns standesgemäß wiedervereinigen. Ben? Setz den Ring bitte bei Caitlin ein. Mach, dass sie hier herüberkriecht und mir den Staub von meinen Schuhen leckt.«

Ben richtete die geballte Faust auf Caitlin und fuchtelte mit dem Ring herum. »*Knie nieder!*«, brüllte er mit einer Stimme, die von der Wüstenebene widerhallte.

Emma und ich schauten erschrocken zu, wie Caitlins Knie einknickten. »Kann mich ... nicht dagegen wehren«, keuchte sie angestrengt.

Dann grinste sie.

Als sie sich wieder erhob, war sie die Erste, die in schallendes Gelächter ausbrach. Emma war die Nächste. Ich beugte mich zu Caitlin hinüber, schloss sie fest in meine Arme und prustete an ihrer Schulter.

»Heilige Scheiße«, sagte ich. »Noch eine Sekunde mehr davon, und ich hätte es nicht mehr ausgehalten. Ich konnte einfach nicht länger ernst bleiben.«

»Sullivan«, sagte Caitlin, während sie einen weiteren Lachanfall unterdrückte. »Du bist wahrlich ein Ritter von der traurigen Gestalt. Wahrlich.«

Sullivan starrte verdutzt auf den Ring. Ben wirkte einfach nur entsetzt.

»Ja«, fügte ich hinzu. »Das ist übrigens gar nicht der Ring des Salomon. Wir haben ihn nämlich zuerst gestohlen.«

»Was?«, tobte Sullivan. »Wie? Ich habe doch gesagt, dass ich ihn nie aus den Augen gelassen habe! Du hättest ihn nicht gegen eine Nachbildung austauschen können, du hättest nie die Gelegenheit dazu gehabt.«

»Nun, das bringt uns zurück zu unserem tatsächlichen Plan. Weißt du, Ben, deine Aufgabe war es, Desinformationen an Sully weiterzuleiten, und dabei hast du wirklich erstklassige Arbeit geleistet. Du hattest keine Ahnung, was direkt vor deiner Nase vor sich ging. Im wahrsten Sinne des Wortes.«

»Laut diesen technischen Daten«, hatte Pixie gesagt, während ihr Gesicht im blauen Widerschein ihres Laptopbildschirms leuchtete, »installierte die Sicherheitsfirma einen Contender des Modells 800-L hinter einer verborgenen Klappe in Laurens Arbeitszimmer. Das ist erst ein Jahr her, also haben wir es exakt damit zu tun, sofern sie nicht den plötzlichen und unerklärlichen Drang verspürt hat, ein Upgrade vornehmen zu lassen. Das ist die einzige Stelle in ihrem Haus, die sicher genug ist, um etwas derart Wertvolles aufzubewahren.«

»Wie stabil ist das Ding?«

Sie zuckte mit den Schultern. »Sehe ich aus wie eine Panzerknackerin? Dazu brauchst du einen Experten.«

So landeten wir schließlich in Nicky Agnellis Büro im Hinterzimmer des Gentlemen's Bet, wo wir uns um einen Packen Schaltpläne scharten. Nicky hatte jemanden dazugeholt, mit dem ich schon zwei- oder dreimal zusammengearbeitet hatte, einen dürren Südstaatler mit wasserstoffblondem Spitzbart. Er nannte sich Coop. Ich wusste nicht, ob das sein Vor- oder Nachname war, aber es war mir im Grunde auch egal.

»Wenn die Zeit drängt«, sagte Coop, »würde es mit einem Kurzschluss am schnellsten gehen. Oder man benutzt einen Schneidbrenner, wobei man allerdings riskiert, dass ein Feuer ausbricht. Könnten wir die Wände drumherum weghauen und einfach den ganzen Safe mitnehmen?«

Ich schüttelte den Kopf. »Das kommt nicht infrage. Wir hätten in fünf Sekunden den ganzen Haushalt gegen uns. Außerdem dürfen wir keine Spuren davon hinterlassen, dass an dem Safe herummanipuliert wurde. Am Ende der Nacht – wer auch immer die Fälschung in die Finger bekommt, ob Lauren oder Sullivan – muss er oder sie glauben, den echten Ring zu besitzen.«

»Der 800-L ist ein Modell mit elektronischer Tastatur«, sagte Coop. »Ein guter Safe, nicht der Mist, den man in den meisten Hotelzimmern vorfindet. Es gibt sogenannte Autodialer, Geräte, die alle möglichen Kombinationen schneller durchgehen, als man blinzeln kann, um das Passwort zu finden, aber sie sind auf das jeweilige Safemodell abgestimmt. Ich habe nichts dergleichen für die Achthunderter.«

Pixie runzelte die Stirn. »Worauf basieren die?«

»Auf spezifischen Algorithmen und dem Aufbau der Platine, mit der man zu kommunizieren versucht«, sagte Coop. »Das sind alles firmeneigene Sachen. Man müsste schon einen

Spion in der Firma Paragon haben oder sich irgendwie Zugriff auf die Firmenserver verschaffen.«

»Zeig mir einen Autodialer für einen Safe wie diesen«, sagte sie, »damit ich sehen kann, wie sie aufgebaut sind. Dann mache ich den Rest.«

Coop und Nicky sahen mich an. Ich nickte.

»Wenn sie sagt, dass sie es machen kann«, erklärte ich den beiden, »dann kann sie es.«

»Erinnerst du dich an die Caterer, die bereits vor Ort waren, als du eingetroffen bist?«, fragte ich Ben. »Pixie und Coop waren in diesem Lieferwagen. Sie schlichen sich aus der Küche und waren längst dabei, den Ring zu stehlen, als du kamst.«

»Wie?«, fragte Ben. »Wie hast du diese Leute in beide Lieferwagen geschmuggelt?«

Emma lächelte matt, was jedoch nicht die Wut in ihren Augen verbarg. »Nicky Agnelli ist der Eigentümer von Saguaro Catering. Deshalb hat Daniel diese Firma ausgesucht. Die Entführung war eine weitere Ebene der Lüge. Das waren Nickys Leute, und sie wussten, dass wir dort sein würden. Alles war nur Show, damit du glaubst, dass du in den wahren Plan eingeweiht wärst.«

»Lief das alles nicht ein wenig zu glatt ab?«, fragte ich Ben. »Im Nachhinein betrachtet?«

»Aber wie sind sie rausgekommen?«, wollte Ben wissen. »Wir gingen mit dem Rest der Caterer, als die Lichter erloschen, und wir haben sie nie gesehen.«

»Erinnerst du dich an die Grundrisse des Hauses?«, fragte ich. »Du selbst hast darauf hingewiesen. Laurens Fluchttunnel. Der genau unter dem Esszimmer verläuft.«

»Aber die Alarmanlage wird vom Hausgenerator versorgt!

Sie wären nicht durchgekommen, ohne dass …« Er verstummte, als er es von selbst begriff.

Sullivan kniff die Augen zusammen. »Dein Trick mit dem kleinen Pokerchip. Dabei ging es gar nicht um deinen Fluchtweg, sondern um *ihren*.«

»Völlig richtig«, bestätigte ich ihm. »Ich habe auf Zeit gespielt, bis Pixie mich anrief. Dreimal klingeln lassen und auflegen, das war das Signal, dass sie unter dem Haus warten und zum Rückzug bereit sind. Mein Zauber bewirkte einen Stromausfall, dann konnten sie sich aus dem Staub machen. Sie hatten die Ringe ausgetauscht. Was Meadow Brand aus dem Safe geholt hat – und was du ihr gestohlen hast –, ist eine nette kleine Nachbildung. Mein Kumpel Winslow hat das Ding für uns angefertigt. Juwelierarbeiten sind eine Art Hobby von ihm. Weißt du, Ben, ich habe dir gesagt, dass so etwas passieren würde. Du warst vorgewarnt.«

Er sah mich blinzelnd an, während er immer noch die Hand um die wertlose Kopie des Rings geklammert hielt. »Wie? Wann?«

Ich lächelte und breitete die Hände aus. »Denk an die Besprechung zurück. Was habe ich gesagt? Dass wir einen Zaubertrick durchziehen würden. Als du auf meine linke Hand geschaut hast, passierte das Wesentliche in meiner rechten. Das Publikum schaut immer auf das, was der Zauberer es sehen lassen will. Und wenn die Leute glauben, sie seien es, die alles unter Kontrolle haben? Dann beweist das nur, dass sie längst der Täuschung aufgesessen sind.«

»Gut«, sagte Sullivan. »Sehr raffiniert. Sehr kreativ. Aber das ändert gar nichts. Du hast den Ring. Wir haben die Pistole. Übergib ihn mir. Sofort.«

Ich schüttelte den Kopf. »Er ist versteckt, aber nicht an einem Ort, wo du ihn finden könntest. Das darfst du mir glauben.«

Auf dem Weg zur Silk Ranch hatten wir einen kleinen Umweg gemacht.

Zwei Blocks von Laurens Haus entfernt, während in der Ferne Sirenen heulten, brachte Caitlin ihren Wagen am Straßenrand zum Stehen. Der Wardriver rollte heran, und Pixie beugte sich aus dem Fahrerfenster. Sie hielt einen kleinen Leinenbeutel hoch, aber sie warf ihn mir nicht zu.

»Ich habe noch einige Fragen zu dem, was wir heute Nacht hier gemacht haben«, sagte Pixie. »Zu diesem ganzen Schlamassel.«

»Ich weiß«, sagte ich zu ihr.

»Eine Frage«, sagte sie. »Eine Frage, und ich will die ganze Wahrheit hören.«

»Einverstanden«, sagte ich.

»Waren wir heute die Guten?«

Darüber musste ich nachdenken. Schließlich nickte ich. »So gut es geht, Pix. So gut es geht. Man kann nicht alles erwarten, weißt du. Wir sind nur Menschen.«

Das kaute sie in Gedanken durch, beschloss, dass sie es schlucken konnte, und warf mir den Beutel zu.

Zurück in Vegas teilte sich die Menge vor dem Winter, als wüssten alle, dass wir kamen, und jede Tür öffnete sich weit, ohne dass ein Wort gesagt werden musste, bis hinunter zum Keller. Das Medium wartete auf uns, still und ruhig, neben einer einzelnen brennenden Kerze.

»Du hast es geschafft«, erklang Sitris Stimme über die Lippen des Mediums. »Du hast es wirklich geschafft.«

»*Wir* haben es geschafft«, sagte ich, während ich an Caitlins Seite stand.

»Wenn du das sagst. Aber nun den Beweis.«

Das Medium zog die verdreckten Gewänder auseinander. Es krallte die Finger mitten in die fleckige Brust und zog. Lederartige Haut riss auf, und Knochen knackten wie trockene Zweige, als das Geschöpf langsam seinen eigenen Brustkorb öffnete.

Was unter den Muskeln und Knochen zum Vorschein kam, war eine sternenlose Leere.

Ich starrte in diese Unermesslichkeit, tiefer als der Weltraum und von unendlicher Ödnis, und mein Blut gefror zu Eis. Die Lippen des Mediums kräuselten sich zu einem gebrochenen Lächeln.

»Entscheide dich, Daniel Faust. Trage den Ring und werde zum Retter der Menschheit oder opfere ihn für deinen Herzenswunsch. Ich werde dich an nichts hindern. Wenn du ihn behältst, werde ich dich sogar lebend von hier fortgehen lassen. Du wärst ein interessanter Gegenspieler.«

Ich sah Caitlin an, doch sie schüttelte den Kopf.

»Es muss deine Entscheidung sein«, sagte sie. »Ganz allein deine.«

Ich wog den Ring in meiner Hand. Zwei Zukünfte, keine von beiden gewiss, und beide konnten im Desaster enden. Ich brauchte keine Magie, um einen Blick auf diese Straße zu werfen und zu erkennen, was kommen würde: Unheil, das sich zusammenbraute, Blut an meinen Händen und ein Schatten, der mir auf den Fersen war. Wie schon immer.

Es mochte schön sein, zur Abwechslung einmal in meinem Leben ein Held zu sein. Für eine Sache zu kämpfen, etwas zu haben, woran ich wirklich glaubte. Nach all dem leeren Gerede von Sullivan über Erlösung wurde mir hier das einzig Wahre kostenlos angeboten. Eine Chance, aus dem Trümmerhaufen meines Lebens wieder etwas Gutes zu machen. Eine Chance, zu einem besseren Menschen zu werden. Eine Chance auf Versöhnung.

Es wäre auch eine gute Möglichkeit, jeden einzelnen Menschen, den ich liebte, zur Zielscheibe werden zu lassen.

Ich hielt Salomons Ring ins Kerzenlicht. Ich wusste, wie ich mich entscheiden würde. Vermutlich hatte ich es schon die ganze Zeit über gewusst.

»Nein, behalt du ihn«, sagte ich und warf den Ring in die Leere. Er wirbelte davon, verlor sich in der ewigen Finsternis.

Das Medium zischte, als es seinen Brustkorb wieder zusammenschob. Die Knochen knarzten leise, als sie sich zusammenfügten. Caitlin drückte meine Hand.

»Du hast gewonnen«, sagte ich zu Sitri. »Bist du jetzt glücklich?«

»Glücklich ja, aber du täuschst dich. Sag mir: Was war deiner Ansicht nach der Zweck meines kleinen Spiels?«

Ich zuckte mit den Schultern. »Es gab nur zwei mögliche Ergebnisse. Erstens, du wolltest sehen, ob ich den Köder schlucke und den Ring annehme, um dich eine Zeit lang von deiner Langeweile abzulenken. Zweitens, ich gebe dir den Ring und nehme damit eine Waffe gegen dich vom Tisch. Wie auch immer, du hättest in jedem Fall gewonnen.«

»Dieses Spiel war nicht dazu gedacht, mich zu amüsieren«, sagte Sitri. Das Medium hob den Arm und zeigte mit einem knochigen Finger auf Caitlin. »Es sollte mir beweisen, dass du ihrer möglicherweise würdig bist.«

»Bis gestern Nacht wusste ich nicht, was er im Schilde führte«, sagte sie zu mir. »Meines Vaters Sinn für Humor kann ... aufreibend sein.«

»Moment«, sagte ich und sah die beiden abwechselnd an. »Was? *Vater?*«

»Die vorbildlichste Kriegerin des Chors der Wollust«, sagte Sitri, während sich der blinde Blick des Mediums auf Caitlin richtete. »Neben mir, versteht sich. Sie zu meinem Wachhund zu machen, war einfach nicht genug. Ich musste sie adoptieren. Ich habe noch andere Kinder, wohl wahr, und sie überschütten mich mit Geschenken und netten Worten ... aber keines von ihnen brachte mir die Flügel eines Engels.«

»Es ist nicht öffentlich bekannt«, sagte Caitlin. »Der Hof wäre gar nicht begeistert, weil ich von niedriger Geburt bin, aber wir waren uns einig, dass es an der Zeit ist, es dir zu sagen. Außerdem hättest du es irgendwann sowieso herausgefunden. In solchen Sachen bist du clever.«

Ich sah sie mit einer hochgezogenen Augenbraue an. »Sonst noch etwas, das du mir sagen möchtest?«

»Ja«, sagte sie und hob meine Hand, um sanft meine Fingerrücken zu küssen. »Ich liebe dich.«

»Ich liebe dich auch«, flüsterte ich und wusste, dass ich tausend Chancen auf Erlösung ausschlagen würde, nur um sie diese Worte noch einmal sagen zu hören.

»Eure Arbeit für heute ist noch nicht getan«, sagte Sitri. »Ihr solltet euch besser auf den Weg machen. Und Daniel?«

Ich neigte den Kopf.

»Wir werden bald wieder spielen«, sagte er. Dann zog sich das Medium in die Dunkelheit zurück, während seine goldenen Ketten über den gefrorenen Stein klirrten.

Caitlin und ich stiegen Seite an Seite wieder hinauf. Ihre

Hand streifte meine Hüfte, rieb gegen eine seltsame Ausbuchtung in meiner Hosentasche.

»Was ist das?«, fragte sie.

Ich zog den Samtbeutel hervor, den ich beim Essen im Blue Karma bekommen hatte, und zeigte ihr das Messinghalsband, das darin ruhte.

»Naavarasi hat versucht, mich damit zu bestechen. Anscheinend ist es eine magische Du-kommst-aus-dem-Tod-Freikarte mit enormen Verpflichtungen.«

Caitlin sah mich mit strengem Blick an und riss mir den Beutel aus den Händen.

»Meins«, sagte sie, und ich war mir nicht sicher, ob sie mich oder den Beutel meinte. Dann packte sie mich am Hemd und zog mich zu einem Kuss heran, der sämtliche Zweifel ausräumte.

»Du … hast ihn fortgeworfen«, sagte Sullivan ungläubig, nachdem ich ihm eine Kurzfassung der Geschichte erzählt hatte. »Die größte Waffe gegen die Hölle, die jemals erschaffen wurde, und du hast sie einfach fortgeworfen?«

»Was soll ich sagen?«, erwiderte ich mit einem Schulterzucken. »Das Ding hat mich zu sehr eingeengt.«

»Du hast soeben dein Verderben besiegelt«, schäumte er. »Und wenn wir euch hier abgeschlachtet haben, werden wir eure Freunde und Verwandte besuchen, alle, die euch jemals etwas …«

»Diese Drohung wird auch immer lahmer«, sagte ich und schaute zur Seite. »Melanie? Willst du dein Ding durchziehen? Melanie ist nämlich sehr früh darauf gekommen, dass ich einen Schwindel geplant hatte, und sie wollte mir unbedingt helfen. Und ich hatte genau den richtigen Job für sie.«

Melanie legte die Finger an die Lippen und pfiff hoch und

schrill. Einen Moment später schwangen überall auf dem Gelände Türen auf, und Schatten traten aus der Dunkelheit. Männer, Frauen, Teenager, mindestens zwanzig Leute, die alles Mögliche trugen, von Overalls über Arbeitsklamotten bis zu maßgeschneiderten dreiteiligen Anzügen. Sie kamen zu uns, formierten sich zu einer dichten Reihe hinter unseren Rücken. Die meisten hatten Gewehre oder Flinten bei sich, jede Waffe, die sie kurzfristig auftreiben konnten.

Ich blickte mich um und tat, als würde ich Köpfe zählen, dann sah ich Sullivan mit einem verschmitzten Lächeln an. »Huch! Na, schau dir das an. Auch wir haben Waffen mitgebracht. Und wir haben mehr als ihr.«

»Ich habe alle zu erreichen versucht«, sagte Melanie, »meine Freunde, ihre Freunde und deren Freunde. Über jedes private Netzwerk und jede Adressenliste, die ich finden konnte. Und alle sind gekommen. Alle Cambions von hier bis zur kalifornischen Küste. Sie alle haben schon von dir gehört, Sullivan. Also fuhren sie mit Auto, Bus und Zug los, und sie setzten alles daran, um heute Nacht hier zu sein. Weil wir eine Botschaft für dich haben, und wir wollen garantieren, dass du sie auch hörst.«

Sullivan sah sie an und wirkte mit einem Mal sehr nachdenklich.

Melanie deutete auf ihn, und ihre Stimme war scharf wie ein Peitschenknall in der Dunkelheit. »Verschwinde. Du sagst, du bist gekommen, um uns zu retten? Wir brauchen deine Art von Rettung nicht. Du sagst, du liebst uns? Wie kannst du irgendwen lieben, wenn du dich selbst hasst? Ich hasse dich nicht, Sullivan. Du tust mir leid. Du tust mir leid, weil du nicht sehen kannst, was sich direkt vor deiner Nase befindet: Unser Blut macht uns nicht zu dem, was wir sind. *Wir* tun es. Unsere Entscheidungen, unser Leben. Also hör gut zu, denn wir werden es dir nur einmal sagen: Du kannst deine Lügen und deinen Blödsinn drüben im Osten verkaufen, wenn du unbedingt willst, aber *hier bist du nicht willkommen*!«

Sullivan blickte über die versammelten Gesichter, deren Augen ihn voller Verachtung anblickten. Er schüttelte den Kopf. »Wie könnt ihr es wagen ...?«

Caitlin hob eine Hand und schnitt ihm das Wort ab.

»Die Amnestie des Prinzen«, sagte sie, »gilt für alle. Hört mich an, Mitglieder des Chors der Erlösung: Ihr habt die freie Wahl. Steigt in eure Autos und fahrt ins Exil oder bleibt und sucht euch ein neues Zuhause. Wie auch immer, niemand wird euch etwas antun. Es wird Zeit, dass ihr eure Entscheidung trefft.«

Eine Wolke aus Stille legte sich über die Ranch. Beide Seiten starrten einander an, verunsichert, wer sich als Erster in Bewegung setzen würde.

Dann warf einer von Sullivans Anhängern seine Waffe auf den Boden und kam zu uns herüber. Die versammelten Cambions begrüßten ihn liebevoll, nahmen ihn mit offenen Armen in ihre Gruppe auf.

»Komm sofort zurück!«, rief Sullivan. »Du kannst nicht einfach ... du wirst verdammt sein! Ich bin deine einzige Hoffnung!«

Ein weiteres Gewehr fiel klappernd auf den Boden, und ein weiterer Chorknabe überschritt die Grenze.

»Ich bin euer Lehrer!«, tobte Sullivan, als ein weiterer Junge ihm untreu wurde. »Ich bin euer *Retter*!«

Immer mehr Mitglieder des Chors entfernten sich, hin- und hergerissen zwischen Hoffnung und Furcht, als sie ihre Waffen zurückließen. Nach dem Exodus verblieben nur noch vier Cambions an Sullivans Seite.

»Der Rest von euch«, sagte Caitlin, »fährt nach Osten. Raus

aus unserem Territorium. Und ihr kehrt niemals zurück. Sullivan, auch du hast die Möglichkeit, ins Exil zu gehen. Das ist die einzige Gnade, die dir angeboten wird. Ich empfehle dir, sie anzunehmen.«

»Ich lehne ab«, spuckte er aus, das Gesicht zu einer Maske des Zorns verzerrt.

»Nun gut. Als Prinz Sitris Wachhund und ernannte Vollstreckerin des Hofs der Jadetränen befinde ich dich, *Suulivarishisian*, für schuldig, die Gesetze der Hölle verletzt zu haben. Das Urteil ist die Todesstrafe, die unverzüglich vollzogen werden soll.«

»Dann komm zu mir«, knurrte Sullivan. Seine eine Hand wurde größer als die andere, die Finger streckten sich und trieben gelbliche Krallen aus, die sich auf seiner Seite krümmten.

Caitlin wandte sich mir zu und legte eine Hand auf meine Schulter.

»Cait, ich …«

»Daniel. Hör mir zu. Dies ist mein Kampf. Ich muss ihn selbst austragen. Was auch immer geschieht, misch dich nicht ein. Versprich es mir.«

»Aber was ist, wenn …?«

»*Versprich es.*«

Ich nickte widerstrebend. »Also gut. Ich werde mich raushalten.«

Emma wedelte mit einer Hand und rief: »Macht ihnen Platz. Alle zurückweichen!«

Ein ungleichmäßiger Ring bildete sich um den freien Platz, alle Augen waren auf Caitlin und Sullivan gerichtet, die sich im Abstand von zehn Schritten umkreisten. Sullivan beließ es nicht bei den Krallen. Seine Wirbelsäule wölbte sich und schwoll an, sein Hemd riss auf, und seine Augen glühten wie geschmolzene Lava, als sich Stacheln durch seine Haut nach außen schoben. Sein Gesicht streckte und spaltete sich, offenbarte einen Albtraum aus Muskeln mit Knochenplatten und scharfen Stoßzähnen. Er sah aus wie ein mutiertes, von Geschwülsten befallenes Warzenschwein auf zwei Beinen, wild und verzerrt.

»Wechsle deine Gestalt!«, rief er. »Du kannst mich nicht in menschlicher Verkleidung besiegen, Mädchen. Ich will, dass Faust dein wahres Erscheinungsbild sieht. Ich will, dass du das Entsetzen in seinen Augen siehst, die Zurückweisung, genau wie ich sie in den Augen meiner Frau gesehen habe, bevor sie starb. Du bist zu schwach, um mich zu besiegen, du warst schon immer zu schwach, aber in deiner wahren Gestalt hättest du vielleicht eine Chance. *Wechsle deine Gestalt!*«

Caitlin ließ ihren Trenchcoat zu Boden fallen. Darunter trug sie eine elfenbeinfarbene Seidenbluse, eine schwarze Hose und ein ledernes Taillenkorsett, das mit silbernen Messern bestückt war. Sie zog zwei Klingen aus ihren Scheiden, hob sie über die Schultern und nahm die Haltung eines Messerkämpfers ein.

»Ich lehne ab«, sagte sie. Dann ging der Kampf los.

44

Sullivan stürmte brüllend auf Caitlin zu, doch sie war gar nicht mehr da. Sie sprang in die Luft, überschlug sich und trieb ihre Dolche wie ein Stierkämpfer in Sullivans Schultern. Mein Herz ging über – ich war mir sicher, dass sie es geschafft hatte –, und das war der Moment, als er herumfuhr, unfassbar schnell, und sie an den Beinen packte. Die Menge teilte sich gerade noch rechtzeitig, als er sie durch die Luft schleuderte. Caitlin knallte so heftig gegen die Wand des Ranchhauses, dass die Ziegelsteine krachten, ein Schlag, der einem Menschen das Rückgrat gebrochen hätte, und sackte am Boden in sich zusammen.

Meine Karten sprangen aus meiner Tasche und flatterten in meine Hand, als sie auf meinen unbewussten Ruf antworteten, aber ich drückte sie fest zusammen und schaute weiter zu. Ich hatte es versprochen.

Caitlin rieb sich den Hinterkopf und zuckte zusammen, während Sullivan ein Triumphgebrüll ausstieß. Er ging erneut auf sie los, rannte über den festgestampften Erdboden, aber sie rollte sich einen Sekundenbruchteil vor dem Aufprall zur Seite. Er rammte die Wand mit dem Kopf voran und zermalmte ein Stück des Mauerwerks zu Staub. Sie stand auf, holte aus und trieb ihm einen weiteren Dolch in den Körper, diesmal in die Hüfte. Er befreite seinen Kopf, immer noch brüllend, und schlug wild um sich, schnitt jedoch nur durch die leere Luft über ihrem Kopf.

Caitlin rannte von den Gebäuden fort auf die freie Fläche, die mit Baumaterial und schlafenden Maschinen übersät war. Sullivan fletschte die Stoßzähne zu einem bestialischen Grinsen. Die Menge folgte vorsichtig, als er hinter ihr herraste.

»Sie rennt nicht davon«, murmelte ich Emma zu. »Sie will ihn auf freiem Gelände haben. Sie hat einen Plan.«

Erst da bemerkte ich, dass Emma fort war. Ich zuckte mit den Schultern und folgte den anderen, die sich dem Geschehen so weit wie möglich näherten.

Caitlin drehte sich um und zog die nächsten zwei Klingen, spiegelte ihre Haltung zu Beginn des Kampfes. Sullivan grunzte und gluckste, winkte sie mit hungrigen, gierigen Krallen herüber. Sie rannte los und setzte zu einem weiteren wirbelnden Sprung an. Er sah sie kommen und packte sie an den Beinen, wirbelte herum und schleuderte sie fort. Diesmal landete sie nicht an einer Wand, sondern auf dem harten Boden. Ich hörte, wie die Knochen in ihrem Bein knackten.

Caitlin lag hilflos da und hielt sich das gebrochene Bein, während ihr Tränen über die Wangen liefen. Sie versuchte, aufzustehen, stemmte sich mit einer zitternden Hand hoch, nur um erneut hinzufallen.

Sullivan leckte sich die Lippen. Er stürmte los, näherte sich wie ein mit Klingen gespickter Güterzug. Diesmal würde sie ihm nicht ausweichen können. Ich brach mein Versprechen, ohne noch einmal wirklich darüber nachzudenken, zog eine Karte aus dem Deck und machte mich bereit, sie davonfliegen zu lassen.

Dann verschwand Sullivan plötzlich, als der Boden unter seinen Füßen nachgab.

Er stürzte in die Erde, und die Falle, über die er hinweg-gerast war, eine grüne Wachstuchplane, die mit Sand und Steinen bedeckt war, versank mit ihm. Das Loch war fast drei Meter breit, und ich erkannte, dass Caitlin ihren letz-ten Schachzug vorausschauend choreografiert hatte. Sie hatte Sullivan dazu verleitet, sie über die Grube zu werfen, wo sie außer Gefahr war. Es war überhaupt kein Kampf gewesen. Sie hatte die Kontrolle über jede Aktion besessen, sowohl über ihre als auch über seine.

Ich rannte zur Kante des Lochs. An seinem steinigen Grund ragten zugespitzte Speere aus Betonstahl empor. Vier davon hatten Sullivans verdrehten Körper aufgespießt. Aus seinen Wunden sickerte schwarzes Sekret. Er ächzte, bemühte sich freizukommen.

Melanie half Caitlin auf die Beine. Sie stützte sich auf das Mädchen und blickte auf Sullivan hinab.

»Weißt du«, sagte sie, »vielleicht bist du stärker als ich. Aber das spielt keine Rolle, und ich nenne dir auch den Grund: Weil ich schon immer klüger war als du.«

Sie hob eine erschöpfte Hand, und ein Radlader erwachte zum Leben. Weiße Scheinwerfer glühten auf wie das Jüngste Gericht, als die Maschine mit hoch erhobener Schaufel heran-rollte. Ich konnte kaum Emmas Gestalt hinter dem Lenkrad ausmachen.

Sullivan erkannte, was geschehen würde, kurz bevor Emma an einem Hebel zog, um die Schaufel zum Kippen zu brin-gen. Ihm blieb gerade noch genug Zeit für einen Schrei. Felsbrocken donnerten in die Grube und füllten sie bis zum Rand.

Als sich der Staub gelegt hatte, starrte Caitlin auf das Ge-röll. »Du würdest einen hübschen Parkplatz abgeben«, mur-melte sie.

Ein panischer Schrei rüttelte meine Aufmerksamkeit wach. Ben. Er drehte sich um und rannte zum Ranchhaus.

Caitlin sah es und zeigte auf ihn. »Schnapp ihn dir!«

Das musste sie mir nicht zweimal sagen. Ich hatte mich bereits in Bewegung gesetzt und war ihm dicht auf den Fersen. Ich stürmte durch eine wacklige Fliegengittertür ins düstere Ranchhaus, dann erstarrte ich. Er war mir weit genug voraus gewesen, um sich verstecken zu können, und angesichts der ganzen Bauwerkzeuge, die hier herumlagen, musste ich vorsichtig sein. Nichts ist gefährlicher als eine in die Enge getriebene Ratte.

Die Tür zu einem der Schlafzimmer stand offen und schwang ein wenig in den Angeln. Ich schob mich an einem Stapel Gipsplatten vorbei und hielt den Blick auf den Durchgang gerichtet. Das Zimmer dahinter war zwecks Renovierung ausgeräumt worden. Übrig waren nur noch ein Schrank, ein leerer Schminktisch und ein Doppelbett mit einer modrigen Matratze ohne Laken. Da keine Glühbirne in der Deckenfassung war, lag der Raum im Dunkeln.

Eine Karte sprang in meine Finger und knisterte vor Energie.

»Gib auf«, sagte ich sanft. »Komm schon, Ben. Es ist vorbei. Es ist an der Zeit, etwas Würde zu zeigen und für alles geradezustehen.«

Ich näherte mich dem Schrank, auf einen Kampf gefasst. Doch ich war nicht darauf gefasst, dass er aus seinem Versteck im Schatten hinter dem Bett hervorstürmte, wie ein Wahnsinniger schrie und sich auf meinen Rücken warf. Ich stemmte mich wieder hoch, taumelte rückwärts und versuchte, ihn gegen eine Wand zu stoßen. Doch er hatte einen Arm um meine Kehle geschlungen und mich in den Schwitzkasten genommen. Ich wehrte mich gegen ihn, konnte nur mit Mühe atmen und stürzte gegen den Schminktisch. Er traf Ben heftig am Rückgrat, und er ließ mich mit einem schmerzvollen Stöhnen los. Ich wirbelte schnell herum, aber mir blieb keine Zeit, meine Karte zu werfen. Er rannte zur Tür und prallte dort gegen Emma.

»Bitte«, plärrte Ben. »Bitte, Emma, lass mich einfach gehen. Du musst es nicht tun, lass mich einfach gehen …«

Ich konnte den Kummer in ihren Augen sehen, als sie sanft sein Haar zur Seite strich und ihn auf die Stirn küsste.

Dann brach sie ihm das Genick.

Bens Leiche sackte zu Boden. Emma ging neben ihm in die Knie. Stumm strich sie mit den Fingerspitzen über seinen leblosen Arm.

Wäre es ein Actionfilm, wäre dies der Moment für sie, etwas Krasses zu sagen. Aber es war kein Film. Hier gab es nur einen dummen toten Mann, eine trauernde Witwe und einen tiefen Schmerz, den ich mir nicht vorstellen konnte. Sie öffnete den Mund und stieß einen langen Klagelaut aus, der sich zu Geheul steigerte, während sie mit den Fäusten gegen ihre Beine schlug. Als sie in lautes Schluchzen ausbrach und den Kopf auf Bens Brust legte, sah ich, dass Melanie im Durchgang auftauchte.

»Nein«, sagte ich und ging schnell zu ihr, um zwischen sie und ihre Eltern zu treten. Ich nahm Melanie an den Schultern und drängte sie in den Flur hinaus. »Das musst du nicht sehen. Du sollst dich nicht so an ihn erinnern.«

Sie blickte zu mir auf. »Ist er …?«

»Es ist vorbei«, sagte ich und schloss sie in die Arme. Sie ließ es zu. So blieb sie für eine Weile in meiner Umarmung, während ihre Mutter im Zimmer nebenan heulte.

»Komm jetzt«, sagte ich. »Deine Mutter wird dich brauchen, aber … nicht in diesem Moment. Ich glaube, auch sie will nicht, dass du ihn so siehst.«

Melanie ging mit mir zur Tür.

»Ich glaube, ich kann jetzt nicht weinen«, sagte sie. »Ich will es. Es fühlt sich an, als sollte ich es tun, aber … ich kann nicht.«

»Alles klar. Vielleicht ist dir morgen danach. Oder auch nicht. Das ist normal, wenn man trauert.«

Sie hielt inne und sah mich an. »Mein Vater war ein guter Mann«, sagte sie, als wollte sie in ihrem Kopf alles in Ordnung bringen. »Er hat nur ein paar schlechte Entscheidungen getroffen.«

»Die Welt ist voller guter Menschen, die schlechte Entscheidungen treffen«, erklärte ich ihr. »Manchmal findet es ein gutes Ende, manchmal nicht. Man kann nur versuchen, alles zu verstehen, so gut es geht. Um zu einer möglichst guten Entscheidung zu gelangen. Einer, mit der man leben kann.«

»Ich werde den anderen helfen. Den Neuen. Sie dürften ziemlich verstört sein. Dann werde ich nach Mom sehen.«

Ich legte eine Hand auf ihre Schulter. »Guter Plan. Du wirst klarkommen, Melanie.«

Sie versuchte zu lächeln, doch es gelang ihr nicht ganz. »Bist du dir sicher?«, fragte sie.

»Glaub mir. Ich bin ein Magier.«

Ich fand Caitlin drei Meter von der Stelle entfernt, wo ich sie zurückgelassen hatte. Sie saß auf einem Stapel Gipsplatten, der ihr als behelfsmäßige Bank diente. Sie beugte sich über ihr gebrochenes Bein und massierte es, murmelte mit gedämpfter Stimme und zuckte immer wieder zusammen.

»Hey«, sagte ich.

Sie blickte auf und sah mich mit einem matten Lächeln an. »Auch hey. Setz dich. Leiste mir Gesellschaft.«

Ich nahm neben ihr Platz, wischte mit der Handkante

etwas Staub von der obersten Gipsplatte. »Wie geht es deinem Bein?«

»Es schmerzt, aber ich lasse es bereits verheilen. In ein paar Stunden kann ich wieder herumhumpeln. Ich bin absichtlich so gelandet, damit ich einen hilflosen Eindruck mache.« Sie schaute zum Ranchhaus hinüber. »Ben?«

»Tot. Emma hat es getan. Ich glaube, es wäre gut, wenn Melanie es nicht erfährt. Sie werden schon genug Probleme damit haben, sich von allem zu erholen.«

»Einverstanden«, sagte sie, dann blickten wir schweigend auf die mit Geröll gefüllte Grube.

»Ist Sullivan da unten gestorben?«, fragte ich irgendwann.

Sie zuckte mit den Schultern. »Wahrscheinlich. Wir können eine Menge einstecken, aber unter zehn Tonnen Schotter begraben zu werden, ist etwas, das man nicht einfach so an sich abprallen lässt. Falls er nicht tot ist, wird er sich wünschen, es zu sein. Und er kann es sich wünschen, so lange er will. Für sehr, sehr lange Zeit. Morgen früh werden wir den Platz asphaltieren.«

Ich nickte. Das kam mir angemessen vor.

»War es das alles wert?«, fragte sie.

»Was?«

Sie wedelte träge mit einer Hand. »Das alles. Auf den Ring zu verzichten. Auf ... ich weiß auch nicht.«

Ich beugte mich näher an sie heran, und sie legte den Kopf auf meine Schulter.

»Ich habe alles, was ich mir jemals wünschen könnte«, sagte ich. »Genau hier.«

So saßen wir eine Zeit lang da, während die Dämmerung über dem endlosen Sand anbrach.

Jede Entscheidung hat Konsequenzen. Manche sieht man kommen, von anderen wird man kalt erwischt, wenn man am wenigsten damit rechnet. Ich wusste, dass der Zeitpunkt kommen würde, zu dem ich die Zeche für all das bezahlen musste, was ich getan oder auch nicht getan hatte. Damit konnte ich leben.

Ob Krieg im Himmel ausbrach oder die Welt einstürzte, mit Caitlin und mir war alles bestens.

EPILOG

Wie es aussah, war für ihn alles bestens gelaufen.

Father Alvarez summte eine fröhliche Melodie, während er die Bücherregale in seinem Büro in Unserer Trösterin der Betrübten abstaubte. Vier zerlumpte Cambions hatten ihn in der Morgendämmerung freigelassen und ihn schweigend und mit grimmigen Mienen in ihren Lieferwagen verfrachtet. Sie wollten ihm nicht sagen, wo Sullivan und ihre anderen Brüder waren, aber ihrem Gesichtsausdruck konnte er entnehmen, dass es keine Geschichte mit glücklichem Ausgang war. Sie setzten ihn an der Kirche ab und fuhren gen Osten in eine ungewisse Zukunft. Nun war er zurück, als wäre er niemals fort gewesen – wie Alice, die wieder aus dem Spiegel heraustrat.

»Father?«, fragte eine Frau. Sie stand im Eingang, ein Schatten in einem schwarzen Etuikleid.

Er lächelte. »Ja? Kann ich Ihnen helfen, mein Kind?«

Caitlin trat in den Raum. »Ich hoffe es«, sagte sie. »Ich ringe mit einem theologischen Dilemma. Aber es könnte ein wenig seltsam klingen.«

Er kicherte leise. »Glauben Sie mir, junge Dame, nach der vergangenen Woche gibt es nichts mehr, was mich noch überraschen könnte.«

»Die Frage lautet: Wenn ein Prinz der Hölle den Tod eines Mannes anordnet, dieser Mann jedoch bereits tot ist, muss man dem Befehl dennoch gehorchen?«

Er blinzelte verwirrt. »Das ist ... Verzeihung, aber ist das vielleicht irgendein ...?«

»Spiel«, sagte Caitlin und beugte sich vor, um an den weißen Blumen in einer Vase auf dem Schreibtisch des Priesters zu schnuppern. »Alles ist nur ein Spiel, bis es das plötzlich nicht mehr ist. Das sind Casablanca-Lilien, nicht wahr?«

Er nickte. »Richtig.«

Sie setzte ein hungriges Lächeln auf. »Es sind nachtblühende Blumen. Nicht wahr, Pinfeather?«

Er erstarrte, dann ließ er mit einem resignierten Seufzer die Hände sinken.

»Sie sind es«, sagte Alvarez. »Sitris Wachhund. Der Schwingenräuber.«

»Leibhaftig.«

»Und ich dachte«, sagte er, »ich könnte heute Abend die Stadt verlassen. Beinahe hätte es geklappt. Beinahe wäre ich unbehelligt davongekommen. Wie haben Sie es herausgefunden?«

»Daniel hat die meisten Puzzleteile zusammengesetzt. Ich habe nur ein paar entscheidende Beweise hinzugefügt. Jedes Mal wenn der Chor der Erlösung Ihnen beiden aufgelauert hat, konnten wir es auf Bens Verrat oder auf Nickys abgehörte Telefone zurückführen ... bis auf eine Sache. Daniels Apartment. Nur eine Handvoll Leute kannte diese Adresse, und es hatte Wehre gegen Auskundschaftung durch Hellseher. Es gab nur eine Person, die imstande war, ihre Lage zu verraten: *Sie*. Als Daniel Sie allein in seiner Wohnung zurückließ, riefen Sie Gary Kemper an, um ihm einen ›anonymen‹ Tipp durchzustechen. Immerhin war Gary aus dem Osten zurückgekommen und hatte immer noch Kontakte in Ihrem Hof. Gary verriet es Sullivan, und der Rest ist Geschichte.«

Pinfeather nickte. »Ich musste mich gefangen nehmen lassen. Das war entscheidend für den ganzen Plan, aber Ihr Freund war viel zu gut darin, mich zu beschützen. Bewundernswert, aber frustrierend.«

»Ja, nun, trotz allem sieht er das Beste in manchen Leuten«, erwiderte sie trocken. »Das habe ich ihm noch nicht austreiben können. Dann wäre da noch die seltsame Sache mit Father Fernando. Ein guter Freund von Sullivan, nach einem Unfall mit Fahrerflucht gestorben, nur wenige Tage nachdem Sie in diese Gemeinde gekommen waren. Dazu habe ich eine Theorie.«

»Ich würde sie liebend gern hören.«

»Ich habe das passende Jahrbuch des Priesterseminars ausgegraben. Sie sehen dem echten Alvarez wirklich so ähnlich, dass es fast unheimlich ist. Ich vermute, Sie haben sich ein Opfer mit passendem Knochenbau ausgesucht und den Rest mit Make-up und etwas plastischer Chirurgie gefälscht. Aber Fernando kannte den wahren Alvarez. Sie konnten einen flüchtigen Bekannten oder einen Fremden täuschen, aber ihn nicht. Er musste verschwinden.«

»Genauso wie der gute Father Alvarez selbst«, sagte Pinfeather. »Er löst sich in der Badewanne einer Mietwohnung auf, und seine Zähne werden auf Müllcontainer in der ganzen Stadt verteilt. Plump, das gebe ich zu, aber das ist der Preis für eine perfekte Vertuschung.«

Caitlin ging im Raum auf und ab, wie der Detektiv in einem Roman von Agatha Christie.

»Sie wussten, dass Sullivan und seine Sekte meinem Prinzen Ärger machen würden, aber dazu brauchte er kaum Ihre Hilfe. Was uns zum Manuskript bringt. Der Fahrplan zur Hölle, maßgeschneidert als Nahrung für Sullivans wahnsinnige Eroberungsfantasien. War irgendetwas davon echt?«

Pinfeather lächelte stolz. »Kein einziges Wort. Ich habe das Ganze selbst geschrieben und das Papier künstlich altern lassen, indem ich die Seiten mit einem feuchten Teebeutel abgerieben habe. Alter Theatertrick. Einer genaueren Überprüfung hätte es auf keinen Fall standgehalten, aber Sullivan kam nie auf den Gedanken, an mir zu zweifeln. Ich liebe es, mit Fanatikern zusammenzuarbeiten. Man zieht ihr Uhrwerk auf, und schon sausen sie los.«

»Sie hatten mehr als nur einmal ein offenes Ohr bei Gary Kemper. Sie waren es, der auf ein Bündnis mit Lauren Carmichael drängte, und Sie brachten Gary dazu, Sullivan diese Idee in den Kopf zu setzen.«

»Und warum sollte ich das tun?«

»Weil die Blumen Sie nicht wegen der Cambions hierhergeschickt hatten. Der Chor der Erlösung war nur ein Ablenkungsmanöver. Sie wollten dasselbe wie wir: den Ring des Salomon stehlen. Etwas über Lauren Carmichaels kleines Missgeschick mit dem Weltuntergang musste durchgesickert sein, und für Ihre Meister war es nicht allzu schwierig, eins und eins zusammenzuzählen. Sie konnten den Ring nicht selbst stehlen, aber Sie dachten sich, dass Sullivan es bestimmt konnte. Also ließen Sie sich von ihm ›kidnappen‹, schlichen sich in sein Vertrauen ein und lenkten ihn in Carmichaels Richtung.«

Pinfeather seufzte und zuckte müde mit den Schultern. »Für gewöhnlich ist es die beste Strategie, wenn man jemand anderen dazu bringt, die Schwerarbeit zu übernehmen.«

»Sobald Sullivan den Ring hatte, war nicht mehr allzu viel nötig, vielleicht ein Moment der Ablenkung, um ihn an sich zu nehmen. Oder er hatte die ganze Zeit vor, Ihnen den Ring zu überlassen, da Sie ein so guter kleiner Konvertit waren. Schließlich kann der Ring nur von einem Menschen benutzt werden, und seine einzige Alternative wäre Ben gewesen. Aber Ben war … nun … er war Ben.«

»Das war im Großen und Ganzen der Plan«, sagte Pinfeather.

»Und was dann? Sie wollten Sullivan mit dem Ring versklaven, vermute ich. Ein leibhaftiger Dämon unter Ihrem Befehl könnte alle möglichen verheerenden Schäden anrichten.«

»Zwei Leibhaftige, um genau zu sein. Sie wären mein nächstes Ziel gewesen. Ich hatte den Befehl zu einer langfristigen Kampagne der Destabilisierung und des Terrors mit dem Endziel, Sitri durch seine eigenen Minister entmachten zu lassen.«

»Hmm«, brummte Caitlin. »Gut, dass Sie es gestehen.«

»Ich wurde nie zuvor tatsächlich erwischt. Es ist erstaunlich erfrischend für mich, mein Herz auszuschütten. Ich schätze, so dürfte sich eine Beichte anfühlen.«

»Ich hoffe, Sie erwarten nicht, dass ich Ihnen zehn Ave Maria auferlege und Sie ziehen lasse.«

»Ich erwarte, dass Sie einsichtig sind«, sagte Pinfeather. Er trat einen Schritt auf sie zu und zeigte ihr seine offenen Hände. »Überlegen Sie, was ich als Doppelagent leisten könnte. Ich könnte Sie mit Informationen versorgen und die Blumen mit Desinformationen …«

»Sie könnten auch lügen, uns sabotieren oder einfach verschwinden«, erwiderte sie.

»Ich bitte Sie«, sagte er mit einem verschlagenen Lächeln. »Wir sind hier in Las Vegas, nicht wahr? Also lassen sie es uns mit einem Glücksspiel versuchen. Was hätten Sie zu verlieren? Lassen Sie mich gehen, und ich werde einiges in Ordnung bringen.«

Caitlin musterte ihn in Gedanken versunken. »Sie haben einen Fehler begangen«, sagte sie.

»Welchen?«

Caitlin schüttelte den Kopf. »Glücksspiel. Das ist mein Territorium. Meine Stadt. Ihr ganzer Plan basierte darauf, gegen das Haus zu wetten.«

Ein scharfes Knirschen hallte durch das überfüllte Büro. Pinfeather riss die Augen weit auf, während sein Körper starr wie ein Stahlpfeiler war. Er blickte nach unten. Caitlins Hand hatte sich bis zum Handgelenk in seine Brust gegraben. Ein blutiges Rinnsal lief aus seinem Mund, als er zu sprechen versuchte. Caitlin legte die Lippen an sein Ohr, als sich ihre Finger um sein pochendes Herz schlossen.

»Wie Sie sagten, sind wir hier in Vegas«, flüsterte Caitlin ihm zu. »Und in Vegas ist es *immer* das Haus, das gewinnt.«

Sie riss die Hand heraus. Pinfeather sackte auf dem Teppich in sich zusammen, der Ausdruck der Überraschung war auf seinem Gesicht eingefroren. Sie ließ sein totes Herz auf seine aufgerissene Brust fallen und suchte nach einem Bad, wo sie sich die Hände abspülen konnte.

Caitlin summte, als sie aus der leeren Kirche kam und davonschlenderte. Sie überlegte, was sie zum Abendessen einkaufen sollte. Daniel wollte herüberkommen, und für mindestens eine Nacht konnten sie sich gemeinsam und in Frieden entspannen.

Sie dachte, dass für sie alles bestens gelaufen war.

NACHWORT

Und da wären wir am Ende eines weiteren Abenteuers ange-
kommen. Ich hoffe, Ihnen hat der Ausflug gefallen! Wenn Sie
zu den Ersten gehören wollen, die erfahren, was als Nächstes
geschieht, gehen Sie auf craigschaeferbooks.com und tragen
Sie sich in meine Mailingliste ein, um sich über Neuerschei-
nungen informieren zu lassen.

Vielen Dank an Kira Rubenthaler (meine wunderbare Lek-
torin), James T. Egan (Titelbildgestalter der amerikanischen
Ausgabe), Adam Verner (Sprecher des englischsprachigen
Hörbuchs) und Bernhard Kempen (Übersetzer der deutsch-
sprachigen Ausgabe). Außerdem danke ich dem unglaublich
hilfreichen Personal von Battlefield Vegas, wo ich praktische
Erfahrungen mit den weniger magischen Waffen in Fausts
Welt machen konnte. Es war ein äußerst amüsanter Tag der
Recherche, und ich kann dieses Erlebnis nur wärmstens wei-
terempfehlen.

Und nur fürs Protokoll, ja, eine Taurus Judge dürfte aus kurzer Distanz tatsächlich einem Dämon das Gesicht wegpusten.

Wie immer wurden die Namen bestimmter Hotels und Eta-
blissements aus rechtlichen Gründen geändert, aber Fans von
Las Vegas sind vermutlich in der Lage, sie zu identifizieren.
Das Winter ist selbstverständlich frei erfunden.

Gleichwohl, wenn der Puls der Musik in einem Nachtclub von Vegas Ihre Füße durch einen bestimmten Korridor treibt und Sie schließlich einem stummen Mann mit Gasmaske Auge in Auge gegenüberstehen? Ich übernehme keine Verantwortung für das, was geschieht, wenn Sie die Treppe hinuntergehen.

DIE FANTASY-SENSATION AUS KOREA

Band 1 | 978-3-453-27441-9

Band 2 | 978-3-453-27462-4

Band 3 | 978-3-453-27463-1

Band 4 | 978-3-453-27464-8

Vier Helden folgen dem Ruf einer uralten Prophezeiung –
der Beginn eines epischen Abenteuers, das seinesgleichen sucht!

HEYNE ‹

Die Dark-Academia-Sensation
aus den USA

Die Ausbildung zum magischen Bibliothekar wird für einen jungen Mann zum gefährlichsten Abenteuer seines Lebens.

»Rachel Caine nimmt ihre Leser*innen mit in eine magische Welt, in der Bücher gefährlich sind.« *Deborah Harkness*

HEYNE